SARAH MAINE

Die gestohlenen Stunden

Buch

Vor kurzem hat Harriet Deveraux, genannt Hetty, erfahren, dass sie die einzige Erbin des ehemaligen Familienstammsitzes auf einer entlegenen Insel der schottischen Hebriden ist. Nach einem Streit mit ihrem Freund bricht sie spontan dorthin auf. Doch als Hetty vor dem einst herrschaftlichen Bhalla House steht, ist der Glanz vergangener Tage kaum noch zu erahnen. Als sie das Gemäuer auf eigene Faust erforschen will, trifft sie auf James Cameron, dessen Familie seit Generationen mit der Verwaltung des Anwesens betraut ist. Von James erfährt Hetty, dass unter den morschen Bodendielen ein menschliches Skelett gefunden wurde, daneben ein Medaillon mit einer Haarlocke und einer Feder. Fasziniert von der rauen Schönheit der Insel und von dem Geheimnis, das Bhalla House über hundert Jahre bewahrt hat, beschließt Hetty zu bleiben. Sie begibt sich auf eine Spurensuche in die Vergangenheit, die es ihr schließlich nicht nur ermöglicht, die Mosaiksteinchen ihrer tragischen Familiengeschichte zusammenzusetzen, sondern auch zu erkennen, wo ihre eigene Zukunft liegt …

Autorin

Sarah Maine wurde in England geboren, wuchs dann aber in Kanada auf, bis sie in ihre Heimat zurückkehrte, um Architektur zu studieren. Schon als Kind lernte sie die einzigartige Schönheit Schottlands lieben, wenn sie dort mit ihren Eltern Urlaub machte, eine Tradition, die sie heute mit ihrer Familie fortführt. Sarah Maine lebt in York im Nordosten Englands.

Sarah Maine

Die gestohlenen Stunden

Roman

Aus dem Englischen
von Sonja Hauser

GOLDMANN

Die Originalausgabe erschien 2014
unter dem Titel »Bhalla Strand« bei Freight Books, Glasgow.

Dieses Buch ist auch als E-Book erhältlich.

Verlagsgruppe Random House FSC® N001967

1. Auflage
Taschenbuchausgabe März 2016

Umschlaggestaltung: UNO Werbeagentur, München
Umschlagmotiv: Copyright © FinePic®, München
Redaktion: Gabriele Zigldrum
An · Herstellung: Str.
Satz: omnisatz GmbH, Berlin
Druck und Bindung: GGP Media GmbH, Pößneck
Printed in Germany
ISBN: 978-3-442-48342-6
www.goldmann-verlag.de

Besuchen Sie den Goldmann Verlag im Netz

Für Richard

Prolog

1945

Die Frau, eine dunkle Silhouette vor grauen Mauern, schaute kurz von der alten Auffahrt aus hinauf zu den mit Brettern vernagelten Fenstern, bevor sie dem Haus den Rücken zukehrte und zu dem Feuer am Strand hinunterging. Menschen bewegten sich in den rauchgeschwängerten Schatten, kleine Gruppen, die nach der spannenden Versteigerung noch staunend verharrten. Als sie sich ihnen näherte, eine hagere Fremde im schwarzen Mantel, wichen sie raunend zurück.

Piuthar Blake!

Sie trat zu den Flammen.

Bho Lunnainn …

Der Wind wirbelte Funken auf, denen die Frau mit dem Blick folgte, bis sie sich über dem trockenen Sand verloren. *Blakes Schwester. Aus London.*

Dinge aus dem Haus landeten krachend auf dem Scheiterhaufen – eine kaputte Vitrine aus dem Arbeitszimmer, eine wurmstichige Staffelei. Einen Augenblick lang drückten sie die Flammen nieder, dann umzüngelten diese die Opfergabe und verschlangen sie – und mit ihnen die Zeugen eines Lebens.

Es war eine bizarre Szene gewesen, als man die mottenzerfressenen Vögel und die anderen ausgestopften Tiere herausgebracht hatte und die Flammen den Glasaugen einen vorwurfsvollen Ausdruck verliehen. Ein Hotelbesitzer hatte den ausgestopften Hirschkopf aus dem Treppenhaus erstanden, die wertvolleren Stücke waren nach Edinburgh gebracht worden, während eine ramponierte Lumme schon für ein paar Pennys zu haben war. Der verstaubte, verblichene Rest war ins Feuer gewandert. Die Frau hatte das Ganze beobachtet und sich lediglich abgewendet, als man den einst so geliebten schwarz-weißen Eistaucher aus dem Esszimmer ebenfalls heraustrug. Man hatte ihn, von Mäusen angenagt, zusammen mit einigen in Sackleinwand eingewickelten Gemälden ganz hinten in einem alten Schuhschrank entdeckt, zu spät, als dass er noch unter den Hammer des Auktionators hätte kommen können.

Die Frau hatte die Vernichtung der Bilder verfügt, mit groben Pinselstrichen gemalte Ergüsse eines gequälten Geistes, die sie erschreckten und nur zu deutlich die psychischen Nöte ihres Bruders offenbarten. Nur eines hatte sie behalten, ein Aquarell, an das sie sich gut erinnerte, entstanden in seiner besten künstlerischen Phase. Sie betrachtete es, während die anderen verbrannten. Dann legte sie es beiseite.

Jemand näherte sich ihr. »Das wär's dann, Mrs Armstrong.«

Donald. Sie nickte lächelnd, und gemeinsam blickten sie in die Flammen, die flackernde Schatten auf ihre Gesichter warfen. »Erinnerst du dich noch an das letzte Feuer, an dem wir miteinander gesessen haben?«, fragte sie wehmütig.

»Der Tag, an dem wir alle zu den Seehundjungen hinausgefahren sind und am Strand Fisch gegrillt haben?« Einen Moment lang leuchtete ihr altes verschmitztes Lächeln in ihrem Gesicht auf. »Ein wunderbarer Tag. Ich denke oft daran.« Eine Möwe zog ihre Kreise, stieß einen Schrei aus und flog über den Machair davon. »Jetzt sind nur noch wir beide übrig.« Die lichterloh brennende Staffelei rutschte auf dem Scheiterhaufen herunter, dass die Funken sprühten. »Ich meinte damals, dieser Tag wäre der Beginn einer neuen Welt, doch es war der Anfang vom Ende ...« Und auf den Feldern von Flandern war die Hölle losgebrochen.

Sie sah zu den Booten hinüber, die am Strand lagen, und wandte sich dann noch einmal Donald zu. In dem Mann mittleren Alters erkannte sie den Jungen wieder, mit dem sie als Kind in der heißen Sonne barfuß durch glitzernde Pfützen geplanscht war, ohne dass der Klassenunterschied eine Rolle gespielt hatte. Aber da waren noch andere Kinder gewesen. Ihr Bruder und seiner. Sie schob den Schmerz beiseite und hob den Blick zum leuchtenden Hebridenhimmel. Mittsommerlicht. Wenn die letzten Farben im Westen verschwunden waren, würde ein fahles Licht im Osten auftauchen, das wusste sie. An diesen Gedanken klammerte sie sich, den Rücken entschlossen dem Haus zugekehrt.

Die Männer waren den ganzen Tag damit beschäftigt gewesen, die Fenster mit Brettern zu vernageln, aus dem Haus eine Gruft zu machen. Das Klopfen ihrer Hämmer hallte noch in ihrem Kopf nach, doch sie war froh, dass die Arbeit getan war und sie am Morgen abreisen konnte.

»Was wird damit geschehen, Donald? Wenigstens das Land ist in guten Händen, und das Farmhaus gehört jetzt dir.« Sie winkte ab, als er sich bedanken wollte. »Noch ein paar Unterschriften, dann ist die Sache erledigt.« Die Flammen erschöpften sich; das Feuer hatte schnell gebrannt, angefacht vom Wind, der ungehindert über drei Kilometer offenes Land wehte. »Ich glaube nicht, dass ich je wieder hierherkommen werde.« Ihre Stimme war kaum lauter als ein Flüstern, und ihre Wangen glänzten feucht im Schein des Feuers.

Donald trat einen Schritt näher zu ihr, und sie legte den Kopf wie ein Kind, nicht wie die fast schon alte Frau, die sie nun war, an seine Schulter – den Geruch von Holzrauch in dem Tweedstoff seiner Jacke empfand sie als tröstlich. Da knackte es laut, und ein Funke sprang aus dem Feuer, entzündete das trockene Gras und loderte kurz auf, bevor er verlöschte und einen schwarz verkohlten Fleck hinterließ.

»Ich habe die Geister der Vergangenheit besucht, Donald.« Er drückte sie wortlos an sich. »Gott sei Dank hast du den armen Theo gefunden und nach Hause gebracht.«

Die Schaulustigen entfernten sich über den Strand oder den Machair zu ihren Häusern.

»Lass die Geister ruhen, Emily.« Er nahm ihren Arm. »Und komm jetzt mit zu uns.«

Sie verließen die ersterbende Glut, ein Leuchtfeuer in der hereinbrechenden Dunkelheit, und gingen den ausgetretenen Pfad entlang, der die beiden Häuser verband. Die Frau blieb nur ein einziges Mal stehen, um sich zu Bhalla House umzudrehen, das düster vor dem westlichen Abendhimmel aufragte. Er ließ ihr ein paar Sekunden Zeit, bevor er sie weiterschob, auf den freundlich hellen Schimmer des Verwalterhauses zu.

Eins

2010

Den ersten hatte er noch für einen Schafsknochen gehalten, weil er inmitten von Kaninchenkötel und Schutt schon auf andere Gerippe gestoßen war. Doch der nächste war ziemlich lang, und er hielt ihn eine Weile nachdenklich in der Hand, bevor er sich abrupt aufrichtete. Das war kein Schaf. Neugierig geworden, begann er im Boden zu scharren, unter dem sich weitere fleckige Knochen mit Stofffetzen daran verbargen. Er versuchte, das verrottete Brett, das die sterblichen Überreste bedeckte, zu entfernen, doch es ließ sich nicht bewegen. Erschrocken richtete er sich auf, als ihm klar wurde, dass es sich um eine alte festgenagelte Bodendiele handelte, und darunter lag ein Skelett. Er schob mit trockenem Mund vorsichtig die Erde beiseite, bis er auf einen hellen Schädel stieß. Das Skelett ruhte, den Kopf auf einen Stein im Fundament des Hauses gestützt, auf der Seite, das Kinn auf der Brust. Am Schädel befand sich eine mit Sand gefüllte rissige Delle.

Die Gedanken des Mannes überschlugen sich, als er Mörtelreste von dem halb unter der Erde liegenden Kiefer entfernte, eine Bohrassel von den entblößten Zähnen wegschnippte und mit zitternder Hand mehr von der zertrümmerten Schläfe und der dunklen Augenhöhle freilegte. Er richtete sich, die Kelle achtlos in der Hand, auf und betrachtete sein Werk. Flügelschlag riss ihn aus seinen Gedanken. Er duckte sich unwillkürlich, als eine Taube aus ihrem Nistplatz in einer Nische flatterte.

Der Mann sah auf die Uhr, rückte sie an seinem Handgelenk zurecht. Er hatte die Zeit vergessen. Die Flut kam bereits seit über einer Stunde herein, starker Wind kündigte einen Sturm an. Er schüttete das Skelett rasch wieder zu, ergriff seine Jacke und hastete zum Land Rover.

Der menschenleere Strand wurde schnell schmaler, als der zerbeulte Wagen, eine Fontäne hochspritzend, durchs seichte Wasser brauste. Hatte er zu lange gewartet? Er fuhr in hohem Tempo um die Felsnase, die sich auf halbem Weg zwischen Bhalla Island und der Hauptinsel befand, und folgte den schwindenden Spuren seiner Hinfahrt am Nachmittag. Herabstürzende Seeschwalben begleiteten die hereinkommende Flut, die den Sand zwischen den Landspitzen hinter ihm überspülte. Im Rückspiegel betrachtete er das große graue Haus, dessen Konturen sich auf dem Hügel abzeichneten, und schloss die Hände fester ums Lenkrad. Gütiger Himmel, *ein Skelett*!

Auf seiner rasanten Fahrt über den feuchten Sand entdeckte er eine Gestalt in einem langen dunklen Mantel, die von einer Landzunge aus zum Haus hinüberblickte. Eine Frau? Er sah genauer hin. Eine Fremde. Der Land Rover holperte in die letzte tiefe Furche, und der Mann gab Gas, um wieder herauszukommen. Als er festen Boden unter den Reifen spürte, stieß er einen Seufzer der Erleichterung aus, lenkte den Wagen nach rechts, wischte sich die feuchten Handflächen an der abgetragenen Jeans ab und folgte der einspurigen Straße entlang der Bucht, um Ruairidh aufzusuchen.

Zwei

Als sich die Flut am folgenden Morgen über Bhalla Strand zurückzog, stießen Seevögel auf den wellig aufgeworfenen Sand hernieder, in dem die Sonne die seichten Tümpel in Silber tauchte.

Hetty war früh aufgestanden und folgte nun dem sich zurückziehenden Wasser. Sie blieb kurz stehen, um einen Blick über die menschenleere Weite zu werfen, bevor sie weiterging. Anfangs hatte sie noch den Reifenspuren folgen können, aber hier hatte die Flut sie bereits fortgespült. Doch Bhalla House war ohnehin deutlich zu sehen. Wahrscheinlich konnte sie nun bei Ebbe gefahrlos direkt zu dem Haus hinübergehen.

Als sie sich der Insel näherte, stieß sie wieder auf Reifenspuren, aus denen hinter dem Strand ein Weg wurde, dem sie auf dem Grasstreifen zwischen den tiefen Furchen der Räder folgte. Die Luft war nach dem Sturm der letzten Nacht frisch, Vogelgezwitscher war zu hören. Sie horchte. Feldlerchen! Wann hatte sie das letzte Mal Feldlerchen gehört? Jetzt lag das Haus vor ihr. Der Pfad hatte sie zu zwei verfallenen Torpfosten geführt, zwischen denen sie stehen blieb, um das Gebäude zu betrachten. Es war riesig! Bedeutend massiger, als sie es sich vorgestellt hatte, irgendetwas zwischen einem zu groß geratenen ländlichen Pfarrhaus und einem kleinen feudalen Anwesen.

Weiter unten entdeckte sie ein altes Farmhaus, ein weitläufiges zweistöckiges Steingebäude, das eher ihren Erwartungen entsprach. Bhalla House blickte auf sie herab. Es war umgeben von einer niedrigen Mauer, die einen Vorgarten begrenzte; die oberen Steine bildeten ein Zinnenmuster. Aus der Mauer herausgebrochene Steine lagen im hohen Gras verstreut, ein uraltes Seitentor rostete zwischen Nesseln vor sich hin. Der Wind trug den süßen Duft aufgeblühter wilder Rosen heran, die über einem kaputten Spalier wucherten.

Hetty folgte dem Pfad weiter. Die mit Brettern vernagelten Fenster ließen das Gebäude abweisend erscheinen, als stellte es ihr Recht, sich dort aufzuhalten, infrage. Unwillkürlich reckte sie das Kinn vor und ging entschlossenen Schrittes zur Eingangstür, die durch ein stabiles, frisch geöltes Vorhängeschloss gesichert war. Bestimmt hatte Mr Forbes es angebracht. Doch das Schloss hatte Eindringlinge nicht davon abgehalten, die Bretter von einem der Fenster im Erdgeschoss wegzureißen. Zerbrochene Schornsteinköpfe und Dachziegel im Klee sprachen ihre eigene Sprache. Und als Hetty das Schild sah, beschleunigte sich ihr Puls. *Privateigentum*. Ihr Eigentum.

Plötzlich verspürte sie den Drang hineinzugehen und selbst nachzusehen, in welchem Zustand es war, und zwar gleich, bevor ihre Erregung sich angesichts der gewaltigen Aufgabe, die vor ihr lag, in nackte Angst verwandelte. Ihr Blick fiel auf eine rote Fischkiste in einem Distelgestrüpp und wanderte dann noch einmal zu dem Fenster, von dem die Bretter weggerissen worden waren. Warum nicht? Sie schaute nach links und rechts, ein Städterinstinkt, aber es war niemand da, der sie aufhalten würde. Also stellte sie, bevor sie es sich anders überlegen konnte, die Kiste unter das Fenster, kletterte hinein und landete knirschend auf zerbrochenem Glas und gesplittertem Holz. Wie albern, dachte sie, als sie den Schmutz von ihren Händen wischte: Die Schlüssel lagen bei Mr Forbes, sie musste ihn nur darum bitten. Doch irgendwie hatte sie das Gefühl, dass diese erste Begegnung mit dem Haus unangekündigt und allein erfolgen musste. So wurde sie zum Eindringling. Sie verharrte, die Finger auf der fleckigen Wand, und lauschte in die Stille. Als ihre Haut lediglich feuchte Kälte registrierte, zog sie die Hand zurück und blickte sich in dem leeren Raum um.

Er war nicht nur leer, sondern verwüstet. Im Zug nach Norden hatte sie sich, das Gesicht gegen das Fenster gepresst, einzureden versucht, dass diese Reise einen Neuanfang markieren würde. Aber sie war auch eine Flucht …

Während der Fahrt durch die dicht besiedelten Midlands und den industriellen Norden hatten sie Zweifel überkommen. Was tat sie da? Sie hatte keine Ahnung von Restaurierungsprojekten oder der Führung eines Hotels. Wäre es nicht besser, das Gemäuer zu verkaufen und das Geld zu investieren, um reisen zu können?

Doch als der Zug die schottischen Borders passiert hatte, war sie beim Anblick der Landschaft optimistischer geworden. Sie hatte sich aufrecht hingesetzt, den Thriller aus dem Buchladen in der Euston Station weggelegt und dem ungewohnten Tonfall des Schaffners gelauscht, der sein Wägelchen mit Erfrischungen durch den schwankenden Zug schob, während sie an Bergen und Meer vorbei Richtung Norden ratterten.

Nach einer Nacht in Fort William hatte sie die letzten etwa einhundertsechzig Kilometer mit dem Mietwagen zurückgelegt, die Brücke nach Skye überquert und die Fähre zu den fernen Inseln genommen. Bei der Ankunft hatten sich die meisten Wagen von der Fähre in Richtung Ort gewandt, doch ihr sagte man, dass sie geradeaus weiterfahren solle, weg von dem kleinen Fischerort. Schon bald hatte sich die Straße in einen schmalen Asphaltstreifen voller Schlaglöcher verwandelt, der sich durch ein trostloses Torfmoor wand, in dem neben kleinen grauen Tümpeln und Bächen dachlose Ruinen aufragten. Und schließlich hatte sie von einem Hügel aus einen Küstenstreifen und eine grünere, fruchtbarere Landschaft mit kleinen, durch Zäune und Gräben strukturierten Feldern sowie Rinder und Schafe entdeckt. Worauf sie ein Glücksgefühl durchströmte.

Das Cottage, das sie für eine Woche gemietet hatte, befand sich in etwa eineinhalb Kilometer Entfernung. Sie hatte den Wagen dort abgestellt und war auf eine Landzunge hinausgeschlendert, von wo aus sie eine große Fläche trockenen Sandes betrachtete. Bhalla Strand ... Dahinter lag die Insel, am Rand der Welt. Und dort hatte sie das Haus selbst gesehen, dessen Silhouette sich vor den Schattierungen des westlichen Himmels abhob. Der einsame Rückzugsort des Malers. Windböen, die ihr ins Gesicht bliesen, hatten den Schrei einer Möwe fortgetragen. Der Anblick hatte sie für die fast tausend Kilometer lange Anreise in den vergangenen beiden Tagen entschädigt. Doch das Geräusch eines Motors hatte diesen wunderbaren Moment zerstört. Ein Land Rover war auf sie zugebraust, so schnell, dass der Sand unter den Reifen aufspritzte. Er war durch eine tiefe Furche geholpert, den Strand heraufgekommen und auf die Straße eingebogen und verschwunden. Am Ende hatte er tiefe Stille zurückgelassen, die nur durch den Schrei der Möwe und das Rauschen des Windes durchbrochen wurde. All das war am Abend zuvor gewesen. In der Dämmerung hatte Bhalla House etwas Mystisches gehabt, doch nun, im härteren Licht des Morgens, verflüchtigte sich dieser Eindruck.

Sie machte vorsichtig einen Schritt vorwärts, sah hinauf

zu der eingestürzten Decke und den mit grünen Flecken übersäten feuchten Wänden, unter deren abgeblättertem Putz verrottende Latten zum Vorschein kamen. O Gott, worauf hatte sie sich da eingelassen? Der beißende Geruch von Schafskot stieg ihr in die Nase, als sie sich in den Flur vortastete. Dabei fiel ihr Blick auf rostende Leitungen an der Wand, die einst wohl zu längst nicht mehr existierenden Klingeln gehört hatten. Die breiten Stufen, die sich früher einmal elegant zu einem von einem Oberlicht aus Glas erhellten Treppenabsatz emporgeschwungen hatten, waren nun den Elementen ausgesetzt. Geborstene Dachbalken ragten wie die verschobenen Spanten eines havarierten Schiffs durch ein ausgefranstes Loch. Darüber zogen Wolken vorbei. Gütiger Himmel! Kaputte Stufen und schiefe Geländer luden nicht dazu ein, den ersten Stock zu erkunden. Man hatte sie gewarnt, rief sie sich in Erinnerung, als sie einen Blick in dunkle Räume warf, die vom Flur abgingen und in denen die Fenster mit Brettern vernagelt waren. Der Anwalt, der den Nachlass ihrer Großmutter regelte, hatte ihr erklärt, dass das Haus viele Jahre lang leergestanden habe und renoviert werden müsse. Mit einer Ruine hatte sie allerdings nicht gerechnet. Sie war ratlos. Als sie mit trockenem Mund in den ersten Raum zurückkehrte, kämpfte sie gegen Verzweiflung und wachsende Panik an. Egal, ob es ihr gefiel oder nicht: Für all das war nun sie verantwortlich. Sie musste mit Ruairidh Forbes reden.

Gerade wollte sie, ein Knie auf dem Fensterbrett, hinausklettern, als erneut Motorengeräusch an ihr Ohr drang, und sie sah denselben Land Rover, der am Abend zuvor vor der Flut davongebraust war, aufs Haus zukommen. Vermutlich ein Farmer, der nach seinen Herden schauen wollte. Sie wich zurück, um nicht bemerkt zu werden. Gab es noch einen anderen Weg hinaus? Sie ging in den Flur und entdeckte Licht. Bei genauerer Überprüfung stellte sich heraus, dass es aus einem kleinen Anbau kam. Das Licht fiel durch ein Loch im Dach auf eine Schubkarre, einen Spaten und den vor noch nicht allzu langer Zeit aufgegrabenen Boden, den Planken und Bretter bedeckten.

Plötzlich hörte sie Hämmern. Sie lauschte. Es schien von draußen zu kommen. Und doch ganz aus der Nähe. Sie merkte, dass der Flur hinter ihr dunkel war. Das Fenster … Sie stolperte durch den Eingangsbereich zurück, rief etwas und schlug mit den Fäusten gegen die Bretter, die ihr nun den Weg hinaus versperrten.

Das Hämmern verstummte, sie hörte einen Fluch und wie die Nägel wieder herausgezogen wurden. Kurz darauf stand sie einem Mann mit dunklen Haaren und wütendem Blick gegenüber.

»Herrgott noch mal, können Sie nicht lesen?« Er lehnte die Bretter gegen die Wand, schob die Fischkiste mit dem Fuß zurück unters Fenster und bedeutete ihr mit einer Kopfbewegung, das Haus zu verlassen. »Raus.« Dann trat er einen Schritt zurück und bot ihr keine Hilfe an, als sie mit dem falschen Bein zuerst über den Sims kletterte.

»Moment. Ich bin nicht widerrechtlich hier eingedrungen. Ich …« Ihre Jeans verfing sich an einem herausstehenden Nagel und riss. »Es hat alles seine Richtigkeit …«

Aber der Mann hörte ihr gar nicht zu, und sobald ihre Füße den Boden berührten, kickte er die Fischkiste in die Disteln und nahm die Bretter wieder in die Hand. »Da drinnen gibt's sowieso nichts mehr zu klauen.«

»Klauen? Das ist das Haus meiner Großmutter oder war es zumindest …« Nun gehörte es ihr. Warum fiel es ihr so schwer, das zu sagen?

Der Mann, der schon wieder zu hämmern begonnen hatte, hielt inne, sah sie mit gerunzelter Stirn über die Schulter hinweg an und ließ den Hammer sinken. Sein gebräuntes Gesicht zeugte davon, dass er viel Zeit draußen verbrachte, und unter seiner alten Wolljacke erahnte sie kräftige Muskeln. Er musterte sie eindringlich.

»Sind Sie Ruairidh Forbes?«, fragte sie schließlich und verfluchte sich dafür, dass sie sich selbst in diese lächerliche Situation gebracht hatte. Was für ein Einstand!

»Nein«, antwortete der Mann. »Warum sind Sie durchs Fenster geklettert? Haben Sie keinen Schlüssel?«

»Noch nicht. Er hat ihn, ich meine Mr Forbes …« Sie vergrub die Nägel in den Handflächen. Bestimmt hielt der Mann sie für dumm. »Ich wollte gerade bei ihm vorbeischauen.«

Da wanderte sein Blick hinüber zum Strand, und sein Gesichtsausdruck veränderte sich. »Nicht nötig«, sagte er.

Als sie sich umdrehte, sah sie einen uralten Saab herannahen. Der Fahrer stoppte den Wagen unterhalb des Hauses, weil ihm der ausgefahrene Weg für sein tiefliegendes Vehikel offenbar zu riskant erschien, schlug die Tür des Autos zu und kam auf sie zu, gefolgt von einem schwarz-weißen Collie.

»Du kommst wie gerufen«, begrüßte ihn der dunkelhaarige Mann und lehnte sich mit belustigtem Blick gegen den Land Rover. »Morgen, Ruairidh. Darf ich dir die neue Herrin von Bhalla House vorstellen? Ich hab sie grade rausgeworfen.«

Hetty spürte, wie sie rot wurde, aber der Neuankömmling trat mit ausgestreckter Hand auf sie zu. »Harriet Deveraux? Ich hatte keine Ahnung, dass Sie kommen«, erklärte er.

»Hetty«, erwiderte sie und ergriff seine Hand.

»Hatten Sie noch mal geschrieben?« Er war um die vierzig, mehrere Jahre älter als der erste Mann, um einige Kilo schwerer und wirkte auf den ersten Blick deutlich freundlicher.

Sie schüttelte den Kopf. »Das war eine spontane Entscheidung.« Motiviert durch den dringenden Wunsch, von London wegzukommen. Und von Giles. »Eigentlich hatte ich bis Juni warten wollen, weil da mehr Zeit gewesen wäre.«

Er hielt ihre Hand einen Moment fest. »Wenn ich gewusst hätte, dass Sie kommen, hätte ich Sie an der Fähre abgeholt. Haben Sie eine Unterkunft?«

»Ja. Gleich da drüben.« Sie deutete in Richtung Cottage.

»Bei Dùghall? So, so …« Er zog die buschigen Augenbrauen zusammen, um einen Blick in Richtung des anderen Mannes zu kaschieren, der Hetty noch immer unverblümt anstarrte.

Nun trat er ebenfalls mit ausgestreckter Hand auf sie zu. »James Cameron.« Sie nahm seine Hand und erwartete eine Entschuldigung. »Was Sie getan haben, war leichtsinnig«, bemerkte er und wandte sich ab, um sein Werkzeug im Land Rover zu verstauen. »Das Haus ist eine tödliche Falle. Es ist baufällig. Wenn etwas heruntergefallen wäre und Sie unter sich begraben hätte, würden wir jetzt Ihre Leiche aus dem Schutt schaufeln.« Er warf dem anderen Mann einen Blick zu. Dann beschrieb er Ruairidh ihre Begegnung, ohne sich bei ihr für seine Unfreundlichkeit zu entschuldigen.

»Du lieber Himmel! Was für ein Empfang«, rief Ruairidh Forbes aus. Er schien ehrlich bestürzt.

»Du wirst es ihr sagen müssen«, bemerkte James Cameron, schloss die Heckklappe des Land Rover und lehnte sich erneut mit verschränkten Armen dagegen. »Früher oder später.« Dabei ließ er Hetty noch immer nicht aus den Augen.

»Ja, das weiß ich«, erklärte Ruairidh unglücklich. Dann erzählte er Hetty von dem Knochenfund.

Hetty sah ihn entsetzt an. »Ein menschliches Skelett? Haben Sie eine Ahnung, von wem?«

»Nein. James hat es gestern gefunden; ich hab's selber noch nicht gesehen. Ich wollte es mir jetzt anschauen und mich danach mit meinen Kollegen auf dem Festland in Verbindung setzen.«

Hetty nickte. Sie hatte nicht erwartet, einmal die professionellen Dienste ihres Schlüsselwarts, der bei der Polizei arbeitete, in Anspruch nehmen zu müssen. »Vielleicht ein Landstreicher?«, mutmaßte sie, ein Obdachloser, der in dem Haus Unterschlupf gefunden oder sich zu Tode getrunken hatte. Hoffentlich war er nicht darin gefangen gewesen ... »Ist etwa das Dach eingestürzt?« Plötzlich bekam sie es mit der Angst zu tun, dass man sie wegen Fahrlässigkeit belangen könnte. Sie war erst seit ein paar Monaten Eigentümerin; wie sah die Sache juristisch aus?

»Da die Leiche unter den Bodendielen lag, bezweifle ich das«, erklärte James Cameron. Er lehnte noch immer lässig am Land Rover und betrachtete sie.

Es dauerte einen Moment, bis ihr klar wurde, was das bedeutete. »Nein!« Sie stützte sich mit einer Hand an der Mauer ab.

»Schlimme Sache«, murmelte Ruairidh und deutete auf den Saab. »Sie können im Wagen warten, während wir uns die Angelegenheit genauer anschauen.«

Doch sie schüttelte den Kopf. »Nein. Das möchte ich mit eigenen Augen sehen ...«

James Cameron holte Schutzhelme aus dem Kofferraum des Land Rover, sperrte den Hund ins Auto und öffnete das schwere Vorhängeschloss an der Tür zum Haus. Dann trat er einen Schritt beiseite, um Hetty hineinzulassen, und ging an ihr vorbei, als sie kurz im Eingangsbereich stehen blieb. Eine Ahnung der vergangenen Pracht überkam sie, als sie den Staub im Sonnenlicht tanzen sah.

Ruairidh Forbes schob sie weiter zu James, dem die dunklen Haare in die Stirn fielen, als er die Plane von dem aufgegrabenen Boden entfernte. »Armer Kerl«, sagte der Polizist und ging neben James in die Hocke. »Empfindliche Stelle, direkt über der Schläfe.«

Hetty trat näher. Niemand hatte ihr erklärt, wie es zu dem Fund gekommen war, und nun schien auch nicht der richtige Zeitpunkt zu sein, sich danach zu erkundigen.

»Schauen Sie.« James Cameron deutete mit seinem Taschenmesser auf den Schädel und kratzte vorsichtig Erde und Mörtel weg. »Sieht ganz so aus, als hätte man die Leiche in Füllmaterial eingebettet und anschließend die Bodendielen darübergelegt.«

Hetty verschränkte schaudernd die Arme vor der Brust. Lediglich der obere Teil des Skeletts war zu erkennen, fahle Knochen, von oben erhellt, der Kopf auf der Seite, als schliefe der Mensch. Das Ganze wirkte irgendwie surreal. Es war furchtbar. »Hier begraben, und niemand weiß davon …«

»Jemand muss es gewusst haben«, widersprach Ruairidh, richtete sich auf und klopfte den Staub von seinen Händen. »Lass es uns wieder zudecken, Jamie.«

Hetty machte ihnen Platz. Wenig später hörte sie James erstaunt rufen und sah, dass er mit der Messerspitze auf etwas golden Glänzendes im Schutt deutete.

Der Polizist ging wieder neben ihm in die Hocke. »Was ist das?« Als James die Erde wegkratzte, kam ein ovales Medaillon an einer Goldkette zum Vorschein. »Heißt das, dass es eine Frau ist?«, fragte Ruairidh ernst.

Wolken schoben sich vor die Sonne und dämpften das Licht. Hetty hob den Blick. Eine Frau?

»Ein teures Stück.« James Cameron betrachtete das Medaillon genauer und ließ den Daumen über die Buchstaben darauf gleiten. »BJS oder SJB? Keine Ahnung, sie sind ineinander verschlungen. Soll ich's aufmachen?« Er schaute Ruairidh an, in dem Professionalität und Neugierde miteinander rangen. Am Ende siegte die Neugierde, und James ließ die Schneide des Messers zwischen die Hälften des Medaillons gleiten. Darin befanden sich eine Haarlocke und eine Feder. Sonst nichts. Kein Text, kein Bild, nur eine mit Bindfaden zusammengebundene Haarlocke und die fast zu Staub zerfallene Feder.

Drei

1910

Von einer Landzunge aus sah Beatrice endlich das Haus, das im hellen Licht der Sonne erstrahlte. Schönwetterwolken warfen wandernde Schatten auf den feuchten Sand, doch wenig später tauchte eine dunklere das Gebäude in düsteres Grau. Als Beatrice zum Himmel hinaufschaute, musste sie an Theos Bilder denken, die das außergewöhnliche Licht hier, seine Intensität und Wandelbarkeit, letztlich nur erahnen ließen.

Eine frische Brise trug den säuerlichen Geruch des Seetangs herüber, der sich an der Flutmarke häufte, und erinnerte Beatrice daran, dass das Jahr noch jung und unerforscht war. Ein Vogel kreiste mit spitzen Schreien über ihrem Kopf, während der Wind an ihren Röcken zerrte und die Krempe ihres Huts hochdrückte. Sie brauchte eine Weile, um die Bänder enger zu binden, und als sie den Blick wieder hob, war die Wolke verschwunden und das Haus lag erneut im gleißenden Licht da. Der Sand flirrte leicht von der Wärme und ließ die Küstenlinie verschwimmen.

Sie hörte, wie jemand ihren Namen rief, und sah, dass ihr Mann sie heranwinkte. Er hatte, während sie an den Strand gegangen war, überwacht, wie ihre Koffer auf einen wartenden Karren umgeladen wurden, damit seine Malutensilien sorgsam behandelt wurden. Als sie ihn erreichte, half er ihr auf den Pferdewagen, bevor er sich neben sie setzte, die Zügel ergriff und das Gefährt auf den Sand hinunterlenkte.

»Edinburgh ist wie eine andere Welt«, bemerkte sie, und er nickte lächelnd.

Noch zwei Tage zuvor hatte sie, in Gedanken vertieft und von Theo beobachtet, am Fenster ihres Abteils gesessen, als der Zug Waverley Station und die Stadt verließ. Für einen Weitgereisten wie ihn mochte so eine Fahrt lächerlich sein, aber Beatrice war nur selten aus Edinburgh herausgekommen, und der Anblick des leuchtend gelben Stechginsters und der himmelblauen Glockenblumen hatte sie entzückt. Sie war nicht gefasst gewesen auf die raue Schönheit der Highlands, auf die Bergketten, die sich zu den Buchten mit glitzerndem Wasser hinab erstreckten, welche, je weiter sie mit dem Zug nach Westen kamen, immer breiter wurden und sich schließlich zum Meer öffneten. Auch der kurze Aufenthalt auf der Fähre nach Skye hatte sie nicht auf die Überfahrt zu den Inseln vorbereitet.

»Es kann rau werden«, hatte Theo sie gewarnt, »und wahrscheinlich wird dir übel.«

Doch er hatte sich getäuscht. Sie war die ganze Zeit über auf dem ölverschmierten Deck geblieben, mollig warm in ihrem Reisemantel, unbeeindruckt von den stampfenden und rauchenden Maschinen des Postschiffs, fasziniert von der blaugrauen See und den Inseln.

»Theo, ich hatte ja keine Ahnung …«, hatte sie gemurmelt und ihre Haare festgehalten, die der Wind hochpeitschte.

Er hatte neben ihr gestanden, ein großgewachsener, stattlicher Mann, die Hände um das Geländer, die Haare in der Stirn, und den Tölpeln nachgeblickt, die hinaus aufs Meer flogen; vor ihren Augen hatte er seinen weltmännischen Habitus abgelegt. Aber was dachte er, hatte sie sich gefragt, dieser Mann, mit dem sie seit zwei Monaten verheiratet war? Ganz sicher konnte sie sich da nie sein, denn seine Miene verriet nichts. Ein Lächeln war auf sein Gesicht getreten, und er hatte sich zu ihr herabgebeugt, um sie zu küssen. Während der Wagen das letzte Stück des Weges zurücklegte, hatte sie ihn gemustert. Bisher kannte sie ihn nur als Angehörigen der Edinburgher Gesellschaft, in der er sich seiner Position aufgrund seines Geldes, seines Intellekts und seiner Begabung sicher sein konnte. Doch hier, außerhalb der gewohnten Umgebung, war er plötzlich wieder ein Fremder für sie. Er hatte sich konzentriert und voller Vorfreude auf ihre Reise vorbereitet, dafür gesorgt, dass sie passende Kleidung und festes Schuhwerk einpackte, und innegehalten, um ihr die Funktionsweise seiner neu erworbenen Kamera zu erklären.

»Du wirst doch aber auch malen, oder?«, hatte sie gefragt, und er hatte voller Leidenschaft geantwortet, das hoffe er.

Während der Fahrt und im Umgang mit den Gepäckträgern in den Bahnhöfen hatte er vor Energie und Eifer gesprüht, und die verspätete Abfahrt des Postschiffs hatte ihn ungeduldig gemacht. Doch als sie sich den Inseln näherten, war er plötzlich verstummt, und sie spürte, wie er sich innerlich von ihr distanzierte.

»An Tagen wie diesem ist es hier fast ein bisschen wie in der Ägäis«, sagte er unvermittelt mit fröhlicherer Miene. »Aber warte nur, bis du den Westwind kennenlernst. Dann siehst du die andere Seite.«

Sie hatte den Westwind mit einer Handbewegung abgetan, sich bei ihm untergehakt und sich an ihn geschmiegt, und er schenkte ihr ein Lächeln. Als ihr Ziel in Sichtweite gekommen war, hatte sie wieder seine Erregung gespürt und den Blick auf Bhalla Island, das Ende der Welt, gerichtet.

»Jenseits von hier wohnen Drachen!«, hatte er mit leuchtenden Augen ausgerufen. Die Insel sei seine Zuflucht, hatte er gesagt, ein Ort ungezähmter Schönheit mit endlosen weißen Sandstränden, weitem Himmel und Meer, eine sich ständig verändernde Palette von Farben. Dann hatte er sich wieder praktischen Dingen zugewandt. Obwohl das Haus geräumig sei, würden sie nicht in großem Stil leben. »Möglicherweise wird es dir primitiv erscheinen«, hatte er gesagt und ihr erklärt, dass er nicht viel Personal beschäftige, dass sie sich mit den Mädchen begnügen müsse, die er den Sommer über von den Pächtern anheure und die von der Haushälterin Mrs Henderson überwacht würden. »Einen Mr Henderson gibt es übrigens nicht. Den hat es nie gegeben, also frag gar nicht erst nach ihm. Aber eine Tochter.« John Forbes, Theos Verwalter, kümmere sich um Farm und Pächter. »Ein sehr fähiger Mann. Sein Vater ist mit meinem Vater als Verwalter von Dumfries hergekommen, John hingegen ist bereits ganz Bewohner dieser Insel.« Er werde von einem erwachsenen Sohn unterstützt, und eine Tochter mache ihm den Haushalt, da seine Frau Jahre zuvor gestorben sei. Ein weiterer Sohn lebe in Kanada. »Sie führen das Anwesen schon lange.« Plötzlich hatte er die Stirn gerunzelt, und sein Edinburgher Gesicht war zum Vorschein gekommen. »Sie werden sich umstellen müssen – hier hat es keine Herrin des Hauses mehr gegeben, seit meine Stiefmutter von der Insel geflohen ist.«

»Geflohen?«

»Ihr war es hier zu primitiv.« Er hatte den Mund zu einem Lächeln verzogen und sie mit einem zweifelnden Blick angesehen.

»Ich weine Edinburgh nicht nach, Theo. Ich wünsche mir etwas völlig anderes.« Fürchtete er, dass auch sie fliehen würde? Und warum hatte er, nachdem er offenbar als junger Mann durch die neue Heirat seines Vaters von hier vertrieben worden war, seitdem nicht mehr viel Zeit auf der Insel verbracht? Sie spürte seine tiefe Verbundenheit mit diesem Ort, der ihn zu so vielen seiner frühen Werke angeregt hatte. Nun, da sie sich auf halber Höhe des Strands, in Sichtweite des Hauses, befanden, nahm sein Gesicht wieder einen angespannten Ausdruck an. Verwundert wandte sie ihre Aufmerksamkeit dem Gebäude zu, das auf einer Anhöhe hoch über der Umgebung aufragte; seine Proportionen standen in keinem Verhältnis dazu. An der Vorderseite erkannte sie einen kleinen Turm sowie Staffelgiebel und hohe Fenster, die in der Sonne glänzten. Was in aller Welt hatte Theos Vater, einen Leinenfabrikanten, keinen Kleinadligen, dazu bewogen, ein solches Haus errichten zu lassen? Hier, am Ende der Welt …

Und wie fanden es wohl die Bewohner der Insel? Sie musste an die niedrigen, einfachen Unterkünfte denken, an denen sie während der Fahrt vorbeigekommen waren, die sie für Scheunen oder Ställe gehalten hatte. Sie hatte Theo gefragt, wo die Menschen denn wohnten, und seine Antwort hatte sie erstaunt. Daraufhin hatte sie sich die Hütten genauer angesehen und sich dabei vorzustellen versucht, wie das Leben für die zahnlückigen Frauen war, die sich, in Tücher gehüllt oder über Zinnwannen gebeugt, unter niedrigen Dachvorsprüngen bei der Arbeit unterhielten. Manche richteten sich auf, um dem Wagen nachzusehen. Schmutzige Kinder waren auf den Weg herausgerannt, während die Kleineren hinter Torfstapeln hervorlugten; einige hatten ihr Winken erwidert. Sie hatte gerade an die Busse und Automobile in der Edinburgher Princes Street gedacht, als ein kleiner Esel, der unter mit Torf beladenen Körben wankte, zur Seite gerissen wurde, um ihnen Platz zu machen. Ausdruckslose Blicke waren ihr gefolgt.

Nun, da der Wagen den Strand verließ, stand Bhalla House plötzlich ganz klar vor ihnen. Aus der Nähe wirkte es noch abweisender. Trotzdem schwärmte sie, in ihm vereine sich der Charme eines Gebäudes aus einem Roman von Sir Walter Scott mit der romantischen Atmosphäre einer verlassenen Insel.

»Ob du in sechs Monaten noch genauso denken wirst?«, erwiderte Theo, und sie wurde gegen ihn gedrückt, als der Wagen auf den felsigen Teil des Strandes fuhr.

Vor ihnen gabelte sich der Weg; die eine Seite führte zum Haus des Verwalters und den Farmgebäuden ein wenig unterhalb der Anhöhe, die andere wurde zu einer breiteren, von Büschen gesäumten Straße, in denen kleine Vögel zwitscherten. Sie fuhren zwischen zwei Steinsäulen hindurch, neben dem Tor standen Männer in Arbeitskleidung. Das waren bestimmt die Pächter, dachte Beatrice und musterte ihre bärtigen Gesichter. Sie erwiderten ihren Blick und nahmen die Mützen ab, als Theo eine Hand zum Gruß hob und dem mit ihrem Gepäck beladenen Karren folgte.

»John hat alles für deinen Empfang aufgeboten«, erklärte Theo, nickte in Richtung vorderer Eingang, wo sich mehrere Frauen mit vom Wind geblähten Röcken und weißen Schürzen versammelt hatten, und hielt den Wagen an. Da löste sich eine imposante Gestalt in dunkler Tweedkleidung aus den Schatten, gefolgt von einem jüngeren Mann, der Theo die Zügel abnahm.

»Willkommen zu Hause, Mr Blake«, begrüßte der Mann Theo und nickte Beatrice respektvoll zu. »Willkommen, Madam.«

»Schön, dich zu sehen, John.« Theo kletterte vom Wagen

herunter, um ihm die Hand zu schütteln. »Was für ein Empfang.« Er deutete auf die Frauen, während er Beatrice herunterhalf. »Beatrice, meine Liebe, das ist Mr Forbes. John, meine Frau.«

Ein freundliches Lächeln trat in die braunen Augen des bärtigen Verwalters, als er ihr die Hand hinstreckte. »Herzlich willkommen, Mrs Blake.« Seine Stimme war tief, sein Händedruck fest.

Der jüngere Mann, der die Zügel hielt, eine schmalere Version des Verwalters, wurde als sein Sohn Donald vorgestellt und murmelte eine undeutliche Begrüßung. Dann ging Theo auf die Haushälterin zu.

Beatrice folgte ihm, den Blick unsicher auf das Haus gerichtet. Würde sie tatsächlich Herrin eines solchen Anwesens sein? Theo Blake, hatte ihre Mutter ihr gesagt, würde Erwartungen an sie haben. Doch er schien ihre Bedenken nicht zu bemerken, als er sie Mrs Henderson, einer Frau mit freundlichem Gesicht, vorstellte und den anderen Frauen zunickte, die in einer Reihe hinter ihr standen. Anschließend wandte er sich erneut dem Verwalter zu, und Beatrice nahm eine Terrasse und ein abgesenktes Rechteck wahr, wo anscheinend versucht worden war, einen Garten anzulegen. In einer geschützten Ecke wurde gerade unter einem Spalier eine grobe Bank aufgestellt. Ein Garten, dachte sie, war gar keine schlechte Idee.

Während die Haushälterin die Bediensteten zur Rückseite des Hauses scheuchte und Theo sich nach wie vor mit dem Verwalter unterhielt, sah Beatrice, dass sich ein schlanker junger Mann in dunkler Hose und weißem Hemd mit weiten Ärmeln, eine braune Jagdhündin neben sich, auf dem Feldweg von den Farmgebäuden dem Haus näherte. Als er die Grenzmauer erreichte, schlüpfte er hastig in seine Jacke, drückte das Tor auf, marschierte hindurch und ließ es hinter sich zuschlagen.

Der Verwalter runzelte die Stirn, und Theo drehte sich um. Als er den jungen Mann sah, verstummte er mitten im Satz und starrte zuerst ihn und dann den Verwalter an. »Aye. Cameron ist wieder da, Sir. Seit ungefähr einer Woche.«

Der junge Mann sprach einen kurzen Befehl aus, worauf die Hündin sich hechelnd auf dem Kies niederließ. Beatrice merkte, dass er sie ganz unverhohlen, beinahe unverschämt, musterte. Theo stand wie versteinert da und sah ihm entgegen.

Schließlich löste der junge Mann den Blick von Beatrice, verneigte sich leicht vor Theo und streckte ihm die Hand hin. »Willkommen zu Hause, Sir.«

Theo ergriff sie zögernd. »Ebenfalls willkommen zu Hause, Cameron.« Er sprach langsam, fast vorsichtig. »Ich wusste nicht …« Theo musterte den jungen Mann eindringlich, ehe er sich Beatrice zuwandte. »Das ist Cameron, der ältere Sohn von Mr Forbes. Offenbar gerade aus Kanada zurückgekehrt.« Der junge Mann verbeugte sich noch einmal leicht. »Und das, Cameron, ist meine Frau.«

Vier

2010

Ruairidh Forbes bot Hetty an, sie zu ihrem Cottage zurückzubringen, wischte hastig den Sand vom Sitz des Saab und warf eine Regenjacke nach hinten, während er sich noch einmal für ihre raue erste Begegnung mit der Insel entschuldigte. »Leider war es ein sehr unfreundlicher Empfang«, sagte er verlegen. »Schock wäre das bessere Wort.«

Was für eine Untertreibung!, dachte Hetty. Gleich am ersten Tag hatte der Tod sie an dem Ort eingeholt, an den sie sich vor ihm hatte flüchten wollen. Und noch dazu ein gewaltsamer Tod, ein Verbrechen. Sie ertappte sich dabei, wie sich ihre Hand um die Türklinke verkrampfte, und sie ließ los, um die Finger zu bewegen, bevor sie sich ein Lächeln abrang. »Für Sie bestimmt auch.«

»Aye. Ich kann's kaum glauben.«

Vom Wagen aus beobachtete sie, wie James Cameron die Schubkarre den Hang zu den Nebengebäuden hinunterschob.

Ruairidh folgte ihrem Blick. »Das sind die alten Farmgebäude des Anwesens. Sie gehören meinem Großvater«, erklärte er, einen Ellbogen auf das geöffnete Wagenfenster gestützt. »Er ist dort auf die Welt gekommen und wäre wahrscheinlich immer noch da, wenn meine Großmutter kein Machtwort gesprochen hätte.«

Er lachte, und das fand sie sympathisch. Während der Fahrt erzählte er ihr, dass sich früher an der Stelle von Bhalla House das Haus des Gutsherrn befunden und seine Familie drei Generationen lang das große Gebäude verwaltet habe, bis es nicht mehr bewohnt worden sei. »Ich bestelle nach wie vor das Land und nutze die Nebengebäude«, sagte er. »Deswegen sind die Schlüssel für Bhalla House vermutlich bei mir. Das war immer so.«

Inzwischen hatten sie das gegenüberliegende Ufer und die Straße entlang der Bucht erreicht. Wenig später hielt er auf dem unebenen Boden vor dem Cottage. »Darf ich Sie nach dem nicht sonderlich erfreulichen Einstand heute bei uns zum Abendessen einladen, Miss Deveraux? Wir würden uns freuen, wenn Sie kommen.«

»Gern. Aber nur, wenn Sie ab jetzt Hetty zu mir sagen.«

»Aye, wird gemacht, Hetty.« Er versprach, sie am Abend abzuholen, und fuhr los.

Nachdem sie ihm seufzend nachgeblickt hatte, drückte sie mit der Schulter gegen die Cottagetür, die sich nur schwer öffnen ließ. In dieser Gegend war es schon schwer, eine Tür aufzumachen, dachte sie, als ihr der modrig-feuchte Rauchgeruch des Häuschens in die Nase stieg. Sie hatte das Cottage wegen des angepriesenen Blicks auf den Strand gewählt, doch es entpuppte sich als enttäuschend. Der Küchenboden war klebrig, das Linoleum im Bad eiskalt, alles irgendwie schmuddelig. Sie drückte die Tür wieder zu. Dabei fiel ihr Blick auf den ausgeblichenen Kalender vom vergangenen Jahr. Wirbelnde Kilts und dröhnende Dudelsäcke. Bilderbuchschottland.

Eine halbe Stunde später starrte sie, eine Tasse Tee in der Hand, die Beine untergeschlagen, in den kalten Kamin und versuchte, Bestandsaufnahme zu machen. Du lieber Himmel! Was für ein Empfang, hatte Ruairidh Forbes gesagt, und vor ihrem geistigen Auge tauchte das Bild des eingeschlagenen Schädels mit der leeren Augenhöhle auf. Plötzlich überkam sie wieder dieser nur zu vertraute Kummer, das Gefühl dahinzutreiben, das sie seit dem Tod ihrer Eltern nicht loswurde. Noch jetzt, drei Jahre nach dem Unfall. Verlust. So ein kurzes, unscheinbares Wort. Nach dem Anruf am frühen Morgen hatte es sich furchteinflößend aufgebläht; der Absturz, nur wenige Minuten nach dem Start, hatte ein riesiges Loch in ihre Seele gerissen. Sie hatte lange gebraucht, den ersten Schock zu überwinden, und auch noch, als sich die Trauer in Benommenheit verwandelt hatte, war das Gefühl der Leere geblieben.

Dann war vor zwei Monaten auch noch nach jahrelanger Demenz ihre Großmutter gestorben, und plötzlich war sie ganz allein dagestanden. Seitdem schlafwandelte sie.

Sie trat ans Fenster und schaute hinaus auf den Strand. Ohne Giles hierherzukommen war ihre erste eigene Entscheidung seit drei Jahren. Die geplante Renovierung von Bhalla House sollte ihrem Leben wieder einen Sinn geben, einen Neubeginn markieren. Gut, es mochte kein sonderlich vielversprechender Einstand gewesen sein, aber das Skelett veränderte letztlich nichts. Das war Sache der Polizei, außerdem handelte es sich nach Ruairidh Forbes' Ansicht um ein altes Verbrechen. Irgendwie würde es schon aufgeklärt werden. Das Haus befand sich in einem schlechteren Zustand als erwartet, aber sie stand ja noch am Anfang.

Ein Kaminfeuer würde ihre Laune verbessern, dachte sie, vorausgesetzt, es gelang ihr, das elende Ding anzuzünden, was sie am Abend zuvor mit dem ungewohnten Torf nicht geschafft hatte. Als sie vor dem Kamin niederkniete, fragte sie sich noch einmal, warum James Cameron in einem Haus herumgebuddelt hatte, das ihm nicht gehörte. Bestimmt würden sie sich im Pub vor Lachen ausschütten, wenn er erzählte, wie sie sich beim Versuch, durchs Fenster zu klettern, die Jeans zerrissen hatte, als sie auf sein Geheiß ihr eigenes Anwesen verlassen musste. Er selbst schien das ziemlich lustig gefunden zu haben …

Sie würde Ruairidh Forbes, den sie mochte, nach den Hintergründen fragen. Vielleicht wurde er in dieser merkwürdigen neuen Welt zu ihrem Verbündeten. Das Hochzüngeln einer kleinen Flamme erinnerte sie an das kurze Aufflackern des Optimismus auf der Fähre tags zuvor, wo sie das Gefühl gehabt hatte, es sei richtig hierherzukommen. Über dem aufgewühlten Kielwasser, als die Hügel von Skye im Blaugrauen verschwanden, war sie in einer Art Zwischenwelt gelandet, in der die Grenzen zwischen Himmel, Meer und Land, kaschiert durch Wolken, verschwammen. Doch dann hatte die Sonne die Wolken von hinten erhellt, den Dunst durchdrungen und die Konturen der Inseln erstrahlen lassen. Nach einer langen Reise hier anzukommen war ihr ebenfalls richtig erschienen, weil sie so ein echtes Gefühl für die Abgeschiedenheit der Insel entwickelte. Für ihre Einsamkeit.

Giles hatte gleich nach der Beisetzung ihrer Großmutter mit ihr hierherkommen wollen. »Damit du dir einen ersten Eindruck verschaffst.« Auf einer Nachbarinsel befinde sich ein Flugplatz, hatte er ihr mitgeteilt; sie könnten hinfliegen. »Bestimmt können wir dort irgendeine alte Klapperkiste mieten.«

Doch das wäre ihr zu schnell gegangen. Sie hatte das Bedürfnis gehabt, allein zu kommen. Giles war begeistert gewesen von ihrer spontanen Idee, das Haus in ein Luxushotel zu verwandeln – so begeistert, dass er sich sofort erboten hatte, Investoren für sie aufzutreiben, möglicherweise sogar selbst Geld in das Projekt zu stecken. Das war typisch Giles: Er packte die Dinge an, wollte Ergebnisse. Und er übernahm die Kontrolle.

Während sie in den kalten Kamin starrte, dachte sie an die Ursache für ihren überstürzten Aufbruch. Sie waren auf einer Party von einem Bekannten von Giles in einer schicken Wohnung mit Blick auf die Themse gewesen, und der stolze neue Eigentümer hatte sie, eine Flasche unter einem Arm, den anderen unaufgefordert um ihre Taille geschlungen, zu einem der riesigen Fenster geführt, um ihr zu zeigen, wie die Sonne über London unterging. »Erinnert ein bisschen an Turner, finden Sie nicht? Oder eher an Blake? Giles sagt, Theo Blake sei Ihr Urgroßvater gewesen.«

»Nein. Meine Urgroßmutter Emily Blake war seine Schwester, genauer gesagt, seine Halbschwester.«

»Ich an Ihrer Stelle würde mich an die direkte Linie halten. Mit dem Pfund können Sie wuchern.« Er strahlte sie mit seinen leicht hervorstehenden Augen an. »Blake, der rätselhafte Einsiedler. Der Beginn seiner Karriere war vielversprechend, aber später hat er sich nicht mehr sonderlich hervorgetan. War er unglücklich verliebt, oder hat er getrunken?«

Sein Tonfall hatte sie geärgert. Sie wusste nur wenig über Theo Blake, eine vage Figur in den Annalen ihrer Familie. Sie verband mit ihm eigentlich nichts als ein Gemälde, ein Seestück an der Wand ihres Kinderzimmers, doch sie hatte plötzlich die Verpflichtung verspürt, ihn zu beschützen.

Der Duft des teuren Rasierwassers von ihrem Gastgeber stieg ihr in die Nase, und sie wich zurück. »Wie gesagt: Ich bin nur entfernt mit ihm verwandt.«

»Soweit ich weiß, haben Sie sein Haus geerbt«, hatte er

entgegnet und war einen Schritt auf sie zugetreten, um ihr Glas aufzufüllen. »Sie Glückliche!«

Typisch Giles, dass er es überall herumposaunt hatte. Hätte er doch den Mund gehalten!

»Die Idee mit dem Hotel finde ich großartig. Wir müssen zusehen, dass Sie die richtigen Kontakte kriegen. Ich rede mit Giles darüber. Mit Ihrem Aussehen und Ihrem Stammbaum, Schätzchen, werden Ihnen die Investoren nur so nachlaufen.«

Stammbaum? Sollte sie etwa schaulaufen wie ein prämierter Hund?

»Und ich werde Ihr allererster Gast sein.«

Seine Hand war von ihrer Taille zu ihrer Hüfte geglitten, und sie hatte sich hilfesuchend nach Giles umgesehen. Wenn sie dem Mann eine Abfuhr erteilte, war er bestimmt beleidigt, aber musste sie sich das wirklich gefallen lassen? Sie hatte gesehen, dass Giles sie amüsiert vom anderen Ende des Raums aus beobachtete und keinerlei Anstalten machte, sie aus ihrer misslichen Lage zu befreien. Er hatte ihr lediglich eine Kusshand zugeworfen und sich wieder seiner dunkelhaarigen jungen Gesprächspartnerin zugewandt.

Kurz darauf waren die Finger ihres Gastgebers auf ihren Oberschenkel gewandert, und er hatte sie ohne Vorwarnung auf die Lippen geküsst. Und gelacht, als sie entsetzt zurückgewichen war. »Sauber bleiben«, hatte er gesagt und sich wieder unters Volk gemischt.

Daraufhin war Giles zu ihr gekommen und hatte ihr über die Wange gestrichen. »Mach nicht so ein Gesicht, Schatz. So ist er nun mal.«

»Soll ich mich etwa geschmeichelt fühlen?«

»Er ist ein großes Tier in Kunstkreisen. Es zahlt sich aus, ihn zu kennen.«

Giles kultivierte solche Kontakte. Sie hatte sich eine sarkastische Bemerkung verkniffen und sich abgewandt, um zu beobachten, wie Männer in schicken Anzügen Frauen in enganliegenden Kleidern Avancen machten und sich darum bemühten, einen guten Eindruck zu hinterlassen, dazuzugehören. Das war nicht ihre Welt. »Wie lange müssen wir noch bleiben?«

Giles hatte verärgert reagiert und sich geweigert, sie nach Hause zu bringen. Er hatte sich wieder ins Gewühl gestürzt, worauf sie ihren Mantel geholt hatte und gegangen war. Als sie im Außenlift auf den Sonnenuntergang über der Themse hinausgeschaut hatte, war ihr Theo Blakes Bild mit dem weißen Sand und der tief über dem Wasser stehenden, blendenden Sonne eingefallen, und ihr war der Gedanke an Flucht gekommen, der sich während der Taxifahrt durch die Londoner Straßen verfestigte. Sie würde sich einfach aus dem Staub machen, denn zum ersten Mal seit dem Verkauf ihres Elternhauses hatte sie nun einen Ort, an den sie sich flüchten konnte.

Doch diese Zuflucht entpuppte sich gerade als Phantom, als verfallendes Relikt aus längst vergangener Zeit. Im Kamin verglomm das kleine Feuer. Sie stellte ihre leere Tasse weg, weil sie das Bedürfnis verspürte, nach draußen zu gehen. Ruairidh Forbes hatte ihr in etwa eineinhalb Kilometer Entfernung einen Co-op gezeigt, wo sie Grundnahrungsmittel erwerben konnte. Ein Spaziergang würde ihr guttun, und sie könnte noch einmal ihre Alternativen abwägen. Inzwischen hatte Giles bestimmt ihre kurze Nachricht auf dem Anrufbeantworter gehört, die sie hinterlassen hatte, bevor sie in den Zug nach Norden gestiegen war. Wie stark waren ihre Gewissenbisse über ihren überstürzten Aufbruch? Nicht allzu stark, wie es schien …

Sie öffnete die Tür mit einem Ruck. Da es hier kein Internet und kein Mobilfunksignal gab, konnte Giles sie weder aufspüren noch Kontakt mit ihr aufnehmen, was bedeutete, dass sie endlich den Freiraum hatte, den sie brauchte.

Später, das Licht über der Bucht wurde schon dämmrig und sie hielt gerade ein Schläfchen in einem der durchgesessenen Sessel, weckte sie lautes Klopfen an der Tür. Sie richtete sich auf. Das war sicher Ruairidh Forbes, dieser Bär von einem Mann, den sie irgendwie beruhigend fand.

»Es ist offen. Sie müssen fest dagegendrücken, die Tür klemmt«, rief sie, während sie nach einem Blick in den Spiegel ihre widerspenstigen Haare mit den Fingern zurechtzupfte. Sie hörte, wie jemand mit der Schulter gegen die Tür stieß, dann, wie sie sich öffnete. Und herein kam nicht der freundliche Polizist, sondern James Cameron, der den Jackenkragen zum Schutz gegen den Wind hochgestellt hatte.

»Hallo noch mal«, begrüßte er sie und tastete den Rahmen der Tür ab, um den Punkt zu finden, an dem sie klemmte. »Ruairidh ist beschäftigt und lässt sich entschuldigen.« Seine Haare fielen ihm über die Augen, als er sie ansah. »Mord und Brandstiftung an ein und demselben Tag. So aufregend geht's bei uns nicht immer zu.« Er trat unaufgefordert über die Schwelle und brachte kühle Abendluft herein. Als er sich mit unverhohlener Neugierde in der kleinen Küche umsah, fiel sein Blick auf den angeschlagenen Tisch und den verrosteten Abfalleimer. »Dùghall zielt nicht gerade auf Luxuskundschaft ab, was?«, bemerkte er und hob eine Augenbraue. »Was verlangt er denn inzwischen?«

Sie ignorierte seine Frage. »Brandstiftung?«, wiederholte sie.

»Ja.« Er schaute sich weiter in dem Raum um, stocherte mit dem Fuß in einem Riss im aufgeworfenen Linoleum und verzog das Gesicht beim Anblick des Kalenders. »Ein junger Nichtsnutz hat seine Entlassung aus dem Knast mit dem Abfackeln seines Elternhauses gefeiert. Seine Freundin scheint sich mit einem andern getröstet zu haben, als er hinter Gittern war.«

Brandstiftung? Wie passte das zu diesem abgelegenen Ort? »Sperrt Mr Forbes ihn wieder ein?«

»Nein, er sorgt nur dafür, dass die Schaulustigen sich zerstreuen. Um den Burschen kümmert sich jemand anders. Ruairidh kommt später dazu. Er hat mich gebeten, Sie abzuholen. Bevor ich's vergesse ...« Er nahm einen Schlüsselbund aus der Tasche und legte ihn auf den Tisch.

»Ich hatte gehofft, dass er sie behalten würde.« Sie biss sich auf die Lippe. Glaubte er jetzt, dass sie sich vor der Verantwortung drücken wollte? Vielleicht stimmte das ja. »Wäre doch vernünftig, wenn jemand ins Haus kann, sobald ich wieder weg bin«, fügte sie hinzu.

»Er hat seine Schlüssel. Das sind meine.«

Sie sah ihn erstaunt an. »Die habe ich, seit vor ein paar Jahren Leute eingebrochen sind und die Kamine geklaut haben. Danach haben wir bessere Schlösser angebracht und die Fenster neu vernagelt. Leider werden die Bretter immer wieder runtergerissen, und es steigt allerlei Gesindel ein.« Er warf ihr einen amüsierten Blick zu. »Vermutlich hat mich jemand da oben arbeiten sehen. Burschen aus der Gegend, schätze ich, denen langweilig war.«

»Sie haben dort gearbeitet? Was denn?« Ihr Ton war schärfer als beabsichtigt.

Er verschränkte die Arme. »Ich hab das Fundament überprüft. Nach Anweisung«, antwortete er ein wenig verstimmt.

»Anweisung? Von wem?«, erkundigte sie sich.

»Von der Kanzlei Dalbeattie und Dawson. Genauer gesagt von Emma Dawson.«

Emma Dawson, deren schnurrende Telefonstimme Hetty kannte und die sie mit ihrem Charme jedes Mal ein Stückchen weiter in ihre Richtung lenkte, weil sie merkte, wie wenig Hetty wusste, und das ausnutzte. Dalbeattie und Dawson. Alte Kollegen von Giles mit einer Kanzlei auf Skye, die sie auf seine Empfehlung hin eingeschaltet hatte. Hetty erkundigte sich nach weiteren Einzelheiten. Emma Dawson, stellte sich heraus, hatte die Sache in die Hand genommen. Bei ihrem letzten Telefonat hatte sie sich erboten, jemanden für eine Kostenaufstellung zu finden, und Hetty erinnerte sich vage, zugestimmt zu haben. Daraufhin hatte Emma offenbar James Cameron instruiert, sich an die Arbeit zu machen.

»Sie wussten nichts davon?«, fragte er ungläubig. »Dann wissen Sie vermutlich auch nicht, dass ich ihr gesagt habe, Sie sollen die Finger von dem Projekt lassen. Noch ein paar Stürme, und die westliche Mauer stürzt ein und reißt den großen Giebel mit sich. Da ist ein ziemlich breiter Riss drin.« Er schwieg kurz. »Sie wollte sich damit nicht zufriedengeben. Sie hat mich angewiesen, der Sache auf den Grund zu gehen. Das habe ich getan und dabei leider mehr gefunden, als mir lieb ist. Sie haben große Pläne, Miss Deveraux. Ein Luxushotel, Gourmetküche, Jagdgesellschaften, Golf ...« Sie hörte Unmut in seiner Stimme mitschwingen.

»Das sind tatsächlich Optionen, die ich abwäge«, bestätigte sie, senkte den Blick und nahm die Schlüssel.

Er schwieg einen Moment stirnrunzelnd, den Blick auf die Stelle gerichtet, an der die Schlüssel gelegen hatten, bevor er sie offen ansah. »Sie haben selbst gesehen, in welchem Zustand sich das Gemäuer befindet. Entschuldigen Sie meine

Frage, aber haben Sie eine Vorstellung davon, was Sie sich da aufhalsen? Ich kenne dieses Haus mein Leben lang und konnte seinen Verfall beobachten. Es ist nicht mehr zu retten.«

Sie griff nach ihrer Handtasche. Vielleicht hätte Giles doch mitkommen sollen, dachte sie. »Wir stehen noch ganz am Anfang, Mr Cameron«, sagte sie und rang sich ein kleines Lächeln ab. »Ich bin gerade erst dabei, mich zu informieren.«

In Ruairidhs Haus wischte sich dessen Frau Ùna an einer gestreiften Schürze die Finger ab und schob eine Strähne ihrer roten Lockenmähne hinters Ohr, bevor sie Hetty die Hand reichte, während der Hund sie mit einem Schwanzwedeln begrüßte. Topfdeckel klapperten auf dem Herd, der Dampf daraus stieg zu den zahllosen Socken an dem Wäschetrockner daneben auf. In der Mitte des Raums stand ein Tisch, auf dem eine Kerze brannte, vielleicht um von einem Haufen Bügelwäsche abzulenken.

Ein Junge, der Hetty als der Sohn der Forbes vorgestellt wurde, stellte vier Teller auf den Tisch und musterte Hetty kurz, bevor er sich James Cameron mit einem gälischen Redeschwall zuwandte. Cameron lauschte mit ernster Miene, und als er nickte, nahm der Junge eine Taschenlampe und zog ihn, gefolgt von dem Hund, hinaus in die Dunkelheit.

»Alasdair und sein Dad reparieren ein altes Boot. James soll es sich ansehen«, erklärte die Mutter, während sie Hetty ins Wohnzimmer führte und ihr etwas zu trinken anbot. »Fühlen Sie sich wohl bei Dùghall?« Sie schob einen Stapel Papier weg und deutete auf einen Sessel am Kamin. »Wahrscheinlich gibt er nicht allzu viel Geld für Behaglichkeit aus.«

»Ist schon in Ordnung«, antwortete Hetty. Nachdem ihre Gastgeberin zwei Gläser eingeschenkt hatte, entfernte sie sich, um nach dem Essen zu schauen.

Hetty setzte sich und sah sich in dem unordentlichen Raum um. Bei den herumliegenden Papieren handelte es sich um Schülerhefte und eine Notenliste. Grundschule. Eine ziemlich willkürliche Sammlung von Taschenbüchern füllte mehrere Regale, zwischen denen Gemälde und Fotos hingen. Hinter dem verblichenen Rückenwirbel eines Meeressäugers, der am Kamin lehnte, klemmten Briefe und Rechnungen, während auf einem Beistelltischchen die Rolle einer Angelrute darauf wartete, repariert zu werden. Rechteckige Torfstücke trockneten im Kamin; Islington, dachte Hetty, war eine völlig andere Welt.

Dann fiel ihr Blick auf ein Bild in einer Nische, und wieder spürte sie diese innere Verbindung. *Tümpel zwischen Felsen, 1889*. Blakes bekanntestes Gemälde, sein frühes romantisches Meisterwerk. Das Original hatte sie drei Jahre zuvor in einer Sonderausstellung in London gesehen. Als sie davor gestanden war, hatte ihr jemand auf die Schulter getippt. Giles Holdsworth. Sie kannten sich aus der Kanzlei, in der er arbeitete und die den Nachlass ihrer Eltern regelte.

»Ich wollte Sie auf diese Schau aufmerksam machen, aber Sie sind mir zuvorgekommen«, hatte er gesagt und ihr später bei einer Tasse Kaffee erklärt, dass er geschäftlich in der Galerie gewesen sei. »Aber als ich gehört habe, dass das Bild *Tümpel zwischen Felsen* hier hängt, habe ich mich nach einer Besprechung abgesetzt, um es mir anzusehen.«

Vom Café aus waren sie noch einmal zu dem Gemälde zurückgekehrt, und sie hatte sich vorgebeugt, um das Schildchen daneben zu lesen. »1889. Hier steht, dass er da gerade mal zwanzig war. Unglaublich.«

Auf dem Bild war eine junge Frau in einfacher Kleidung zu sehen, die sich mit einer Hand an einem Felsen abstützte, während sie einen Fuß aus einem Tümpel hob. Ein einzelner

Tropfen löste sich dabei von ihrem Zeh und fiel zurück ins Wasser. Mit der anderen Hand raffte sie ihre Röcke, damit sie nicht nass wurden, und dabei rutschten ihr die dunklen Haare in die Stirn. Blake hatte sie in dem Moment verewigt, in dem sie sich ihm zuwandte. Ein winziger Fleck markierte den Glanz ihres Auges, als sie in seine Richtung schaute. Es war ein wunderschönes, stilles Werk, das Ruhe ausstrahlte, ein Versprechen zu geben schien; ein kurzer Moment, der ein ganzes Leben umfasste.

1889

»Herrgott, Màili, nun halt doch mal still!«

»Das geht nicht. Ich darf das Gleichgewicht nicht verlieren.«

Er zeichnete grimmig lächelnd ein paar Linien in seinen Skizzenblock, hob kurz den Blick und arbeitete weiter, während sie in ihrer Pose verharrte. »Nur noch ein paar Sekunden, dann hab ich's …« Doch sie richtete sich auf, und er ließ frustriert den Stift fallen. »Mein Gott, Frau!«

Sie lachte ihm über die Schulter zu. »Ich kann nicht länger so dastehen. Den Rest musst du dir denken, du hast mich ja schon oft genug gezeichnet«, sagte sie und sank ins weiche Gras neben ihm. »Wird das Bild dich berühmt machen?« Sie legte das Kinn auf seine Schulter, um einen Blick auf die Skizze zu werfen. »Und werden sie dann in Edinburgh über mich reden?«

Seine Konzentration war dahin, als der salzige Geruch ihrer Haare ihm in die Nase stieg, und er stöhnte innerlich auf. Sich körperlich von Màili fernzuhalten schaffte er nie lange. Die Kunst würde warten müssen. Er presste die Lippen zusammen, hin- und hergerissen zwischen seinen beiden Leidenschaften. Noch kurz zuvor hatte er sich ganz auf seine Arbeit konzentriert und Màili wahrgenommen wie jedes x-beliebige Modell. Doch jedes andere Modell hätte eher auf seine Anweisungen gehört als sie. Sie durfte also das Gleichgewicht nicht verlieren, so, so.

»Mir wäre es lieber, wenn sie über das Bild reden würden, vorausgesetzt, es wird je fertig.« Er zückte erneut den Stift, um den Faltenfall ihres Rocks zu ändern. Dann lehnte er sich gegen den Felsen zurück, die Krempe seines Strohhuts tief in die Stirn gezogen, und musterte sie – er konnte sie endlos ansehen. »Redet man hier denn noch nicht genug über dich?«, fragte er.

Sie wandte sich stirnrunzelnd von ihm ab und begann, an den rosafarbenen Köpfen der Grasnelken zu zupfen, die aus einer Felsspalte wuchsen.

Er betrachtete die geschwungene Linie ihres Nackens, ihren vollkommenen Hals, ihre vollen Brüste. Màili war nicht einfach nur irgendein Modell, sondern so viel mehr. Eine Freundin aus Kindertagen, die in seiner Abwesenheit zu einer atemberaubenden Schönheit herangewachsen war. Eine Freundin, die ihn jetzt mit ihren Mandelaugen auf ganz besondere Weise anblickte und errötete. Für Theo war sie das Herz der Insel.

Diamanten auf einer Schaumkrone.
Sand und der weiche Machair.
Das Licht der Sonne auf den Schwingen einer Möwe.
Màili.

»Ich weiß nicht, was du meinst.« Sie warf eine rosafarbene Blüte in den Tümpel, beobachtete, wie der Wind sie drehte, und weigerte sich, ihm in die Augen zu sehen. Das wusste sie ganz genau …

Plötzlich wirkte er besorgt und verletzlich. »Ich liebe dich, Màili.«

Sie betrachtete ihn stumm, bevor sie ihre Haare mit einer

für sie typischen Geste wegschob, und dabei nahm sein Künstlerblick das Gold im Braun wahr. Einen Moment lang hatten ihre dunklen Augen einen verwirrten Ausdruck, und er nahm ihren Arm und zog sie zu sich heran. Sie wehrte sich nur kurz.

»Muss ich denn noch länger um dich werben?«, fragte er. Seine Lippen suchten die ihren, sie spürte seinen Atem an ihrer Wange. Als er sie küsste, kräuselte eine Brise die Wasseroberfläche des Tümpels und blies die Blüte darauf in den dunklen grünen Schatten des Felsens.

Fünf

Ruairidh betrat das Wohnzimmer und nahm Hettys Hand in die seinen, um sich zu entschuldigen. Der Brandstifter sei aufs Festland gebracht worden, berichtete er, und die Familie, die noch unter Schock stehe, bei Verwandten untergekommen.

»Man kann's dem Mädel nicht verdenken, dass es ihn verlassen hat«, erklärte er. »Trotzdem schade um den Burschen. Bis zum Tod seiner Mutter ist er ein ganz ordentlicher junger Mann gewesen.«

Dann gesellte sich Cameron zu ihnen, schenkte sich einen Drink ein und setzte sich ans Fenster, wo er kurz einen Blick auf eine herumliegende Zeitung warf. Der vierte Platz am Küchentisch, stellte sich heraus, war für ihn gedeckt, nicht für den Jungen, der mit dem Hund verschwunden war. Am Ende saß Hetty James gegenüber.

James und er seien Cousins, teilte Ruairidh ihr mit, als er Kartoffeln auf ihren Teller schöpfte. »Hier auf der Insel sind alle irgendwie miteinander verwandt, über Generationen hinweg. Und alle wissen über alles Bescheid.« Er schwieg einen Moment, den Löffel, von dem Butter tropfte, in der Hand. »Deswegen ist die Sache mit dem Skelett ein ziemlicher Schock. Irgendjemand muss etwas gewusst haben. Man würde Gerüchte erwarten, die schon länger in Umlauf sind.«

Die anderen nickten zustimmend. Hetty erkannte nicht

nur die Blutsbande, sondern auch etwas tiefer Reichendes, wie diese Gemeinschaft seit jeher funktionierte. Und genau danach sehnte sie sich – nach einer Gemeinschaft. Sie unterschied sich von einer Clique wie der von Giles' Freunden und war etwas Ursprünglicheres, ein komplexerer Zusammenhalt, der sich aus gegenseitigen Abhängigkeiten, ähnlichen Interessen und einer gemeinsamen Vergangenheit ergab. Ein solches Gefühl der Zugehörigkeit hatte sie selbst nie erlebt. Weil ihr Vater für das Außenministerium arbeitete, war ihr Zuhause nie ein bestimmter Ort gewesen, sondern hatte sich immer dort befunden, wo er hingeschickt wurde. Ihre Kindheit hatte sie zwischen diesen wechselnden Aufenthaltsorten und dem Internat verbracht. Eine Versetzung, eine schnelle Abberufung nach einem Staatsstreich, ein Einspringen für einen erkrankten Kollegen – all das hatte sich für sie so ausgewirkt, dass sich wieder ein neuer Blick von ihrem Zimmer aus bot, dass sie eine andere Sprache auf der Straße hörte und ihr bis dahin unbekannte Speisen aß. Erst später war ihr klar geworden, wie unstet das ihr Leben gemacht hatte.

»Sie haben also keine Ahnung, zu wem das Skelett gehören könnte?«, erkundigte sich Hetty, die sich fragte, ob die Gemeinschaft der Inselbewohner möglicherweise die Reihen zu schließen begann.

»Nein, nicht die geringste. Es fehlt ja niemand, wenn Sie wissen, was ich meine.«

»Dann also jemand, der Theo Blake besucht hat? Obwohl er ja angeblich ein Einsiedlerleben geführt hat.«

»Ja, gegen Ende seines Lebens. Die letzten zwanzig Jahre hat er allein da oben verbracht und das Haus verkommen lassen«, erklärte Ruairidh. Hetty spürte James Camerons Blick auf sich ruhen. »Aber zuvor gab es schicke Partys in dem Haus, und Freunde sind zum Jagen und Angeln gekommen. Bevor seine Frau ihn verlassen hat.«

»Falls sie das tatsächlich gemacht hat«, murmelte James Cameron, der während des Essens kaum etwas gesagt und Ruairidh und Ùna das Reden überlassen hatte.

»Du glaubst also, dass es das Skelett seiner Frau ist, Jamie?« Ùna griff nach der Flasche und füllte Hettys Glas auf. »Unter den Bodendielen versteckt! Klingt nach Schauerroman.«

James zuckte mit den Achseln. »Wer weiß?«

Ruairidh kaute nachdenklich. »Nach allgemeiner Ansicht haben die Blakes die Insel zusammen verlassen, und sie ist nie mehr zurückgekommen.« Er hob die Gabel zum Mund. »Ich habe mich übrigens mit Inverness in Verbindung gesetzt. Sie wollen jemanden rüberschicken.«

Hetty bedankte sich. »Wenn Theo Blake die letzten Jahre allein verbracht hat, könnte doch jemand unbemerkt verschwunden sein, oder?«

Ruairidh lehnte sich auf dem Stuhl zurück und stützte sein Glas auf seinem üppigen Bauch ab. »Gut möglich, aber wer? Zum Ende hin hat er kaum noch Besuch empfangen.«

Seit der Erbschaft hatte Hetty versucht, mehr über Theodore Blake herauszufinden, und sich kurze Auszeiten von ihrem eigentlichen Beruf, der Recherche für Fernsehdokumentationen, gegönnt, um in Bibliotheken und im Internet nach Informationen zu suchen, mit wechselndem Erfolg. Während seine künstlerische Leistung einigermaßen gut dokumentiert war, hatte sie frustrierend wenig über Blakes Privatleben in Erfahrung bringen können, und seine späten Einsiedlerjahre lagen gänzlich im Dunkeln bis auf die Tatsache, dass er als alter Mann bei der Überquerung von Bhalla Strand ertrunken war.

Sein Vater, hatte sie gelesen, war gegen seinen Wunsch

gewesen, Maler zu werden, doch seine Mutter hatte ihn in seinem Bestreben unterstützt, sich der realistischen Glasgow School anzuschließen. Mit seinen frühen Gemälden, seiner Hebriden-Kollektion, hatte er sich in jungen Jahren einen Namen gemacht, aber später war er wie so viele seiner Zeitgenossen ins Ausland gegangen, wo er weniger Innovatives geschaffen hatte. Nach seiner Rückkehr auf die Insel hatte er sich auf Illustrationen der heimischen Vogelwelt beschränkt und ein von seinem Vater begonnenes Verzeichnis vollendet, das damals gut aufgenommen worden, inzwischen jedoch längst nicht mehr lieferbar war.

»Ich habe noch ein Exemplar hier«, bemerkte Ruairidh, als Hetty es erwähnte, und stand auf, um es zu holen. »Blake hat die Vögel geliebt und eines der ersten Schutzgebiete im Land eingerichtet.«

»Und wann hat er die anderen Bilder gemalt?«, fragte Ùna. »Du weißt schon, die merkwürdigen.«

Die merkwürdigen – Hetty war klar, welche sie meinte. Eines kannte sie von der Londoner Ausstellung, die erschreckende Darstellung eines entsetzten Gesichts, das vom Ufer aus auf einen glupschäugigen Kopf in der Brandung blickte. Die Ausgeburt eines kranken Gehirns, sagten manche Kritiker. »Soweit ich weiß, sind sie in seinen letzten Jahren entstanden. Es scheint nicht viele davon zu geben.«

»Als das Haus nicht mehr genutzt wurde, hat man Gemälde verbrannt«, sagte James mit leiser Stimme und hielt sein Glas ein wenig schräg, sodass sich das Licht der Kerze darin spiegelte. »Es heißt, Ihre Urgroßmutter mochte sie nicht.« Er tunkte den letzten Rest der Kasserolle mit einem Stück Brot aus und überließ es Ruairidh, von dem Feuer und dem, was die Leute damals gesagt hatten, zu erzählen. Hetty fragte sich, warum sie so etwas wie Feindseligkeit in den Worten von James zu spüren glaubte. Ùna begann, die Teller abzuräumen. »Wahrscheinlich wollte sie ihn als gute Schwester schützen. Am Ende scheint er nicht mehr alle Tassen im Schrank gehabt zu haben.«

»Gibt einem trotzdem zu denken.« Ruairidh füllte ihre Gläser nach.

Nicht mehr alle Tassen im Schrank? Das war Hetty neu. Oder war das einfach nur ein abfälliges Urteil über einen Mann, der zurückgezogen gelebt hatte? »Aber er kann doch dort oben nicht völlig allein gewesen sein. Irgendjemand hat ihm bestimmt den Haushalt geführt, oder?«

»Das ist wahr«, sagte Ùna. »Höchstwahrscheinlich hat er seine Socken nicht selber gewaschen und auch nicht selber geputzt.« Sie bedachte ihren Mann mit einem vielsagenden Blick, während sie auf dem Tisch Platz für den Apfelkuchen machte. »Und über ein Skelett unter den Bodendielen hätten die Leute sicher geredet.«

»Mein Urgroßvater Donald Forbes hat damals in dem Farmhaus gewohnt, vermutlich hat seine Familie ein Auge auf ihn gehabt. Ich rede mal mit Aonghas.« Aonghas, erklärte er, sei sein Großvater, gerade neunzig geworden, jedoch noch völlig klar im Kopf. »Er erinnert sich daran, wie Emily Blake wegen der Versteigerung gekommen ist. Vielleicht weiß er was. Aber er ist eine alte Klatschbase, also hätte er uns, wenn er etwas wüsste, bestimmt davon erzählt.«

Am Ende des Abends bot James Cameron Hetty an, sie zum Cottage mitzunehmen. Als sie Ruairidhs Haus verließen, umfing sie Dunkelheit, weiche, samtige Dunkelheit, nicht das trübe Grau einer Londoner Nacht, durchdrungen vom Licht der Straßenlaternen und Autoscheinwerfer. Hetty sog den üppigen Geruch der Natur ein und hob den Blick zu den Sternen am klaren Nordhimmel.

»So was ist in London nicht geboten.« James hielt ihr die Tür des Land Rover auf. »Der weite Himmel hat mir am meisten gefehlt, als ich dort gearbeitet habe.«

»Waren Sie lange da?«, erkundigte sie sich.

»Zwei Jahre. Das hat mir gereicht.«

Er ließ den Motor an und lenkte den Wagen von dem Feldweg auf den Asphalt. Beim Essen in Ruairidhs Cottage hatte Hetty ein Gefühl der Wärme empfunden, als sie den Erzählungen über das Haus in seiner Blütezeit, über die Familie der Forbes und ihre eigene gelauscht hatte. Sie hatte gespürt, dass sie eine gemeinsame Vergangenheit hatten. Doch James Camerons Worte erinnerten sie daran, dass sie neu war in der Gegend, an das unvermittelte Schweigen, als sie von ihren Plänen für Bhalla House erzählte. Obwohl Ruairidh hastig das Thema wechselte, hatte sie die Blicke der anderen wahrgenommen.

»Vermutlich haben Sie nicht viel von dem Haus gesehen, bevor ich Sie rausgeworfen habe.« James schaute geradeaus, aber sie meinte die Andeutung eines Lächelns zu sehen. »Wenn Sie wollen, bringe ich Sie morgen früh noch mal hin und zeige Ihnen die problematischen Stellen.«

»Sollten wir uns nicht lieber fernhalten, bis die Polizei da gewesen ist?«

»Kann mir nicht vorstellen, dass das eine Rolle spielt.« Er fuhr langsamer, als ein Schaf, die Augen im Licht der Scheinwerfer leuchtend, auf die Straße lief und stehen blieb. »Aber wenn wir Ruairidh fragen würden, müsste er natürlich nein sagen.« Er wandte ihr den Kopf zu und überraschte sie mit einem Grinsen. »Also fragen wir einfach nicht.«

Sechs

James stand schon früh vor ihrer Tür. »Die Flut lässt uns nur ein paar Stunden«, erklärte er, als der Land Rover zuerst über den unebenen Weg holperte und dann über den unberührten Sand brauste. Er steuerte lässig mit einer Hand und schaute hin und wieder zu ihr hinüber, ohne noch etwas zu sagen.

Sie blickte ebenfalls schweigend aus dem Fenster. Weißer Sand, seichtes Wasser und klarer blauer Himmel schufen ein Farbspektrum aus dunklem Türkis und Aquamarin, das sich mit hellen Pastelltönen verband. Im Westen konnte sie das offene Meer sehen, während im Osten die gewundene Küstenlinie den Blick auf die Bucht versperrte, hinter der sich die nebelverhangenen Hügel der Nachbarinseln erhoben. Hetty drehte sich, beeindruckt von der Schönheit der Landschaft, auf ihrem Sitz um.

»Sind Sie schon mal hier in der Gegend gewesen?«, erkundigte er sich schließlich, und sie schüttelte den Kopf. »Tage wie dieser besitzen einen ganz besonderen Reiz«, bemerkte er. Und das stimmte.

Als sie den letzten mit Seetang bedeckten Felsen umrundeten, tauchte das Haus direkt vor ihnen auf. Es wirkte wie ein Tribut an das unerschütterliche viktorianische Selbstbewusstsein, erbaut, um durch Größe zu beeindrucken, die Staffelgiebel und der kleine Turm über dem Eingang eine deutliche Verneigung vor der romantischen Bauweise von

Abbotsford oder Waverley. Errichtet, hatte Hetty gelesen, um eine sehr viktorianische Art des Erfolgs in den Industriezentren von Dumfriesshire zu feiern, wo Theodore Blakes Vater Leinen zu Gold gesponnen hatte. Doch nun sah es aus wie ein verlassener Filmset.

»Beherrscht die Gegend, finden Sie nicht?«, fragte James, als der Land Rover vom Strand in die Auffahrt einbog. »Dass das Haus aufgegeben wurde, hat hier in der Gegend für mehr Aufruhr gesorgt als das Ende des Krieges.« Er lenkte den Wagen zwischen die Säulen am Eingang, wo die Reifen auf dem Schlamm durchdrehten. »Das Feuer mit all den Dingen, die nach der Versteigerung noch übrig waren, hat bis tief in die Nacht gebrannt. Aonghas behauptet, man konnte es kilometerweit sehen. Ein Armageddon im Hebridenstil sozusagen.«

Sie schob das Bild beiseite, um sich einen Augenblick lang ihrer Fantasie hinzugeben, in der sie das Gemäuer renoviert und lebendig sah, die Fenster ohne die Bretter davor.

»Im Lauf der Jahre sind immer wieder Gerüchte über mögliche Käufer aufgetaucht«, fuhr er fort, »Rockstars, Hippies, Sekten ... Aber es ist nie was passiert, und dann haben die Novemberstürme irgendwann das Dach abgedeckt.«

Das Bild in ihrer Vorstellung verflüchtigte sich. »Und jetzt, sagen Sie, ist es zu spät.«

Er zog die Handbremse an und beugte sich nach hinten, um Schutzhelme und eine große Taschenlampe vom Rücksitz zu nehmen. »Ich fürchte, ja.«

Als er morgens zu ihr gekommen war, hatte er die Schlüssel von dem Tisch genommen, auf dem sie sie tags zuvor liegen gelassen hatte. Damit sperrte er nun das Vorhängeschloss an der vorderen Tür auf. Danach ließ er sie, während er Hetty den Rat gab, sich vorsichtig zu bewegen, in seine Tasche gleiten. Würde er sie ihr später zurückgeben?, fragte sie sich.

Drinnen zeigte er ihr, wo ein Teil des Treppenabsatzes eingestürzt war, sodass man die vorderen Zimmer nicht mehr erreichen konnte und die verbliebenen Kamine frei über dem weggebrochenen Boden hingen. An den oberen Wänden befanden sich noch abgesplitterte Holzverkleidungen und ein paar Fetzen verblichener Tapete. Er ging weiter.

»Das war der Salon.« Es handelte sich um einen gut geschnittenen Raum an der Vorderseite des Gebäudes. »Im Museum gibt's alte Fotos, auf denen zu erkennen ist, wie es früher ausgesehen hat. Die sollten Sie sich bei Gelegenheit anschauen.« Der Strahl der Taschenlampe verharrte auf einem klaffenden Loch in einer Wand. »Hier war früher ein prächtiger Kamin aus Granit, ein tolles Stück, aber der ist leider verschwunden.« Er leuchtete in die hintere Ecke. »Da drüben standen mal ein Flügel und eine Chaiselongue neben einem alten Grammophon mit einem schönen großen Trichter.« Er richtete den Lichtstrahl auf eine verrostete Eisenstange, die lose unter dem Fenster hing. »Nur noch das ist übrig von der Fensterbank. War bestimmt nicht ungemütlich mit Musik, einem Gläschen Scotch und einem der schönsten Ausblicke des Landes.«

Sie sah ihn verwundert von der Seite an, weil plötzlich so etwas wie Besitzerstolz in seinen Ausführungen mitschwang.

Er führte sie in den nächsten Raum. »Das Esszimmer«, erklärte er. »Es gibt ein Foto von einem langen, für eine große Einladung gedeckten Tisch hier drin – weißes Tischtuch, prächtiger Tafelaufsatz aus Silber in der Mitte, Kristallgläser, feines Porzellan –, das ganze Drum und Dran.«

»Ganz schöne Leistung am Ende der Welt.«

»Der Sie offenbar nacheifern wollen«, bemerkte er. Da war sie wieder, diese Feindseligkeit. Hetty beschloss, sie zu ignorieren. Als sie nicht reagierte, zuckte er mit den Achseln und ging ihr voran in den nächsten Raum, in den sie bei ihrem ersten Besuch eingedrungen war. »Blakes Arbeitszimmer«, teilte er ihr mit und bückte sich, um die gesplitterten Bretter der alten Fenstervernagelung aufzuheben. »Hier hat er vermutlich an seinem Vogelverzeichnis gearbeitet.« Sie musste an die detaillierten Illustrationen in Ruairidhs Buch denken und versuchte sich den Maler vorzustellen, wie er über seine Skizzen gebeugt dasaß und immer wieder den Kopf hob, um die Vögel zu beobachten, die draußen über dem Strand kreisten. »War wahrscheinlich sein einziger Zeitvertreib. Er hatte ja sonst nichts zu tun, weil er sich seinen Lebensunterhalt nicht verdienen musste.« James lehnte das zerbrochene Brett an die Wand und überprüfte sein Werk vom Vortag.

»Warum er sich wohl nicht wieder der Landschaftsmalerei zugewandt hat?«

Er zuckte mit den Schultern. »Vielleicht war er irgendwann genauso besessen von Vögeln wie sein Vater. Ihretwegen hat der alte Blake das Anwesen damals überhaupt gekauft. Mit seinem Vermögen konnte er sich ein stilvolles Leben leisten. Als seine erste Frau gestorben ist, hat er sich Gattin Nummer zwei im verarmten Kleinadel gesucht, damit ein weiteres Stück gesellschaftlichen Aufstieg geschafft und dann nur noch die Füße hochgelegt.« Er wandte sich dem Eingang zu und leuchtete ihr mit der Taschenlampe. »Duncan Blake war wie sein Sohn ein Mann seiner Zeit.«

Theo stand, die Hände zu Fäusten geballt, starr vor dem Schreibtisch seines Vaters und zwang sich, ihn nicht zu unterbrechen. Der alte Mann war erstaunlich direkt und Theos Ansicht nach unverzeihlich beleidigend gewesen.

»Das werde ich nicht zulassen. Deine Besessenheit von der Malerei ist schon schlimm genug. Eventuelle bedauerliche Folgen dieses unvermittelten Interesses an Màili Cameron sind allein ihr Problem, wenn du verstehst, was ich meine.« Er musterte seinen Sohn mit kühlem Blick. »Ich weiß, deine Mutter hat sie unter ihre Fittiche genommen, und sie geht hier ein und aus, aber von deiner Stiefmutter kannst du nicht erwarten, dass sie sie genauso herzlich aufnimmt. Neacal Cameron hingegen hat mir gute Dienste geleistet und dir viel beigebracht. Ich will ihn nicht vor den Kopf stoßen, also würde ich dir vorschlagen, noch einmal über deine Beziehung zu seiner Tochter nachzudenken.« Er wandte Theo den Rücken zu, um ihm zu signalisieren, dass das Gespräch zu Ende war.

Theo, der in dem Wissen aus dem Haus stürzte, dass er vom Fenster des Arbeitszimmers aus beobachtet wurde, verfluchte seinen Vater. Ja, seine Mutter hatte Màili geliebt, deren angenehmes Wesen sie über den Verlust ihrer eigenen kleinen Töchter hinwegtröstete, und Màili, selbst mutterlos, hatte ihre Liebe erwidert. Doch jetzt lagen die Dinge anders, hatte sein Vater gesagt. Die Frau, die nun den Platz von Theos Mutter einnahm, hatte Duncan selbst eine Tochter und einen Sohn geboren, aber für Theo hatte Bhalla House nie leerer und lebloser gewirkt. Nur Màili verstand das …

Er stieß sich die Fingerknöchel am Türstock und fluchte, bevor er wütend an der Wunde saugte. Nach seiner Rückkehr aus Glasgow hatte er Màili vor dem Schulhaus beim Füttern der Hühner angetroffen. Das sonnige Lächeln, das sie ihm an jenem Morgen schenkte, hatte den Schmerz aus seiner Seele vertrieben – und ihn danach viele Nächte wach gehalten. Soweit er wusste, musste Màili sich von ihrem Vater Ähnliches anhören wie er. Die Dinge hätten sich geändert, hatte auch der alte Schulleiter mit besorgter Miene gesagt. Sie seien keine Kinder mehr. Keine Kinder, nein, aber Herr im Himmel: Waren ihre Väter denn niemals jung gewesen?

Der Kies knirschte unter seinen Sohlen, als er die Auffahrt entlanghastete. Er hatte Màili schon vor einiger Zeit den Strand hinuntergehen sehen; sie würde glauben, dass er nicht kam. Am Tor blieb er, die gesunde um die verletzte Hand gelegt, stehen, als er sah, dass Màili sich angeregt mit John Forbes, dem Sohn des Verwalters, unterhielt. Der junge Mann wandte sich um und begrüßte ihn mit leiser Stimme. Theo nickte und trat zu ihnen.

»John. Màili.«

Früher waren sie zu dritt vor Schulstunden bei Màilis Vater zum Strand hinuntergeflohen, nun kamen sie nur noch selten alle zusammen, weil John arbeiten musste. Theos Blick wanderte zwischen ihnen hin und her.

»Ich habe John gerade gefragt, wie es seinem Vater geht«, erklärte Màili, um die plötzlich aufgetretene Verlegenheit zu kaschieren. »Er ist immer noch nicht gesund.«

»Das tut mir leid.« Der schwarz-weiße Collie des Verwalters lief, auf Befehle wartend, in einiger Entfernung um sie herum. Theo mochte den alten Forbes, aber was wollte John von Màili? »Wie kommt deine Mutter damit zurecht?«

»Einigermaßen.«

»Gut.« Als John den Collie mit einem Fingerschnippen herbeirief, warf Theo Màili einen vielsagenden Blick zu, doch sie runzelte die Stirn und schüttelte den Kopf. »Heute wird gescho-

ren, stimmt's, John?«, erkundigte sich Theo, der nach einem Grund suchte, ihn loszuwerden.

»Aye. Es gibt viel zu tun.«

»Dann dürfen wir dich nicht länger aufhalten.«

»Nein.« Als der Sohn des Verwalters Màili ansah, war kurz der Schmerz in seinen Augen zu erkennen. Theo kannte das Gefühl nur zu gut. »Macht's gut.«

Er wandte sich zum Gehen, aber Màili hielt ihn am Ärmel fest. »Sag deiner Ma, dass ich später vorbeischaue.«

Der junge Mann nickte und entfernte sich mit dem Hund über die Felder. Màili blickte ihm nach, bevor sie sich Theo zuwandte. »Du warst unfreundlich zu ihm …«

»Wieso? Ich hab doch das Richtige gesagt, oder?«, entgegnete er.

»Sein Vater liegt im Sterben, Theo.«

Er wurde rot. »Das weiß ich. Ein paar nette Worte von mir machen es ihm auch nicht leichter.« Er kickte einen Stein weg. »Da hilft nichts.«

»Trotzdem.«

»Er ist alt genug, um so etwas auszuhalten«, erklärte er mit grimmiger Miene und schaute hinauf zum Haus, wo sein Vater nach wie vor am Fenster stand. »Komm.«

Theo zog sie durch das seitliche Tor, hinter dem von der Weide der warme Geruch von Klee aufstieg. Er sehnte sich nach diesen Momenten allein mit ihr. Nur Màili zählte noch für ihn. Für ihn war sie untrennbar mit seiner Kunst und seiner leidenschaftlichen Liebe zu der Insel verbunden. Ihr Gesicht ließ vor seinem geistigen Auge das Bild von der windumtosten Landschaft und der aufgewühlten See erstehen. Sie erfüllte seinen Geist, machte ihn süchtig … sie war eine Fata Morgana, ein Irrlicht über dem Torfmoor, das er nicht greifen konnte – er wusste, dass er von ihr besessen war.

Sie würden zu den Dünen über Torrann Bay gehen, beschloss er, wo die Wellen des Atlantiks ans Ufer donnerten und sie allein wären. Als sie eines Tages dort die Seehunde in der Brandung beobachteten, hatte sie ihm mit leuchtenden Augen die Insellegende von den Selkies erzählt, den Seehundmenschen, die an Mittsommer ans Ufer kamen, ihre Haut abstreiften und am Strand tanzten. Unbesonnene Fischer verfielen ihrem Zauber und stahlen ihnen die Haut, um die Wesen an sich zu binden und sie dazu zu zwingen, als traurige Ehefrauen an Land zu bleiben, die ohne ihre Haut nicht in ihr feuchtes Reich zurückkehren konnten. Während sie das erzählte, hatte sie auf dem Bauch liegend mit geschickten Fingern Strandhaferhalme miteinander verflochten.

»Webst du Zaubersprüche hinein?«, hatte er sie gefragt, ihre Hände ergriffen und ihr Werk zerstört, als er sie zu sich zog.

Später hatte er sie im Sand unter den Dünen gezeichnet, den Arm ausgestreckt, die Haare im Seetang, sodass sie aussahen, als wären sie Teil davon. Sie hatte über seinen plötzlichen Eifer gelacht, aber die Szene hatte ihn begeistert, fasziniert. Dunkle Locken, die sich mit Seetang vermischten, nackte Beine in der Farbe des Sandes … Er hatte sie gebeten, sie so malen zu dürfen, in dieser Pose, unbekleidet.

»Eine echte Selkie-Frau. Bitte, Màili.«

Doch sie war wütend aufgesprungen, die dunklen Augen riesig, die Wangen tiefrot. »Nein! Nur weil du …« Sie hatte sich auf die Lippe gebissen, den Kopf gesenkt, ihren Rock ausgeklopft und war in ihre schweren Schuhe geschlüpft.

»Bleib, Màili! Vergiss, dass ich dich gefragt habe.«

Doch sie hatte sich entfernt, und er war schmollend, wütend und frustriert zurückgeblieben, allein mit seinen beiden unauflöslich miteinander verbundenen Leidenschaften. Es hatte Tage gedauert, bis sie wieder mit ihm sprach.

Nun, da sie die Landspitze erreichten, wehte der Wind stark, zu stark zum Malen. Theo stellte seine Utensilien auf den Boden und schaute zu Màili hinauf. Sie stand auf den Dünen, ihr Rock gegen ihre nackten Beine gedrückt, sodass ihre Konturen sich abzeichneten, und er griff nach seinem Stift. Ein paar gekonnte Striche und Schattierungen. Während ihm ihr Körper allmählich vertraut war, wurde ihm klar, dass es ihm nicht gelang, ihr flüchtiges Wesen festzuhalten. Er wollte mehr von Màili, als sein Stift einfangen konnte. »Die Dinge liegen jetzt anders.« Die Worte seines Vaters fielen ihm ein. Als Màili das Gesicht in den Wind streckte, der ihr die Haare nach hinten wehte, wurden Theos Augen dunkel, und er spürte Angst in sich aufsteigen. Denn er ahnte: Wenn er Màili Cameron, seine Muse und Herzensblume, nicht auf ewig bei sich haben konnte, war er verloren.

Sieben

Hetty schwieg während der Fahrt zurück zum Cottage, erschüttert über James' unwiderrufliches Urteil über das Haus. Reißen Sie's ab, hatte er gesagt. Es sei aussichtslos, nicht mehr zu retten. Sie waren einen Augenblick an der Tür zu dem kleinen Anbau, in dem er das Skelett gefunden hatte, stehen geblieben.

»Das war das Frühstückszimmer«, hatte er ihr erklärt, »obwohl Aonghas behauptet, es wäre in seiner Jugend zur Lagerung von Holz und Rüben verwendet worden.« James hatte ob ihres verwunderten Gesichtsausdrucks mit den Achseln gezuckt. »Der kleine Raum hier war ursprünglich mal als Wintergarten gedacht, ist aber nie fertig geworden und immer mit Brettern vernagelt gewesen. Die Leute, die das Ding bauen sollten, waren komplette Nieten, vermutlich ungelernte Pächter. Was sie gemacht haben, war nicht gut für die ursprüngliche Wand. Kommen Sie mit, dann zeige ich es Ihnen.« Er hatte ihr den tiefen Riss präsentiert, der sich über dem schrägen Dach des Wintergartens die Mauer hinaufzog, sich unter den Fenstern und dem Dachvorsprung verästelte und ausbreitete. »Schätze, das Fundament hat sich nach der Einebnung des Bodens verschoben. Sie haben dem Haus das Rückgrat gebrochen. Wenn man die Mauer jetzt einreißt, stürzt auch der Rest ein.«

Sie hatte genickt. »Und was würden Sie vorschlagen?«

»Wenn Sie kein Vermögen für die Sanierung ausgeben

wollen, sehe ich nur eine Möglichkeit.« Er hatte kurz geschwiegen. »Reißen Sie das Ding ab. Retten Sie, was zu retten ist, bauen Sie sich ein Cottage auf dem Grundstück und überlassen Sie Bhalla House der Geschichte, wo es hingehört.«

Dann war er weiter um das Haus herumgegangen, damit sie diese Mitteilung verdauen konnte. Sie war ihm erst nach einer Weile gefolgt und hatte ihm nur mit halbem Ohr zugehört, wie er ihr die Nebengebäude, die Waschküche und die Lagerräume beschrieb.

Sie wollte ihm einfach nicht glauben. Im Fernsehen kamen doch ständig Sendungen, wie Häuser, die viel schlimmer aussahen als das ihre, wieder auf Vordermann gebracht wurden. Sie hatte neben ihm gewartet, während er das Vorhängeschloss an der vorderen Tür anbrachte, und benommen zugesehen, wie er die Schlüssel einsteckte. Ihr war nichts eingefallen, was sie ihm entgegnen konnte. Ein Geschichtsstudium nutzte leider nicht viel bei der Diskussion von bautechnischen Fragen. Aber wenigstens die Schlüssel wollte sie zurück. Als sie vor dem Cottage hielten, wandte sie sich ihm zu, um ihn darum zu bitten, doch er holte eine Aktentasche aus dem hinteren Teil des Land Rover.

»Unterhalten wir uns doch über den Bericht, solange Sie noch alles vor Augen haben.«

»Was für ein Bericht?«

»Der, den ich Emma Dawson geschickt habe.«

»Wann?«

»Vor einer guten Woche.« Er schaute sie fragend an, bevor er ausstieg und auf ihre Seite kam, um ihr die Tür zu öffnen. »Haben Sie den nicht bekommen? Ich dachte, Sie sind deswegen da.«

Nein, das hatte sie nicht. Verdammte Frau! Wieder war

sie unvorbereitet. James drückte die Tür mit der Schulter auf und trat einen Schritt beiseite, um sie hineinzulassen. Kühle feuchte Luft schlug ihnen entgegen, die darauf hindeutete, dass die Nachtspeicherheizung des Cottage sie genauso im Stich gelassen hatte wie der Torf.

Hetty bot James einen Platz im Wohnzimmer an, während sie Tee kochen ging. Warum war sie nicht informiert worden? Oder hatte Emma Giles Bescheid gegeben, aber nicht ihr? Sie wählte stirnrunzelnd die beste der billigen Tassen aus und dachte dabei an andere Gelegenheiten, wo es so gelaufen war.

Als sie fünf Minuten später mit vollem Tablett das Wohnzimmer betrat, kauerte James vor dem Kamin. Ihm gelang es mühelos, den Torf zum Leben zu erwecken. Er richtete sich auf, legte seine Aktentasche auf den Tisch, zog einen Stuhl für Hetty heraus und nahm ihr gegenüber Platz. Nachdem er seine Tasse Tee mit einem Nicken entgegengenommen hatte, krempelte er die Ärmel hoch, und plötzlich wurde er geschäftsmäßig und ging, sobald sie sich ebenfalls gesetzt hatte, den Bericht Seite für Seite mit ihr durch. Er erklärte ihr die einzelnen Punkte eingehend, sah sie jedes Mal an, um sich zu vergewissern, dass sie alles verstanden hatte, und zeichnete mit einem gespitzten Bleistift Diagramme, wenn er das Gefühl hatte, dass seine Ausführungen nicht klar genug gewesen waren.

Das erforderte ihre ganze Aufmerksamkeit. Nach einer Stunde musste sie zugeben, dass seine detaillierten Erklärungen das Todesurteil für Bhalla House bedeuteten.

Er tippte mit dem Ende des Stifts gegen seine Schneidezähne und sah sie an. »Tja, das wär's dann also. Die Probleme reichen ziemlich weit zurück; Blake hat sie noch verschlimmert, indem er die Zügel schleifen ließ.« James löffelte

Zucker in die frisch aufgefüllte Tasse und rührte bedächtig um. »Die ursprüngliche Einrichtung ist entweder geklaut oder über die ganze Insel verstreut. Vermutlich stehen die Kamine jetzt irgendwo in Glasgow. Ich will nicht sagen, dass eine Renovierung gänzlich unmöglich ist, aber das, was Sie vorhaben, wird Sie eine Million kosten. Mindestens.« Er nahm einen Schluck Tee und fragte in einfühlsamem Ton, ob sie sich überhaupt schon Gedanken über die laufenden Kosten eines solchen Projekts gemacht habe. »Da draußen wohnt aus gutem Grund keiner mehr; allein die Versorgung mit dem Lebensnotwendigen würde ein Heidengeld kosten. Strom hat's in dem Haus nie gegeben, und das Trinkwasser musste von einem Pumpenhaus auf der Hauptinsel herübergeleitet werden. Angeblich waren in den kalten Monaten achtzig Karrenladungen Torf nötig, um das Haus zu heizen. Das können Sie ja mal in Öleinheiten zum heutigen Preis umrechnen.«

James lehnte sich zurück und beobachtete sie schweigend über den Rand seiner Tasse. Ein Stück Torf sank im Kamin herunter, und im Raum breitete sich wohlige Wärme aus.

»Wahrscheinlich halten Sie mich für sehr naiv«, sagte sie schließlich.

Er stellte seine Tasse ab. »Sie kannten das Haus ja nicht und haben sich von einem Traum hinreißen lassen. Träume brauchen wir alle, aber die brauchen wiederum ein solides Fundament.« Er sammelte seine Unterlagen ein und bedachte sie mit einem schiefen Lächeln. »Vor ein paar Jahren habe ich selber mit dem Gedanken gespielt, das Haus zu retten.«

»Sie?«

»Ja, ganz schön anmaßend, was?« Seine Augen leuchteten kurz auf. »Wir wussten nicht, dass noch jemand von der

Familie existiert, und dachten, das Haus wäre für einen Apfel und ein Ei zu kriegen.« Hatte sie ihm also einen Strich durch die Rechnung gemacht? »Als die Kamine verschwunden sind, ist es Ruairidh gelungen, die Anwälte Ihrer Großmutter aufzuspüren. Und dann waren da noch andere Dinge.« Sie wartete auf eine Erklärung, aber er griff nur wieder nach seiner Tasse und fuhr fort: »Schon damals hat eine flüchtige Überprüfung ergeben, dass das Unternehmen aussichtslos wäre – jedenfalls mit den Mitteln, die mir zur Verfügung standen –, und jetzt, wo auch noch das Dach am Einstürzen ist, kommt das Ende bestimmt schneller. Wenn Sie das Haus nicht abreißen lassen, erledigt die Natur das bald für Sie.«

Als sie einige Stunden später am Ufer entlangschlenderte und zur Insel hinüberblickte, fielen ihr seine Abschiedsworte ein.

»Ruairidh und ich haben als Kinder bei den beiden Häusern gespielt; sie liegen mir sozusagen im Blut. Es stimmt mich traurig, das Gebäude zerfallen zu sehen. Das ist, als würde man einem großen Tier beim Sterben zuschauen.« Er hatte sie angesehen. »Es ist hart. Aber wenn man's recht bedenkt, war es immer irgendwie fehl am Platz. So ein Monstrum, hier in dieser Gegend? Verrückt. Vergessen Sie es.«

Nun fiel ihr Blick auf einen Wagen der Polizei. Er wartete am Ende des Wegs auf die Rückkehr des Schlauchboots, das eine Stunde zuvor mit der Flut hinübergefahren war.

Das Projekt mit dem Haus zu vergessen war jetzt nicht mehr möglich, Hetty konnte es nicht einfach fotografieren und wieder gehen – sie hatte Blut geleckt. Außerdem kannte sie bisher nur die Meinung eines einzigen Mannes. Und es gab lose Enden, man musste eine verlorene Seele zur letzten Ruhe betten. Eine vage Familienverbindung hatte sie an diesen Ort und zu dem Skelett geführt. Die Entdeckung war ein Schock gewesen, hatte sie aus dem Gleichgewicht gebracht, doch nun fühlte sie sich verantwortlich und verpflichtet nachzuforschen, um alles ein wenig besser zu begreifen.

Als die Sonne hinter einer Wolkenbank verschwand, färbte sich das Wasser grau, weiße Gischtkronen tanzten darauf. Hetty erschauerte beim Gedanken an das, was Ruairidh ihr über Blakes Tod erzählt hatte. Seine Leiche war bei Ebbe gefunden worden, eingeklemmt zwischen Felsen am Strand. Hatte er die Flut falsch eingeschätzt?, hatte sie gefragt, aber Ruairidh hatte nur mit den Achseln gezuckt. Keiner war dabei gewesen, keiner hatte etwas gesehen.

Da drang ein leises, summendes Geräusch an ihr Ohr, und sie sah, dass das Schlauchboot die Insel verließ und auf sie zukam. Wenig später hob Ruairidh den Außenbootmotor aus dem flachen Wasser, James Cameron sprang an Land, und sie ging ihnen entgegen, um sie zu begrüßen.

»Ich lasse es Sie wissen, wenn ich etwas Interessantes in den Vermisstenakten finden sollte.« Der Inspektor und die beiden Männer von der Insel hatten in Hettys winzigem Wohnzimmer gerade beim Tee die nötigen Formalitäten erledigt. »Aber erwarten Sie sich lieber nicht zu viel.« Er wandte sich James zu. »Geben Sie mir noch einmal Ihre zeitliche Einschätzung.«

James Cameron saß auf der Armlehne des Sessels, in dem sein Cousin Platz genommen hatte. »Sie haben den großen Stein im Fundament gesehen, an dem der Schädel lag? Der war vom Frost geborsten. Einen Teil haben sie, glaube ich, bei der Einebnung des Bodens für den Wintergarten entfernt. Meiner Ansicht nach war der Wintergarten bei dem sandigen Untergrund ohnehin eine Schnapsidee, aber so ist die Ausbuchtung entstanden.«

»Sie meinen also, dass es während der Bauzeit passiert ist?«, fragte der Inspektor. »Würde Sinn ergeben.«

»Lässt sich rauskriegen, wer damals mitgearbeitet hat?«

»Das bezweifle ich. Es gibt keine nennenswerten Aufzeichnungen über das Anwesen.«

»Wann wurden die Bauarbeiten Ihrer Ansicht nach durchgeführt?« Der Inspektor notierte alles.

»Auf Fotos aus der Zeit vor dem Ersten Weltkrieg ist an der Stelle offener Boden zu erkennen, noch vor Errichtung des Wintergartens.«

»Noch früher«, mischte sich Ruairidh ein. »Die Blakes haben die Insel 1911 verlassen und sind jahrelang weggeblieben. In ihrer Abwesenheit ist höchstwahrscheinlich nicht weitergebaut worden.«

»Wann sind sie zurückgekommen?«

»Ewigkeiten später. Da war Blake schon allein.«

Der Inspektor hob den Blick. »Die Ehefrau?«

»Sie hatte ihn verlassen.«

»Kinder?«

»Keine.«

Hetty fielen Ùna Forbes' Worte ein. »Könnte es das Skelett von seiner Frau sein?«

»Möglich«, antwortete der Inspektor und steckte sein Notizbuch weg. »Das Medaillon deutet auf eine Frau hin, aber mit letzter Gewissheit werden wir das erst nach Erhalt des Laborberichts wissen. Man wird DNA nehmen. Mal sehen, ob uns das weiterbringt. Wenn Sie bereit wären, eine Probe zu geben, könnten wir feststellen, ob es jemand aus Blakes Linie war.« Wieder dieses dünne Band, dachte Hetty.

»Obwohl das nichts nutzt, wenn es tatsächlich das Skelett von Blakes Frau ist.«

»Meine Familie ist seit Generationen mit den Blakes verbunden. Nehmen Sie auch eine von mir und von ihm«, schlug Ruairidh vor und deutete mit dem Löffel auf James. »Zwischen seiner Familie und meiner besteht ebenfalls eine Verbindung.«

»Sie könnten die DNA der ganzen Insel nehmen, ohne dass Ihnen das was verrät«, mischte sich James ein. »Wir heiraten schon seit Jahrhunderten unsere Cousins und Cousinen. Seit den Wikingern hat's hier kein frisches Blut mehr gegeben, die Leute sind immer bloß aus der Gegend weggegangen, nie hergezogen.«

Acht

1910

Beatrice brauchte eine Weile, um sich nach dem grellen Sonnenlicht draußen an das schummrige Licht drinnen zu gewöhnen. Die Absätze ihrer Stadtschuhe klapperten über den Fliesenboden des Eingangsbereichs vor Theo her, bis sie, den Hut in der Hand schwingend, am Fuß der Treppe den Blick schweifen ließ, während er Anweisungen wegen des Gepäcks gab. Ein ausgestopfter Hirschkopf starrte sie vom ersten Treppenabsatz aus mit Glasaugen herablassend an, ein Fuchs kauerte geduckt auf einem Bücherregal, und eine ganze Schar trauriger anderer Geschöpfe betrachtete sie mit leerem Blick. Waren sie alle gekommen, um sie in Augenschein zu nehmen?

Sie sah sich um. Die Diele wirkte verblichen und staubig, als hätten das Ticken der Standuhr und der scharfe Geruch von Torf sie eingelullt. Modrige Dünste stiegen von der mit Rosshaar gepolsterten Bank an der Wand auf, und feine Spinnweben, die das Hausmädchen übersehen hatte, hingen zwischen den Geweihenden des Hirschkopfs. Durch das Fenster im Dach flutete Licht herein, in der Luft tanzten Staubpartikel.

»Wo sollen wir anfangen?«, rief Theo ihr zu, und sie antwortete mit einem Lächeln, während sie sich den Eingangsbereich in freundlichen, von der Sonne erhellten Gelbtönen mit Schalen voller Blumen aus dem Garten, den sie anlegen wollte, vorstellte.

Bei ihrem Rundgang durchs Haus wuchs ihre Entschlossenheit. Offenbar war seit dem Einzug von Theos Vater ein halbes Jahrhundert zuvor nicht viel passiert, und soweit Beatrice das beurteilen konnte, hatte er die Dinge eher ihrer Haltbarkeit als ihres Stils wegen geschätzt. Hier gab es so viel zu tun. Trotzdem nahm sie fürs Erste lieber nur höflich zur Kenntnis und bewunderte, um Theo nicht vor den Kopf zu stoßen.

»Es ist alles ein bisschen altmodisch«, gab er zu.

Sie lächelte stumm. Vom Esszimmer aus hatte man eine gute Aussicht auf die blauen Hügel der Nachbarinsel. »Ach, wie schön!«, rief sie aus.

Da erklang von draußen Männerlachen, und unten auf dem Weg tauchten die Söhne des Verwalters auf. Der Jüngere senkte den Blick, als er sie bemerkte, während der Ältere ihr freundlich zuwinkte. Da Beatrice ahnte, dass ihr Lachen etwas mit ihr zu tun hatte, wandte sie sich ab, ohne das Winken zu erwidern. Dabei fiel ihr Blick auf eine Vitrine über dem Kamin, in der ein etwa gansgroßer Vogel in einem zerrupften Nest saß.

»Welch ungewöhnliche Färbung.« Sie trat näher. Ein leuchtend rotes Auge starrte sie aus einem schwarzen Kopf über einem schwarz-weißen Federkragen an, ein Muster, das sich am Körper fortsetzte. Ein wenig erinnerte sie das an Lichtflecken auf einer ruhigen Wasseroberfläche.

»*Gavia immer*, mein bestes Stück.« Theo gesellte sich, die Hände in den Taschen, zu ihr. »Den habe ich vor vielen Jahren an der östlichen Landspitze erwischt. Aber das Nest ist nachgebildet, sie brüten hier nicht.« Er führte sie zu seinem Arbeitszimmer.

»Gütiger Himmel!« An der Schwelle blieb sie entgeistert stehen. Es war ein großer Raum mit Blick auf den Strand, der schön gewesen wäre, hätte man ihn nicht mit Arbeitstischen, Bücherregalen und Vitrinen vollgestellt. Auf allen verfügbaren Oberflächen standen ausgestopfte Vögel. Ihr Blick war leer, ihre Reglosigkeit betäubend. Den Exponaten in den Wandschränken war der wissenschaftliche Zweck deutlicher anzusehen, sie wurden um einiges brutaler präsentiert. Flügel, die früher einmal leichte Körper im sanften Wind getragen hatten, waren abgetrennt, gespreizt und mit Stecknadeln befestigt, um die Flugbewegung zu demonstrieren, genauso Schwanzfedern, die der Haltung des Gleichgewichts und der Partnerwerbung dienten. In der merkwürdigen Atmosphäre, die ihr verstaubter Geruch dem Raum verlieh, fühlte Beatrice sich wie von stummen Blicken verfolgt. Während sie zu Theo hinüberschaute, der an seinem Schreibtisch ein Päckchen begutachtete, dachte sie, wie seltsam es doch war, Wildtiere umzubringen, um sie dann im Haus so lebensecht wie möglich auszustellen.

Als sie am Fenster eine Staffelei entdeckte, ging sie hin, weil sie den Maler besser verstand als den Sammler. Auf der Staffelei befand sich eine halbfertige Zeichnung, die ein junges Mädchen darzustellen schien, sich bei näherer Betrachtung jedoch als schmaler nackter Junge entpuppte, der mit vom Wasser glänzendem Rücken einem Tümpel zwischen den Felsen entstieg.

»Ist da ein Meisterwerk im Entstehen, Theo?«

Er hob mit leicht gerunzelter Stirn den Kopf. »Wohl kaum«, antwortete er und gesellte sich zu ihr. »Nur ein grober Entwurf, an dem ich nicht weiterarbeiten werde.« Er nahm das Blatt in die Hand, betrachtete es und steckte es zwischen alte Leinwände.

Als Theo am folgenden Morgen schwer atmend oben auf den Dünen anlangte, hielt er, eine Hand an der Mauer der alten Pächterkate, inne, um Luft zu holen. Das Leben in der Stadt hatte seinen Tribut gefordert. Oder war es das Alter? Schon vierzig, du lieber Himmel!

Er blickte über den Machair zum Haus hinüber, wo Beatrice noch schlief. Glücklich und zufrieden, wie es schien. War es einfach nur der Reiz des Neuen? Oder ihr Wunsch, ihm zu gefallen? Sein Mund verzog sich leicht, als er sich dem Strand zuwandte. Ja, Beatrice, die Gute, war darauf bedacht, ihm zu gefallen.

Das Meer glänzte dunkelultramarinfarben, nur wo die Wellen sich am Ufer brachen, hatte es einen kühlen Jadeton. Theo beobachtete eine Weile fasziniert diese Urgewalt, wie die Gischtschleier zurückwichen, bevor jede Welle donnernd ans Ufer schlug. Dann wanderte sein Blick zum Strand, und seine guten Vorsätze fielen in sich zusammen wie Sandburgen im Wasser, als die Erinnerung ihn übermannte.

Theo setzte sich an seine gewohnte Stelle, lehnte sich gegen die Steinmauer des alten Hauses, schloss die Augen und versuchte, die Erinnerung loszuwerden, während er sich ganz dem Rauschen der Wellen und des Windes hingab, der durchs Dünengras strich. Torrann Bay. In seinem selbst gewählten Exil hatten ihn die Geräusche und Gerüche dieser Bucht, in der er das innerste Wesen der Insel spürte, verfolgt. Mystisch bei Sonnenaufgang, grellweiß und heiß oder auch regennass am Mittag und eine beeindruckende Lichtsinfonie, wenn die Sonne schließlich im Meer versank. Erst hier, wo die Heiligkeit dieses Ortes ihn umschloss, hatte er das Gefühl, vollkommen zurückgekehrt zu sein. Ganz allmählich, als die Anspannung von ihm abfiel, empfand er so etwas wie Frieden.

Er würde hierherkommen und wieder malen. Und er würde Beatrice mitnehmen. Bald. Sehr bald. Kurze Zeit später nahm er seinen Feldstecher aus dem abgegriffenen Lederetui und ließ den Blick über die Küstenlinie schweifen. Er ging im Kopf die Vogelarten durch, die er dabei entdeckte, und freute sich über die unveränderte Landschaft. Dann legte er das Fernglas in den Schoß und schaute ohne Ziel aufs Meer.

Beatrice hatte auf ihre ruhige und gelassene Art entzückt über alles gewirkt, was er ihr zeigte. Sie schien den Ort genauso zu begreifen wie sein Gemälde bei ihrer ersten Begegnung in der Ausstellung. »... eine Fata Morgana ...«, hatte sie gesagt und es gleich als das erkannt, was es war: ein Trugbild, dem er zu lange auf der ganzen Welt nachgejagt war. Das Werk war ein schmerzhafter Abschied von seiner Liebe gewesen, in Trauer geboren, doch das hatte Beatrice natürlich nicht wissen können.

Theo atmete tief durch, um die Anspannung von zwei Jahrzehnten loszuwerden. Er hatte sehr lange nicht den Mut aufgebracht, mehr als nur ein paar Wochen hier zu verbringen. Was für ein erbärmlicher Feigling er doch war! Aber nun bot Beatrice ihm die Chance zu einem Neuanfang. Neue Hoffnung. Sie würden jedes Frühjahr und jeden Sommer auf der Insel verbringen und im Herbst mit den Wachtelkönigen wegziehen. Und er würde wieder malen, richtig malen. Nicht nur in einem Pariser Atelier oder einem pittoresken französischen Dorf so tun als ob. Er war, wo er hingehörte, wo er zum ersten Mal jenen Sog und jene brennende Leidenschaft verspürt hatte. Keine sinnlose Trauer mehr: Endlich konnte er einen Strich unter die Vergangenheit ziehen.

Wenn da nicht Cameron gewesen wäre. Theo lehnte den Kopf gegen die Mauer, schloss die Augen und presste die

Zähne aufeinander, um den Schmerz zu unterdrücken, der seine Euphorie zu ersticken drohte. Er hatte nicht damit gerechnet, Cameron hier anzutreffen. Als er am ersten Tag ohne Vorwarnung aufgetaucht war, hatte Theo das wie einen Schlag in die Magengrube empfunden. Es hatte ihn aus dem Gleichgewicht gebracht und stärker erschüttert, als er zugeben wollte. Wie zum Teufel sollte er mit Cameron umgehen? Dieser vertraute, selbstbewusste Gang ... Als der junge Mann ihm lächelnd die Hand hingestreckt hatte, war Màili wieder vor ihm gestanden, die ihn mit der unbeantwortbaren Frage quälte. Trotzdem ... Er schüttelte bedächtig den Kopf. Trotzdem: Nun, da er sich von seinem ersten Schreck erholt hatte, freute es ihn, Cameron hier zu haben.

Natürlich hatte sich der Junge verändert. War er wirklich nur zwei Jahre älter geworden? Cameron sah gut aus, sogar sehr gut, und unwillkürlich empfand Theo so etwas wie Stolz. Er musste mit ihm reden, sich von seinen Reisen, seinen Eindrücken erzählen lassen, ihn erneut kennenlernen. Theo spürte seine größere, fast provozierende Selbstsicherheit. Wenn er sich schmunzelnd an den naseweisen kleinen Jungen von früher erinnerte, überraschte sie ihn nicht. Doch nun war er kein Junge und kein Jugendlicher mehr, sondern ein Mann von ... einundzwanzig Jahren? Das hatte Theo bei Gott oft genug nachgerechnet.

Was hatte ihn zurückgelockt? John Forbes war im vergangenen Winter krank gewesen. War das der Grund? Theo empfand es als Ironie des Schicksals, dass sie fast zur gleichen Zeit zurückgekehrt waren, als hätte ein und dieselbe Kraft sie hergezogen. Màili hatte viel auf solche Zufälle gegeben.

Er hob das Fernglas an die Augen, um ein Brandentenpärchen zu betrachten, das sich bei den Felsen in die Luft erhoben hatte, richtete es dann auf zwei dunkle Silhouetten dahinter und beobachtete sie eine Weile, bis er sicher war. Schließlich senkte er den Feldstecher mit einem zufriedenen Seufzen. Taucher. Junge Männchen. Bestimmt überwinterten sie nur hier und würden bald wieder wegziehen. Oder wollten sie, wie er, bleiben, sich passende Partnerinnen suchen und sich niederlassen? Vermutlich erhoffte er sich zu viel.

Theo schaute nach Osten. Die Sonne war noch nicht hinter der Spitze des Bheinn Mhor auf der Hauptinsel aufgegangen, aber schon kurze Zeit später würde sie die Insel mit Licht überfluten, das wusste er. Diesen ruhigen Moment der Erwartung, wenn die Welt allmählich erwachte, hatte er immer geliebt, einen Moment der Einsamkeit und stillen Einkehr.

Seine Gedanken richteten sich noch einmal auf Cameron. Vielleicht hatte die Insel selbst ihn zurückgelockt, die bei Gott gewaltige Anziehungskraft besaß – aber würde er bleiben? Sie könnten wieder zusammenarbeiten, das wäre ihm ein Trost. Donald war mittlerweile alt genug, seinem Vater zu helfen, was Cameron die Freiheit gab, Theo zu assistieren. Cameron war begabt, und Theo konnte ihn in vielerlei Hinsicht fördern, das musste er ihm begreiflich machen, ohne ihm fürs Erste seine Gründe zu offenbaren.

Theo richtete das Fernglas wieder auf den Himmel, aber es war nur ein Bussard, der den Machair nach einer Mahlzeit absuchte, und er ließ den Feldstecher wieder sinken.

Hier war ihm zum ersten Mal der Gedanke gekommen, er hatte ihn wie ein Blitz getroffen und die alte Wunde wieder aufgerissen. Auch an jenem Tag war er in Erinnerungen versunken gewesen, als Cameron, der ihm damals kaum bis zur Schulter reichte, aufgeregt an seinem Ärmel gezupft hatte.

»Schauen Sie, Sir! Seeadler.«

Vielleicht war es das Licht gewesen oder auch sein Gesichtsausdruck – jedenfalls war es Theo wie Schuppen von den Augen gefallen. Dieser Blick hatte immer schon eine Verbindung zu Màili hergestellt, ein zerbrechliches, wertvolles Band, doch zum ersten Mal hatte er darin etwas anderes entdeckt: sein Spiegelbild. Wie hatte ihm das bis dahin nur entgehen können? Er hatte den Jungen benommen und mit dröhnenden Ohren angestarrt, bis dieser, verwirrt und erstaunt über Theos unvermitteltes Interesse, wieder zum Himmel hinaufgedeutet hatte.

»Seeadler … Sir?«

1889

»Schau, Theo! Da, über dem Bràigh. Was ist das?«

Er legte hastig den Skizzenblock weg. Über ihnen balgten sich zwei große Vögel. »Seeadler«, antwortete er leise, trat neben sie und hob eine Hand, um die Augen zu beschatten und zu beobachten, wie die Vögel sich in einem merkwürdig brutalen Lufttanz ineinander verkeilten. Flügelschlagend und mit den befiederten Beinen stoßend trafen sie aufeinander, packten einander und drehten sich umeinander. Theo sah, wie sie gen Erde stürzten, sich im letzten Moment wieder fingen und in die Luft erhoben.

Màili verfolgte alles neben ihm mit. »Kämpfen sie?«

»Nein, sie werben umeinander.«

Sie lächelte ihn mit ihren Mandelaugen an. »Ich dachte, Werbung ist etwas Sanftes.«

So plötzlich das Schauspiel begonnen hatte, war es wieder vorbei; nun flogen die beiden Vögel ganz ruhig miteinander zum Festland zurück. »Es scheint seinen Zweck erfüllt zu haben.«

Màili erlaubte ihm lachend, sie zu sich heranzuziehen.

»Was muss ich tun, um eine Antwort von dir zu bekommen, Màili?«

Sie legte die Hände auf seine Schultern und schob ihn weg. »Warum bedrängst du mich so?«

»Weil ich in ein paar Wochen nicht mehr hier sein werde.«

Theo erhob sich, wandte sich abrupt von der Küste ab, von der Erinnerung – beiden Erinnerungen –, und dem Haus zu. Ganz sicher würde er nie sein können, das musste er akzeptieren.

Als er die landeinwärts gerichtete Seite der Dünen hinunterschlitterte, versanken seine Füße tief im Sand. Er sah, wie die Sonne den Gipfel des Bheinn Mhor erreichte, und der süßliche Geruch des feuchten Grases stieg ihm in die Nase.

Wenn er Cameron anblickte, empfand er ein Gefühl tiefer Sicherheit – und unerträglichen Schmerzes. Denn wenn er recht hatte, war jener eine kostbare Tag, an dem er mit Màili in der Senke bei dem Tümpel zwischen den Felsen gelegen hatte, sein Verderben gewesen. Lieber Gott, warum hatte sie es ihm nicht gesagt? Diese Frage ließ ihm keine Ruhe. Hatte sie es vor seiner Abreise gewusst? Sie hätte ihm schreiben können! Hatte John es geahnt, als er sie heiratete? Und jetzt? Der Mann musste es doch sehen! Aber er würde niemals etwas sagen. Vielleicht ahnte er tatsächlich nichts, und leider gab es keine höfliche Möglichkeit, die Frage zu stellen.

Theo hob das Gesicht in die Sonne, schloss die Augen und ließ sich vom Licht umfangen, von seiner Energie stärken, bis er sich beruhigt hatte. Er musste das alles hinter sich lassen, denn nun war Beatrice hier, sein Schild und sein Talisman, unberührt von der Vergangenheit, und wenn er Cameron zum Bleiben überreden konnte, hätte er alles, was er sich wünschte. In dieser Stimmung der Gelassenheit würde er die Insel neu entdecken. Sie für sich erobern, zu seinen eigenen Bedingungen. Und er würde wieder malen.

Neun

Beatrice wurde vom Licht des frühen Morgens geweckt, das durchs Fenster hereindrang; sie schlug genüsslich gähnend die Augen auf. Die Arme über den Kopf gewölbt, lauschte sie eine Weile den Schreien der Möwen, bevor sie mit einer Hand neben sich tastete, doch Theo war weg, schon lange, denn die Laken fühlten sich kalt an. In dem Kissen neben ihr zeichnete sich nur noch die Mulde von seinem Kopf ab. Wieder einmal fragte sie sich, wohin er immer so bald verschwand. Einmal hatte sie ihn über den Strand nach Hause kommen sehen und sich erkundigt, warum er sie nicht geweckt habe, damit sie ihn begleiten konnte.

»Hier stehe ich oft früh auf«, hatte er geantwortet und sich zu ihr heruntergebeugt, um sie zu küssen. »Aber das ist kein Grund, dich um den Schlaf zu bringen.«

Sie schlug die Bettdecke zurück und durchquerte das Zimmer zu dem kleinen Turm, von dem aus sie einen Blick in drei Richtungen hatte. Theo verwirrte sie. Auf der Insel, wo sie allein miteinander waren und sich nicht nach der Struktur des Stadtlebens richten mussten, merkte sie, wie wenig sie ihn kannte. Bei ihrer Ankunft war er ihr fast euphorisch erschienen, doch inzwischen hatte sie hier auch seine Launen und sein Schweigen kennengelernt. Tags zuvor waren sie an der Küste entlanggeschlendert, Hand in Hand zuerst noch, dann nebeneinanderher, zwischen pinkfarbenen Grasnelken und Strandhaferbüscheln.

»Earnshaw hat uns zum Essen bei sich eingeladen, aber ich habe ihn vertröstet. Ist das in Ordnung für dich?«

»Natürlich, wenn du nicht hingehen möchtest.«

»Im Moment nicht. Es ist ziemlich weit weg, und wir müssten mindestens eine Nacht dableiben. Wahrscheinlich würden sie sogar erwarten, dass wir ihnen länger Gesellschaft leisten. Außerdem würden sich die Gespräche dort nur um Politik drehen.«

»Politik? Hier oben?«

Er hatte ihr seufzend über die rutschigen Felsen geholfen. »Ja. Jahrhundertealte Grundstücksstreitigkeiten, und ich bin nicht hergekommen, um mich wieder in solche Diskussionen verwickeln zu lassen.«

»Nein, du bist hierhergekommen, um zu malen. Hast du ihm das gesagt?«

»Ich könnte mir vorstellen, dass er andere Gründe für meine Absage vermutet.« Theo hatte sie mit einem spöttischen Lächeln bedacht und sie zu einer alten Ruine geführt. »Komm, schau dir die Kapelle von St. Ultan an, bevor sie ganz in sich zusammenfällt.« Er hatte ihr die alten Grabsteine gezeigt, einer mit einem Schwert verziert, ein anderer mit einem einfachen Schiff. »Mein Vater hat angefangen, sie alle zu katalogisieren, und die Flechten weggekratzt, um die Inschriften erkennen zu können. Er hat Listen geliebt, egal, ob von Vögeln, Grabsteinen, Gewinnen oder Verlusten.« Warum Theos Stimme, wenn er von seinem Vater sprach, immer ein wenig angespannt klang, musste sie noch herausfinden. »Gott sei Dank wachsen die Flechten wieder. Sieh dir nur diese leuchtenden Farben an.«

»Ein hübsches Fleckchen Erde.« Im Sitzen hatte sie beobachtet, wie Theo die Moos- und Flechtenpolster auf einem umgefallenen Kreuz begutachtete. »Wer war St. Ultan?«

»Ein Ire. Soweit ich weiß, hat er kleinen Kindern geholfen, besonders Waisen.« Er hatte sich zu ihr gesetzt und sich mit dem Rücken gegen die Mauer der Ruine gelehnt. »Meine Mutter wollte ihre totgeborene Tochter hier begraben, doch mein Vater war dagegen; er hat gesagt, die Kleine sei keine Waise gewesen, und ein Grab auf der Anhöhe hinterm Haus anlegen lassen. Später sind noch einmal zwei dazugekommen. Mutter fand es schrecklich, dass sie dort waren, den Stürmen ausgesetzt, ganz allein.«

Weil Theo nur selten von seiner Mutter sprach, hatte Beatrice geahnt, dass das ein heikles Thema war. »Aber jetzt liegt sie dort bei ihnen«, hatte sie vorsichtig gesagt.

»Sie wäre lieber hier.« Er war abrupt aufgestanden. »Komm, ich spüre Regentropfen.« Mit diesen Worten hatte er sich in Bewegung gesetzt, sodass ihr nichts anderes übriggeblieben war, als ihm zu folgen.

Bisher hatte Theo keinerlei Anstalten gemacht zu malen, sich jedoch wie ein kleines Kind über seine neue Kamera gefreut. Er war auf der Suche nach Motiven durchs Haus gegangen und hatte verlegene Bedienstete angewiesen, sich nicht zu rühren, damit er sie aufnehmen konnte.

Eines Morgens hatte er auch Beatrice an der Frisierkommode überrascht. »Heb noch mal die Arme zu den Haaren wie vorher. Nein. Warte! Ja, genau so.« Dann hatte er ihr erklärt, dass er ihre Reflexion in den schräg gestellten Spiegelflügeln eingefangen habe. »Aber was soll ich mit so vielen Beatrices machen?«, hatte er gefragt und die Kamera weggelegt. »Schon in einer einzigen steckt alles, was ein Mann sich nur wünschen kann.« Und er hatte sie lachend von dem Hocker hochgehoben und sie zu ihrem zerwühlten Bett getragen. Das arme Mädchen, das eine halbe Stunde später ihr Frühstückstablett hatte holen wollen, war vor Scham errötet.

Nun sah Beatrice Theo vom Fenster aus auf dem trocknenden Sand herannahen, eine dunkle Gestalt mit der tiefstehenden Sonne im Rücken. Sie griff nach ihrer Kleidung. Sie würde ihm entgegengehen und ihn das letzte Stück zum Haus begleiten. Ein Tuch in der Hand, schaute sie noch einmal hinaus und hielt inne, denn es war gar nicht Theo, sondern der ältere Sohn des Verwalters. Die langen Schatten hatten sie getäuscht.

Er hob gerade die Hand zum Mund und stieß einen gellenden Pfiff aus, worauf Bess, seine braune Jagdhündin, vom Wasser heranpreschte und ihn schwanzwedelnd umkreiste. Der junge Mann bückte sich, holte aus und schleuderte einen Stock. Als Bess ihm nachrannte, spritzten glitzernde Wasserperlen auf. Beatrice fragte sich, ob Theo jemals so unbeschwert am Strand gespielt hatte.

Auf der Treppe begegnete sie Mrs Henderson mit dem Frühstückstablett. »Das wollte ich Ihnen gerade bringen, Madam, mit einer Nachricht von Mr Blake. Er ist zum Pfarrhaus hinübergeritten und will zum Abendessen wieder da sein.«

Beatrice bedankte sich mit einem freundlichen Lächeln und sagte ihr, dass sie unten frühstücken werde. Beim Betreten des Frühstückszimmers sah sie durchs Fenster, wie Cameron Forbes, gefolgt von seinem Hund, hinter dem Haus des Verwalters verschwand.

Als sie sich Tee einschenkte und in ihren Toast biss, kam sie wieder zu dem Schluss, dass das verstaubte Kiebitzpärchen über dem Kamin an einer anderen Stelle besser aufgehoben wäre. Doch sie musste Geduld haben und durfte die Dinge nicht zu schnell verändern. Bis sie sich daranmachen konnte, musste sie irgendeine Beschäftigung finden, denn Mrs Hendersons Gründlichkeit ließ ihr nicht viel Handlungsspielraum.

»Wir können uns glücklich schätzen, sie zu haben«, hatte Theo gesagt und ihr erklärt, dass sie ihre Ausbildung in einem der großen Häuser auf dem Festland absolviert habe und »in Schwierigkeiten« zu den Inseln zurückgekehrt sei. Die Führung von Bhalla House sei für sie ein Kinderspiel.

Beatrice nahm einen halbfertigen Brief an Emily Blake zur Hand und ergriff einen Stift. *Dein Bruder hat noch keinen Pinsel in Farbe getaucht,* schrieb sie. *Er verbringt die Tage entweder auf dem Anwesen oder mit dem Sohn des Verwalters in seinem Arbeitszimmer. Er sei noch dabei, sich einzugewöhnen, erklärt er mir. Glaubst Du, Du wirst diesen Sommer kommen? Du störst wirklich nicht …*

Als Theo vorgeschlagen hatte, den Sommer auf der Insel zu verbringen, war sie ein wenig enttäuscht gewesen, weil sie lieber auf den Kontinent gereist wäre. »In Venedig stinkt's im Sommer«, hatte er gesagt, »und Rom ist voll mit Fremden.« Seine Miene hatte ihr verraten, dass es ihm wichtig war, nach Bhalla House zu kommen.

Auf der Insel ist es so schön, wie Du gesagt hast, und ich muss zugeben, dass Edinburgh mir kein bisschen fehlt … Wieder hielt sie inne, um sich an die endlosen gesellschaftlichen Ereignisse und Intrigen zu erinnern.

Sie war gezwungen gewesen, einen Ehemann zu finden, weil ihr Vater aufgrund seines ausschweifenden Lebensstils, seiner unzuverlässigen Freunde und seiner unseligen Liebe zu Pferderennen dem finanziellen Ruin entgegensteuerte. Als ihre Mutter ihr das alles offenbart hatte, war Beatrice schockiert gewesen.

»Lass dich nicht von einem charmanten Lächeln täuschen, Liebes. Wir müssen einen vermögenden Mann für dich finden, und zwar schnell.«

Ihre Mutter entstammte einer »guten« Familie, über deren Wünsche sie sich mit ihrer Heirat hinwegsetzte, und Beatrice hatte voller Scham mitverfolgt, wie sie all ihre Beziehungen spielen ließ, um ihre Tochter zu verkuppeln, bevor ihr Gatte ihr Erbe vollends durchbringen konnte. Beatrice hatte versucht, das Spiel mitzuspielen, obwohl sie es hasste, doch ihre erste engere Verbindung war ein Fiasko gewesen: Duncan Gillies war ein charmanter Gesellschafter, aber als sich das Ausmaß seiner eigenen Schulden und die Gründe dafür offenbart hatten, war sie umgehend von ihm entfernt worden und nur knapp einer persönlichen Katastrophe entgangen.

Dann hatte sie Theo Blake kennengelernt. Natürlich hatte sie von ihm gehört, und es hatte sie gefreut, zu einer privaten Schau seiner neuesten Werke eingeladen worden zu sein, die er während eines langen Europaaufenthalts geschaffen hatte. Er war ein ausgesprochen attraktiver braungebrannter Mann, der im Vergleich zu den bleichen Städtern, unter denen er sich mit Nonchalance und Selbstsicherheit bewegte, vor Gesundheit strotzte. Doch als sie seine Bilder betrachtet hatte, war sie enttäuscht gewesen. Es handelte sich hauptsächlich um ländliche Szenen, Ziegenherden zwischen Salbeigestrüpp an ausgetrockneten Hügelflanken, im goldenen Licht der Sonne verfallende ockerfarbene Gebäude, ein im Schatten schlafender Hund. Handwerklich gut gemacht, nicht weiter bemerkenswert.

Aber dann hatte sie sich wie magisch von einem Bild in einer Ecke, abseits der anderen, angezogen gefühlt, ein Gemälde, das sie nun als den Blick vom Haus erkannte. Darauf waren zwei verschwommene Gestalten zu sehen, die sich mit ein wenig Abstand voneinander über den Strand bewegten, durch kontrastierende Abschnitte mit Licht, Schatten und Dunst, ein Mann und eine Frau. Kamen sie zueinander, oder entfernten sie sich voneinander? Das Werk ließ diese Frage offen. Dieses Bild hatte Beatrice zutiefst ergriffen, und sie hatte es ziemlich lange betrachtet, bevor sie zu der Begleiterin, die sie hinter sich wähnte, sagte: »Es hat etwas Unwirkliches. Fast wie eine Fata Morgana.«

»Eine Fata Morgana, meinen Sie?«, hatte eine tiefe Stimme gefragt, und als sie sich umdrehte, war der Künstler selbst hinter ihr gestanden und hatte das Bild über ihren Kopf hinweg betrachtet. »Etwas Verlockendes, das man nie erreichen wird.«

Nachdem sie sich gegenseitig vorgestellt hatten, war er zu einer unverhohlenen Musterung ihres Gesichts übergegangen, bevor er von anderen abgelenkt wurde. Sie hatte beobachtet, wie er gelassen und selbstsicher Glückwünsche entgegennahm. Und sie hatte seine leise Verachtung gespürt, als würde er weder die Schmeicheleien noch die Gemälde wirklich schätzen. Dass er unverheiratet war, einen guten Ruf genoss und einen nicht unerheblichen Anteil an den Leinenwerken seines verstorbenen Vaters besaß, machte ihn in der Edinburgher Gesellschaft zu einem interessanten Objekt. Beatrice war nicht entgangen, wie gierige Mütter die Chancen ihrer Töchter abschätzten.

Dann hatte er plötzlich wieder neben ihr gestanden und schmunzelnd gesagt: »Ich spüre da eine gewisse Gleichgültigkeit, Miss Somersgill.«

»Nein, keine Gleichgültigkeit. Nur ... Diese Bilder hier unterscheiden sich so sehr von dem anderen.«

»Das liegt daran, dass es sich um reine Fingerübungen handelt, die ...«, er blätterte in den Erläuterungen zur Ausstellung, »... *die vollkommene Meisterschaft in Pinselführung und Perspektive, das Auge für den Reiz des Gewöhnlichen und die hervorragende Beherrschung der Farbgebung demonstrie-*

ren.« Er hatte sie über den Rand des Hefts hinweg angelächelt. »Außerdem sollen sie die Leute daran erinnern, dass ich noch lebe.«

»Und das andere?«, hatte sie ebenfalls lächelnd gefragt. »Soll das Sie selbst daran erinnern?« Sein erstaunter Blick verblüffte sie. »Es besitzt bedeutend mehr Gefühlstiefe ...«, stotterte sie ein wenig verwirrt. »Mir gefällt es besser.«

»Mir auch.« Wieder dieser beunruhigend intensive Blick. »Möchten Sie etwas trinken? Das waren die ersten vernünftigen Worte, die ich heute Abend gehört habe.«

So hatte es begonnen. Als sie nun, den Brief vor sich vergessend, aus dem Fenster schaute, sah sie den Verwalter mit seinen beiden Söhnen. Welche Arbeit sie wohl zu verrichten hatten?

Es war schönes Wetter, zu schön zum Drinnenbleiben, dachte sie, klappte den Schreibtisch zu und holte ihren Hut. Anfangs hatte sie Theo ziemlich einschüchternd, reserviert und oft sarkastisch gefunden, erinnerte sie sich, als sie in wadenlangem Kleid und festem Schuhwerk mit einem Gefühl der Freiheit zum Strand ging, und war in seiner Gegenwart befangen gewesen. Gleichzeitig hatte sie sich jedoch zu ihm hingezogen gefühlt, fasziniert von seiner Undurchschaubarkeit, seiner Tiefe und seiner gezügelten Leidenschaft.

Das allgemeine Erstaunen, als einige Wochen später ihre Verlobung bekannt gegeben worden war, fiel ihr ein. Freundinnen hatten ihr voller Neid zu seinem Reichtum gratuliert und von seinem guten Aussehen geschwärmt, während Gehässige sie bemitleideten, weil sie einen fast zwanzig Jahre älteren Mann heiratete.

»In einem oder zwei Jahren kannst du dir einen Liebhaber nehmen«, hatte eine spöttisch erklärt, und Beatrice hatte sich, empört über ihren Zynismus, abgewandt.

Theo erschien ihr nicht alt. Nur vielleicht seine Augen, die bisweilen aussahen, als würden sie in eine ferne, nur ihm bekannte Welt blicken.

Als sie ihn gebeten hatte, das Bild aus der Ausstellung nicht zu verkaufen, sondern ihr zu überlassen, war seine Miene düster geworden. Doch später hatte er ja gesagt und eine Widmung für sie auf die Rückseite geschrieben.

Nun, da sie selbst die Inspiration für so viele seiner Werke sah, begann sie, die Vielschichtigkeit seiner Arbeit zu würdigen. Mittels genauer Beobachtung und großen handwerklichen Geschicks gelang es ihm, das einzigartige Wesen der Insel einzufangen. Seine Bilder, die von Weite, Licht und grenzenlosen Horizonten, von einer sich ständig ändernden Landschaft kündeten, passten zu ihrer gegenwärtigen Stimmung. Sie kam sich vor wie neugeboren, als der Wind ihre Röcke gegen ihre Beine drückte und die Bänder ihres Huts lockerte.

Sie ging weiter, ohne auf das klappernde Geräusch über ihr zu achten, bis sie schließlich den Schwarm kleiner weißer Vögel mit schwarzen Köpfen und langen, gegabelten Schwänzen bemerkte, die mit unverhohlener Feindseligkeit schreiend über ihr flatterten. Beatrice zögerte verunsichert, machte einen hastigen Schritt und verlor das Gleichgewicht. Sie konnte sich gerade noch rechtzeitig ducken, um einer Attacke zu entgehen. Schon stürzte ein weiterer Vogel herab, und der Wind riss ihr den Hut weg. Als sie ihm nachrannte, folgten ihr die Tiere zeternd, und plötzlich durchzuckte sie ein Schmerz am Kopf. Unmittelbar vor ihr kreischte ein wütender weißer Vogel mit rotem Schnabel eine Warnung. Sie duckte sich voller Panik. Da hörte sie einen Ruf, und als sie den Blick hob, sah sie drei Gestalten am Rand eines Feldes winken. Der Verwalter und seine Söhne. Wieder hackte ein

Vogel auf sie ein, diesmal fester. Zwei der Gestalten rannten auf sie zu; die eine lief ihrem Hut nach, während die andere sich in das Gewimmel aus wütendem Federvieh stürzte und die Jacke auszog. Ein weiterer Vogel nahm auf sie Kurs.

»Halten Sie den Kopf gesenkt, sonst hacken sie Ihnen die Augen aus!«, warnte Cameron Forbes sie und warf ihr seine Jacke über. »Nehmen Sie den einen Ärmel.« Er selbst hielt den anderen fest, legte den Arm um ihre Taille und schob sie den Strand entlang, bis die wütenden Vögel einer nach dem anderen von ihr abließen, worauf er sich mit belustigtem Blick von ihr löste. »Alles in Ordnung, Mrs Blake?«, erkundigte sich der Verwalter, der mit großen Schritten auf sie zukam. »Ist Ihnen etwas passiert?«

Sie ertastete eine klebrige Stelle an ihrem Kopf und betrachtete verwundert ihre rote Fingerspitze. »Was um Himmels willen war das denn?«

»Küstenseeschwalben«, antwortete sein Sohn. »Ihre Schnäbel sind so spitz, dass sie damit Fische aufspießen können.«

»Sie haben Eier und Junge, wissen Sie«, erklärte der Verwalter.

»Die hätten Hackfleisch aus Ihnen gemacht, wenn wir nicht gekommen wären.« Cameron Forbes, um dessen Lippen ein Lächeln spielte, hatte seine Jacke über eine Schulter geworfen und hielt sie mit einem Finger am Kragen fest.

»Darf ich mal sehen, Madam?« John Forbes bedachte seinen Sohn mit einem Stirnrunzeln, und sie senkte den Kopf, damit er einen Blick darauf werfen konnte. »Die Wunde muss desinfiziert werden«, stellte er fest. »Cameron, bring Mrs Blake zurück zum Haus und sag Mrs Henderson, dass sie sich darum kümmern soll.«

Der junge Mann nickte, schlüpfte in einen Ärmel seiner

Jacke und rief seinen Hund, der mit Donald zurückkehrte. Beatrice ließ sich ihren Hut von Donald geben, setzte ihn auf und bedankte sich bei ihm. Dabei kam sie sich albern vor, wie ein Kind, das man nach einem dummen Missgeschick nach Hause bringt.

»In ein paar Wochen sind sie weg, und man kann wieder gefahrlos den Strand entlanggehen«, versicherte Cameron ihr in versöhnlichem Tonfall, als sie den Weg erreichten.

»Gibt es auf der Insel noch andere wilde Tiere, über die ich Bescheid wissen sollte?«

»Adler und Bussarde greifen Lämmer und neugeborene Kälber an, aber Sie könnten sie nicht davontragen, Madam.« Sie bedachte ihn mit einem scharfen Blick, doch er lachte nur. »Und die Seeschwalben hätten Ihnen auch keinen ernsthaften Schaden zugefügt.«

Zu ihrer Verwunderung ging sie auf seinen Scherz ein. »Sie hätten also kein Hackfleisch aus mir gemacht?«

»Jedenfalls nicht beim ersten Mal«, meinte er mit ernster Miene, und sie senkte den Kopf, um ein Schmunzeln zu verbergen. Kurz darauf fügte er hinzu: »Ich vermute, Edinburgh erscheint Ihnen hier sehr weit weg, Madam.«

»Es ist in der Tat eine völlig andere Welt.«

Sie unterhielten sich über diese Stadt, die er einmal besucht hatte, dann über weitere Reisen, und wieder war Beatrice erstaunt über die Ungezwungenheit des jungen Mannes. Zu ihrer Verwunderung schien Theo solche Vertraulichkeiten zuzulassen.

Als sich Cameron seinem Hund zuwandte, musterte sie ihn verstohlen. Er unterschied sich deutlich von den Bediensteten, die sie von zu Hause oder aus Theos Edinburgher Haus kannte. Das lag nicht nur an seiner Körperhaltung, den geraden Schultern und der Selbstsicherheit, sondern auch an seiner Miene und seiner Unverblümtheit. Theo schien ihn als eine Art Sekretär einzusetzen, weswegen er sich möglicherweise nicht als bloßen Bediensteten erachtete. Er faszinierte sie.

»Was haben Sie heute mit Ihrem Vater und Ihrem Bruder gemacht?«, erkundigte sie sich.

»Wir haben die Stellen ausgewählt, an denen Sandzäune errichtet werden sollen, um die Erosion aufzuhalten. Obwohl das keinen allzu großen Sinn hat, weil die Stürme am Ende doch stärker sind.«

Dann half er also auch bei der Landarbeit. »Das ist doch sicher eine willkommene Abwechslung zu Mr Blakes Verzeichnissen und Kladden.«

»Und es gibt mir Gelegenheit, Heldenmut zu beweisen.«

Diesmal erwiderte sie sein Lächeln offen. Sie hatte Theo über Camerons Stellung befragt, jedoch nur eine ausweichende Antwort erhalten. »Cameron assistiert mir, wenn er nicht anderweitig beschäftigt ist. Er hat eine ordentliche Handschrift und kennt meine Eigenheiten. Außerdem hat er schon früher mit mir gearbeitet.«

Manchmal sah sie sie zusammen, die Köpfe über einen ausgestopften Vogel gebeugt, im Arbeitszimmer, wie sie über Bücher und Artikel diskutierten, Lehrer und Schüler. Oder sie brachen mit Jagdgewehren auf, manchmal in Gesellschaft von John Forbes oder Donald, oft auch nur zu zweit. Trotzdem spürte sie eine gewisse Spannung zwischen ihnen. Einmal war sie im Flur einem wutentbrannten Cameron begegnet, den Theo gerade hinausgeworfen hatte. Zuvor hatte sie laute Stimmen aus dem Arbeitszimmer gehört, und dem wenigen, was sie verstand, hatte sie entnommen, dass es bei der Auseinandersetzung nicht um naturgeschichtliche Fragen ging.

Zehn

2010

Hetty trommelte mit den Fingern auf dem Fenstersims, während sie nach Bhalla Island hinüberblickte, wo tiefhängende Wolken Regen verkündeten. Aus dieser Entfernung wirkte das Haus längst nicht so verfallen wie aus der Nähe. Sie bückte sich, um eine Tasse unter einem Stuhl hervorzuholen, und brachte sie in die Küche.

Gern wäre sie noch einmal hinübergefahren und hätte sich allein umgesehen, doch daran hinderten sie sowohl die Flut als auch das Verbot der Polizei. Keiner durfte sich dem Skelett nähern, hatte der Inspektor gesagt, und sie sollte auch in der Gegend nichts darüber erzählen, bis es geborgen wäre. Eventuelle Nachfragen zu den ungewöhnlichen Aktivitäten am alten Haus sollten, wenn nötig, mit einem Verweis auf Hettys Ankunft abgetan werden.

Doch an jenem Morgen überquerte ohnehin niemand den Strand, und Ruairidhs Gezeitentafeln informierten Hetty, dass es noch Stunden dauern würde, bevor sie sicheren Fußes hinüberkäme. Also würde sie am Ufer entlang bis zu den beiden Landspitzen gehen, um dort Fotos zu machen.

Während sie die Jacke anzog und nach der Kamera griff, dachte sie wieder über den Bericht von James Cameron nach. Die von ihm veranschlagten Kosten waren astronomisch. Giles hatte jedoch von Investoren gesprochen, mit deren Hilfe sich das Projekt finanzieren ließe. Nach dem Ende der Sanierung, hatte sie gehofft, würde das, was der Hotelbetrieb einbrachte, die laufenden Ausgaben decken, aber die Gespräche vom Vortag ließen diese Hoffnung schwinden. Sie würde Giles, der sich mit Finanzen auskannte, bitten müssen, ihr die Sache genauer zu erklären. Allerdings wollte sie die Kontrolle behalten, und das verstand Giles nicht immer.

Außerdem, dachte sie unglücklich, während sie zwischen Strandhaferbüscheln und Felsen hindurchkletterte, wo Muscheln mit rosa Rand die Flutmarke anzeigten, war Giles mit ein Grund für ihre Flucht gewesen. Fast unmerklich hatte er sie in seine Welt gezogen und war Teil der ihren geworden. Inzwischen trafen sie sich zwei- oder dreimal pro Woche auf einen Kinobesuch oder einen Drink. Zweimal hatten sie Urlaub miteinander gemacht, und die Wochenenden verbrachten sie immer zusammen, in seiner oder ihrer Wohnung. Er begann, von einer gemeinsamen Zukunft zu sprechen. Freunde sahen sie als Paar, und vielleicht waren sie das auch – sie hielt inne, um über einen glitschigen Felsen zu balancieren –, doch ihrer Meinung nach beschrieb das die Sache nur unzureichend. Giles war da gewesen, als sie, überwältigt von ihrer Trauer und der unbarmherzigen Bürokratie des Todes, dringend eine Stütze gebraucht hatte. Er hatte die Sache mit dem Testament und den Hausverkauf für sie geregelt und ihr geholfen, ein geeignetes Heim für ihre Großmutter zu finden, als deren Gesundheitszustand sich verschlechterte. Sein professioneller Beistand hatte sich nahtlos von der Einladung zum Tee in der Kunstgalerie zu einem Abendessen, einem Theaterbesuch, einem Konzert und einem gemeinsamen Wochenende weiterentwickelt. Ihre Freundinnen sagten, sie könne sich glücklich schätzen mit diesem wunderbaren Mann, der sein Leben im Griff hatte und sie liebte. Aber war Dankbarkeit eine geeignete Grundlage für eine dauerhafte Beziehung?

Ein Sonnenstrahl drang durch die Wolken und tauchte eine Wasserpfütze im Sand in Silbertöne. Hetty nahm ihre Kamera zur Hand und schob ihre Gedanken an Giles beiseite, um das Bild einzufangen, bevor es wieder verschwand. Vor ihr lag eine Landzunge, von der aus sie das Haus vielleicht aus einem anderen Blickwinkel fotografieren konnte und an deren Ende eine alte Pächterkate, ein traditionelles Steingebäude mit zwei Fenstern und zwei Dachfenstern, stoisch über die Bucht blickte. Drum herum befanden sich allerlei Schwimmer, Hummerreusen und andere Gegenstände, und neben einem Propangastank war Torf gestapelt. Lebten die Bewohner noch immer vom Fischfang?, fragte sie sich, als ihr Blick auf ein altes Holzboot fiel, das über der Flutmarke zwischen zwei großen Felsen am Strand lag. Oder hatten sie anderswo Grund, auf dem sie Schafe oder Rinder hielten? Das Inselleben war ihr ein Rätsel. Sie musste sich darüber informieren … Hetty betrachtete das Geröll zwischen den Schafwollflocken, der Sumpfbaumwolle und dem Dünengras und überlegte, wo der Strand anfing und das Pachtland endete. Aber vielleicht war das unwichtig.

Sie steckte die Kamera unter die Jacke und kletterte auf den Felsen neben dem Boot, um über die Bucht zu blicken. Oben verstellte sie den Zoom, bis, wie aufs Stichwort, ein Lichtstrahl zwischen den Wolken hervorbrach und die Mauern von Bhalla House erhellte. Dann drückte sie ein halbes Dutzend Mal auf den Auslöser.

»Wird bestimmt ein gutes Foto.«

Erschrocken drehte sie sich um und sah James Cameron aus einem offenen Fenster im oberen Stockwerk zu ihr herunterblicken. »Hier ändert sich das Licht ständig.«

»Ach, Sie wohnen hier?« Er verschwand und tauchte wenig später hinter dem Haus auf, während sie von dem Felsen herunterkletterte und die Kamera verstaute. »Dann befinde ich mich wahrscheinlich auf Privatgrund.«

»Ja, wahrscheinlich«, pflichtete er ihr bei. »Kommen Sie mal lieber rein und erklären Sie, was Sie hier verloren haben … bei einem Tässchen Tee.«

Das Angebot konnte sie kaum ausschlagen, weil es ihr Gelegenheit gab, das Gespräch mit diesem so schwer greifbaren Mann wieder aufzunehmen und vielleicht mehr herauszufinden. Außerdem interessierte es sie zu sehen, wie er lebte. Gehörte das Boot ihm? Und die Hummerreusen? Pflegte er einen lässigen alternativen Insellebensstil und wehrte sich gegen Veränderungen?

Das Innere der Kate überraschte sie. Er hatte das Häuschen geschmackvoll eingerichtet und die nicht tragenden Wände im Erdgeschoss herausgerissen, um den Raum zu öffnen. Eine neue freistehende Holztreppe trennte den Koch- und Essbereich von dem, was früher das kleine Wohnzimmer gewesen war. Die ursprüngliche Einrichtung einschließlich der Küchenzeile und des Kamins im Wohnbereich war sorgfältig restauriert, die Holzvertäfelung an den Wänden frisch gestrichen und fachmännisch beleuchtet. Das Ganze wirkte ausgesprochen stilvoll, es war eine bestechende Mischung aus alt und neu, praktisch und minimalistisch.

Er bot ihr Tee an. »Oder lieber Kaffee?« Da klingelte das Telefon. »Sorry, ich muss rangehen«, entschuldigte er sich und gab ihr zu verstehen, dass sie sich in den Wohnbereich bewegen solle. Dann sprach er, Kalender und Stift in der Hand, den Hörer unterm Kinn eingeklemmt, am Telefon mit jemandem über Fähren und Liefertermine.

Unterdessen sah sie sich weiter um. Die Wände waren mit großen und kleinen Fotografien bedeckt, sepiafarbene Bilder aus dem neunzehnten Jahrhundert und moderne Landschaftsaufnahmen, etliche schwarz-weiß und von sehr guter Qualität. Sie erkannte Ansichten von der Insel, dem Strand und Bhalla House selbst, von dem Punkt aus aufgenommen, an dem sie selbst kurz zuvor gestanden hatte.

»Haben Sie die fotografiert?«, fragte sie Cameron, als er mit dem Telefonieren fertig war, mit zwei Tassen zu ihr trat und die eine auf den Kamin stellte, in dem ein Torffeuer vor sich hin glomm. »Die sind ziemlich gut.«

»Bei dem Licht hier kann man nichts falsch machen.«

Sie betrachtete weiter die Bilder an den Wänden, Landschaften und Seestücke, Sonnenuntergänge und Gewitterwolken, alles geschickt eingefangen und zum Motiv passend gerahmt, bis sie schließlich zu zwei kleinen Bleistiftskizzen in einer Nische kam. Auf der einen war eine junge Frau zu sehen, die auf dem Rücken im Sand lag, die dunklen Haare im Seetang ausgebreitet, einen Arm sinnlich wie im Schlaf über den Kopf gestreckt. Doch sie schlief nicht. Ein kleines Lächeln spielte um ihre leicht geöffneten Lippen, und man konnte sich vorstellen, wie ihre Augen unter den halb geschlossenen Lidern leuchteten. Der Stift hatte ihre vollen Brüste hinter der dünnen Bluse angedeutet, und unter ihrem hochgeschobenen Rock war ein wenig von ihrem Knie zu erkennen. Auf dem anderen Bild stand die junge Frau am Rand der Dünen im Wind, der ihre Kleidung gegen ihren Körper drückte, sodass dessen Konturen zu erahnen waren.

»Die sind großartig …«

James Cameron stellte sich hinter sie. »Aye. Aber dieses Talent stammt aus Ihrer Familie, nicht aus meiner.« Sie drehte sich zu ihm um. Dann ging ihr auf, was er meinte, und sie suchte nach einer Signatur. »Andere aus dem Skizzenbuch waren signiert«, erklärte er.

»Andere?«

Er trat an einen kleinen Schreibtisch in einer Ecke des Raums, um ein abgegriffenes Skizzenbuch zu holen und ihr zu reichen. Sie betrachtete ehrfürchtig die halbfertigen Zeichnungen darin, Fingerübungen in Linienführung und Schattierung, und auf einer Seite mehrere Versionen einer schwungvollen Signatur. *Theodore Blake,* neben einer ein Datum: 1889.

»Sie sind aus diesem Buch?«, fragte sie James erstaunt, der nickte. »Wieso haben Sie sie herausgerissen? Die sind doch bestimmt ein Vermögen wert.«

Er zuckte mit den Achseln.

»Wo haben Sie die her?«

»Sie lagen Ewigkeiten unbeachtet in dem alten Farmhaus. Aonghas hat mir das Buch zum Zeichnen gegeben, als ich ein kleiner Junge war.« Über ihren Gesichtsausdruck grinsend, blätterte er zum hinteren Teil, wo sich Kinderzeichnungen von Flugzeugen und Raketenträgern befanden. »Ist wahrscheinlich beim Ausräumen des großen Hauses bei uns gelandet. Bei Aonghas' Auszug aus dem Farmhaus ist es mir wieder in die Hände gefallen, und erst da wurde mir klar, um was es sich handelt. Diese beiden gefallen mir besonders gut. Es ist dasselbe Mädchen wie auf dem Bild mit dem Felsentümpel.«

»Wer ist das?«

Er zuckte mit den Schultern. »Ich weiß es nicht.«

»Könnte es seine Frau sein?«, fragte Hetty, und dabei fiel ihr Blick auf den Bericht, den er tags zuvor dabeigehabt hatte und der nun so aufgeschlagen dalag, dass die Wand mit dem Riss in Bhalla House zu sehen war.

»Nein. Er hat spät geheiratet. 1889 war er erst neunzehn, und die Kleidung deutet auf ein Mädchen von der Insel hin. Maler stellen in ihren Werken oft Menschen aus der Gegend dar.«

»Da steckt bestimmt mehr dahinter. Die Vertrautheit ist zu spüren …«, sagte sie und betrachtete die Zeichnung genauer.

»… mit dem Körper unter der Kleidung?« Seine Augen blitzten auf. »Ich weiß, was Sie meinen.« Er nickte in Richtung Küchenbereich und wechselte das Thema. »Das eben am Telefon war ein Lieferant auf Skye. Offenbar musste die Fähre wegen Motorproblemen umkehren. Wenn die Leute von der Polizei an Bord waren, werden sie erst morgen kommen.«

Noch einmal betrachtete sie das auf dem Sand ausgestreckte Mädchen auf dem Bild. »Werden sie lange brauchen, um festzustellen, zu wem das Skelett gehört?«

Wieder zuckte er die Achseln. »Vorausgesetzt, es gelingt ihnen überhaupt.« Er setzte sich ihr gegenüber. Sie schwiegen eine Weile, dann deutete sie auf den aufgeschlagenen Bericht. »Sind Sie zu einem anderen Ergebnis gekommen?«

»Leider nein. Die Fakten bleiben dieselben.«

Sie nippte an ihrem Tee und sah ihn über den Rand ihrer Tasse hinweg an. Nur die Fakten? Oder verbarg sich noch etwas anderes hinter seiner Zurückhaltung? Sie zögerte, dann fasste sie sich ein Herz. »Sie haben etwas gegen meine Pläne?«

Erstaunt nahm er wieder seine Tasse in die Hand. »Irgendetwas mit dem alten Gemäuer anzustellen würde Sie ein Vermögen kosten.«

»Das haben Sie mir bereits erklärt.«

Er rührte lächelnd in seinem Tee. »Daran wird sich nichts

ändern. Da können Sie noch so lange träumen und planen. Das Ding ist eine Ruine.«

Sie blätterte ein wenig verärgert über seine Worte in dem Bericht. »Vielleicht sollte ich eine zweite Meinung einholen.«

»Tun Sie das.«

Hetty hielt seine Zeichnung von dem Riss in der Wand schräg und tat so, als würde sie sie ein weiteres Mal begutachten. »Sie haben etwas gegen das Projekt, das spüre ich. Und ich wette, dass Sie ahnen, wessen Skelett es ist. Ruairidh möglicherweise auch.«

»Wenn wir es wüssten, würden wir ...«

»Ich habe nicht wissen gesagt, sondern ahnen.«

Er lehnte sich zurück, stützte die Tasse auf seiner Brust ab und sah sie nachdenklich an. »Wie ich bereits erwähnt habe: Hier auf der Insel gibt es keine Geschichten über jemanden, der spurlos verschwunden ist.«

Sie betrachtete die Zeichnungen noch einmal. »Würde ein Mädchen von der Insel ein Goldmedaillon besitzen?«

»Wenn jemand es ihr geschenkt hätte, schon.«

»Die Identität der Person, zu der das Skelett gehört, ist nur ein Teil des Rätsels, stimmt's?«

»Soll heißen?«

»Jemand hat diese Person umgebracht und vergraben. Vielleicht ahnen Sie ja, wer.«

Ihre Argumentation schien ihn zu belustigen. »Schwierig, wenn man bedenkt, dass ich nicht weiß, wer das Opfer war. Nächste Frage.«

Sie zögerte. »Gut. Dann erzählen Sie mir doch, welche Geschichten auf der Insel über Theo Blake kursieren.«

Er stand auf und holte die Teekanne, um ihre Tassen aufzufüllen, dann nahm er eins der Fotos von der Wand und reichte es ihr. »Erkennen Sie das?«

Es handelte sich um das verblichene sepiafarbene Bild einer Ansammlung niedriger Häuser, über deren Reetdächern sich Rauch erhob. Auf der einen Seite, nur halb zu erkennen, befand sich die Mauer eines größeren Gebäudes aus Stein. Hetty schüttelte den Kopf.

»Dann versuchen Sie's mit dem.« Er nahm ein anderes Foto von der Wand und gab es ihr.

Hier bestand kein Zweifel: Bhalla House, gerade vollendet, die umgebende Mauer intakt, der Kies der Auffahrt glatt gerecht, auf der einen Seite wieder die Wand desselben Steingebäudes. Das Haus des Verwalters.

»Ist der Groschen gefallen?«

Sie nickte. »Daran erinnern sich die Leute auf der Insel. An Theo Blakes Vater, der die Häuser ihrer Vorfahren abreißen ließ, um Bhalla House errichten zu können, und ihnen nur die Wahl ließ, sich anderswo schlechteres Land zu suchen oder auszuwandern. Sie erinnern sich an seinen Sohn, der zum Malen, Angeln und Jagen herkam oder wohlhabende Gäste hier empfing. Ein Mann, der Pacht verlangte und für sie mächtig wie ein Gott war.« Er nickte in Richtung der Zeichnung mit der jungen Frau. »Und möglicherweise ihre Töchter verführte.«

Hetty gab ihm die Fotos zurück, und er hängte sie wieder an die Wand. Das war es also. »Und sozusagen aus verspäteter Rache wollen Sie verhindern, dass sein Haus renoviert wird?«

»Sie haben sich nach den Geschichten erkundigt, die auf der Insel kursieren, nicht nach meiner Meinung«, antwortete er mit leiser Stimme. »Aber Sie ...« Wieder klingelte das Telefon, und er ging ran.

Hetty betrachtete noch einmal die beiden Fotografien. Es war entsetzlich, sie so nebeneinander zu sehen, ein Sinnbild für Macht und Reichtum, die wie ein riesiger Stiefel die einfachen Hütten dem Erdboden gleichzumachen schienen. Aber das hatte doch alles nichts mit Theo Blake persönlich zu tun und war inzwischen schon mehr als einhundert Jahre her. Bestimmt …

James kehrte mit dem Hörer am Ohr in den Wohnbereich zurück. »Ich weiß, wo sie ist«, sagte er gerade mit einem Blick auf Hetty. »Ich habe sie auf meinem Grundstück erwischt.« Er hob spöttisch eine Augenbraue. »Bleib dran.« Er nahm den Hörer vom Ohr. »Ruairidh möchte wissen, wie lange Sie bleiben wollen.« Bis zum Wochenende, antwortete sie ihm, und er gab die Information weiter. »Aye. Gut.« Er legte auf. »Die Leute von der Forensik waren auf der Fähre und mussten in Skye gleich was anderes erledigen. Es wird einen oder zwei Tage dauern, bis sie wieder herkommen.«

Später am Nachmittag kehrte sie bei Ebbe zu der Insel zurück. Dabei musste sie an die niedrigen Häuser auf dem Foto denken, aus deren Kaminen Torfrauch aufstieg. Eine Gemeinschaft, die es nicht mehr gab. Tags zuvor hatte sie auf der Insel andere Ruinen bemerkt, die sie nun suchen wollte. Doch am Ende gab es dort herzlich wenig zu sehen. Eingestürzte Mauern und leere Eingänge, kaputte Schwellen und Türstöcke, dazu Gänseblümchen, die die Grenzen erschöpfter Beete im Klee markierten. Schlechteres Land anderswo, hatte James gesagt, oder auswandern.

Am Ufer entdeckte sie kleine Hügel, unter denen sich uralte Gräber befanden, ein mit Moos und gelben Flechten bedecktes Kreuz, umgestürzt in der Ecke einer anderen Ruine. Einige dieser Gräber waren neueren Datums, nur wenige hatten richtige Grabsteine. Hetty sah immer wieder die gleichen Familiennamen, Generation um Generation. Zwischen Todesfällen im Kindbett, auf See und in der Schlacht befanden sich die Ruhestätten von Menschen, deren Leben in acht oder neun Jahrzehnten zahlreiche Veränderungen erfahren hatte. Bei manchen war das Moos weggekratzt, sodass Hetty eine beinahe lückenlose Abfolge von MacPhails fand, deren frühester Grabstein aus dem Jahr 1698 stammte. Die Gräber waren gepflegt, man ehrte das Andenken der Vorfahren. Hetty war klar, dass sie Theo Blake nicht hier, unter den Inselbewohnern, finden würde. Von Ruairidh wusste sie, dass er mit seinen Eltern im Familiengrab hinter Bhalla House lag, im Tode so weit von den Menschen entfernt, die er in seinen Werken verewigt hatte, wie im Leben.

Sie setzte sich einen Moment mit dem Rücken an der warmen Mauer der alten Kapelle hin, lauschte dem Gezwitscher der Feldlerchen hoch über ihr und schloss die Augen. Am Ende lief alles wieder auf die Frage der Zugehörigkeit hinaus. Vielleicht war ihr eigenes Gefühl der Verbundenheit mit diesem Ort auch nicht realer, als es das seine gewesen war, lediglich die Erfüllung einer Sehnsucht, motiviert durch das Bedürfnis dazuzugehören. Denn genau das, das ging ihr jetzt auf, hatte sie hierhergeführt. Sie war mit der vagen Vorstellung hergekommen, dass es ihre Pflicht sei, die Erinnerung an Blake zu bewahren, indem sie sein Haus erhielt, und Giles hatte sie in dem Gedanken bestärkt.

»Es ist Teil unseres nationalen Erbes, Schatz, und deiner persönlichen Vergangenheit. Solche Orte sind wichtig, wie Dove Cottage oder Brantwood.«

Aber Theo Blake war kein Wordsworth oder Ruskin, und hier erinnerte man sich laut Aussage von James Cameron anders an ihn. Für die Inselbewohner war er ein Despot und Müßiggänger gewesen, der den Inselbewohnern Pacht abverlangte und für sie mächtig wie ein Gott war.

Elf

1910

Beatrice stieß ohne Vorwarnung auf die Trauergemeinde an dem frisch ausgehobenen Grab neben der Ruine der Kapelle. Die Männer hielten ihre Mützen in der Hand, der Wind zerrte an ihrer dunklen Kleidung und wehte die Haare von ihren gesenkten Köpfen zurück. Als Beatrice den Verwalter und seinen Sohn sowie einige der Pächter unter den ihr ansonsten Unbekannten entdeckte, blieb sie stehen. Sie wollte gerade weitergehen, um die Trauernden nicht zu stören, als einer der Männer den Blick hob und sie so böse ansah, dass sie unwillkürlich zurückwich. Dann bemerkten ein oder zwei andere sie, und sie spürte eine Welle stummer Feindseligkeit herüberschwappen. Ein Krähenschwarm erhob sich wie eine Schar dunkler Geister und Cameron Forbes schaute ernst zu ihr herüber, nickte kurz, bevor er den Kopf wieder senkte. Selbst er gab ihr zu verstehen, dass sie hier nichts verloren hatte. Also zog sie sich hastig zurück und löste ihre Röcke aus einem Dornengebüsch, in dem sie sich verfangen hatten.

Später sah sie vom Fenster des Salons aus, wie eine Gruppe von Männern, die lange Schatten auf den feuchten Sand warfen, das Haus des Verwalters verließ.

Als Theo sich zu ihr gesellte, erzählte sie ihm: »Ich bin zufällig in eine Beisetzung bei der Ruine der Kapelle geraten. Es waren ziemlich viele Leute da.«

Er schaute ebenfalls zum Fenster hinaus, sein Gesicht war ausdruckslos. »Sie haben Anndra MacPhail begraben. Wahrscheinlich hat John die Trauergäste auf eine Tasse Tee eingeladen.«

»War er ein Pächter?«, fragte sie und folgte den sich entfernenden Gestalten mit dem Blick.

»Er ist vor Jahren, noch in der Zeit meines Vaters, weggegangen.«

»Aber er wollte hier begraben werden?«

»Soweit ich weiß, ja«, antwortete Theo, setzte sich und schlug ein Buch auf. Dabei nahm sein Gesicht wieder diesen verschlossenen Ausdruck an, den sie mittlerweile kannte und der ihr zu verstehen gab, dass das Thema für ihn beendet war.

Doch die Sache ließ ihr keine Ruhe, und als sie das nächste Mal Cameron Forbes allein im Arbeitszimmer begegnete, sprach sie ihn darauf an. »Mr MacPhail muss ein angesehener Mann gewesen sein«, begann sie.

Cameron, der alte, in Leder gebundene Kladden durchging, zögerte. »Er war sehr bekannt auf der Insel, Madam.«

»Mr Blake sagt, er hat früher hier gelebt?« Sie strich mit dem Finger über den Kopf eines Kiebitzes.

»Aye, das hat er«, bestätigte Cameron. Dann sah er sie an und lächelte »Sie scheinen ganz schön auf der Insel herumzukommen, Madam.«

Wieder eine ausweichende Antwort.

»Ich bewege mich gern«, sagte sie kühl und entfernte sich. Offenbar gab es Dinge, die man ihr nicht erklären würde.

Später am Tag, als sie gerade den Flur durchquerte, hörte sie wieder einmal Theos laute Stimme aus dem Arbeitszimmer. »Das geht dich nichts an, Cameron. Das hat mit dem Anwesen zu tun.«

»Wenn Sie sehen könnten, wie sie leben, Sir, eingepfercht in zwei Zimmer mit feuchten Wänden.«

Sie blieb stehen, tat so, als rückte sie den Nippes auf dem Kaminsims im Flur zurecht, und lauschte. »Das tut mir leid, aber wenn ich ihnen Land gebe, wollen andere das auch …«

»Sie haben doch bestimmt Anspruch darauf«, fiel Cameron ihm ins Wort. »Dieses Land wird seit Generationen von MacPhails bewirtschaftet.«

»Nein!«, widersprach Theo in scharfem Tonfall. »Duncan MacPhail hat mir gegenüber nicht den geringsten Anspruch. Sein Vater war noch ein Kind, als die Familie vor fast fünfzig Jahren weggegangen ist. Vor deiner Geburt. Und vor der meinen.«

Beatrice trat näher an die Tür zum Arbeitszimmer.

»Soll ich denn das Haus abreißen und wieder die alten Höfe aufbauen lassen? Herrgott, Cameron, nun akzeptiere endlich, dass die Zeiten sich ändern.« Er schwieg kurz. »Mir war klar, dass die Beerdigung Ressentiments schüren würde. Mit den MacPhails hat es immer schon Probleme gegeben.«

»Duncan wäre es egal, wo das Land liegt, Sir«, erwiderte Cameron leise. »Er wäre bereit …«

»Es reicht, Cameron.«

»Und Aonghas MacPhail macht Ihnen keine Probleme.«

»Aonghas hat die Pacht über seine Frau und somit auch nicht mehr Ansprüche gegen mich als sein Bruder. Wenn Duncan bleiben möchte und wenn Aonghas ihn bei sich unterbringt, kann er jede Saisonarbeit annehmen, die es hier gibt, obwohl ich bezweifle, dass das reicht, um eine ganze Familie zu ernähren.«

Wieder kurzes Schweigen. »Ich habe ihm in Glasgow versprochen, mich für ihn einzusetzen. Er ist in der Hoffnung zu der Beerdigung gekommen, dass …«

»Cameron.«

»Sir?«

»Ich habe nein gesagt. Du hättest ihm keine Hoffnung machen sollen. Damit ist das Thema für mich beendet.«

»Da wäre ich mir nicht so sicher.« Camerons Tonfall änderte sich. »Die Land League wird weiterkämpfen, bis …«

Beatrice hörte einen Stuhl über den Holzboden scharren. »Himmel, Cameron! Glaubst du denn, du hilfst Duncan MacPhail durch unterschwellige Drohungen? Die League geht das nichts an, und so soll es auch bleiben. Und jetzt verschwinde.«

Als Cameron aus dem Arbeitszimmer trat, zog Beatrice sich hastig in den Frühstücksraum zurück.

Ich möchte einen Garten anlegen …, der Brief an Emily war immer noch nicht fertig, *auch wenn Theo sagt, dass der erste Sturm ihn zerstören wird. Sind die Stürme hier wirklich so heftig? Das kann ich mir fast nicht vorstellen …* Vieles in dieser neuen Welt war ihr fremd; hier galten andere Regeln. *… Theo meint, dass das ruhige Wetter nicht mehr lange hält, also werde ich es wohl bald selbst herausfinden …*

Sogar die physischen Grenzen waren vage, die Trennung zwischen Meer, Himmel und Land verborgen hinter Wolken, und die langen Stunden mit Tageslicht gingen unmerklich in Dunkelheit über, in eine sanfte, lang andauernde Dämmerung mit Vogelgezwitscher. Dazu die Gesetze des Meeres, das den Strand in seinem eigenen Rhythmus zweimal täglich überspülte und wieder freigab.

… Ich versuche mir die Kindheit vorzustellen, von der Du mir erzählt hast, und wünsche mir, dass auch meine Kinder hier aufwachsen, wo sie frei herumlaufen können …

Vor ihrer Ankunft auf der Insel war das Meer etwas gewesen, das man vom Portobello-Pier oder der Uferpromenade aus bewunderte, nicht bedrohlich, sondern gezähmt, doch hier bestimmte es den Tagesablauf, wann man das Vieh über den Strand bringen, die Muscheln einsammeln oder die Angelleinen auswerfen konnte, es bestimmte auch, ob sie sonntags mit dem Pferdewagen oder dem Boot zur Kirche fuhren.

… Ich gehe gern am Strand entlang und sehe zu, wie das Wasser über den Sand hochkriecht, lausche seinem Rauschen, das mit der Flut lauter wird, besonders bei rauem Wetter, wenn die Wellen gegen die Felsen donnern.

Beatrice beobachtete gern, wie sich die Tümpel zwischen den Felsen unter der Ruine der Kapelle füllten und die blutroten Seeanemonen und die leuchtend grünen Seetangwedel zum Leben erwachten. Und wenn die Flut sich zurückzog, sah sie, wie sich die Anemonen in ihren schimmernden Hüllen verkrochen, wie die Seepocken an den Felsen zuklappten und im Sand wieder von Würmern aufgeworfene Erhebungen auftauchten. Eines Tages hatte sie in die kleine Welt eines solchen Tümpels geblickt und gerade hineingreifen wollen, um einen der herumhuschenden Fische zu fangen, als sie hinter sich jemanden lachen hörte.

»Ich bringe Ihnen lieber ein Netz, Madam.«

Sie hatte sich hastig umgedreht, wenige Schritte entfernt Cameron Forbes gesehen und war rot geworden, weil sie sich fragte, wie lange er sie schon beobachtete. Doch er hatte sich ihr gegenüber hingesetzt, als wäre ihr Zeitvertreib das Selbstverständlichste auf der Welt.

»Mit meiner Mutter und Donald habe ich früher Stunden hier auf den Felsen gelegen und in diese ganz eigene Welt geschaut.« Er hatte ihr gezeigt, wie sich die Seeanemonen um den Finger schlossen, wie fest sich die Napfschnecken an die Steine klammerten und wie gemächlich eine Strandschnecke über den Boden des Tümpels kroch.

... Ich habe, glaube ich, erwähnt, dass der ältere Sohn des Verwalters aus Kanada zurückgekehrt ist. Theo war überrascht, ihm zu begegnen, aber er scheint sich über seine Hilfe bei der Arbeit zu freuen. Ich allerdings frage mich, ob der junge Mann nicht lieber draußen wäre.

Den Stift an den Lippen, erinnerte Beatrice sich an Emilys Erzählungen davon, wie sie und ihr jüngerer Bruder Kit mit den Forbes-Kindern aufgewachsen waren; Theo war damals bereits erwachsen gewesen.

Da riss ein Geräusch im Flur sie aus ihren Gedanken, eine Kinderstimme. Sie ging nachsehen und blieb an der offenen Tür zum Arbeitszimmer stehen.

Theo winkte sie herein. »Schau, was Tam mir gebracht hat.« Er zeigte auf den Korb in der Hand eines Jungen, den sie vom Anwesen kannte. Cameron stand neben ihm; der Streit vom Vortag schien vergessen zu sein. »Eier von Dornhuschern, ein ganzes Gelege, von dem kleinen See jenseits der Bucht. Dort haben sie noch nie genistet.«

In dem mit Schaffell ausgelegten Korb lagen drei gesprenkelte Eier. »Vertreibt es sie nicht, wenn man ihnen die Eier wegnimmt?«, rutschte es Beatrice heraus.

Theo runzelte leicht die Stirn und gab dem Jungen eine Münze. »Denk dran: Du bekommst eine Guinea dafür.«

»Eine Guinea, Theo!«, rief Beatrice erstaunt aus, als der Junge, nachdem er die Münze eingesteckt hatte, verschwunden war. »Für das Geld plündern dir die Burschen jedes Nest auf der Insel. Eine Guinea für drei Eier …«

»Das waren drei Pennys, aber ich habe ihm eine Guinea versprochen, wenn er für mich einen nistenden Eistaucher wie den im Esszimmer findet. Außerdem brauche ich ein gutes Exemplar eines Seeadlers, weil das von meinem Vater leider die Motten erwischt haben.« Er wandte sich den Eiern zu. »Ich denke, du brauchst dir um dein Geld keine Sorgen zu machen, denn Eistaucher haben schon mehr als ein Jahrhundert nicht mehr hier genistet.«

»Und auch das ist nur ein Gerücht, Sir«, bemerkte Cameron. »Es gibt keinen Beweis dafür.«

Theo strahlte. »Ja, aber sie sind wieder da! Neulich Morgen habe ich zwei vor Torrann Bay entdeckt, halbwüchsige, vermutlich beide Männchen. Wenn eines von ihnen ein Weibchen findet, brüten sie vielleicht.« Er verschwand hinter einem der Regale, um ein Buch zurückzustellen.

»Werden Sie ihre Eier auch aus dem Nest nehmen, wenn sie tatsächlich hier nisten?«, fragte Beatrice entrüstet Cameron, der sie verblüfft ansah.

»Ich nicht.«

»Cameron ist auch dagegen, meine Liebe«, ließ sich Theo hinter dem Regal vernehmen. »Er meint, wenn wir ein Nest finden, sollten wir es lediglich dokumentieren, beobachten, ob Jungvögel schlüpfen und ob sie wieder herkommen.«

»Wäre das nicht eine gute Idee?«

»Nur teilweise«, antwortete Theo und kehrte an den Schreibtisch zurück. »Fotografien sind gut und schön, ihr Nutzen ist jedoch nur begrenzt.« Er bedachte Cameron mit einem strengen Blick. »Wir haben keinen Beleg dafür, dass sie jemals hier genistet haben, weil niemand Belege gesammelt hat. Stimmt's, Cameron?« Cameron senkte schweigend den Blick. »Schau selbst nach, sie waren bei der Landspitze am Bràigh. Und nimm Mrs Blake mit, sie hat Torrann Bay noch nicht gesehen.« Theo wandte sich Beatrice zu. »Das ist ungefähr eineinhalb Kilometer entfernt, aber du gehst ja gern spazieren.«

»Willst du uns nicht begleiten, Theo?«

»Ein andermal. Ich bin noch nicht mit der Arbeit fertig.« Er bedachte sie mit einem kleinen Lächeln und bat Cameron: »Bleib zum Mittagessen und geh gleich heute Nachmittag mit Mrs Blake. Das Wetter wird nicht ewig halten.«

Zu Mittag gab es etwas Einfaches, Suppe und kalten Braten vom Vorabend. Cameron zog einen Stuhl für Beatrice heraus, bevor er sich ihr gegenüber setzte.

»Ich habe nördlich von Lake Superior in einer Mine gearbeitet«, beantwortete er ihre Frage, während sie mit einer Kelle Suppe in einen Teller schöpfte. »Man hatte dort Gold gefunden, und wir dachten, wir würden unser Glück machen.« Er grinste spöttisch. »Vielleicht ein andermal.«

»Katzengold«, bemerkte Theo am Kopfende des Tischs. »Du hättest lieber hierbleiben sollen.«

Cameron senkte den Blick und murmelte etwas, während Beatrice interessiert ihren Mann musterte. Er hatte ihr von seinen Versuchen, Cameron als Assistenten zu gewinnen, erzählt, dass er John Forbes Geld geliehen habe für Camerons Schulbildung, und von seiner späteren Enttäuschung, als dieser nach Kanada gegangen war. »Er hat mein Angebot ausgeschlagen. Dankbar natürlich. Schade, nach allem, was ich für ihn getan habe.«

Nun bemühte Theo sich offenbar wieder, Cameron zum Bleiben zu bewegen.

»Haben Sie dort viele wilde Tiere gesehen?«, fragte Beatrice.

»Sogar sehr viele, Madam.« Cameron hob den Blick wieder. »Das Gebiet, in dem ich war, ist zum größten Teil Wildnis, dort wimmelt es von Vögeln und anderen Tieren. Das macht einem bewusst, was wir hier bereits verloren haben oder gerade verlieren. Fischadler, Seeadler …« Er sah Theo an. »Was Orte wie diesen so wichtig macht, weil sie ihnen eine Zuflucht bieten.«

»Genau. Damit man nicht um die halbe Welt reisen muss, um ihre Lebensweise zu studieren.« Theo griff nach der Butter. »Das habe ich inzwischen auch begriffen.« Und schon waren sie in eine angeregte Diskussion über die Benennung von Subspeziesvarianten dies- und jenseits des Atlantiks vertieft, bei der Beatrice wieder einmal ihre über lange Zeit gewachsene Vertrautheit spürte.

Nach dem Essen legte Theo seine Serviette weg und rückte mit dem Stuhl zurück. »Ich muss noch etwas tun. Wenn du mich entschuldigen würdest, meine Liebe. Viel Spaß bei eurem Spaziergang, und …«, rief er von der Tür aus über die Schulter zurück, »… find mir meine Eistaucher, Cameron.«

Der scharfe, beinahe beißende Geruch, der aus dem Torfmoor aufstieg, berauschte Beatrice fast, als sie ihn tief einatmete. Bess rannte ihnen voran über den fahlgrünen, mit leuchtend bunten Wildblumen gesprenkelten Machair. Lämmer flohen, nach ihren Müttern blökend, vor ihnen, während die Böen, die das Gras auf der Weide kräuselten, die Schreie von Kiebitzen und Möwen herantrugen. Beatrice blickte zu Cameron hinüber, der, an starken Wind gewöhnt, zügig die Landschaft durchmaß, und versuchte, mit ihm Schritt zu halten.

Als sie einen langen, schmalen Meeresarm erreichten, blieb er unvermittelt stehen und rief Bess einen Befehl zu, die sich sofort hinsetzte. »Schauen Sie! Zwischen den Felsen. Ein Otter … Der ist mit der Flut hereingekommen.«

Nun entdeckte Beatrice den glatten Rücken ebenfalls. Das Tier drehte sich herum, sodass sein Kopf mit den Schnurrhaaren zu erkennen war, und begann, an etwas zwischen seinen Vorderpfoten zu zerren. Erst als es so weit draußen war, dass sie es nicht mehr sehen konnten, gingen sie weiter. Sie kletterten die leewärts gerichtete Seite der Dünen hinauf, und kurz bevor sie oben waren, teilte Cameron das hohe Gras. Vor ihnen lag ein breiter weißer Strand, an beiden Seiten von Landspitzen mit niedrigen Felsen begrenzt. Wellen, die sich bereits weiter draußen gebrochen hatten, rollten Schicht um aufgewühlte Schicht herein, das rhythmische Geräusch gedämpft durch den schweren Seetang an den Felsen. Ein Leuchtturm hob sich klar konturiert vom Himmel ab, und in der Ferne lagen die grauen Umrisse kleiner Inseln und Riffe. Beatrice blieb, geblendet von den glitzernden Lichtern auf den Pfützen im Sand, stehen, und Cameron hielt ebenfalls inne.

»Es hat Sogwirkung«, stellte er mit leiser Stimme fest, »sogar über eine Distanz von fast fünftausend Kilometern.«

Die Hündin begann sich in einer Senke zu putzen, während Beatrice und Cameron ihren Rücken im Sand wärmten und er das Ufer mit einem Fernglas absuchte.

»Er hat recht«, sagte er nach einer Weile. »Schauen Sie! Dort!« Er deutete auf einen Punkt jenseits der sich brechenden Wellen. »Nein. Jetzt ist er weg. Warten Sie, er taucht bestimmt gleich wieder auf. Hinterm Gras, der Hals und der Körper sind im Wasser. Da!«

Er reichte ihr das Fernglas, und als sie mit dem Blick seinem ausgestreckten Zeigefinger folgte, sah sie einen großen Vogel mit kurzem, breitem Nacken, der den Kopf aufmerksam reckte. »Aber der ist unscheinbar grau«, bemerkte sie. »Nicht wie der prächtige Kerl im Esszimmer.«

»Ein Jungtier. Das bunte Gefieder bekommen sie erst bei der Partnersuche, und wenn sie einen gefunden haben, bleiben sie das ganze Leben zusammen.« Der Vogel tauchte ab. »Einmal habe ich nördlich von Lake Superior die ganze Nacht den Rufen eines Paars gelauscht. Das hallt wild und gruselig durch die Wälder. Für die Indianer sind sie Todesboten. Das kann man gut verstehen, wenn man sie im Dunkeln hört und einem die Haare zu Berge stehen.«

»Sie nisten nicht hier?«

»Möglicherweise manchmal ... Wir wissen es nicht so genau.«

Weil Theo den einen abgeschossen hatte, der es vielleicht versucht hätte, dachte sie, als sie Cameron den Feldstecher zurückgab. Sie musterte sein Profil, als er den Vogel am Strand verfolgte, und das morgendliche Gespräch im Arbeitszimmer und der Streit vom Vortag fielen ihr ein. Sie beschloss nachzubohren.

»Sie stehen doch, wie mein Mann gesagt hat, der Sache ablehnend gegenüber. Würden Sie es ihm denn erzählen, wenn Sie einen solchen Vogel im Prachtgefieder gesehen hätten?« Als er nicht antwortete, wiederholte sie: »Würden Sie es ihm sagen?«

Während er den Vogel weiter durchs Fernglas beobachtete, verzog sich sein Mund zu einem Schmunzeln. Kurze Zeit später murmelte er: »Mr Blake hat den Instinkt eines Sammlers, Madam, und auch ...«, er suchte nach dem richtigen Wort.

»Die Rücksichtslosigkeit?«, führte sie den Satz für ihn zu Ende. Er suchte schweigend das Meer in der anderen Richtung ab. »Sie haben meine Frage nicht beantwortet.«

»Nein?« Er senkte den Feldstecher. »Mr Blake ist der Ansicht, dass das, was auf seinem Anwesen geschieht, seine Sache ist, Madam, und das betrifft auch die Vögel.« Er beobachtete, wie sich ein Eissturmvogel vom Wind höher tragen ließ.

Da Beatrice weiteres Nachbohren unklug erschien, wechselte sie das Thema. »Erklären Sie mir, was sich dort draußen noch tummelt. Mein Mann versucht schon eine ganze Weile, mir etwas beizubringen, aber ich fürchte, ich enttäusche ihn.«

»Das kann ich mir nicht vorstellen«, murmelte Cameron. »Sagen Sie mir, was Sie sehen, dann finden wir gemeinsam heraus, was es ist.«

Sie ließ den Blick über das glitzernde Wasser schweifen. »Die Tölpel kenne ich. Theo … Mr Blake hat mich einmal zum Bass Rock mitgenommen. Die Möwen zu unterscheiden ist schwieriger.«

»Auch nicht schwieriger als die Strandschnecken und die Napfschnecken«, widersprach er. »Man muss nur lernen, worauf zu achten ist.«

Und so schauten sie abwechselnd durchs Fernglas, während er ihr die Merkmale der Arten erklärte. Sie nickte und musterte sein Gesicht, belustigt über seine Entschlossenheit, ihr etwas beizubringen.

»Da drüben sind die Quälgeister, die Sie angegriffen haben. Diesmal fangen sie Fische.« Er deutete auf die weißen Seeschwalben, die jenseits der Felsen tauchten.

Sie verließen die Dünen und gingen zum Strand hinunter, wo sie Watvögel aufscheuchten, die nur wenige Meter entfernt wieder landeten. Dann führte Cameron sie zu einer kleinen Mulde im Sand, in der zwischen kleinen Steinen drei Eier verborgen lagen. Er zog Beatrice weg, als wie aus dem Nichts ein Elternvogel auftauchte und mit wütendem Gezeter einen Angriff markierte.

»Nicht schon wieder!«, rief sie aus, und er lachte. Dann sahen sie, dass auch der Eistaucher zum Strand zurückgekehrt war, und ließen sich im Sand nieder, während die Sonne über dem Meer zu sinken begann. Schließlich stand Cameron auf und sah nach Bess. »Wir sollten zurückgehen.«

Sie ließ den Blick ein letztes Mal über die Bucht wandern und bedauerte wieder, dass Theo sie nicht begleitet hatte, denn er hatte ihr so oft von Torrann Bay erzählt.

»Cameron«, bemerkte sie nachdenklich, »falls Sie tatsächlich einen Eistaucher auf Partnersuche sehen sollten, müssen Sie das meinem Mann nicht verraten. Wenn es ihnen hier am Ende der Welt glückt, einander zu finden, haben sie es verdient, in Ruhe gelassen zu werden, finden Sie nicht auch?« Er hob erstaunt die Augenbrauen. »Mir könnten Sie es natürlich schon sagen«, fügte sie hinzu, wischte den Sand von ihrem Rock und suchte nach ihrem Hut.

Er holte ihn hinter dem Strandhafer hervor. »Sie würden es ihm also nicht erzählen?«, fragte er und reichte ihn ihr. Plötzlich wurde ihr bewusst, dass ihr ihre Worte als Mangel an Loyalität ausgelegt werden konnten, und mit Sicherheit wäre Theo nicht erfreut, wenn sie Cameron zur Renitenz anstachelte. Doch er drängte sie nicht, ihm eine Antwort zu geben, sondern drehte sich um und rief Bess mit einem Pfiff herbei. Als die Hündin schwanzwedelnd herangesprungen kam, verließen sie die Dünen, um sich auf dem Feldweg zurück zum Haus zu begeben.

Zwölf

2010

»Mir war nicht klar, wer Sie sind.« Hetty wollte gerade das Grab des Malers aufsuchen, als ihr Vermieter an der Tür klingelte und sich vorstellte. »Haben Sie alles, was Sie brauchen?«, fragte er und trat in die Küche. »Wenn Sie den Torf nicht mögen, können Sie im Co-op Kohle kaufen.« Der Torf sei schon in Ordnung, antwortete sie, nun, da sie gelernt habe, damit umzugehen.

»Und im Schrank im oberen Schlafzimmer ist Extrabettzeug.« Eine dünne Decke, die nach Mottenkugeln roch, dachte sie. Da nahm sie lieber eine Wärmflasche. »Bevor Sie abreisen, komme ich noch mal wieder, den Strom ablesen.«

»Ich bleibe bis Samstag.«

»Gut. Dann schaue ich am Freitagnachmittag vorbei.« Er schien noch nicht gehen zu wollen. »Wissen Sie, ich habe Pachtland auf der Insel«, sagte er unvermittelt, und das klang vorwurfsvoll. »Von meinem Großvater.«

»Ach.«

Er drückte mit dem Fuß das aufgerissene Linoleum beiseite und sah, die Unterlippe angriffslustig nach vorn geschoben, kurz hinauf zur Decke, auf der sich Wasserflecken abzeichneten. »Eigentlich hatte ich daran gedacht, das Cottage zu renovieren … aber wenn hier ein großes Hotel entsteht, mache ich sowieso kein Geschäft mehr.«

Tatsächlich? Als sie den Blick nicht abwandte, senkte er den Kopf.

»Und ich habe eine Saisonlizenz für die Gänsejagd.«

Was sollte das nun wieder?, fragte sie sich. In London hatte Giles ihr erklärt, dass ihre Pläne von den Einheimischen mit Begeisterung aufgenommen werden würden, weil sie Jobs und Wohlstand für die Gegend brachten.

»Natürlich wirst du einen professionellen Hotelmanager brauchen, aber es wird Arbeit für Zimmermädchen, in der Küche und so weiter geben, dazu für Leute, die sich um den Grund kümmern.«

Doch weder James Cameron noch ihr Vermieter wirkten auch nur im Entferntesten erfreut.

Sobald ihr Vermieter gegangen war, machte sie sich wie geplant auf den Weg. An der Stelle, an der der Feldweg hinunter zum Strand führte, traf sie auf eine Gruppe lärmender Kinder, mitten unter ihnen Ùna Forbes, die zur Begrüßung die Hand hob.

»Hallo!« Gott sei Dank, endlich ein freundliches Gesicht. »Wollen Sie rüber?«

»Ja.«

»Dann begleite ich Sie.« Als die Kinder sich neugierig um sie scharten, konnte Ùna sich ein Schmunzeln nicht verkneifen. »Kunst und Natur, einmal die Woche, vorausgesetzt, das Wetter spielt mit, und natürlich abhängig von den Gezeiten. Ist besser als ein miefiges Schulzimmer, finden Sie nicht?« Sie rief ihren Schützlingen etwas zu, worauf sie kichernd über den Strand davonschossen, als hätte sie einen Sektkorken aus der Flasche gezogen. »Wir nutzen eines der alten Nebengebäude, wo wir nach Herzenslust mit Farbe und Ton rumkleckern dürfen und hinterher nur den Boden kehren müssen.« Nach einer kurzen Pause fügte sie fröhlich hinzu: »Wahrscheinlich sollten wir Sie jetzt um Erlaubnis bitten. Daran hatte ich nicht gedacht. Haben Sie etwas dagegen?«

»Aber nein.« Jedenfalls noch nicht.

»Gut. Die Kinder lieben es. Unterwegs sammeln wir Sachen, die wir anmalen oder zu Collagen verarbeiten und anschließend beim Schulfest verkaufen. Streichholzschachteln mit draufgeklebten Muscheln und so.« Ùna schob die Haare unter ihre Kapuze, während sie die Kinder am Strand zählte. »Und wie läuft's bei Ihnen nach dem schlechten Einstand?«

Hetty musste lachen. »James Cameron meint, ich soll das Haus abreißen und ein Cottage auf dem Grund bauen, und mein Vermieter beklagt sich, dass ein Hotel ihm das Geschäft verderben würde.«

Ùna schmunzelte. »Was für ein Geschäft denn? Dùghall kommt schon zurecht.«

»Aber James ist es ernst mit dem Haus. Er sagt, es ist nicht zu retten.«

»Das hat er uns auch erklärt. Und was wollen Sie nun machen?«, fragte Ùna.

Hetty zögerte. »Eine zweite Meinung einholen, denke ich«, antwortete sie in der Hoffnung, niemandem auf den Schlips zu treten.

Sie gingen schweigend weiter, bis Ùna einen Jungen ermahnte, der sich mit einem Strang nassem grünen Seetang in der Hand um die eigene Achse drehte, was Angst- und Entzückensschreie bei seinen Kameraden auslöste. *»Fionnlagh, sguir dheth!«*

Als Hetty lächelnd nach ihrer Kamera griff, stellte sie fest, dass sie diese, abgelenkt durch den Besuch ihres Vermieters, im Cottage vergessen hatte.

Ùna blickte sie unter ihrer Kapuze hervor an, als suchte

sie nach den richtigen Worten. »Wissen Sie, James kennt sich aus.«

»Das glaube ich gern, aber ich habe auch das Gefühl, dass er grundsätzlich etwas gegen mein Projekt hat. Er scheint zu glauben, dass es alten Groll neu beleben würde.«

Ùna sah sie an. »Groll? Von früher?« Sie schüttelte heftig den Kopf. »Nein, das ist nicht der Grund. Er macht sich eher Gedanken darüber, welchen Schaden ein Hotel der Insel heute zufügen würde.« Sie bedachte Hetty mit einem schiefen Grinsen. »Veränderungen mag niemand gern.«

»Steckt wirklich nicht mehr dahinter?«

Wieder zögerte Ùna. »Wenn man an einem Ort wie diesem groß geworden ist, steckt immer mehr dahinter.« Möwen kreisten über den Kindern, die sich wie riesige Watvögel über den Strand verteilten. »Wir sind hier nicht an Beschränkungen gewöhnt und machen, soweit es geht, einen Bogen um Regeln. Ein Hotel auf der Insel würde das ändern.« Sie deutete auf die Kinder. »Ich habe eine Weile in Glasgow unterrichtet. Glauben Sie, man könnte Kinder irgendwo anders als hier so frei herumlaufen lassen?«

»Und wenn sie erwachsen sind? Wenn sie auf der Insel bleiben, werden sie doch Arbeit brauchen.«

»Viele werden von hier fortgehen, das war immer so, aber manche werden zurückkommen. Die Insel steckt ihnen im Blut.«

Gab es denn keinen Kompromiss, bei dem man das Haus nicht abreißen musste? Einen konstruktiveren, positiveren Vorschlag? Doch Ùna schwieg, und Hetty wollte sie nicht drängen. »Ist Ruairidh noch etwas zu dem Skelett eingefallen?«, fragte sie schließlich.

Ùna rügte einen weiteren Jungen, der durchs Wasser stapfte und die anderen vollspritzte, und schüttelte dann den Kopf. »Sie haben gehört, dass die Leute von der Gerichtsmedizin umkehren mussten und dann woanders gebraucht wurden?«

Hetty nickte. »Also erfahren wir erst mal noch nichts.«

Wieder hatte Hetty den Eindruck, nicht nachhaken zu dürfen, und außerdem waren sie inzwischen fast auf der anderen Seite.

»Macht es Ihnen wirklich nichts aus, wenn wir die alte Kate nutzen?«, fragte Ùna, nahm die Kapuze ab und schüttelte die Haare aus. »Wenn Sie möchten, holen wir unsere Sachen raus.«

»Nein, kein Problem, wirklich.« Hetty fühlte sich ein wenig unbehaglich in ihrer neuen Rolle als Landbesitzerin, Fremde und potenzielle Bauherrin, es fiel ihr alles andere als leicht, auf der Insel einen Platz für sich zu finden.

»Wunderbar«, sagte Ùna. »Kommen Sie doch vorbei, wenn Sie Zeit haben.«

Sie holten die Kinder ein, die artig am unteren Ende des Feldwegs warteten, und Hetty versprach vorbeizuschauen.

Die kleine Begräbnisstätte lag auf einer Anhöhe hinter dem Haus und wurde von einer niedrigen Mauer eingegrenzt. Rostige Eisenangeln zeigten, wo früher einmal ein Tor gewesen war. Nun konnten Schafe ungehindert hinein, die das Gras abfraßen. Das Grab des Malers wurde durch einen einfachen Stein mit seinem Namen und seinen Lebensdaten markiert und unterschied sich deutlich von dem pompösen Grabmal seiner Eltern und deren drei kleinen Töchtern. Hetty hielt einen Moment inne, um es zu betrachten, einen Zugang zu ihm zu finden – aber der Ort wirkte düster, von Theo Blake war hier nichts zu spüren.

Auf dem kleinen Friedhof befanden sich auch die Gräber

der Forbes, was die enge Verbindung der beiden ungleichen Familien unterstrich. Ein großes Keltenkreuz wachte über die Ruhestätte von John Forbes, dem früheren Verwalter, neben dem seine Frau lag, die Jahrzehnte früher gestorben war. Mit erst vierundzwanzig Jahren, das arme Ding, begraben mit einem Baby, das sie gerade einmal um einen Tag überlebt hatte. Hetty entdeckte eine Inschrift am unteren Ende des Kreuzes und bückte sich, um eine struppige Heideranke wegzuziehen. *Zum Gedenken an John Donald Cameron, Argyll and Sutherland Highlanders, 1944.* Bestimmt ein Verwandter von James Cameron.

Hetty setzte sich auf die niedrige Mauer und biss in einen Apfel, den sie mitgebracht hatte, während sie die kleinen grasbewachsenen Hügel betrachtete. Es war ziemlich wahrscheinlich, dass irgendeiner der hier Begrabenen etwas gewusst hatte. Eine Verschwörung von Phantomen, die nun durch James Camerons Entdeckung aufgescheucht wurden. Wenn Hetty nicht hergekommen wäre, hätte vielleicht niemand je davon erfahren.

Hatte Blake Bescheid gewusst? Höchstwahrscheinlich, dachte sie. Theo Blake war selbst eine tragische Figur. Nach einem kometenhaften Aufstieg, der ihn vermutlich in den Olymp der britischen Kunst katapultiert hätte, war er ziemlich tief gefallen. Selbst auferlegtes Exil, eine kurze, kinderlose Ehe, gefolgt von einem langen Abstieg, der in den klaren Wassern der Insel geendet hatte. Und irgendwo in diesem kaputten Leben war auch ein anderes zu Ende gegangen.

Hetty ließ den Blick noch einmal über die Gräber schweifen, bevor sie das Kerngehäuse des Apfels in ein Nesselgestrüpp warf und den Friedhof verließ. Es fiel ihr schwer, irgendetwas von alledem mit dem Mann hinter den Gemälden in Verbindung zu bringen. Das Seestück, das Teil ihrer

Kindheit gewesen war und nun in ihrem Wohnzimmer in Islington hing, ließ Blakes ungeheure Begabung und Energie erahnen – und seinen Optimismus. Als sie es an jenem ersten Abend beschrieben hatte, waren sich die Cousins einig gewesen, dass er es mit ziemlicher Sicherheit in Torrann Bay gemalt hatte.

»Ein langer Strand im Westen, ungefähr eineinhalb Kilometer lang. Dort geht die Sonne unter«, hatte Ruairidh erklärt.

Sie ging zum Haus hinunter. Kindergeschrei führte sie zu einem Nebengebäude, das aussah wie ein altes Pächterhaus und auf dem sich nun ein neues Blechdach mit großen Fenstern befand. Hetty musste sich beim Eintreten durch die niedrige Tür ein wenig bücken, worauf der Geräuschpegel im Innern kurz zurückging und gleich wieder anschwoll, als Ùna sie begrüßte.

»Haben Sie Blakes Grab gefunden? Der Arme. Er hatte Geld, war aber bestimmt nicht glücklich. Können Sie sich ein Leben mit diesem Skelett unter den Bodendielen vorstellen? Kein Wunder, dass er irgendwann verrückt geworden ist.«

»Glauben Sie denn, er hat's gewusst?«

»Das muss er wohl, meinen Sie nicht?« Sie erschauerte, doch dann nahm sie sich zusammen und zeigte Hetty die Werke ihrer jungen Schützlinge. »Sie können ihm natürlich nicht das Wasser reichen, doch es macht ihnen Spaß.«

Es handelte sich um die üblichen Kinderklecksereien und Collagen aus Muscheln, Krebsscheren und Seetang, dazu einige zierlichere Arrangements aus gepressten Wildblumen.

»Das Gebäude ist ideal. Ein paar von den Vätern haben die Bänke und das Dach repariert, und die neuen Oberlichter sind super. In dem alten Farmhaus hätten wir mehr Platz, klar, aber …« Sie verstummte, um einen plötzlich aufflammenden Streit zwischen zwei jungen Künstlern zu schlichten und das damit einhergehende Chaos zu beseitigen.

Nachdem Hetty weitere Arbeiten bewundert hatte, erkundigte sie sich, wie sie am besten nach Torrann Bay komme.

»Das ist nicht viel weiter als einen Kilometer, immer geradeaus. Ist ein tolles Fleckchen Erde, aber bleiben Sie nicht zu lang dort, sonst müssen Sie die Nacht hier verbringen. Gehen Sie bis spätestens vier zurück, dann sind Sie auf der sicheren Seite.«

Süßlicher Duft erhob sich vom Machair, als sie Ùnas Wegbeschreibung folgte, und was sie von den Dünen aus zwischen dem Strandhafer hindurch sah, erkannte sie sofort wieder. Die untergehende Sonne spiegelte sich in den Tümpeln und Rinnsalen, die die Flut hinterlassen hatte; sogar die Felsen im Vordergrund befanden sich genau dort, wo sie sie erwartet hatte. Es war ein merkwürdiges Gefühl, als würde sie ihr eigenes Bild betreten, das um sie herum zum Leben erwachte.

An dieser Stelle, im Schutz einer eingefallenen Mauer, musste Blake seine Staffelei aufgestellt haben. Sie setzte sich an diesen Ort der Stille, wo er vermutlich gesessen hatte, und lauschte den Wellen, die am Strand ausliefen, und den Schreien der Seevögel. Die Landschaft schien sie zu umfangen, sie hineinzuziehen, sie an sich zu binden und sie zu einem Teil von sich zu machen. Hier, nicht in dem düsteren kleinen Friedhof, spürte sie endlich den Geist des jungen Malers, der sich seiner Begabung erfreut hatte, bevor seine Welt zerbrach.

Dreizehn

1910

Theo tat so, als konzentrierte er sich auf das aufgeschlagene Buch vor sich, und versuchte, der Farce mehr Glaubwürdigkeit zu verleihen, indem er von Zeit zu Zeit umblätterte, um ein Gespräch zu vermeiden. Inzwischen bedauerte er, dass er den Kamin nicht hatte anzünden lassen, denn in dem Raum war es kalt. Und zu still. Wenn er sich sicher sein konnte, dass Beatrice nicht hersah, musterte er sie. Wie viel Schaden hatte er angerichtet?

Sie saß auf der Fensterbank, das Kinn in die Hand gestützt, und blickte ruhig hinaus auf die Bucht. Doch sie täuschte ihn nicht. Hinter ihrer kühlen Fassade verbarg sich keine innere Ruhe; er hatte ihren verletzt-verwirrten Gesichtsausdruck gesehen und verfluchte sich für seinen Ausrutscher. Als sie ihr Tuch enger um die Schultern zog, blätterte er um und runzelte angestrengt die Stirn, aber sie wandte sich ihm nicht zu. Gott sei Dank. Er wollte nicht mit ihr darüber sprechen, ihr keine Erklärung geben müssen, denn was hätte er sagen können, ohne weiteren Schaden anzurichten? Sie mussten den Zwischenfall vergessen, die Sache begraben und sich um eine glatte Fassade bemühen.

Doch er wusste, dass diese Fassade bereits von Rissen durchzogen war und es weitere Auseinandersetzungen geben würde. Ihm war nicht entgangen, wie fragend und bestürzt sie ihn nun bisweilen ansah, als bemühte sie sich zu begreifen. Er packte das Buch fester und unterdrückte ein Stöhnen. Natürlich hatte er sie nicht anherrschen wollen, aber als sie an dem Tümpel gestanden war, eine lächerliche Kopie, hatte er die Kontrolle verloren. Eigentlich hätte es ein schöner Nachmittag werden sollen; er hatte vorgehabt, seine Frustration über Cameron beiseitezuschieben und Beatrice die Aufmerksamkeit zu schenken, die sie verdiente.

Alles hatte so gut angefangen. Sie hatten ein Picknick am Strand gemacht, den Seehunden beim Spielen zugeschaut, und nach einer Weile war sie weggeschlendert, während er das nackte Gerippe eines uralten, halb von Sand bedeckten Bootswracks skizzierte. Er war so in seine Arbeit vertieft gewesen, dass er sie vergessen hatte, doch dann waren seine Gedanken wie so oft in letzter Zeit zu der schmerzlichen Auseinandersetzung im Arbeitszimmer zurückgekehrt.

»Ich dachte, es besteht keine weitere Verpflichtung meinerseits, Sir«, hatte Cameron gesagt.

Verpflichtung! Gütiger Himmel! So weit war es schon gekommen. Theo hatte weitergezeichnet, jedoch nach einer Stunde aufgegeben und nachdenklich auf die See hinausgeblickt, und am Ende hatte er sich auf die Suche nach Beatrice begeben. Er hatte sie nicht gleich gefunden, und als er sie dann hinter einem großen Felsen entdeckte, hatte es ihm die Sprache verschlagen. Sie hatte an einem der Tümpel gestanden, eine Hand auf dem Stein, während sie mit der anderen die Röcke raffte, vorgebeugt, einen Zeh ins Wasser gestreckt, dessen Oberfläche sich kräuselte.

»Was machst du da?«

Sein Rufen hatte sie aus dem Gleichgewicht gebracht. Sie hatte sich abrupt aufgerichtet, sodass ihre Röcke nass wurden, während er sie, die Tasche quer über dem Rücken, mit offenem Mund und wild pochendem Herzen anstarrte.

»Nichts, warum …?«

Er hatte tief durchgeatmet, um die Fassung wiederzuerlangen. »Komm da weg, dein Rock ist ja ganz nass.« Natürlich war das seine Schuld, weil er sie erschreckt hatte. Sie hatte sich mit erstauntem Blick von dem Tümpel entfernt. »Das Licht verändert sich. Wir sollten heimgehen.« Er hatte auf ihre Schuhe und Strümpfe gedeutet, die im Sand lagen. »Ich warte oben auf den Dünen, während du dich anziehst«, hatte er gesagt und gespürt, wie sie ihm nachschaute, als seine Füße in dem weichen Sand beim Hinaufklettern immer wieder wegglitten. Wie ließ sich sein merkwürdiges Verhalten erklären?

Wenig später hatte sie sich mit ausdrucksloser Miene zu ihm gesellt und mit leiser Stimme gefragt: »Bist du gut vorangekommen, Theo?«

»Es geht so.«

»Kommen wir ein andermal wieder her, wenn das Licht besser ist?«

»Ich weiß es nicht.« Er hatte gemerkt, wie unfreundlich sich das anhörte, aber konnte sie nicht einfach den Mund halten? Sie hatte sich mit den Fingern die Haare zurückgestrichen, ihren Hut festgesteckt und ihn verwundert unter dem Rand hervor angeblickt. »Dieses Fleckchen Erde finde ich ziemlich beeindruckend.«

»Es ist karg und ohne Leben.« Was für eine passende Beschreibung seines eigenen Daseins! Er hatte den Riemen seiner Tasche festgezurrt, und Beatrice war ihm ins Landesinnere gefolgt. »Könntest du ihm nicht mit Menschen oder Vögeln Leben einhauchen?«

»Herrgott, Beatrice!«, hatte er wütend geschnaubt. »Vielleicht noch ein paar Palmen und eine halb im Sand verborgene Schatztruhe? Wäre das nach deinem Geschmack?«

Er hatte ihren bestürzten Blick gesehen, als sie den Sand vom feuchten Rand ihres Kleids schüttelte, doch als sie den Kopf wieder hob, war ihre Miene nicht zu deuten gewesen, und er hatte ein schlechtes Gewissen bekommen.

»Die Stelle taugt einfach nicht für ein Bild. Ich probier's woanders.«

Beatrice hatte nur kühl genickt, und sie waren in angespanntem Schweigen weitergegangen. Wenn sie nichts weiter gesagt hätte, wäre es ihm vermutlich gelungen, sich zusammenzureißen und die Wogen irgendwie zu glätten, doch sie hatte es nicht ruhen lassen.

»Ich kann mir denken, dass es kompliziert ist, eine geeignete Stelle zu finden. An dem Tümpel habe ich überlegt, wie schwierig es für dein Mädchen auf dem Bild gewesen sein muss.«

Sein Mädchen. »Inwiefern?«

»Sie musste ja stillstehen, wie du es dir vorgestellt hast.«

Stillstehen, wie er es sich vorgestellt hatte … Er war schneller geworden und hatte sie gezwungen, mit ihm Schritt zu halten. Gütiger Himmel! Welcher böse Geist hatte ihr nur diese Worte in den Mund gelegt? Màili hatte weder stillgestanden noch ihre Versprechen gehalten. Bei der Erforschung der verborgenen Strände und Buchten mit Màili war sein Skizzenbuch so etwas wie ein Feigenblatt gewesen, hinter dem er sein Verlangen verbergen konnte. Bei Beatrice hingegen war es ein Schild, mit dem er sie auf Distanz hielt. Der Unterschied war zu groß und zu schmerzlich; er durfte Beatrice nie wieder mitnehmen.

Er hatte sich wirklich bemüht, dachte er verzweifelt, er hatte versucht, sein leeres Glas wieder aufzufüllen, aber die

Vergangenheit hielt ihn nach wie vor in ihren Fängen. Sie dort stehen zu sehen! Es war kein Streit gewesen – dazu gehörten zwei –, doch ihr abgewandter Blick signalisierte ihm, welche Distanz er zwischen ihnen aufgebaut hatte. Für Beatrice war der *Tümpel zwischen Felsen* einfach nur ein Bild, nichts weiter. Sie konnte nicht wissen, dass er an dem Tag, an dem es das erste Mal in London ausgestellt worden war, von Màilis Hochzeit erfahren hatte, und während die Kritiker sich mit Lob für dieses junge Talent überschlagen hatten, hatte er, das Gesicht von Tränen aufgeschwollen, volltrunken auf dem Boden seines Ateliers gelegen.

Und jetzt war da Cameron. Mit jedem Tag wuchs Theos Gewissheit, weil er seine eigenen Gesten erkannte, die Energie und die Leidenschaft. Und mit jedem Tag schnürte ihm die Frustration die Luft weiter ab. Sein Sohn und doch nicht sein Sohn. Er konnte keinen Anspruch auf ihn erheben, und nun wandte er sich auch noch von ihm ab, kritisierte ihn und begehrte gegen ihn auf.

Ein Teil von Theo neigte dazu, sich seinen Forderungen zu beugen, seine Anerkennung zu gewinnen, indem er das, was Cameron für Ungerechtigkeiten der Vergangenheit hielt, ausglich, doch ein stärkerer Teil von ihm wollte, dass die Insel so blieb, wie sie war, menschenleer und wild, ein Schrein für sein einstiges Glück. Und dass auch Cameron blieb.

Theo legte das Buch weg und starrte ins Kaminfeuer. Was für ein schreckliches Durcheinander! Herzukommen war ein Fehler gewesen. Er sollte mit Beatrice Bhalla Strand verlassen, nicht den ganzen Sommer hier verbringen. Vielleicht ins Ausland reisen. Nach Italien oder in die Türkei, wo der Geist von Màili sie nicht verfolgte und wo er Cameron nicht begegnen würde. Und zwar bald, bevor noch mehr

Schaden entstand. Er verfluchte die Gäste, die sie für die folgende Woche erwarteten; irgendwie mussten sie ihren Besuch überstehen und sich beschäftigen. Und sie selbst durften erst hierher zurückkehren, wenn sie so glatt geschliffen waren wie Kiesel von der Flut.

Theo schaute noch einmal verstohlen zu Beatrice hinüber und bekam wieder ein schlechtes Gewissen. Er machte die arme Frau unglücklich. In Edinburgh hatte er sich von ihrer Ruhe und Schönheit angezogen gefühlt und geglaubt, dass er sie lieben könnte. Doch hier besaß ihre Sanftheit nicht die Kraft, den mächtigen Schatten von Màili zu vertreiben. Allerdings erschienen ihm ihre Schultern nun straffer, und er erinnerte sich an ihre Distanziertheit auf dem Heimweg; einen kurzen Augenblick lang hatte er hinter ihrer sanften Fassade etwas Stahlhartes erahnt. Als sie sich erhob, senkte er den Blick.

»Ich gehe nach oben, Theo«, sagte sie mit leiser Stimme. »Die frische Luft hat mich müde gemacht.«

Theo, dem war, als bliebe etwas von ihrer Kühle in dem Raum zurück, legte das Buch weg, sank wieder in seinen Sessel und sah zu, wie die Schatten des Abends länger wurden.

Vierzehn

Beatrice hielt ihr Haar fest, das der Wind nach hinten wehte, und arbeitete sich die Dünen hinauf, wo sie außer Atem stehen blieb und erstaunt zum Strand hinunterblickte.

Sie hatte das Haus früh verlassen, um in der Einsamkeit von Torrann Bay über die Missstimmung vom Vortag nachzudenken, doch nun war die Bucht voller Männer und Frauen mit Pferden und Karren, die dort Seetang zu sammeln schienen. Die einen hoben ihn mit langen Gabeln und Rechen auf den Strand, während andere ihn auf Karren hievten, die dann oben am Strand entladen wurden, damit der Inhalt auf den Felsen ausgebreitet werden konnte.

Beatrice sah einen Reiter den Strand entlangkommen, der wenig später abstieg und ein angeregtes Gespräch mit den Arbeitern begann. Schon bald versammelte sich eine Gruppe um ihn, und sie hörte Unmutsäußerungen. Nach einer Weile entdeckte sie einer der Männer, und sie zogen sich zurück, sodass Beatrice in dem Reiter Cameron Forbes erkannte. Die Männer starrten sie eine Weile an, bevor einer von ihnen zu den Leuten hinüberging, die den Karren entluden, während Cameron wieder aufstieg und zu ihr herübertrabte.

»Sie sind ganz schön weit weg von zu Hause, Mrs Blake«, bemerkte er und glitt neben ihr aus dem Sattel. »Wollen Sie mit anpacken?«

Sie war mittlerweile an Camerons Direktheit gewöhnt und lächelte. »Was machen die Leute denn?«

»Sie ernten Seetang. Aber sie breiten ihn zu nahe am Wasser aus; wenn ein Sturm aufkommt, müssen sie noch mal von vorn anfangen. Ich habe ihnen gesagt, dass sie ihn weiter nach oben bringen sollen.« Er blickte grinsend zu der Gruppe bei den Felsen hinüber. »Sie haben gemurrt, bis Sie aufgetaucht sind.«

»Wieso sollte ich sie beeinflussen?«

»Mr Blake könnte durch Sie von der Sache erfahren.« Er rief den Leuten etwas zu. Ein Riese von einem Mann reagierte sarkastisch, worauf Cameron nur kurz eine Faust hob, was allgemeines Gelächter auslöste. Dann wandte er sich wieder Beatrice zu. »Ein ruhiger Tag wie der heutige ist ideal, bei hohen Wellen wird es bedeutend schwieriger.«

Beatrice erschien die Arbeit mit dem schweren, glitschigen Seetang auf jeden Fall ziemlich hart. »Und wofür machen sie das?«

Er ging in die Hocke und nahm eine Handvoll fast harten Seetangs. »Das Gold der Hebriden«, erklärte er und hielt ihn ihr hin. »Leichtes Geld.« Er zerdrückte ihn zwischen den Fingern. »War es jedenfalls früher mal. Für die Grundbesitzer. Die Pächter haben nie etwas vom Gewinn gesehen.« Er wischte seine Hand am Boden ab und richtete sich auf. »Jetzt ist er nicht mehr viel wert, nur ein paar Shilling Extrageld, und wenn der Preis sehr niedrig ist, bringen sie ihn auf den eigenen Feldern aus. Wie alles hier ist es harte Arbeit für kargen Lohn. Wenn es einige Zeit sonnig bleibt und ein warmer Wind geht, ist er schnell trocken genug zum Verbrennen.« Seine Augen blitzten kurz auf. »Dann verwandelt sich diese Anhöhe in das Tor zur Hölle, und die Gehilfen Luzifers schüren mit rußgeschwärzten Gesichtern das Feuer.«

»Klingt furchteinflößend«, sagte sie schmunzelnd. »Das muss ich mir ansehen.«

»Bei so einer energiegeladenen Herrin kann man nirgendwo mehr dem Müßiggang frönen.«

Beatrice wurde rot. Sie schlenderten zum Weg zurück.

»Sie erwarten bald Gäste, habe ich gehört«, bemerkte er.

Bis dahin waren nur Grundbesitzer aus der Gegend oder ihre Verwalter bei ihnen gewesen, doch schon bald würden drei Paare aus Edinburgh kommen, ihre erste gemischte Besuchergruppe. Einer von ihnen, Theos langjähriger Förderer Charles Farquarson, hatte Theo davon überzeugt, dass eine Einladung seinen Bekannten schmeicheln und sie geneigter machen würde, ihre Börsen zu zücken für eine neue Galerie, die er plante. Theo hatte Beatrice' Bedenken abgetan, und später, als sie mit Mrs Henderson das lange nicht genutzte Bettzeug durchgegangen war, hatte auch diese sie beruhigt.

»Bestimmt freuen Sie sich auf die Gesellschaft der Damen«, sagte Cameron und ließ die Hand über den Rücken seines Pferdes gleiten.

»Mag sein, aber ich bin ein bisschen aus der Übung bei Gesellschaften mit all ihren kleinen Regeln und Ritualen.« Sie schwieg kurz. »Ich habe mich daran gewöhnt, den ganzen Tag in bequemer Kleidung herumzulaufen. Das empfinde ich wie eine Befreiung von meinen Fesseln.«

Cameron hob eine Augenbraue und schaute hinüber zu den Arbeitern. »Immerhin sind es angenehme Fesseln, Madam.«

Sie biss sich auf die Lippe. Wie hatte sie nur so etwas Dummes sagen können! »Ich meine das gesellschaftliche Korsett.« Da merkte sie, dass sich sein Gesichtsausdruck veränderte. Als sie sich umdrehte, entdeckte sie Theo, der mit dem Pferdewagen übers Feld herannahte.

»Du hast dich ganz schön weit hinausgewagt, meine Liebe«, stellte er fest, sobald er sie erreichte. Also war er ihr nachgefahren, dachte Beatrice erfreut. »Jemand hat mir gesagt, dass du in diese Richtung unterwegs warst. Du entwickelst großen Ehrgeiz.« Dann wandte sich Theo mit eisiger Miene an Cameron, der vorgetreten war, um die Zügel zu ergreifen. »Ich dachte, du würdest mir heute Vormittag helfen, und hatte nicht erwartet, dass du anderweitig beschäftigt bist und ich nach dir suchen müsste.«

Er hatte also nach Cameron gesucht, nicht nach ihr? Beatrice schluckte. Dann sah sie, dass sein Blick sich auf die Seetangsammler richtete.

»Lohnt sich die Mühe heutzutage überhaupt noch?«, murmelte Theo. »Für die paar Shilling …«

»Sie brauchen die paar Shilling, Mr Blake.«

Cameron sagte das ganz ruhig, aber Beatrice merkte, wie Theos Augen schmal wurden. »Und breiten sie ihn nicht zu nahe am Wasser aus? Ihnen muss doch klar sein …«

»Ich habe sie darauf aufmerksam gemacht. Sie werden ihn höher raufbringen.«

Theo nahm brummend seinen Feldstecher zur Hand, um damit zuerst zu den Arbeitern am Strand und anschließend zu den Feldern hinüberzuschauen. Als er das Fernglas senkte, fixierte er Cameron mit einem harten Blick. »Wer ist das?«

»Sie sind heute Vormittag auf der Suche nach Arbeit hergekommen, Sir.«

»Weiß dein Vater, dass sie hier sind?«

»Das sage ich ihm heute Abend.«

Theo runzelte die Stirn. »Würdest du mir bitte jetzt erklären, wo sie untergebracht sind?«

»Die meisten bei Verwandten«, antwortete Cameron gelassen. »Der Wind weht günstig, da ist jeder zusätzliche Arbeiter ein Segen.«

Beatrice merkte, wie Theos Kiefer zu mahlen begannen,

als er den Feldstecher wieder an die Augen hob. »Wie ich sehe, ist Duncan MacPhail unter ihnen.«

»Sie haben gesagt, er könnte bei uns arbeiten, Sir.«

Theo senkte das Fernglas. »Ja, das habe ich, aber wenn du den anderen Arbeit gegeben hast, ohne dich mit deinem Vater abzusprechen, hast du deine Befugnisse überschritten. Und das weißt du auch. Angesichts der Ereignisse der letzten Zeit ...«

»Sie machen keinen Ärger.«

Theo musterte ihn weiter mit finsterem Blick, bevor er sich an Beatrice wandte. »Steig auf, meine Liebe. Ich bringe dich zurück zum Haus.« Er trat einen Schritt beiseite und deutete mit dem Griff der Peitsche auf Cameron. »Sorg dafür, dass sie verschwinden, sobald sie bezahlt worden sind.« Er nahm die Zügel in die Hand. »Und in Zukunft gibst du ohne meine oder die Zustimmung deines Vaters niemandem mehr Arbeit auf dem Anwesen. Habe ich mich klar genug ausgedrückt?«

Cameron nickte kurz und half Beatrice auf den Wagen.

»Sag deinem Vater, er soll heute Abend bei mir vorbeischauen.« Theo schnalzte mit den Zügeln, und sie setzten sich in Bewegung.

Beatrice beobachtete, wie Cameron zurück zum Strand ritt, bevor sie Theo ansah. Warum war er so wütend? Und warum hatte Cameron mit kaum verhohlenem Trotz reagiert? In Edinburgh hätte es kein Bediensteter gewagt, so zu reden, und Theo hätte sich das auch nicht gefallen lassen.

»Was für Ereignisse der letzten Zeit, Theo?«

Er seufzte tief. »Du erinnerst dich doch sicher an die Streitereien über die Landnahmen vor ein oder zwei Jahren. Das Thema ist immer noch nicht ausgestanden. Es scheint nie aufzuhören.«

Beatrice erinnerte sich tatsächlich an den Zorn auf beiden Seiten und an ein Zeitungsfoto von Männern einer nahe gelegenen Insel, die in schlecht sitzenden, für ein Gerichtsverfahren geborgten Anzügen stoisch-trotzig in die Kamera schauten. Sie waren im Gefängnis gelandet, weil sie illegal Grund des Anwesens besetzt hatten.

»Das Problem wird diskutiert«, fuhr Theo fort, »aber ein paar Hitzköpfen, die die Angelegenheit selbst in die Hand nehmen wollen, geht es nicht schnell genug.« Er nickte einer Frau mit einem riesigen Korb voller Fischnetze auf dem Rücken zu, die beiseitegetreten war, um sie vorbeizulassen. »Sie besetzen Farmland und treiben Pflöcke in den Boden, um Pachtland zu markieren. Das sind Agitatoren, Unruhestifter. Die MacPhails …« Er runzelte die Stirn. »Mir wäre es lieber, Cameron hätte die Leute dahin zurückgeschickt, wo sie hergekommen sind.«

»Aber wenn wir doch Arbeit für sie haben und sie das Geld brauchen?« Die Katen der Pächter, die sie gesehen hatte, waren ihr sehr ärmlich erschienen. Gab es Leute, die noch weniger besaßen?

Theo schnalzte, ohne auf ihren Einwand zu achten, mit den Zügeln. »Cameron ist manchmal sehr stürmisch.«

Im Lauf des Abends besserte sich Theos Laune nicht. Der Verwalter war kurz vor dem Essen gekommen, und Beatrice hatte Theos erhobene Stimme aus dem Arbeitszimmer gehört, immer wieder unterbrochen von der ruhigeren des Mannes von der Insel.

Theo hatte während des Essens kaum etwas gesagt und aufbrausend reagiert, wenn sie ihn etwas fragte. Gleich danach hatte er sich mit einer sehr knappen Entschuldigung zurückgezogen, sodass ihr nur die Wahl geblieben war, entweder allein im Wohnzimmer vor sich hin zu grübeln oder früh schlafen zu gehen.

Sie hatte sich für die zweite Alternative entschieden, die Schlafzimmertür hinter sich geschlossen und sich einen Moment lang dagegengelehnt, bevor sie sich an ihren Frisiertisch setzte und aus den Schuhen schlüpfte. Beim Ausziehen beruhigte sie sich ein wenig, dann streckte sie sich auf dem Bett aus und starrte zur Decke hinauf. Irgendetwas stimmte nicht, es herrschte Missstimmung im Haus. Sie war nicht zu greifen, aber vorhanden.

Schon vor dem verwirrenden Zwischenfall am Tümpel hatte sie eine Veränderung bei Theo wahrgenommen. Seine Energie und Freude bei der Ankunft waren distanziertem Schweigen und einer düsteren Miene gewichen. Beatrice konnte fast spüren, wie er sich zurückzog. Während sie durchs offene Fenster auf die Geräusche der Nacht lauschte, kam sie sich vor wie eine Fremde.

Ihr Herz hatte einen Sprung gemacht, als sie die Kutsche gesehen hatte. Er hatte sie gesucht, um ihr alles zu erklären, hatte sie gedacht. Doch er hatte nach Cameron gesucht, weil er wieder einmal aus einem ihr unbekannten Grund wütend auf ihn war. Trotzdem schienen ihm die Stunden, die er mit dem Sohn des Verwalters im Arbeitszimmer verbrachte, tiefe Befriedigung zu verschaffen, und offenbar zog er Camerons Gesellschaft der ihren vor.

Sie stockte, dann traf es sie wie der Blitz, Hitze stieg ihr ins Gesicht. War er am Ende … Sie starrte auf den Riss in der Decke, konnte ihren eigenen Gedanken kaum fassen. War das der Grund? Sie setzte sich auf, verschränkte die Arme vor der Brust und beugte sich mit schneller werdendem Puls vor. Das konnte nicht sein!

Andere Dinge fielen ihr ein. Theos merkwürdiges Verhalten am Tag ihrer Ankunft, weil er gedacht hatte, dass Cameron sich im Ausland aufhielt. Theo war fassungslos gewesen, das Auftauchen des jungen Mannes hatte ihn tief berührt. Er hatte Geld für Camerons Ausbildung zur Verfügung gestellt, ein Darlehen, das John Forbes ihm, wie sie von Theo wusste, fast beleidigend schnell zurückgezahlt hatte. Und hinterher hatte Cameron Theos Angebot, für ihn zu arbeiten, ausgeschlagen und war nach Kanada gegangen. Die halbfertige Skizze von einem nackten Jungen, die sie am ersten Tag gesehen hatte, bekam eine schockierend neue Bedeutung. Ihre Schläfen fingen an zu pochen, als ihr einfiel, wie wütend Theo gewesen war, als ein Malerkollege gezwungen worden war, Edinburgh zu verlassen, zusammen mit dem dunkelhäutigen Jungen, den er aus dem Süden Frankreichs mitgebracht hatte. Monströse Bigotterie hatte Theo das genannt.

Beatrice stand auf und ging, ein Tuch um die Schultern schlingend, zu dem kleinen Turm. Sie zitterte am ganzen Körper. Sie wusste nur wenig über das, was zwei Männer zueinanderbringen konnte, aber dieses geringe Wissen genügte. Sie erinnerte sich daran, wie ein Freund ihres Vaters plötzlich aus ihrem Kreis verschwunden war, an die Diskussionen, an ihre Verblüffung über die Erklärung.

War Cameron der Grund für Theos langes Junggesellendasein? Ein Junggesellendasein, das erst zu Ende gegangen war, nachdem der junge Mann vermeintlich für immer die Insel verlassen hatte. Hatte Theo sie nicht um ihrer selbst willen geheiratet, sondern um sich vor Verdächtigungen zu schützen?

Sie presste die Finger gegen die Schläfen, um ihre aufkommende Panik zu bekämpfen, während sie über die intimeren Aspekte ihrer Beziehung nachdachte. Anfangs war

Theo im Bett rücksichtsvoll und zurückhaltend gewesen, doch allmählich hatte seine Leidenschaft zugenommen, und sie hatte sie erwidert. Aber in letzter Zeit ... Sie verzog das Gesicht. In letzter Zeit hatte er sie kaum noch berührt, er hatte mit Höflichkeit Distanz geschaffen. Und sie hatte beobachtet, wie sein Blick Cameron folgte. Draußen erfüllte der Ruf von Seevögeln die hereinbrechende Dunkelheit.

Gesprächsfetzen, die sie belauscht hatte, fielen ihr ein. »... Für dich gibt's auch hier Arbeit. Und es wird nicht ewig um Verzeichnisse und tote Vögel gehen, das verspreche ich dir ...« Sie hatte die wachsende Frustration in Theos Stimme gehört. »Überleg es dir wenigstens, Cameron. Das hatte ich mir erhofft, als ich ...«

»Ich dachte, das bringt keine weiteren Verpflichtungen mit sich, Sir?«

»Nein, natürlich nicht, entschuldige. Keine weiteren Verpflichtungen, das versichere ich dir.«

Sie hatte Verärgerung hinter dem beißenden Sarkasmus vermutet, aber vielleicht war es Schmerz gewesen. Da hörte sie Schritte im Ankleidezimmer und sah Licht unter der Verbindungstür. Theo zog sich aus, anschließend herrschte Stille. Beatrice schlüpfte zwischen die kalten Laken und wartete. Fast konnte sie ihn zögern sehen, doch dann quietschte die Matratze der Liege, und der Lichtspalt unter der Tür verschwand.

Fünfzehn

Was sollte sie nur tun? Am folgenden Morgen setzte sie sich an ihren Frisiertisch, bürstete sich die Haare und betrachtete ihr müdes Gesicht im Spiegel. Vielleicht konnte sie ihrer Mutter schreiben, aber ihren Verdacht zu Papier zu bringen war undenkbar, und außerdem würde es Wochen dauern, bis eine Antwort käme. Ihre Eltern waren sofort nach der Hochzeit nach Italien gefahren und zogen nun von einer Wohnung zur nächsten, weswegen ihre Briefe kurz waren und unregelmäßig eintrafen. Emily Blake war ihre einzige andere Vertraute.

Sie ließ ein Kaminfeuer im Frühstückszimmer anzünden und machte es sich davor bequem, ohne das Buch in ihrer Hand zu lesen und ohne den Tee, der neben ihr stand, zu trinken. Vielleicht irrte sie sich? Sie hatte wenig Erfahrung. Die Verbindung zwischen den beiden Männern reichte viele Jahre zurück, vielleicht erklärte das die ungewöhnliche Vertrautheit. Und Camerons Entschlossenheit, sich gegen jegliche weitere Förderung Theos zu wehren, mochte allein schon ausreichen, Theo so übellaunig zu machen.

Beatrice nahm die Tasse in die Hand und starrte ins Feuer. Sie war vollkommen durcheinander. Sie stellte die Tasse wieder weg und ging ans Fenster, an dem Tropfen hinunterliefen, bis der Regen sich schließlich zu einem Nieseln abschwächte und sie das Gefühl hatte hinauszumüssen.

»Drüben beim Herd, Madam«, sagte Ephie Forbes, als sie Beatrice eine halbe Stunde später in die Farmhausküche führte.

Beatrice, die nach Teampull Ultan unterwegs gewesen war, hatte gesehen, wie die Tochter des Verwalters neben den Stallungen zwei Lämmer mit der Flasche fütterte, und war stehen geblieben, weil die Tiere, die einander mit senkrecht aufgestellten Schwänzchen von der Flasche wegschubsten, sie auf andere Gedanken brachten. Ephie hatte sie schüchtern eingeladen, sie hineinzubegleiten, um ein noch kleineres Lamm anzusehen, das in der Nacht nur knapp dem Tod entgangen war.

In der einfachen, funktional eingerichteten Küche des Farmhauses duftete es köstlich nach Ephies frisch gebackenen Scones. An der Tür standen Stiefel, darüber hing Ölzeug, an der Wand lehnten Angelruten, daneben waren Eimer und Körbe. Korbstühle waren vor dem Herd gruppiert, und eine Schale mit Schlüsselblumen stand auf dem langen, sauber polierten Tisch – Ephies trotziger Versuch, ihrer maskulinen Welt einen Hauch von Weiblichkeit zu verleihen.

»Das hat Cameron letzte Nacht heimgebracht.« Die junge Frau deutete in Richtung Herd, und Beatrice entdeckte das verwaiste Lämmchen, das auf einem alten Tuch zusammengerollt davor lag. Sie ging in die Hocke, streckte die Hand aus und spürte den leichten Herzschlag durch die borstigen Löckchen. So ein kleines Ding, das sich so entschlossen ans Leben klammerte.

»Noch ein bisschen näher, und es landet im Ofen.«

Als Beatrice den Kopf hob, sah sie Cameron an der Tür lehnen. Er wischte sich die von der Arbeit schmutzigen Hände ab. Verlegen senkte sie den Blick. »Gibt vielleicht nicht viel Fleisch, aber das wenige ist immerhin hübsch zart.«

Ephie scheuchte ihn weg. »Hören Sie gar nicht hin, Madam, er ist die halbe Nacht aufgeblieben, bis es endlich genuckelt hat. Er wird's nicht essen.«

»Seid euch da mal nicht so sicher!« Cameron entfernte sich lachend und kam kurz darauf gewaschen und umgezogen zurück. »Wollen Sie ausprobieren, ob das Kleine ein bisschen Milch nimmt, Madam?«

Sie richtete sich halb auf. »Ich glaube nicht ...«

Doch er versperrte ihr schmunzelnd den Weg zum Ausgang, deutete auf einen der Stühle und ließ ihr praktisch keine andere Wahl, als sich zu setzen. Dann hob er das kleine Lamm mitsamt dem Tuch auf und legte es ihr in den Schoß. Es wog so gut wie nichts.

Beatrice zog den Stoff schützend enger darum, während Cameron einen Topf mit warmer Milch vom Herd nahm und diese in eine Schale gab. Anschließend ging er neben ihrem Stuhl in die Hocke und zeigte ihr, wie sie die lauwarme Flüssigkeit mit einem weichen Tuch in das Maul des Lämmchens tropfen lassen sollte. Das kleine verwaiste Tier nahm zuerst den Geruch der Milch wahr, leckte mit der winzigen Zunge und machte sich schließlich ans Saugen. Als Beatrice erfreut den Blick hob, sah sie, dass Cameron sie beobachtete.

»Gut gemacht«, lobte er sie, und wieder spürte sie, wie sie rot wurde.

An jenem Abend zog Theo sich nicht in sein Arbeitszimmer zurück, sondern blieb am Kamin im Salon sitzen, einen Brandy neben sich, und blätterte in einem Buch. Früher einmal hatte Beatrice die stille Vertrautheit solcher Abende genossen. Während Theo ihr gegenüber las, hatte sie in ihrem Tagebuch geschrieben oder Briefe verfasst, und die Lampen hatten den Raum mit sanftem Licht erhellt. Bei schönem Wetter hatte er sich eine Zigarre angezündet und war auf die Terrasse oder zum Strand geschlendert, und manchmal hatte sie nach einem Schal gegriffen, sich bei ihm untergehakt und ihn begleitet, und er hatte ihr ein Lächeln geschenkt. Doch in letzter Zeit schien sich, wenn die Geschäfte des Tages erledigt und sie miteinander allein waren, eine Glaswand zwischen sie zu senken, und sie empfand ihr Schweigen nicht mehr als angenehm.

»Wir wollten doch Dinge im Haus verändern, Theo«, begann sie vorsichtig. »Es ein bisschen freundlicher gestalten.«

Er hob kaum den Blick von seinem Buch. »Das hat nicht viel Sinn, meine Liebe. Ich bin mir nicht sicher, ob wir jedes Jahr herkommen werden.«

»Nein?« Sie sah ihn erstaunt an; ursprünglich war die Rede davon gewesen, dass sie jeden Sommer auf der Insel verbringen würden.

»Außerdem bin ich es so gewohnt.«

»Aber du hattest Pläne, Theo. Du wolltest dein Verzeichnis fertigstellen. Malen …«

Er lächelte kurz. »Und du wolltest Venedig und Rom sehen.« Obwohl er mit übereinandergeschlagenen Beinen dasaß und seine bequeme alte Jacke trug, spürte sie seine Anspannung.

Nach einer Weile versuchte sie es noch einmal. »Wie geht es mit dem Verzeichnis voran, Theo?«

»Fühlst du dich vernachlässigt?« Er senkte das Buch und sah sie über den Rand hinweg an. Seine Unverblümtheit verunsicherte sie.

»Ich dachte, vielleicht kann ich dir irgendwie helfen.«

»Danke, meine Liebe, ich denke über dein Angebot nach.«

So würde sie sich nicht abspeisen lassen. »Bestimmt

könnte ich das, was Cameron Forbes macht, Listen überprüfen und Illustrationen markieren, auch.«

Theo nahm ihre Worte mit einem Nicken zur Kenntnis.

»Dann könnte er nach Kanada zurück.«

Er hob die Augenbrauen.

»Bestimmt möchte er gern fort, jetzt, wo es seinem Vater wieder gut geht«, meinte Beatrice. Sie biss die Zähne zusammen und wartete gespannt auf seine Antwort.

Theo blickte an ihr vorbei zum Fenster. »Er hat sich bereiterklärt, mir diesen Sommer zu assistieren«, sagte er nach einer Weile. »Und will im Frühling aufbrechen.«

»Aber solange das Wetter hält, wäre er doch sicher John bei der Farmarbeit nützlicher. Und ich könnte dir hier helfen …«

Theo sah sie an. »Ist es dir unangenehm, wenn Cameron sich im Haus aufhält?«

Wieder verblüffte er sie mit seiner Direktheit. »Nein, nein.«

»Weil ich ihn überreden möchte zu bleiben. Ich habe dem Bengel zu einer Ausbildung verholfen und würde nun gern etwas davon haben.«

Wieder dieses Pochen hinter ihren Schläfen. »Aber wenn wir nur ein paar Wochen hier sind …«

»Ich könnte ihn auch in Edinburgh brauchen.«

Ihr Herz setzte einen Schlag lang aus. »Tatsächlich?«

»Ich denke schon.« Damit wandte er sich wieder seinem Buch zu. Doch kurz darauf stand er auf, wählte eine Zigarre aus der Ebenholzschachtel auf dem Beistelltisch und schnitt die Spitze ab. »Ich gehe frische Luft schnappen, Liebes, bevor ich mich zurückziehe.«

Beatrice sah ihm nach, wie er auf die Terrasse hinaustrat, die Schultern gebeugt, als er die Zigarre anzündete, eine Hand in der Tasche, den Kragen gegen den Wind aufgestellt, wie er die Auffahrt hinunterschlenderte, durchs Tor und hinaus zum Strand.

Sechzehn

2010

Als Hetty am folgenden Morgen aus dem Cottage trat, hielt der rote Saab davor.

»Sie wollten gerade los?«, fragte Ruairidh Forbes beim Öffnen der Wagentür.

»Ich will wieder auf die Insel hinüber. Letztes Mal habe ich vergessen, die Kamera mitzunehmen.«

Ruairidh schaute zum Strand und dann auf seine Uhr. »In den nächsten paar Stunden dürfte das kein Problem sein, aber ich halte Sie trotzdem lieber nicht auf. Ich bin nur vorbeigekommen, um Ihnen zu sagen, dass sie heute Morgen das Skelett abgeholt haben.«

»Tatsächlich?« Sie blickte zum Haus hinüber, froh, dass sie das nicht gewusst hatte.

»Wahrscheinlich werden sie in den Zeitungen darüber schreiben. Lassen Sie es mich wissen, wenn jemand Sie belästigt. Ich habe übrigens mit meinem Großvater Aonghas gesprochen.«

Den hatte sie völlig vergessen. »Und, weiß er etwas?«

»Leider nicht viel. Blakes Frau hieß Beatrice, da ist er sich sicher. Angeblich hat sie die Insel mit ihrem Mann verlassen, aber das war Jahre vor Aonghas' Geburt, also weiß er das nur vom Hörensagen.« Er strich seine Haare zurück und kratzte sich am Hinterkopf. »Er weiß, dass Blake, als er

Jahre später wiederkam, allein war; Aonghas hat dort oben nie eine Frau gesehen. Und er bestätigt, dass Blake sich vor seinem Tod ziemlich schlecht gefühlt hat. Er ist kaum noch aus dem Haus gegangen und hat alles Aonghas' Großvater und später seinem Dad überlassen. Aonghas erinnert sich, wie das Vogelschutzgebiet eingerichtet wurde, weil er mitgeholfen hat, die Grenzsteine aufzustellen.« Wieder ließ er seinen Blick über den Strand schweifen. »Aber egal, Sie sollten aufbrechen. Der Westwind bringt die Flut rasch herein, behalten Sie die Uhr im Auge.« Er stieg in den Wagen und winkte ihr freundlich zu, bevor er losfuhr.

Das Skelett war also weg, dachte sie, als sie den Strand überquerte und der Wind vereinzelte Regentropfen herantrug. Man hatte es aus seinem sandigen Grab gerissen, um es in irgendein unpersönliches Labor Hunderte von Kilometern entfernt zu bringen, wo es verpackt und mit einer Nummer versehen werden würde. Fast hatte sie ein schlechtes Gewissen; vielleicht wäre es mitsamt seiner Geschichte besser unentdeckt geblieben.

Sie hielt sich nicht lange an der kleinen Begräbnisstätte auf. Nachdem sie Fotos gemacht hatte, entfernte sie sich, um sich in der anderen Richtung umzusehen. Unterwegs passierte sie weitere Ruinen, fast ein kleines Dorf, das sie an die sepiafarbene Fotografie an der Wand von James' Haus erinnerte. Hatte Blakes Vater auch diese Leute vertrieben, oder waren sie auf der Suche nach einem leichteren Leben von selbst gegangen? Das Verhalten von James ließ vermuten, dass das vergangene Unrecht noch immer nachwirkte, dass nach wie vor Verbitterung herrschte, aber es war absurd, Hetty mit Plünderern und Unterdrückern gleichzusetzen.

Nachdem sie die nächste Landspitze umrundet hatte,

blieb sie, erstaunt über den Anblick eines alten schwarzen Hauses in einer Bucht, stehen. Dieses hier war sorgfältig renoviert und hatte ein frisch gedecktes Dach, das mittels Seilen und großen Steinen an Ort und Stelle gehalten wurde, sowie neue, tief im Mauerwerk sitzende Fenster. Ein Paar feste Stiefel stand neben einem Torfstapel bei der Tür. Hinter dem Gebäude entdeckte sie umgegrabenen Boden, aus dem junge Pflanzen lugten. Es gab keine Kabel und keinen Propangastank, lediglich eine Regentonne aus Zinn und zwei Paar Socken, die an einer Wäscheleine baumelten. Fehlten nur noch ein paar scharrende Hühner und ein schwarz-weißer Collie, dann wäre das Ganze ein Bild von Theo Blake gewesen oder eines von James Camerons sepiafarbenen Fotos.

Hetty runzelte die Stirn. Man hatte ihr gesagt, die Insel sei unbewohnt, und soweit sie sich an die Landkarte erinnerte, die Emma Dawson ihr geschickt hatte, gehörte dieser Teil zum Anwesen. Sollte sie an die Tür klopfen? Aber was sollte sie sagen? Ihr war nicht nach einer weiteren Konfrontation. Ein Blick auf die Uhr verriet ihr, dass es ohnehin Zeit war umzukehren. Sie würde Ruairidh fragen und dann weiter entscheiden. In Gedanken versunken, hatte sie offenbar den Weg verfehlt, denn sie fand sich auf einem Pfad wieder, der sie nicht zum unteren Ende der Auffahrt von Bhalla House führte, sondern zu den Farmgebäuden hinter dem Haus des Verwalters, wo im Hof der zerbeulte Land Rover stand. Als sie noch überlegte, ob sie sich sang- und klanglos entfernen sollte, ging die hintere Tür des alten Farmhauses auf, und der Besitzer des Land Rover kam mit einem Werkzeugkasten in der Hand heraus.

»Hallo«, begrüßte James Cameron sie, schlug die Tür mit dem Fuß zu und verschloss sie. »Wollten Sie sich noch mal alles anschauen?« Er stellte den Werkzeugkasten in den Wagen, wischte sich die Hände ab und trat auf sie zu.

»Ich bin wegen dem kleinen Friedhof hergekommen. Und danach habe ich einen Spaziergang gemacht.«

Er blickte hinauf. »Aye. Sie liegen alle da oben, die Heiligen wie die Sünder.« Er öffnete eine andere Tür, holte eine Schaufel und eine kleine Spitzhacke heraus und brachte beides zum Land Rover. »Übrigens: Die Jungs in Blau waren da.«

»Ich weiß, Ruairidh hat vorbeigeschaut und es mir erzählt.« Sie zögerte kurz, bevor sie hinzufügte: »Bei meinem Spaziergang habe ich ein Haus gesehen …«

»Ein Haus?«, wiederholte er.

»Eine renovierte Pächterkate. Bewohnt.« Er bückte sich, um Mörtel von der Schaufel zu kratzen. »Hatten Sie nicht gesagt, dass hier drüben keiner wohnt?«

Er hob den Kopf und bedachte sie mit einem merkwürdigen Blick. »Das ist Ihr letzter verbliebener Pächter, Miss Deveraux.«

»Von einem Pächter hat mir gegenüber niemand etwas erwähnt.« Spielte James Cameron ein Spiel mit ihr?

»Nein? Nun, Sie werden ihn noch kennenlernen.« Seine Augen blitzten kurz auf, als er sich abwandte. »Haben Sie sich die Fotos im Museum schon angeschaut?«

»Nein.« Was sollte das jetzt?

»Sie wollen ja bald wieder abreisen, oder? Am Samstag, stimmt's?« Er legte die Schaufel zu dem anderen Werkzeug im hinteren Teil des Wagens.

»Ich werde Zeit finden, sie mir anzusehen«, versicherte sie ihm. »Vielleicht erhalte ich dadurch Anregungen für die Inneneinrichtung.«

»Dann wollen Sie das Projekt also wirklich durchziehen?« Das Blitzen in seinen Augen verstärkte sich.

»Ich denke, ich werde eine zweite Meinung einholen, und ich habe auch noch nicht mit meinen Agenten über Ihren Bericht gesprochen. Die haben möglicherweise andere Ideen.«

Er lehnte sich mit verschränkten Armen gegen den Land Rover. »Zum Beispiel?«

»Sie haben gesagt, ich brauche Kapital. Mein … Ich habe einen Freund, der sich beruflich mit Geldangelegenheiten beschäftigt und sich damit auskennt.«

»Aha.« James richtete sich auf und ging zur Fahrertür. »Steigen Sie ein, ich nehme Sie mit rüber.«

»Danke, ich gehe lieber zu Fuß.«

Er zuckte mit den Achseln. »Wie Sie meinen. Aber beeilen Sie sich. Bei Westwind kommt die Flut schneller.«

Schon beim Verlassen des Hofs bedauerte sie, sein Angebot ausgeschlagen zu haben: Über den Strand wehte ein beißender Wind, der Regen mitbrachte. Dieser Typ mit seinen Andeutungen und Ausweichmanövern verwirrte sie. Die Spuren seines Land Rovers verschwanden schnell im seichten Wasser, und als sie die andere Seite erreichte, war auch die letzte Furche mit eisig kaltem Wasser gefüllt. Am Ende blieb ihr nichts anderes übrig, als ihre Jeans hochzukrempeln und durchzuwaten, sodass sie bis über die Knie nass wurde und ihre Füße von der Kälte ganz taub waren. Als sie sie mit ihren Strümpfen abrubbelte, hörte sie ein vertrautes Motorengeräusch und sah den Land Rover etwa fünfzig Meter entfernt losfahren. Er hatte sie beobachtet … Der verdammte Kerl! Nun hatte er wieder eine Geschichte für die Leute im Pub, von der dummen Engländerin, die im Sand versunken war.

Na schön, Mr Cameron, dachte sie, als sie die Tür zum Cottage aufdrückte, sie würde sich diese Fotos ansehen und anschließend einen neuen Bericht in Auftrag geben, einen neutralen, und erst dann zu einem endgültigen Urteil kommen.

Der Regen wurde so schlimm, dass sie bis nach dem Mittagessen warten musste, um das Museum in dem kleinen Ort aufzusuchen. Hetty hatte ihr Ziel fast erreicht, als sie in der letzten Kurve auf dem Damm scharf bremsen musste, um nicht einen Mann zu überfahren, der mitten auf der Straße mit den Armen fuchtelte. Sie kam schlitternd zum Stehen und bemühte sich, durch die Windschutzscheibe etwas zu erkennen. Ein anderer Wagen hielt hinter ihr, und der Fahrer stieg aus und winkte ebenfalls. Nun sah sie, was die beiden meinten, und musste lächeln. Eine Brandentenfamilie hatte sich zwischen die Mauern des Damms verirrt, die sie vom Meer abschnitten, zwei Elternvögel und sieben oder acht halbwüchsige Junge, welche voller Panik in alle Richtungen rannten. Das Ganze war absurd: Die Vögel führten die beiden Männer an der Nase herum. Es dauerte eine ganze Weile, bis es ihnen gelang, sie alle in eine Richtung zu treiben, in Sicherheit. Im letzten Moment scherte noch ein Jungvogel aus, und es blieb Hetty nichts anderes übrig, als aus dem Wagen zu springen und den Ausreißer zurück zu den anderen zu scheuchen.

Völlig außer Atem, aber lachend kam der erste Mann auf sie zu. »Danke, gut gemacht.« Er war schon älter, hatte ein kantiges Gesicht und graue Haare; sein Akzent klang amerikanisch. »Fast wäre der Kleine ausgebüxt.« Er warf den Kopf in den Nacken und lachte lauthals. »Wo sonst auf der Welt würde eine Entenfamilie den Verkehr zum Erliegen bringen?« Zwei Autos blieben hinter dem von Hetty stehen. »Fahren Sie mal lieber weiter, aber danke noch mal«, sagte der Mann, und im Rückspiegel beobachtete sie, wie er sich zu Fuß entfernte.

Das Museum, stellte sie fest, befand sich in einem alten Pfarrhaus mit Anbau für Archiv und Café. Zwei Frauen unterhielten sich hinter einem Schreibtisch im Eingangsbereich, verstummten jedoch, als sie sie bemerkten, und nickten begeistert, als sie ihnen ihren Wunsch erklärte. Ja, sie hätten Fotos von Bhalla House in digitaler Form, die man jederzeit betrachten könne, nur leider sei im Moment ein Monitor kaputt und der andere belegt. Eine der Frauen deutete auf einen Raum rechts, wo ein DIN-A4-Blatt einen Bildschirm verdeckte; an dem anderen saß James Cameron, der Hetty nachdenklich ansah. Hetty nickte kurz und wandte sich zum Gehen, doch er stand auf und trat auf sie zu. »Sie haben's also doch noch geschafft.«

»Ich dachte, ich seh's mir mal an.«

»Ich auch.« Er zog einen zweiten Stuhl heran. »Setzen Sie sich doch.«

Waffenstillstand? Weil sie kaum nein sagen konnte, nahm sie neben ihm Platz und bedankte sich mit einem Lächeln bei der Frau vom Archiv. Diese blieb noch kurz stehen, ehe sie sich zurückzog und mit ihrer Kollegin flüsterte.

James ging schweigend zur ersten Seite zurück und begann, durch die Bilder zu scrollen. Auf Hetty übten alte Fotos seit jeher eine starke emotionale Wirkung aus. Sie waren Momentaufnahmen der Vergangenheit, einer verlorenen Welt, in die sie schnell hineingezogen wurde, und nun verschwand vor ihren Augen ein ganzes Jahrhundert.

Die Ruine von Bhalla Strand erstrahlte in ursprünglichem Glanz, war wieder bewohnt und in gedämpften Farben eingerichtet. Läufer auf polierten Fußböden, ein mit Messingstangen befestigter Teppich auf der Treppe, und von oben blickte der ausgestopfte Kopf eines Hirschs auf sie herab. Eine Bedienstete wartete steif im Frühstückszimmer, ein Damenhut lag auf einem Tischchen im Flur, eine Angelrute lehnte ein wenig schief im Vorraum des Hauses, Wildblumen mit hängenden Köpfen standen in einer Vase am Fenster. Die Kleinigkeiten des Lebens. Wie hatte das alles einfach so verschwinden können?

»Ein richtiges Horrorhaus, wenn man keine ausgestopften Vögel mag«, riss James sie aus ihren Gedanken.

Er hatte recht. Überall Vögel, in Regalen und Bücherschränken oder unter Glasstürzen.

»Manche sind da hinten.« Er deutete in Richtung Museum. »Bei der Versteigerung erworben und später gespendet. Auch der vermutlich letzte Seeadler der Hebriden ist dabei, inzwischen ein bisschen ramponiert, der arme Kerl.«

Dann erschien das Foto, von dem er ihr erzählt hatte, auf dem Bildschirm, der weiß gedeckte Esstisch mit kanneliertem Tafelaufsatz, feinen Kristallgläsern und Silberbesteck, hinter den Fenstern der gleiche Ausblick wie jetzt. Wenigstens das hatte sich nicht verändert. Alles andere war verschwunden, und das stimmte Hetty traurig. Sie stieß einen lauten Seufzer aus.

»Es hat einfach keinen Sinn«, murmelte James Cameron. »Das lässt sich nur mit ein paar Millionen machen.« Er scrollte zum Foto einer Jagdgesellschaft, die vor dem Haupteingang posierte. »Das da ist Theo Blake«, erklärte er. Ein groß gewachsener, imposanter Mann blickte von der obersten Stufe aus mit dem selbstbewussten Blick eines Patriarchen über die Köpfe der anderen hinweg. Das Foto war klein und aus der Distanz aufgenommen, aber man konnte erkennen, dass er einen flachen, damals modernen Hut trug, der ein wenig an einen Pfannkuchen erinnerte und den größten

Teil seines Gesichts verdeckte. »Und der kräftige Typ da ist John Forbes, der alte Verwalter.«

Der breitschultrige Forbes stand ein wenig abseits. Hetty sah seine Ähnlichkeit mit Ruairidh im Körperbau, obwohl sein Gesicht von einem Vollbart verborgen war. Ein Inselpatriarch, hatte Ruairidh gesagt, und sie musste an das Keltenkreuz auf dem kleinen Friedhof denken. Dann folgte das Bild einer jungen Frau in heller Seidenbluse mit breitem, spitzenbesetztem Kragen und weiten Ärmeln, die im Wohnzimmer zum offenen Fenster hinausblickte, das Gesicht im Profil, das Kinn in die Hand gestützt, der Inbegriff sanfter Weiblichkeit. Um ihren Hals lag eine lange zweireihige Perlenkette, und ihre blonden Haare waren mit Kämmen nach hinten frisiert, aus denen sich einige Strähnen gelöst hatten. Sie trug Perlenohrringe, und ihre Lippen waren leicht geöffnet. *Mrs Theo Blake in Bhalla House, ca. 1910.*

»Beatrice!«, rief Hetty aus. »Sie ist wunderschön.« Und dann gleich der schreckliche Gedanke: das Skelett, das sandige Grab und das im Schutt glänzende Medaillon. »Glauben Sie, dass es ihr Skelett ist?«

»Das werden wir bald wissen«, antwortete er und scrollte weiter zum Foto einer Gruppe von drei Männern und zwei Frauen, alle gut und modisch gekleidet, wieder vor dem vorderen Eingang. *Familie Blake, Bhalla House 1910.*

Weil es sich um ein besseres Bild von Theo Blake handelte, betrachtete Hetty es genauer. Der Maler hatte ein schmales Gesicht, attraktiv, wenn auch ein wenig streng, mit leichten Schlupflidern, unter denen die Augen intensiv hervorblickten, und er strahlte Selbstbewusstsein und Autorität aus. Seine Frau, die neben ihm stand, hatte wie auf dem anderen Foto etwas Fragiles, dem ihr Sphinxlächeln auf seltsame Weise widersprach.

James deutete auf die anderen Personen. »Kit und Emily Blake, Blakes jüngerer Halbbruder und seine Schwester.« Er sah Hetty an. »Ihre – was? – Urgroßmutter?« Er zoomte das Gesicht heran. »Hm. Das gleiche Lächeln.«

»Wie wer?«

»Wie Sie.« Er gab ihr keine Zeit, etwas zu erwidern. »Und der besitzergreifenden Haltung des Herrn neben ihr nach zu urteilen, ist das ihr erster Mann. Laut Aussage von Aonghas war Armstrong ihr zweiter.« Ein groß gewachsener, distinguiert wirkender Mann stand neben Emily Blake, ein jüngerer, schmalerer lehnte am Rad eines Pferdewagens.

»Was ist aus ihm geworden?«

»Keine Ahnung.«

Emily. Hetty begrüßte ihre Urgroßmutter stumm. Schließlich war sie es gewesen, die Hetty hierhergeführt, die sanft an dem über die Generationen hinweg gewobenen Faden gezogen hatte. Emily war der Grund für Hettys Aufenthalt auf der Insel und gab ihr das Recht, gehört zu werden. Das Bild zeigte eine gepflegte junge Dame in Hettys Alter, bekleidet mit einem modischen Reisemantel und einem dazu passenden langen, schmalen Rock. Sie lächelte in die Kamera und schmiegte sich an den Mann neben ihr. Hetty ertappte sich dabei, wie sie gerührt zurücklächelte, als würde dieses Lächeln ihr selbst gelten. Das gleiche Lächeln. »Wie merkwürdig das alles ist.«

James scrollte zu einem Foto von drei Männern, aufgenommen unmittelbar vor den steinernen Torpfosten. Einer hatte ein Jagdgewehr in der Hand, ein anderer, den Hetty jetzt als John Forbes erkannte, einige Wildvögel. *Der Verwalter und seine Söhne,* stand unter dem Bild, und James deutete auf den kräftigeren, breiter gebauten der jungen Männer. »Das ist Donald Forbes, der Vater des alten Aonghas.« Er war um die zwanzig und starrte mit stumpfem Blick in die Kamera. »Und das ist sein älterer Bruder Cameron.«

Dieser junge Mann war so groß wie Vater und Bruder, jedoch schlanker, und er stand, die Beine selbstsicher gespreizt, den Kopf zurückgeworfen, da. Eine markante Erscheinung. Seine Hände waren tief in den Hosentaschen vergraben, das Gewehr ruhte in der Armbeuge; er machte einen draufgängerischen Eindruck.

»Mein Vorfahre.« Als James Cameron das körnige Bild näher heranzoomte, konnte Hetty immerhin erkennen, dass Cameron Forbes sehr dunkle Haare und ein kantiges Gesicht mit regelmäßigen Zügen gehabt hatte. Am faszinierendsten fand sie seine Augen. Anders als sein Bruder blickte er ohne die geringste Spur von Scheu in die Kamera.

»Ein attraktiver Mann«, bemerkte Hetty und sah James an. Das Selbstbewusstsein schien sich weitervererbt zu haben, dachte sie. Die gleichen Augen … Aber das würde sie ihm natürlich nicht sagen.

James zeigte ihr ein Foto mit der Stelle, an der der Wintergarten gebaut werden sollte. »Wegen dem Bild bin ich hier. Darauf ist keine Spur von einem Gebäude zu erkennen, und wenn Sie mal da hinschauen …«, er deutete auf einen Rechen und eine Schubkarre in der hinteren Ecke des Gartens, »… und wieder dorthin.« Rechen und Schubkarre befanden sich auf dem Foto mit der versammelten Familie am selben Fleck. »Die Bilder müssen zur gleichen Zeit gemacht worden sein, und das Datum wird mit 1910 angegeben.« Er zoomte näher heran. »Sehen Sie, wie uneben der Boden ist? Dass überall Steine herumliegen? Sie mussten Sand ranschaffen, um ihn zu glätten, und die größten Steine entfernen. Es war bestimmt eine Mordsarbeit, sie auszubuddeln, und hinterher musste man ziemlich große Löcher füllen. Das da …«, er deutete auf einen großen Stein, den der Frost in mehrere Stücke gespalten hatte, »… ist er, da wette ich drauf.« James sah Hetty an. »Genug?« Als sie nickte, fuhr er den Computer herunter. »Lust auf eine Tasse Tee?«

Wieder nickte sie, und sie standen auf und bedankten sich bei den beiden Frauen am Empfang, die ihr Gespräch unterbrachen und Hetty mit großen Augen anstarrten.

»Sie haben mitbekommen, wer Sie sind. Die Blake-Erbin«, stellte James Cameron fest, als sie draußen waren. Dann musterte er Hetty, ihre Jeans und ihren weiten Pullover, von oben bis unten. »Anscheinend haben sie etwas Glamouröseres erwartet.« Er deutete grinsend auf einen freien Tisch am Fenster und ging den Tee holen.

Sie setzte sich und beobachtete, wie er mit den jungen Frauen hinter der Theke schäkerte. James Cameron schien beliebt zu sein. Hetty nahm das Lokalblatt vom Tisch, um die Schlagzeile zu überfliegen. Etwas über einen Angelwettbewerb. Und dann – *Widerstand gegen Hotelpläne wird stärker.* Nein! Sie sah sich hastig um, weil sie vorwurfsvolle Blicke von den anderen Gästen erwartete, aber niemand beachtete sie, also las sie verstohlen weiter. *Bemühungen, Landschaftsschutzstatus für große Teile des Westens zu erlangen …*

»Na, so sieht man sich wieder!« Jemand war neben ihrem Tisch stehen geblieben. »Wieder mal kleine Enten gejagt?«

Als sie den Amerikaner vom Damm erkannte, entspannte sie sich und begrüßte ihn mit einem Lächeln. »Nein, ich …«

Da trat James mit einem vollen Tablett zu ihnen, und der Mann hob den Blick. »James! Das trifft sich gut. Mit dir wollte ich sowieso reden.«

»Ihr kennt euch?«, fragte James ihn erstaunt.

Der Amerikaner schüttelte den Kopf. »Nicht wirklich.

Wir haben uns bei einer Hilfsaktion kennengelernt.« Er musterte Hetty, dann lächelte er sie freundlich an. »Monas Butterkekse sind ein Gedicht. Lasst sie euch schmecken.« Er sah James an. »Wenn du heute Abend daheim bist, schaue ich vorbei.« Dann verabschiedete er sich höflich von Hetty und ging.

»Sie sind also heute Morgen nass geworden«, sagte James, während er das Tablett auf dem Tisch abstellte.

»Und Sie haben mir zugeschaut, damit Sie hinterher sagen konnten, Sie hätten mich ja gewarnt«, erwiderte sie ein wenig verärgert.

»Ich wollte nur sichergehen, dass Sie unbeschadet wieder zurückkommen. Die Hose hat ganz schön was abgekriegt, was?« Er lachte, als sie unwillkürlich den grob geflickten Riss in ihrer Jeans bedeckte. »Sind Sie eigentlich immer so stur?«

Stur? Wohl kaum. »Ich treffe meine Entscheidungen gern selber.« Vorausgesetzt, die anderen ließen das zu.

»Selbst wenn jemand Ihnen einen guten Rat zu geben versucht?«, fragte er und nahm einen Keks.

Sie griff nach ihrer Tasse und wechselte das Thema. »Was hat Sie hierher zu den Fotos geführt?«

»Die müssen mich doch interessieren, wenn ich schon das Skelett von dem armen Teufel freigelegt habe.« Er tunkte den Keks in seinen Tee. »Ich wollte meine Theorie überprüfen.« James rutschte mit seinem Stuhl zurück und schlug nachdenklich kauend die Beine übereinander. »Wenn der Wintergarten, wie die Bilder belegen, nach 1910 erbaut wurde und die Blakes die Insel 1911 verließen, kann man den Zeitrahmen auf ein paar Monate eingrenzen.« Er strich mit dem Finger über den Rand seiner Tasse. »Damals haben sich auch andere Dinge ereignet. Erinnern Sie sich an das Foto von Cameron Forbes? Angeblich hat Theo Blake ihn

1911 von der Insel vertrieben, und er ist nach Kanada gegangen.« James füllte ihre Tassen nach. »Soweit wir wissen, ist er nie mehr zurückgekehrt.«

»Haben Sie eine Ahnung, warum?«

»Nein …«

Sie versuchte, seinen Gesichtsausdruck zu deuten. »Glauben Sie, es könnte sein Skelett sein? Dass er überhaupt nicht weggegangen ist?«

»Doch, das ist er. Es gibt Briefe.«

»Und?«

»Allerdings nur zwei. Danach: nichts mehr. Er ist wie vom Erdboden verschwunden.«

Sie schwiegen eine Weile. »In der Zeit war das sicher nichts Ungewöhnliches«, bemerkte Hetty schließlich. »Vielleicht ist er mit den kanadischen Truppen zurückgekommen und im Schützengraben gestorben. Ein unbekannter Soldat.«

»Warum hat er nicht Kontakt zu seiner Familie gehalten? Geschrieben, was er treibt?« James Cameron beugte sich vor, die Ellbogen auf dem Tisch. »Abgesehen von zwei Briefen, die er abgeschickt hat, nachdem Blake ihn verjagt hatte, gibt es nichts mehr bis auf … bis auf die Tatsache, dass er ein Kind, einen Jungen, hinterlassen hat. Meinen Großvater. John Forbes hat ihn ein paar Jahre später auf die Insel gebracht, von Gott weiß woher.« Als eine lärmende Gruppe von Wanderern das Café betrat, hatte Hetty Mühe, ihn zu verstehen. »Keiner kennt die ganze Geschichte.« Die Gruppe ließ sich an den Nachbartischen nieder. »Ich würde nur zu gern wissen, worum es in dem Streit ging.« James hob die Tasse und sah Hetty über den Rand hinweg an. »So ein Skelettfund unter den Bodendielen macht die Sache ein bisschen dringlicher, finden Sie nicht auch?« Er warf einen Blick auf die Uhr und trank seinen Tee aus. »Sie wollen Ihre Hotelpläne also durchziehen?«

Sie beugte sich über ihre Schultertasche, vorgeblich, um ihre Geldbörse herauszuholen, letztlich jedoch, um ihre Miene zu verbergen. »Ich stehe mit dem Projekt noch am Anfang und habe nicht den Eindruck, dass ich von Ihnen eine unvoreingenommene Einschätzung erwarten kann.« Hetty deutete auf die Zeitung. »... offenbar auch nicht von anderen ...« Sie verstummte, als er sie am Handgelenk packte, und wehrte sich überrascht, doch er hielt sie fest.

»Egal, was Sie von meiner privaten Einschätzung halten: Sie beeinflusst nicht mein professionelles Urteil. Die Restaurierung von Bhalla House würde Sie ein Vermögen kosten, viel mehr, als Sie glauben. Es würde Sie ruinieren.«

»Lassen Sie mich los«, zischte sie, als die anderen Gäste sich zu ihnen umzudrehen begannen. »Soll das eine Drohung sein?«

»Natürlich nicht, aber Sie werden mehr als nur nasse Füße bekommen, wenn Sie sich darauf versteifen, das versichere ich Ihnen.« Er ließ sie genauso unvermittelt los, wie er sie gepackt hatte, stand auf und winkte ab, als sie ihre Geldbörse zückte. »Besprechen Sie das mit Ihren Agenten, Miss Deveraux, und vergessen Sie nicht, was Sie mir gerade gesagt haben. Treffen Sie Ihre Entscheidung selbst, doch nehmen Sie gut gemeinte Ratschläge an und lassen Sie sich von denen nicht übertölpeln. Viel Geld bringt viele Probleme, also bleiben Sie wachsam.« Er nahm die Schlüssel zu Bhalla House aus seiner Tasche und legte sie auf die Zeitung vor ihr, bevor er sich mit einem kurzen Nicken entfernte.

Siebzehn

1910

»Einen prima Hund haben Sie da.« Robert Campbell, ein Reeder aus Leith, hatte Bess beobachtet, wie sie einer Spur folgte. »Ich zahle Ihnen einen guten Preis dafür.« Beatrice hörte, wie Cameron das Angebot mit ruhiger Stimme ausschlug. »Blake hat schon gesagt, dass Sie nicht verkaufen würden, aber wozu brauchen Sie so einen erstklassigen Jagdhund? Ein Collie wie der von Ihrem Vater würde Ihnen doch bestimmt mehr nutzen.«

Theos Gäste hielten sich seit drei Tagen in Bhalla House auf, und zu ihrer Unterhaltung war ein Ausflug zu einer Seehundkolonie auf einer Insel geplant. Cameron versuchte gerade, alle zusammenzutrommeln, während Theo immer ungeduldiger wurde.

Ohne auf Campbells finsteres Gesicht zu achten, überquerte Cameron die Auffahrt und sagte leise zu Beatrice: »Mrs Blake, vielleicht sollten Sie es sich noch einmal überlegen. Wir sind spät dran, die Flut kommt bald herein. Wir werden schnell machen müssen. Es könnte anstrengend werden …«

»Sie meinen, ich werde nicht Schritt halten können?« In den vergangenen Tagen, in denen sie mit ihrem Verdacht gerungen hatte – sogar Bess, hatte sie kürzlich erfahren, war ein Geschenk von Theo –, war ihr Cameron nur selten begegnet.

»… und ich traue dem Wetter nicht; der Wind bringt Regen.«

»Danke, Cameron, aber ich brauche einen Tag an der frischen Luft.«

Cameron nickte. Von Anfang an war klar gewesen, dass die Besucher Beatrice' Fähigkeiten als Gastgeberin auf eine harte Probe stellen würden, es war eine Herausforderung für den gesamten Haushalt. Die Damen hatten ihre Verwunderung über die ungewöhnliche Lage von Bhalla House ausgedrückt, erklärt, dass ihnen der Sinn nicht mehr danach stehe, hinter ihren Gatten herzutrotten, und sie lieber im Haus bleiben und sich ausruhen wollten. Weiter als bis zum Strand schafften sie es ohnehin nicht, bevor sie erschöpft zurückkehrten und nach Tee oder warmem Wasser für ein Bad verlangten, was sogar der sonst so gleichmütigen Mrs Henderson fast den Geduldsfaden reißen ließ. Theo war jeden Tag mit den Herren unterwegs gewesen, sodass Beatrice die Gesellschaft ihrer Gattinnen ertragen musste, und nun hielt sie es nicht mehr aus. Zu ihrer Erleichterung hatten die Damen sich geweigert, an dem Ausflug teilzunehmen, und versichert, dass sie durchaus allein zurechtkommen würden, wenn Beatrice gehen wolle.

»Hey, Forbes!« Erstaunt wandte sich Cameron Ernest Baird zu, einem birnenförmigen Mann in Sporttweed, der auf den Stufen erschienen war. »Wissen Sie, wo mein Stock ist?«

Gleichzeitig tippte Campbell Cameron im Vorübergehen auf die Brust. »Denken Sie über meinen Vorschlag nach, Bursche. Hier ist der Hund unterfordert.«

»Ich brauche meinen Stock«, jammerte Baird. »Ohne den bin ich hilflos. Schnell, Mann! Wir dürfen die anderen nicht aufhalten.«

Sein Ton war herrisch, und Beatrice sah, wie Theos Kiefer zu mahlen begannen, als Cameron noch einmal ins Haus ging. Dann waren sie endlich fertig, und Theo führte sie im Eiltempo an. Cameron schritt neben ihm aus, die anderen fielen allmählich zurück. Inzwischen war der Himmel bedeckt und die Luft schwül-feucht.

Baird warf Beatrice einen dankbaren Blick zu, als diese langsamer wurde, um neben ihm herzugehen, doch nach ein paar Kilometern sank er schwer atmend und mit rotem Gesicht auf eine eingestürzte Mauer, wischte sich die Stirn ab und ergriff ihren Arm. »Es hat keinen Zweck, meine Liebe, ich muss mich ausruhen. Zehn Minuten machen jetzt bestimmt auch keinen Unterschied mehr.«

Beatrice rief nach Theo, worauf die anderen, froh über die Pause, zu ihnen zurückkehrten.

»Ich muss wieder zu Atem kommen, Blake.«

Als Gewitterwolken auf Theos Gesicht auftauchten, sah Beatrice, wie Cameron ihn beiseitezog. Theo hörte ihm mit finsterem Gesicht zu, blickte zum Himmel hinauf und dann zu Beatrice; am Ende nickte er und legte Cameron die Hand auf die Schulter. Zu den Gästen gewandt verkündete er, dass Cameron zum Haus zurückkehren und mit Donald die Gruppe später im Boot abholen würde.

»So sind wir nicht von Ebbe und Flut abhängig und können langsamer machen.«

»Gott sei Dank!«, rief Baird erleichtert aus. »Wir sind nicht alle so sportlich wie Sie, Blake.« Die anderen pflichteten ihm bei. »Und Forbes: Sagen Sie doch Ihrer kleinen Schwester, dass sie Ihnen ein paar Flachmänner mitgeben soll.« Er senkte theatralisch die Stimme. »Wenn sie möchte, kann sie sie auch selber bringen, obwohl es dann natürlich ein bisschen eng werden würde im Boot.« Er stieß den

Mann neben ihm mit einem vielsagenden Blick in die Rippen.

Beatrice versuchte, zu Cameron hinüberzuschauen, doch Theo war zwischen sie getreten. »Ich denke, du solltest mit Cameron umkehren, Beatrice. Es könnte gut sein, dass das Wetter uns einen Strich durch die Rechnung macht und es anstrengend wird«, meinte Theo.

Obwohl sie sich der Aufgabe durchaus gewachsen fühlte, nickte sie, weil sie die Herren genauso anstrengend fand wie die Damen. Camerons Augen leuchteten gefährlich, als sie an Baird vorbeigingen, der sich die Stirn abwischte.

»Wird es lange dauern zurückzurudern, Cameron?«, fragte Beatrice. »Es ist ziemlich weit.«

»Wir rudern oft noch weiter hinaus.«

Nachdem sie etwa einen halben Kilometer zurückgelegt hatten, versuchte Beatrice noch einmal, ein Gespräch mit Cameron zu beginnen. »Es wird von Minute zu Minute dunkler.«

»Aye, die Herren werden nass werden.«

Sie wandte sich ab, damit er ihr Schmunzeln nicht sah, und sie marschierten, ein paar Meter auseinander, weiter. Auf dem Hinweg hatten sie den Wind im Rücken gehabt, nun kam er von vorn, und es dauerte nicht lange, bis Beatrice die ersten Regentropfen auf ihrem Gesicht spürte.

Cameron hielt inne, um zum Himmel hinaufzuschauen. »Wir stellen uns lieber unter«, sagte er.

Vor ihnen befand sich eine kleine Ansammlung von Häusern. Er führte sie zu einem, das ein wenig zurückgesetzt vom Weg stand. Schwarze Hühner liefen gackernd davon, als sie herannahten und Cameron einen Gruß rief. Fast sofort trat eine kleine Frau mit faltigem Gesicht aus dem Haus und sah Beatrice mit großen Augen an, während sie nervös vor sich hin murmelnd ihre schmutzige Schürze zwischen den Fingern zwirbelte. Cameron legte ihr beruhigend eine Hand auf die Schulter und schob Beatrice hinein, gerade, als der erste Regenguss herniederprasselte.

Beatrice, die sich unter dem niedrigen Türrahmen durchducken musste, fand sich unvermittelt in einer fremden Welt wieder – einer Welt voll erdiger Gerüche, in der beißender Rauch in der Luft hing. Sie hatte Mühe, ihren Hustenreiz zu unterdrücken. Die Frau berührte ihren Arm und deutete schüchtern auf einen niedrigen Holzstuhl neben der Feuerstelle in der Mitte des Raums. »*An gabh sibh strùpag a'bhean-uasail?*«

Beatrice sah Cameron fragend an.

»Mrs McLeod bietet Ihnen etwas zu trinken an.« Er setzte sich auf eine grobe Bank an der Wand und fügte mit leiserer Stimme hinzu: »Milch vielleicht. Tee ist teuer.«

»Milch wäre wunderbar.«

Nachdem Cameron für sie übersetzt hatte, wurde Beatrice mit einem zahnlückigen Lächeln belohnt, und die Frau schlurfte weg.

Als Beatrice' Augen sich an die Dunkelheit gewöhnten, erkannte sie ein schäbiges Klappbett hinter schlaffen Vorhängen, das einen großen Teil des Platzes in Anspruch nahm, eine Holzkommode daneben und eine kleine Frisierkommode auf wackeligen Beinen, die schief an der Wand lehnte. Ein schmutziger Läufer lag auf dem unebenen Boden vor dem Bett, ansonsten war nichts zu sehen, was die Behaglichkeit erhöht hätte. Das Feuer glomm in einem Rund aus weißer Asche, über dem ein Metallkessel hing. Der Dampf daraus vermischte sich mit Torfrauch, der Geruch von Essen wurde von dem nach feuchtem Moder und Tieren überlagert.

Wie konnte die arme Frau nur so leben? Ihre Behausung war wenig mehr als ein Stall, die Wände bestanden aus nacktem Stein, das einzige Tageslicht fiel durch die Tür und ein winziges Fenster in der dicken Mauer herein. Darunter stand ein altes Spinnrad neben einem kaputten Wollkorb, in dem eine rotbraune Katze ein Junges säugte. Die schwarzen Hühner, die sich mittlerweile ebenfalls zum Haus zurückgezogen hatten, pickten an der Schwelle. Draußen, stellte Beatrice fest, herrschte nun Dunkelheit.

»Da drüben verbringt die Kuh den Winter.« Cameron, der mit dem Kopf an die Steinwand gestützt dasaß, beobachtete sie unter halb geschlossenen Lidern hervor. »Mrs McLeod ist die ärmste Ihrer Pächterinnen, Mrs Blake, und die Kuh sorgt für ihren Lebensunterhalt.« Seine Stimme klang hart.

Bevor Beatrice etwas erwidern konnte, kehrte die alte Frau schwer atmend mit einer Tasse Milch und einem angeschlagenen Teller, auf dem ein Gebäckstück für Beatrice lag, zurück.

»Nehmen Sie es, sonst beleidigen Sie sie«, riet Cameron Beatrice, als diese zögerte. Sie aß schweigend und mit einem unbehaglichen Gefühl, während die Pächterin sie musterte, und war erleichtert, als Cameron sich nach vorn beugte, die Unterarme auf die Knie stützte und die alte Frau fragte: *»An cuala sibh bho Samaidh bho chionn ghoirid?«*

Ihre Augen begannen zu leuchten, und sie stand auf, um eine speckige Fotografie zwischen dem angeschlagenen Geschirr hervorzuholen.

»Tha e a'coimhead math«, erklärte Cameron, nahm das Bild und reichte es Beatrice. »Das ist ihr Sohn. Er ist letztes Jahr zur Kap-Breton-Insel gegangen, um in den Kohlebergwerken zu arbeiten. Er schickt Geld nach Hause.«

Beatrice betrachtete das Foto, unsicher, wie sie reagieren sollte, und schenkte der Frau ein Lächeln. Diese erwiderte es und richtete eine Frage an Beatrice.

»Sie möchte wissen, ob Sie mit ihrer Enkelin zufrieden sind.« Als Cameron Beatrice' verwirrten Gesichtsausdruck sah, erklärte er: »Marie. Sie arbeitet bei Ihnen in der Küche, solange die Gäste da sind.«

Beatrice kannte die Mädchen, die im hinteren Teil des Hauses beschäftigt waren, kaum und hatte nur am Rande mitbekommen, dass seit der Ankunft der Gäste mehr dort arbeiteten als sonst, doch das ließ sie sich nicht anmerken. »O ja, sie ist sehr fleißig.«

Als Cameron das übersetzt hatte, breitete sich wieder ein Lächeln auf dem faltigen Gesicht der Frau aus. Beatrice senkte verlegen den Blick, um Cameron nicht in die Augen sehen zu müssen, und biss sich auf die Lippe, während er zur Tür ging und zum Himmel hinaufschaute.

»Es klart auf«, teilte er ihr mit. »Wir sollten aufbrechen, bevor der nächste Regenschauer kommt.«

Beatrice stand auf, erleichtert darüber, sich verabschieden zu können. Die ärmliche Behausung und dieser neue unbekannte Cameron mit der harten Miene brachten sie aus der Fassung. »Ich kann ihr kein Geld geben …«, murmelte sie und streckte der Frau die Hand hin.

»Das ist auch gut so. Es würde sie beleidigen.« Cameron umfasste die Finger der Pächterin mit den seinen und dankte ihr. *»Dia leibh agus taing dhuibh.«*

Dann verabschiedeten sie sich, und die alte Frau, eine erbärmliche Gestalt in einem formlosen schwarzen Kleid, die ein Tuch um den schmalen Leib schlang, schaute ihnen nach, während die rotbraune Katze um ihre Beine strich. Die ärmste Ihrer Pächterinnen, hatte Cameron gesagt, und sie lebte wenig mehr als eineinhalb Kilometer von Beatrice' Zuhause entfernt wie ein Tier. Als sie außer Hörweite waren, brach Beatrice das Schweigen. »Leben alle Pächter unter solchen Bedingungen?«

»Drei oder vier Familien haben zu kämpfen, anderen geht es besser.«

Der beißende Wind trug nach wie vor Regen heran. »Wie schafft sie es zu überleben?«

»Es ist sehr schwer.«

Beatrice begann die Art und Weise, wie er mit ihr redete, auf die Nerven zu gehen. »Erklären Sie es mir, Cameron. Ich würde es gern verstehen.«

»Was soll ich sagen, Madam? Wollen Sie Mrs McLeods Lebensgeschichte hören oder wie es solchen Menschen gelingt, Essen auf den Tisch zu bringen?«

Sie zog ihre Jacke enger um den Leib. Bhalla House war im Nebel verschwunden, der Feldweg nun ihr einziger Anhaltspunkt.

»Die Geschichte von Euphemia McLeod ist wie die von hundert anderen.« Er kickte einen Stein weg. »Sie ist arm, weil ihr Mann und ihre beiden anderen Söhne nicht mehr leben. Ihr Fischerboot ist in einem Sturm untergegangen. Sie mussten zum Fischen rausfahren, weil ihr Pachtgrund zu wenig abwarf, um sie zu ernähren. Früher einmal hatte die Familie besseren Grund. Aber sie musste weichen, als das Land für Bhalla House erschlossen wurde. Mrs McLeod hatte kurz zuvor geheiratet und ein Kind bekommen.« Er verstummte kurz, bevor er hinzufügte: »Fünf Häuser wurden damals abgerissen, das ihre steht noch. Ihr Mann präpariert dort seine Vögel.«

Sie gingen schweigend weiter. »Nach der Beerdigung haben Sie mich nach Anndra MacPhail gefragt, Madam. Er wurde seinerzeit ebenfalls von hier vertrieben, aber anders als die McLeods hat er sich gewehrt. Er wurde fluchend und mit fliegenden Fäusten aus dem Haus gezerrt. Vier Männer waren nötig, ihn festzuhalten, als man das Dach in Brand steckte. Seine Frau und seine Kinder mussten tatenlos mitansehen, wie ihr Heim niederbrannte.«

Beatrice lauschte entsetzt. »Als er androhte, aus Rache Bhalla House anzuzünden, hat man ihn ins Gefängnis geworfen und erst wieder freigelassen, nachdem er versprochen hatte, niemals mehr einen Fuß auf die Insel zu setzen.« Drei Krähen flogen vor ihnen auf, und Camerons Blick folgte ihnen, bevor er sich wieder Beatrice zuwandte. »Was Sie bei der Beerdigung gesehen haben, war also Anndra MacPhails Methode, zwei Quadratmeter Inselgrund auf ewig für sich zu beanspruchen.«

Schwere Wolken zogen über die Insel. Beatrice war schockiert, aber sie fühlte sich bemüßigt, sich zu rechtfertigen. »Heute ist die Lage anders, die verbliebenen Pächter werden gut behandelt.« Doch wie konnte es, wenn das stimmte, noch immer solche Armut geben? Camerons Schweigen klang vorwurfsvoll. »Ich habe gesagt, dass mein Mann ein guter Pachtherr ist«, wiederholte sie, um eine Antwort von Cameron zu erzwingen.

»Wenn er wollte, könnte er mehr tun.«

Trotz des strömenden Regens blieben sie stehen. »Und wie?«

Cameron blickte sie herausfordernd an. »Die Menschen brauchen Land, Mrs Blake«, antwortete er und wischte sich den Regen von der Stirn. »So einfach ist das. Denjenigen, die vertrieben wurden, steht es zu. Ihre Nachkommen wollen zurückkehren. Sie sind hier verwurzelt und haben sonst nichts.«

Allmählich begannen die Gesprächsfetzen aus dem Arbeitszimmer und die Spannungen beim Seetangsammeln für Beatrice Sinn zu ergeben. War dies der Grund für die Missstimmungen zwischen Cameron und Theo?

»Landlose Männer wie Duncan MacPhail wollen mit ihren Familien die Slums von Glasgow verlassen und zu eigenem Pachtgrund hierherkommen, wie es sein Bruder getan hat. Doch Ihr Mann will davon nichts wissen.« Cameron schüttelte frustriert den Kopf und setzte sich wieder in Bewegung, sodass sie ihm folgen musste. »Für ihn ist die Insel nur Motiv für seine Bilder und der Ort, wo er sein Vogelverzeichnis vervollständigen kann. Er braucht die Pacht nicht. Aber sie könnte ihm nützen und den Familien eine Möglichkeit verschaffen, sich ihren Lebensunterhalt zu verdienen. Dann wäre Bhalla House nicht mehr nur ein Ort, wo man den Wünschen Ihrer gegenwärtigen Gäste entspricht«, fügte er verächtlich hinzu.

Sie wusste, dass sie ihn in die Schranken weisen und ihn so herablassend behandeln sollte, wie ihre Mutter es mit ihren Bediensteten tat, dass sie ihn an seine gesellschaftliche Stellung und daran erinnern sollte, was von ihm erwartet wurde. Sie sollte Theo davon erzählen ... Doch sie wurde den säuerlichen Geruch von Mrs McLeods Armut nicht los. Da fiel es ihr plötzlich wie Schuppen von den Augen, und sie blieb abrupt stehen. »Sie haben mich ganz bewusst zu ihr geführt.«

Cameron hielt kurz inne, zuckte mit den Achseln und ging weiter. »Wir mussten uns unterstellen, Madam.«

»Das stimmt«, pflichtete sie ihm bei, ohne sich von der Stelle zu bewegen, sodass auch er wieder stehen bleiben musste. »Aber Sie haben das ärmlichste Haus gewählt.«

»Es lag in der Nähe, Madam.«

»Andere wären noch näher gewesen.«

Er schwieg.

»Sie haben mich zu ihr gebracht, um mir Ihren Standpunkt zu verdeutlichen und mir ein schlechtes Gewissen zu machen.« Sie war wütend und verwirrt und wusste nicht so recht, worauf sie ihren Zorn richten sollte. »Deswegen sagen Sie auch in diesem verächtlichen Tonfall Madam zu mir.«

Obwohl er erstaunt über ihre Vehemenz wirkte, setzte er sich schweigend wieder in Bewegung und ließ sie einfach stehen. Kurze Zeit später folgte sie ihm beschämt. Es fühlte sich an, als hätte Bess sie plötzlich mit gefletschten Zähnen angegriffen. Als sie das Haus erreichten, goss es wie aus Kübeln, und Beatrice wusste immer noch nicht, wie sie reagieren sollte. Sie wagte es nicht, ihn zu rügen, konnte die Angelegenheit jedoch auch nicht auf sich beruhen lassen.

Am Ende löste er das Problem für sie. »Wenn Sie mich entschuldigen würden, Madam: Ich muss mich mit Donald um das Boot kümmern.« Mit diesen Worten verschwand er ums Haus.

Sie durchquerte den Eingangsbereich und stieg, dankbar für Mrs Hendersons Mitteilung, dass die Damen sich in ihre Zimmer zurückgezogen hatten, langsam die gewundene Treppe hinauf. Als ihre Hand übers Geländer glitt, hatte sie wieder den Rauch vor Augen, der durch ein Loch in dem reetgedeckten Dach von Mrs McLeods Kate gedrungen war, und den rußigen Regen, der durch undichte Stellen hereintröpfelte, und sie blickte durch das runde Fenster hinüber zu den Pachthütten. Es war in der Tat ein Skandal. Aber wie hatte Cameron sich so weit vorwagen können? Vertraute er darauf, dass sie Theo nichts erzählte – oder ging er davon aus, dass dieser ihn nicht maßregeln würde?

Achtzehn

»Beatrice, meine Liebe, ist das Klavier wegen der feuchten Luft hier so verstimmt? Wenn es in Ordnung wäre, hätte ich etwas für uns gespielt.« Bei jeder Taste, die Gertrude Campbell anschlug, zuckte sie theatralisch zusammen.

Hier war mehr verstimmt als nur das Klavier, dachte Beatrice und erwiderte Gertrudes Lächeln. »Schade, das wäre schön gewesen. Theo will einen Klavierstimmer von Skye kommen lassen. Er müsste eigentlich jeden Tag auftauchen.«

»Du gütiger Himmel! Von so weit her …«

Ernest schlug gähnend vor, Karten zu spielen, doch niemand reagierte. Die Unterhaltungsmöglichkeiten für die Gäste erschöpften sich allmählich. Beatrice vergrub die Fingernägel in den Handflächen, während sie sich wünschte, dass die Frau den Klavierdeckel zuklappen möge, und sich ein wenig verärgert fragte, wann Theo endlich wieder auftauchen würde. Er hatte sich in angespannter Stimmung ins Arbeitszimmer zurückgezogen und die Gäste ihr überlassen. Zum wiederholten Mal schaute sie zum Fenster hinaus und betete um besseres Wetter.

Ihre Bitte wurde nach dem Essen erhört, und Theo ging in Gesellschaft von John Forbes und Cameron mit den Herren und ihren Gewehren hinaus, während die Damen in ihre Zimmer verschwanden, sodass Beatrice einen unruhigen Nachmittag damit verbrachte, eine Antwort auf einen Brief von Emily zu verfassen. *»Komm doch bitte! Wir haben hier* *nicht oft Besuch. Theo wird sich wieder mit seinem Buch beschäftigen, wenn die Gäste, die wir jetzt haben, weg sind, und ich würde dich gern sehen.«*

Am Abend zuvor hatte Beatrice versucht, die Gäste wie Cameron als eitle Müßiggänger wahrzunehmen. Das üppige Essen hatte einen schalen Geschmack bekommen, als ihre Gedanken zu der alten Frau in der Kate mit der Milch und dem Gebäckstück auf dem angeschlagenen Teller zurückgekehrt waren. Danach hatte Beatrice Mrs Henderson gebeten, der Frau ein angemessenes Dankeschöngeschenk überbringen zu lassen. »Und können wir Marie nicht weiterbeschäftigen, wenn die Gäste weg sind?«

»Arbeit gibt es immer, Madam.«

»Und falls es andere Bedürftige gibt, müssen Sie es mir sagen«, hatte Beatrice erklärt, und die Haushälterin hatte beifällig genickt.

Beatrice griff wieder zum Stift. *Leider sind unsere gegenwärtigen Gäste anstrengend und scheinen über ihren Aufenthalt bei uns genauso wenig glücklich zu sein wie wir. Ich möchte Dich so vieles fragen …* Doch was konnte sie von der Schwester ihres Mannes überhaupt erwarten? Beatrice blickte, den Stift in der Hand, aus dem Fenster und beobachtete die Möwen, die sich vom Wind tragen ließen.

Als die Jagdgesellschaft später lärmend und bester Laune mit ihrer Beute heimkehrte, empfing Beatrice sie mit den anderen Damen auf der Auffahrt. Cameron hob kurz den Blick, doch sie schenkte ihm keine Beachtung und bewunderte mit den anderen die erlegten Tiere.

»Was für Farben!« Gertrude deutete mit dem Fuß auf den blaugrün schillernden Nacken einer auf dem Kies ausgebreiteten Ente. »Sobald sie am Hut stecken, glänzen sie längst nicht mehr so.«

Bess drängte sich zwischen die Damen, um an den toten Vögeln zu schnüffeln. Als ein Pfiff sie zu ihrem Besitzer zurückrief, merkte Beatrice, dass Cameron direkt hinter ihr stand.

»… versuch's mit Schwefeldämpfen, die frischen die Farben auf.«

»Aber der Geruch!«

»Mrs Blake, ich muss mich entschuldigen«, hörte Beatrice die leise Stimme Camerons. »So hätte ich nicht mit Ihnen reden dürfen.«

»Das stimmt.«

»… das dumme Mädchen hat sie ruiniert. Ich habe ihr gesagt, sie soll sie nur leicht einschäumen …«

»Ich wollte, dass Sie es verstehen. Das ist mir wichtig.« Cameron zog Bess zurück, die an der Leine zerrte.

»Verstehen?« Beatrice entfernte sich einen Schritt von den anderen.

»Wie es hinter der Fassade aussieht.«

»Dann wollten Sie mich also tatsächlich beschämen?«

»Ja. Und das war unverzeihlich.« Er bedachte sie mit einem schiefen Lächeln und beugte sich zu Bess hinunter. Dann sprach er mit lauterer Stimme weiter. »Da scheint eine Pferdebremse rumzufliegen. Die interessiert meine Bess.«

Diana Baird, die zu Beatrice getreten war, deutete auf einen zarten Vogel mit auffälligem Gefieder, der neben der Stockente lag. »Stellen Sie sich diese Federn mal als Farbtupfer an Ihrem Hut vor, Beatrice. Rostfarben und Grau, genau die richtigen Töne für den Herbst. Was ist denn das für ein hübscher Vogel, Cameron?«

»Ein Odinshühnchen, Madam«, antwortete Cameron. »Das Weibchen. Das Paar hat am See genistet.« Beatrice, die sich an Theos Freude erinnerte, als Cameron ihm von dem Nest erzählt hatte, hob hastig den Blick. Cameron reagierte mit einem leichten Achselzucken.

»Bunte Farben für die Frauen?«, bemerkte Baird, der sich mittlerweile zu ihnen gesellt hatte. »Für das Vogelweibchen, nicht für die Menschenfrau, meine ich.«

Seine Frau schlug ihm tadelnd auf den Arm, und Beatrice folgte mit dem Blick einem Schmetterling, der auf gelben Wicken neben der Auffahrt landete.

»Von Mrs Henderson weiß ich, dass Sie sehr großzügig gewesen sind«, murmelte Cameron Beatrice zu. »Also sollte ich mich schämen, weil ich meinen Zorn so deutlich gezeigt habe.«

Die Besucher lachten, als Baird seine Frau weiter neckte.

»Vermutlich wurden Sie provoziert.«

Theo, der sich ein wenig abseits mit Charles Farquarson und dem Verwalter unterhielt, schaute zu Beatrice herüber, um ihr zu signalisieren, dass er hineingehen wolle.

Cameron bückte sich, hob die Beute des Nachmittags auf und sagte mit leiser Stimme zu Beatrice: »Obwohl Mr Blake noch bedeutend mehr machen könnte, ist er ein besserer Pachtherr als viele andere. Was ich gesagt habe, tut mir leid.«

Da winkte Theo ihn zu sich. »Wir müssen uns für morgen eine Unterhaltungsmöglichkeit für unsere Gäste ausdenken, Cameron, für gutes Wetter. Dein Vater kommt zum Abendessen. Bleib doch auch da, dann können wir unsere Ideen besprechen.« Er streckte einen Arm nach Beatrice aus und schob sie ins Haus.

Beim Essen ließ Theo den Blick amüsiert schweifen. Etwa in der Mitte des Tischs lauschte John Forbes schweigend den Berichten der Herren über den Nachmittagsausflug, die der Damen wegen prahlerisch ausfielen, und wirkte dabei wie jemand, der sich eher übers Essen freut als über die Gesellschaft der anderen. Theo entschuldigte sich wortlos. Wenn er Cameron einlud, hatte er John dazubitten müssen, und Cameron hatte er an diesem Abend bei sich haben wollen.

Die Rückfahrt im Boot tags zuvor war grässlich gewesen, denn der starke Regen hatte die aufgewühlte See und den unberechenbaren Wind noch verschlimmert. Theo war ausgesprochen stolz auf Cameron gewesen, wie er die Situation meisterte, die Ruderpinne festhielt, seinem Bruder Anweisungen zurief, die Seile einholte und die Segel raffte, und wie die Herren sich kleinlaut seinem Befehl unterwarfen. Vermutlich, dachte Theo, ein Lächeln unterdrückend, wussten nur er selbst und Donald, dass ein geringfügig sanfterer Segelstil allen die schlimmste Gischt erspart hätte. Doch er verübelte Cameron die gelungene Rache nicht, und die Einladung zum Abendessen signalisierte den Gästen möglicherweise verspätet, dass Cameron kein bloßer Lakai war, den man herumkommandieren und beleidigen konnte.

Nun sah Theo zu Cameron hinüber, wie er, den dunklen Kopf Baird zugeneigt, höflich dessen endlosen Geschichten lauschte und hin und wieder selbst etwas sagte, wobei sein kantiges gebräuntes Gesicht deutlich mit dem leuchtend roten seines Sitznachbarn kontrastierte.

Cameron ruhte in sich selbst, dachte Theo frustriert. Und völlig zu Recht … Theo hatte ihm ein Set Abendkleidung bringen lassen, ein wenig altmodisch, jedoch von guter Qualität, aus Zeiten, in denen sein eigener Leibesumfang noch geringer gewesen war. Und Cameron, der sie völlig selbstverständlich trug, war darin trotz der abgewetzten Manschetten genauso sehr Gentleman wie die anderen.

Theo gab einer der Hausangestellten ein Zeichen, eine Butterdose nachzufüllen, und beobachtete weiterhin Cameron, der mit tadellosen Manieren nickte und lächelte, offenbar ohne zu merken, dass er die Blicke der Damen von der anderen Seite des Tischs auf sich zog. Theo wusste nur zu gut, wie sehr Cameron die Gäste verachtete. Er hatte gesehen, wie seine Miene versteinerte, als er ihn zum Kommen gezwungen hatte – schließlich konnte er kaum vorschützen, anderweitig beschäftigt zu sein. Gott, dass er zu solchen Mitteln greifen musste, um seinen eigenen Sohn bei sich am Esstisch zu haben!

Theo wandte sich mit mahlenden Kiefern seiner Sitznachbarin Diana Baird zu, um deren Banalitäten zu lauschen. Er konnte nur hoffen, dass Cameron, wenn er ihm die Einladung schon nicht dankte, sie wenigstens als wohlwollendes Interesse an ihm und als Ausgleich für ihre sich zuspitzenden Missstimmigkeiten verstand.

Da Mrs Baird seine Aufmerksamkeit nicht völlig in Anspruch nahm, ließ Theo noch einmal die Ereignisse des Nachmittags Revue passieren. Er hatte sich erst bereit erklärt, die Männer auf die Jagd mitzunehmen, nachdem Beatrice ihn angefleht hatte, eine Beschäftigung für sie zu finden, denn eigentlich hasste er unnötiges Blutvergießen. Abgesehen von Farquarson waren sie alle jämmerliche Schützen, und der hatte immerhin den Anstand besessen, nur die in Hülle und Fülle vorhandenen Stockenten zu schießen. Es geschah ihm recht, dachte Theo, dass Baird ausgerechnet seinen persönlichen Lieblingsvogel, das Odinshühnchen, erlegt hatte. Der verächtliche Blick Camerons, als der Vogel aus dem Wasser geholt worden war, hatte seinen Kummer verstärkt.

Nach einer Weile gab Diana Baird das Gespräch mit Theo auf und wandte sich Cameron zu. »Wir haben uns gerade übers Schwimmen unterhalten, Cameron. Gehen Sie manchmal hier im Meer schwimmen?«

»Selten, Madam. Das ist nichts für Feiglinge.«

»Wenn das Wetter morgen schön ist, könnten wir ein Picknick am Strand machen, und Sie könnten schwimmen«, gurrte Gertrude Campbell. »Mit Ihrem Bruder. Ich würde zu gerne sehen, wie Sie beide wacker gegen die riesigen Wellen ankämpfen.« Sie wandte sich Beatrice zu. »Beatrice, glauben Sie, das ließe sich einrichten? Wir fühlen uns schrecklich von den Herren vernachlässigt.«

Verdammte Frau! Theo, der merkte, wie Beatrice zu ihm herüberschaute, suchte nach einem Grund, Gertrude Campbells Bitte auszuschlagen, doch da beendete Cameron selbst die Diskussion ganz ruhig.

»Danke, Madam, aber ich möchte morgen nicht schwimmen, und ich glaube, mein Vater hat Arbeit für mich.«

Als John Forbes das bestätigte, gaben sich die beiden Damen schmollend geschlagen. Das Gespräch wandte sich einem anderen Thema zu. »Jetzt begreife ich, warum Sie auf die Insel kommen, Blake«, bemerkte Charles Farquarson. »Hier kann man Asquith, das Hickhack im Parlament und den verdammten Kaiser vergessen. Ich finde das höchst erholsam.«

Robert Campbell hob zustimmend das Glas und ergänzte mit grimmiger Miene: »Aye. Nächste Woche muss ich mich wieder mit dem Pöbel im Hafen auseinandersetzen.« Theo bemerkte, wie John Forbes Cameron einen warnenden Blick zuwarf. »Hinter den Unruhen stecken bezahlte Agitatoren, die ganze verfluchte Angelegenheit wird von anderer Stelle gelenkt.« Er wetterte eine ganze Weile so weiter, und die anderen pflichteten ihm bei. »Die Hälfte von den Geistlichen gehört heute zu den Sozialisten und predigt Aufruhr.« Er gab einer Bediensteten ein Zeichen, sein Glas nachzufüllen, und kam nun richtig in Fahrt. »Sie haben ja hier oben mit den Landräubern das gleiche Problem. Das ist die reine Provokation.«

Als Theo merkte, dass Beatrice in Camerons Richtung sah, verdüsterte sich seine Miene. Hatte Cameron ihr seine radikalen Ansichten dargelegt und sie auf seine Seite gezogen? Das fehlte gerade noch.

»Wenn sie die Vorzüge von Nova Scotia preisen würden, statt den Unmut der Leute anzustacheln«, fuhr Campbell fort, »könnten sie gern eins meiner Schiffe haben und damit rüberfahren. Soweit ich weiß, wird Reverend Nichol die Gegend wieder beehren und die Leute zu zivilem Ungehorsam aufrufen. Sorgen Sie dafür, dass genug freie Zellen auf die Unruhestifter warten, Blake.« Campbell schaute sich angriffslustig um und nahm einen weiteren Schluck Wein. »Oder rufen Sie die Kanonenboote, das würde die Begeisterung für die Rebellion schnell dämpfen.«

Theo musste hilflos zusehen, wie Cameron Messer und Gabel beiseitelegte und sein Glas wegschob, ohne den Blick von Campbell zu wenden. Verdammt! Verdammt noch mal, beide!

Nun blies Ernest Baird ins selbe Horn. »Wo man sich hinwendet: nichts als Unruhe und Protest. Sogar unter den Frauen, Gott schütze sie.« Er hob sein Glas in Richtung Beatrice, dann in die seiner Frau. »Ihr gebt euch nicht mehr länger mit eurem hübschen Gefieder zufrieden, nicht wahr?«

»Ja, die Frauen haben völlig den Verstand verloren«, pflichtete Diana ihm mit einer abfälligen Handbewegung bei und wandte sich Beatrice zu. »Finden Sie nicht auch, meine Liebe?«

Theo warf Beatrice einen warnenden Blick zu. Bitte halt den Mund und lass das Thema … Beatrice und ihre Mutter hatten ihn mit ihrer Vehemenz in puncto Frauenemanzipation erstaunt. Bestimmt war das ihre Reaktion auf den verschwendungssüchtigen Vater, der das Vermögen der Familie durchgebracht hatte. Verständlich, aber trotzdem …

Und tatsächlich reckte Beatrice herausfordernd das Kinn. »Natürlich greifen sie manchmal zu extremen Mitteln«, antwortete sie, »aber ihr Wunsch, gehört zu werden, ist nachvollziehbar.«

»Wenn sie wenigstens etwas Vernünftiges zu sagen hätten«, brummte Campbell, und Baird lachte laut auf. Theo spürte Wut in sich aufsteigen, als Beatrice rot wurde.

»Ach, Dummerchen«, meinte Gertrude. »Sie wollen doch nur ihren Namen in der Zeitung lesen.«

»Viele stammen aus wohlhabenden Familien«, mischte sich Baird mit halbvollem Mund ein. »Sie könnten zu Hause bleiben und es sich gut gehen lassen! Wenn ihr mich fragt, ist denen einfach nur langweilig.«

Beatrice blieb kühl; ihr Zorn manifestierte sich lediglich in den hektischen Flecken auf ihren Wangen. »Dass sie zu Hause bleiben könnten, sich aber bewusst dafür entscheiden, ihre Freiheit aufs Spiel zu setzen, zeigt, wie engagiert sie sind.«

Schweigen. Theo stöhnte innerlich auf, als die Gäste Blicke wechselten.

»Und mutig.«

Theo wusste nicht, ob er angesichts Camerons ruhigem Einwurf fluchen oder jubeln sollte. »Trotzdem aufs falsche Ziel gerichtet«, erklärte er hastig, um das Thema zu beenden. »Egal, von wie vielen Einzelfällen von fehlgeleitetem Heroismus die Presse berichtet.« Er sah Beatrice erneut warnend an.

»Noch mal zurück zu den Vögeln, Blake«, bemerkte Charles Farquarson, und Theo wandte sich ihm dankbar zu. »Der Einzige, von dem ich weiß, dass das Männchen die Jungen aufzieht, ist der Mornell-Regenpfeifer. Den habe ich mal in Norwegen gesehen. Er widmet sich der Brutpflege ausgesprochen hingebungsvoll.«

Während des gesamten Essens war Beatrice sich Camerons Anwesenheit sehr bewusst gewesen, der in Theos altem Anzug auf düstere Weise attraktiv wirkte, und sie hatte belustigt, jedoch auch entrüstet beobachtet, wie er höflich Konversation machte. Wenn sie ihn nur tags zuvor hätten hören können! Dass Theo ihn zum Abendessen eingeladen und ihm seinen Anzug geliehen hatte, verwirrte sie. Sie hatte die beiden während des Essens beobachtet, die unterschwellige Anspannung bemerkt, auch die Signale wahrgenommen, die der Verwalter aussandte, und Theos Wachsamkeit ... Doch Cameron hatte sich zusammengerissen. Niemandem – abgesehen vielleicht von Theo – war aufgefallen, dass er den ganzen Abend kein Wort mehr mit Campbell wechselte. Und dann war er ihr zu ihrer Überraschung beigesprungen. ›Und mutig‹.

Als sie sah, dass Theo ihr ein Zeichen gab, stand sie auf und lud die Damen ein, es ihr gleichzutun. John Forbes und Cameron erhoben sich ebenfalls und entschuldigten sich. Cameron hielt die Tür für die Damen auf, die sich mit einem Lächeln von ihm verabschiedeten. Während sein Vater Theo eine Frage beantwortete, wartete Cameron, bis Beatrice kam.

»Manche Frauen«, murmelte er ihr zu, »sollte man am besten gleich nach der Geburt erwürgen.«

Und schon war er verschwunden.

Neunzehn

»Gott sei Dank«, seufzte Theo und sank in einen Sessel. Die Wagen der Gäste waren nur noch als ferne Punkte auf der anderen Seite des Strands zu erkennen. »Hoffentlich bekommt Charles wenigstens Geld von ihnen; dann habe ich immerhin das Gefühl, dass es die Mühe wert war.« Er stand noch einmal auf, um sich einen Drink zu holen. »Ich hatte ja keine Ahnung, dass sie alle mit so grässlichen Frauen verheiratet sind. Tut mir leid, dass ich sie dir aufgehalst habe. Ich hätte die drei mit Freuden ertränkt.«

Mitten im Chaos des Aufbruchs war der Klavierstimmer erschienen, der nun im Salon seiner Arbeit nachging. »Am besten gleich nach der Geburt erwürgt«, murmelte Beatrice.

»Was? Ach, verstehe. Ja, genau.«

»Während der Heimfahrt lassen sie sich bestimmt darüber aus, wie abgelegen wir hier leben«, sagte Beatrice, »und was für primitive sanitäre Anlagen wir haben.«

»Bestimmt.« Er nahm einen großen Schluck und lehnte den Kopf zurück. »Ich bin dankbar für ein bisschen Ruhe vor den nächsten Gästen. Schreibst du gerade an Emily? Bitte ermutige sie nicht zu einem langen Aufenthalt.«

»Sie kommen erst in knapp zwei Wochen«, entgegnete sie, während er eine Zeitung in die Hand nahm, die einer der Gäste zurückgelassen und die er bereits gelesen hatte. »Zuvor könntest du mir mehr von der Insel zeigen. Wie du weißt, bin ich immer noch nicht draußen bei den Seehunden gewesen.«

»Ja, gute Idee«, sagte er hinter der Zeitung hervor, die er wenig später weglegte, um mit seinem Glas ans Fenster zu treten und, eine Hand in der Tasche, hinauszublicken, während der Klavierstimmer im Zimmer nebenan versuchte, dem Instrument wieder die richtigen Töne zu entlocken. Würde es ihr gelingen, auch Theo wieder milde zu stimmen?, fragte Beatrice sich, als sie seinen steifen Rücken sah.

Er leerte sein Glas und stellte es weg. »Der Mann macht einen Höllenkrach«, bemerkte er. »Ich geh rüber ins Verwalterbüro, bis er fertig ist.« Wenig später fiel die Haustür hinter ihm ins Schloss, und sie sah durch das Fenster im Frühstückszimmer, wie er sich entfernte.

Aber in jener Nacht kam er zu ihr. Er klopfte an der Tür, als sie sich gerade auszog, und blieb kurz dort stehen, als wüsste er nicht, ob er willkommen war. Dann nahm er sie wortlos in die Arme und schob sie zum Bett, und es fühlte sich wieder fast wie früher an zwischen ihnen. Da dieses neue Band noch zu zart war, um es zu belasten, stellte sie keine weiteren Fragen, vertraute darauf, dass er ihr nichts vorspielte, und gab sich ihm, soweit sie konnte, hin. Anschließend schlief er neben ihr ein, sein Rücken warm an dem ihren.

Doch am folgenden Morgen war er weg, bevor sie aufwachte. Sie stand auf, schob die Enttäuschung beiseite und zwang sich zu Optimismus. Die Ringe unter ihren Augen waren heute nicht ganz so dunkel, redete sie sich ein, während sie ihre Haare zu einem einfachen Knoten schlang und nach ihrem Hut suchte. Vielleicht konnten sie den Tag miteinander verbringen, wie er es ihr halb versprochen hatte, oder wenigstens einen Strandspaziergang machen wie zu Beginn ihres Aufenthalts auf der Insel. Oder er könnte zeichnen. Doch den Vorschlag würde sie nicht machen –

seit dem Nachmittag an dem Tümpel zwischen den Felsen hatte er nie wieder ein Skizzenbuch mitgenommen, nur noch Fernglas oder Kamera.

Auf dem Weg nach unten hörte sie, wie er im Arbeitszimmer die Schubladen seiner Musterschränke öffnete und schloss. Möglicherweise wäre, wenn es sich mit der Flut vereinbaren ließ, Zeit, zu den Seehunden hinauszugehen. Sie warf ihren Hut auf einen Stuhl im Flur und betrat den Raum.

»Theo, haben wir genug Zeit, um …«

Sie blieb an der Schwelle stehen. Nicht Theo. Cameron, der über die Schränke gebeugt dastand, richtete sich auf, als er sie bemerkte.

»Guten Morgen, Madam. Mr Blake ist gerade zum Büro des Verwalters hinübergegangen.«

»Wird er lange dort bleiben?«

»Er hat eine Nachricht vom Pfarrhaus erhalten und wollte hinüberreiten, um mit dem Geistlichen zu reden.«

Ihr Optimismus fiel in sich zusammen. Sie starrte Cameron an.

»Soll ich ihn für Sie holen?« Cameron legte die Kladde weg, mit der er sich gerade beschäftigte.

»Nein, nein.« Sie schüttelte den Kopf. »Ich dachte nur, wir könnten zusammen einen Spaziergang machen. Egal.« Sie wandte sich zum Gehen, hielt jedoch an der Tür inne, um über die Schulter zurückzublicken. »Wie kommen Sie mit dem Verzeichnis voran, Cameron?«

»Gut, aber es dauert seine Zeit, jede Illustration einzeln anzulegen«, antwortete er.

»Und was ist Ihre Aufgabe?«

Er trat hinter dem Tisch hervor. »Ich ordne das Material, das der alte Mr Blake vor Jahren gesammelt hat. Manches davon ist so verrottet, dass man es nicht mehr verwenden kann.« Er deutete auf die offenen Schubladen. »Ich sorge dafür, dass alles erfasst wird, während Mr Blake die Texte schreibt und die Illustrationen vorbereitet.«

Beatrice kehrte zu ihm zurück, um die Bilder auf Theos Schreibtisch anzusehen. Alle Vögel waren, ordentlich beschriftet und nummeriert, vor einer Miniaturlandschaft oder dem Meer dargestellt. Ein Sandregenpfeifer am Rand der Felsküste, eine Seeschwalbe über dem Wasser, ein Kiebitz mit einem Jungvogel. Realistisch und überzeugend. Und dennoch … Sie hob den Blick zu den ausgestopften Vögeln, dem Sandregenpfeifer auf dem Regal, der mit ausgebreiteten Flügeln auf dem Podest aufgesteckten Seeschwalbe, dem ausgeblichenen Kiebitz und seinem Jungen. Das Leben auf den Bildern war Illusion. Überzeugend, aber unecht.

»Er besitzt großes Talent«, bemerkte Cameron.

»Ja.« Sie trat zu den Vitrinen und betrachtete die Präparate darin. »Hier scheint es Exemplare aller Vögel zu geben, die je auf der Insel vorgekommen sind.«

»Fast, aber nicht von allen.«

Beatrice raffte ihre Röcke, um sich zwischen den verstaubten Regalen und Schränken zum Fenster durchzuschlängeln. »Welche fehlen?«

»Die Zugvögel und die ungewöhnlicheren …«

»Wie zum Beispiel ein nistender Eistaucher?«

»Genau«, bestätigte er schmunzelnd.

»Wenn's nach mir ginge, könnte die gesamte Sammlung in irgendeinem muffigen Edinburgher Museum Staub ansetzen, und unsere Gäste würden sich die Vögel in freier Wildbahn ansehen, wo sie hingehören«, brach es aus Beatrice hervor. »Am liebsten würde ich sie alle wegpacken, das Haus vom Keller bis zum Dachboden saubermachen und …

sämtliche Räume gelb streichen.« Sie blickte auf die Bucht hinaus, schluckte und biss sich auf die Lippe. Nach einer Weile räusperte sie sich. »Achten Sie gar nicht auf mich, Cameron. Ich warte hier. Mal sehen, ob er wiederkommt.«

Camerons Blick ruhte noch einen Moment auf ihr, dann kehrte er an den Tisch zu den Kladden zurück. Eine Weile war nur das Kratzen seines Stifts zu hören. Sie beobachtete ihn einen Moment lang, bevor sie sich dem Fenster zuwandte.

War es wirklich Cameron, der zwischen ihr und Theo stand? Das erschien ihr immer unwahrscheinlicher. Doch die Arbeit an Theos Buch war nicht wirklich dringend; sie war eine Ausrede. Er hatte sich diesen Raum zu seiner Festung erkoren und die ausgestopften Vögel zu seinen Leibwächtern, die sie auf Distanz halten sollten. Aber vergangene Nacht ... Sie spürte, wie sich Druck in ihrem Kopf ausbreitete, und hob die Hand, um ihre Stirn zu massieren.

»Warum gelb?«, riss Cameron sie aus ihren Gedanken.

»Weil das eine freundliche, helle Farbe ist, die das Licht der Sonne spiegelt«, antwortete sie nach kurzem Zögern. »Das Haus ist zu dunkel und trist. Es braucht Licht.«

Camerons Stift kratzte weiter übers Papier. »Sie haben es schon viel freundlicher gemacht«, sagte er, ohne den Kopf zu heben.

»Das Haus? Daran habe ich doch kaum etwas verändert.«

»Nicht am Aussehen, das stimmt, aber an der Atmosphäre. Früher war Mr Blake zu viel allein.«

Beatrice, deren Blick auf seine dunklen, über den Kragen reichenden Haare fiel, spürte Erleichterung in sich aufsteigen. Hatte sie in ihrem Argwohn das missverstanden, was trotz der ständigen Auseinandersetzungen echte Sympathie war, eine enge, über die Jahre gereifte Verbindung zwischen den beiden Männern? Cameron hatte verständnisvoll, fast wie ein Sohn, geklungen. Während sie noch nach einer Erwiderung suchte, hörte sie Schritte draußen im Flur und hob erwartungsvoll den Kopf.

Doch es war Donald, der an der Tür stehen blieb, als er sie bemerkte. »Entschuldigen Sie, Madam. Ich soll Cameron holen. Er soll unserem Vater helfen, Zäune zu reparieren, solange das Wetter hält.«

»Natürlich«, sagte Beatrice. »Ist Mr Blake noch im Büro des Verwalters, Donald?«

»Er wollte zu den Stallungen.«

Cameron räumte die Präparate weg und musterte Beatrice nachdenklich. »Aus dem Spaziergang mit Ihrem Mann wird wohl nichts, Madam. Soll ich Ephie bitten, Ihnen Gesellschaft zu leisten?«

Sie schüttelte den Kopf. »Es ist nicht wichtig. Ephie hat genug zu tun.«

Mrs Henderson tauchte auf, die Donalds Worte bestätigte und hinzufügte, Mr Blake habe gesagt, sie sollten mit dem Essen nicht auf ihn warten. Daraufhin verabschiedete sich Cameron mit einem intensiven Blick auf Beatrice und folgte Donald.

Als Beatrice später von ihrem einsamen Spaziergang zurückkehrte, fand sie eine Vase mit Schlüsselblumen, Ringelblumen, Sumpfschwertlilien und leuchtend gelben Wicken auf einem Fensterbrett im Frühstückszimmer vor. Sie blieb entzückt stehen, berührte die Spitzen der Knospen, wandte sich Mrs Henderson zu, die gerade den Tee hereinbrachte, und dankte ihr für die Blumen. Doch die Haushälterin schüttelte lächelnd den Kopf.

»Cameron Forbes hat gesagt, Sie würden sich freundliches Gelb in den Zimmern wünschen, und sie gebracht. Ich habe ihm erklärt, dass Wildblumen im Haus schnell verwelken, aber das hat ihn nicht interessiert. Und solange sie halten, sind sie tatsächlich ein schöner Farbtupfer.«

Zwanzig

2010

Hetty fuhr durch ein Labyrinth aus ausgestochenem Torf und Tümpeln zurück zum Cottage und blieb an einer Anhöhe stehen, um die Fähre nach Skye ablegen zu sehen. Zwei Tage später würde sie selbst an Bord sein, auf dem Weg zurück in die Realität, belastet mit einer ganzen Menge Probleme. Eigentlich wollte sie nicht aufbrechen, denn die Insel hatte sich in ihr Herz geschlichen. Sie spürte, wie die Fäden, die sie hierhergezogen hatten, sich um sie wanden und sie in das komplexe Erbe der Vergangenheit einspannen. Ihre Pläne erschienen ihr nun erstaunlich naiv, aber sie hatte ja auch nicht wissen können, in welchem Zustand sich das Haus befand. Wenn James Camerons vernichtendes Urteil stimmte, war das vermutlich das Ende des Unternehmens. Und damit das Ende ihres Neuanfangs. Andererseits meinte Giles, dass es mit einem soliden Geschäftsplan möglich sein müsse, Kapital aufzutreiben, weil Investoren solche Projekte liebten. Er hatte ihr seine Hilfe angeboten.

Allerdings brachte das andere Probleme mit sich, denn eines hatte sie in den vergangenen Tagen gelernt: dass man Rücksicht nehmen musste auf die Ansichten der Einheimischen. Großinvestoren, die nur auf Profit aus waren, würden sich vermutlich nicht von einem Dùghall und seinen angeblichen Geschäften beeindrucken lassen oder von Schulkindern, die Muscheln auf Streichholzschachteln klebten. Außerdem bereiteten ihr die juristischen Ansprüche dieses einen verbliebenen Pächters Kopfzerbrechen. James Cameron verwirrte sie und brachte sie aus der Fassung; sie war sich noch immer nicht im Klaren, was hinter seinen Vorbehalten gegenüber dem Projekt tatsächlich steckte. Wehrte er sich einfach nur gegen Veränderungen, oder verbarg sich mehr hinter seinen Einwänden?

Als sie sich dem Cottage näherte, sah sie vor der Tür einen Mann mit Koffer. Ohne Wagen. Giles. Ungläubig starrte sie durch die Windschutzscheibe. Als hätten ihre Gedanken ihn hierhergerufen.

»Hallo, Schatz«, rief er ihr zu.

Sie öffnete die Autotür und stieg aus. Im Cottage erklärte er ihr alles. Emma Dawson habe im örtlichen Radio einen Bericht über die Entdeckung des Skeletts gehört, in dem von Hetty die Rede gewesen sei, und sofort Giles angerufen.

»Sie hat sich gewundert, dass du dich nicht bei ihr gemeldet hast«, stellte Giles ein wenig gekränkt fest. »Jedenfalls hab ich mit der Polizei in Inverness geredet, und die hat für mich den Kontakt zu einem Beamten in dieser Gegend hergestellt. Ein gewisser Forbes, scheint ein netter Kerl zu sein. Sobald ich ihn davon überzeugt hatte, dass ich nicht von der Presse bin, hat er mir verraten, wo du steckst.« Bestimmt hatte Ruairidh nur helfen wollen, dachte Hetty. Giles legte die Hände auf ihre Schultern. »Tut mir leid, dass ich einfach so hier aufkreuze. Aber ich dachte mir, die Gespräche mit der Polizei könnten unangenehm werden, du könntest vielleicht Unterstützung gebrauchen.«

Sie verzog den Mund zu einem Lächeln. Was sollte sie auch sagen?

Bei einem improvisierten Omelette mit Tiefkühlerbsen

ließ er die nächste Bombe hochgehen. »Weißt du, Emma war enttäuscht, dass du dich nicht bei ihr gemeldet hast.« Giles füllte ihr Glas aus der Flasche Wein, die er mitgebracht hatte. »Sie hat einen ziemlich entmutigenden Bericht des örtlichen Fachmannes erhalten, der offenbar glaubt, dass das Haus nicht zu retten ist.«

»Ich weiß. Ich habe mit ihm gesprochen.«

»Und, was hältst du von ihm?« Er kostete den Wein, warf einen genaueren Blick auf das Etikett. »Emma meint, die Sache überfordert ihn.«

»Wir sind den Bericht gemeinsam durchgegangen. Er scheint mir sehr gründlich zu sein ...«

»Der Mann ist letztlich nicht viel mehr als ein Bauarbeiter.«

»... und wir waren beim Haus.«

Giles schnippte gegen den Rand von Dùghalls Weinglas und erzeugte damit einen dumpfen Ton. »Versprichst du mir, nicht wütend zu werden?« Sie hob argwöhnisch den Blick. Was kam jetzt wieder? »Ich bin nach Glasgow geflogen, habe von dort aus den Zug genommen und mich mit Emma und Andrew getroffen. Sie sind mit mir hergekommen und haben sich im Hotel einquartiert.« Hetty starrte ihn an. »Also können wir morgen alle gemeinsam zur Insel rüberfahren und uns die Sache ansehen. Sie nehmen James Camerons Bericht mit. Andrew ist ausgebildeter Baugutachter, er kennt sich mit der Materie aus und hat jahrelange Erfahrung.« Sie wollte widersprechen, doch er ließ ihr keine Gelegenheit dazu. »Überleg's dir, Hetty. Das ist eine wichtige Entscheidung.«

»Und du denkst, dass ich es falsch anpacken werde!«

»Natürlich nicht, aber für solche Angelegenheiten sind Agenten doch da. Das sind Profis; es ist ihr Job, Leute zu beraten, also lass sie ihre Arbeit machen.«

»Ich fühle mich unter Druck gesetzt. Von dir und ihnen. Warum haben sie mir den Bericht nicht geschickt?« Sie spürte, wie ihre Wangen sich röteten, und das lag nicht am Wein. »Ich möchte, dass alle sich erst mal raushalten, damit ich mich in meinem eigenen Tempo um die Sache kümmern kann. Warum, glaubst du wohl, bin ich überhaupt hergefahren?«

»Warum?«

Hetty drehte den Stiel ihres Weinglases. »Ist es zu viel verlangt, wenn ich ein bisschen Raum zum Atmen verlange, Giles? Zum Nachdenken?«

Giles füllte ihre Gläser nach. »Nein, natürlich nicht. Sorry, Hetty. Bitte versuch zu verstehen, dass wir nur dein Bestes wollten. Jetzt sind sie nun mal da. Hör dir morgen alles an, und dann liegt's bei dir.«

Am folgenden Morgen erklärte sie Giles, dass sie keinesfalls artig darauf warten würde, abgeholt zu werden, sondern zu Fuß hinübergehen wolle. Seine Klagen darüber, das Salzwasser werde seine Schuhe ruinieren, ignorierte sie. »Aber warte du ruhig auf sie.«

Am Ende hefteten sie einen Zettel an die Cottagetür.

»Gütiger Himmel, was für eine Gegend!«, rief er aus, als sie mit quatschenden Sohlen den Strand entlangtrotteten. »Das Ende der Welt.«

Wieder einmal verspürte Hetty ihre vertrauten Ressentiments gegen ihn. Giles war hier tatsächlich ein Eindringling. Da bemerkte sie, wie ein glänzender schwarzer Land Rover das andere Ufer verließ, ein bedeutend neueres Modell als das von James Cameron, und sie blieb, die Schlüssel in der Hand, vor Bhalla House stehen. Emma und Andrew. Giles ging ihnen entgegen und führte sie, den tiefsten Schlammlöchern ausweichend, die alte Auffahrt hinauf.

»Wie schön, Sie endlich persönlich zu treffen, Hetty.« Emmas roter Lippenstift rahmte vollkommen ebenmäßige Zähne ein. Hinter ihr folgte Andrew Dalbeattie, der aussah wie einem Outdoor-Magazin entsprungen, in Regenjacke und Galway-Stiefeln. Emma begrüßte Hetty mit einem Wangenküsschen. »Ich habe das Gefühl, Sie schon zu kennen.«

Aber das tust du nicht. Höflich erwiderte Hetty ihr Lächeln und gab Andrew Dalbeattie die Hand. Hinter ihm sah sie einen weiteren Land Rover den Strand überqueren, einen ihr bekannten, zerbeulten.

Auch Emma hatte ihn bemerkt. »Das muss Mr Cameron sein. Ich habe ihn heute Morgen angerufen, und zum Glück hat er Zeit für ein Treffen.«

Das war doch die Höhe! Hetty spürte, wie ihr die Zornesröte ins Gesicht stieg. »Ich finde, Sie hätten ...«

Aber Emma war bereits auf der Auffahrt.

Giles schaute Hetty unsicher an, als das schlammbespritzte Fahrzeug neben dem gemieteten Land Rover stehen blieb. »Das habe ich wirklich nicht gewusst«, murmelte er.

»Schön, dass Sie sich so spontan zu einem Treffen bereit erklärt haben«, begrüßte Emma James Cameron. »Wer weiß, ob sich so eine gute Gelegenheit noch einmal ergibt.«

James schüttelte allen die Hand. Sein Blick verharrte kurz auf Giles' Gesicht, bevor er Hetty zur Begrüßung zunickte.

»Wollen wir anfangen?« Andrew Dalbeattie ging, eine Kopie des Berichts unter dem Arm, James voran zur westlichen Seite des Hauses.

»Den habe ich mir anders vorgestellt«, flüsterte Emma Hetty zu. »Was halten Sie von ihm?« Hetty folgte Dalbeattie und James, ohne ihr zu antworten.

»... Pfeiler und Balken würden alles zusammenhalten,

während die Untermauerung erfolgt«, erklärte Dalbeattie gerade, als sie sie erreichte.

»Ja, aber bei dem schwachen Fundament …«

»Ich hab schon Schlimmeres gesehen.« Dalbeattie wandte sich mit einem strahlenden Lächeln Hetty zu, die James Cameron ansah.

»Was wollten Sie sagen?«, fragte sie ihn.

»Was ich bereits gesagt habe«, antwortete er. »Die Kosten …«

»Aber die Kosten sind nicht Ihr Problem, nicht wahr?«, mischte sich Emma ein, die sich mittlerweile zu ihnen gesellt hatte, und legte ihm eine Hand auf den Arm. »Überlassen Sie die mal uns.«

James blickte auf ihre Hand, und sie zog sie zurück, während Dalbeattie die Diskussion wieder aufnahm.

Giles sah auf die Weide hinter ihnen hinaus. »Was ist mit dem Grund? Wo befinden sich die Grenzen des Anwesens, Em?«

Emma entfaltete eine Landkarte, die laut im Wind flatterte, und bat ihn, eine Ecke festzuhalten. Ein großes, unregelmäßig geformtes Stück Land, größer, als Hetty gedacht hatte, das Emma nun mit ihrem glänzenden Fingernagel nachzeichnete, war rot markiert. »Im Westen liegt noch eine weitere Parzelle.« Sie zeigte auf ein Rechteck neben einer kleinen Bucht, auf dem in Klammern das Wort *Ruine* stand. Hetty erkannte die Stelle wieder. Das war keine Ruine, dachte sie und sah James an.

»Sollen sich dort die Golfplätze treffen, damit ein 18-Loch-Platz draus wird?«, erkundigte sich Giles.

Emma lächelte. »Weltklasse.«

James ließ Dalbeattie mitten im Satz stehen, ergriff einen Teil der Karte und studierte sie mit gerunzelter Stirn.

»Wie ist es in der Gegend mit dem Jagen, Mr Cameron?«, fragte Giles ihn über die Landkarte hinweg.

»Mit dem Jagen«, wiederholte James, ohne den Blick zu heben.

»Was gibt's hier? Schnepfen, Enten, Regenpfeifer?«

»Alles.« James wandte sich Hetty zu. »Ihnen ist klar, dass da drüben ein Vogelschutzgebiet an Ihr Grundstück grenzt?«

»Über das Schutzgebiet wissen wir Bescheid, Mr Cameron«, versicherte Emma ihm. »Die Golfplätze bilden eine Pufferzone, eine Art Grüngürtel für die Vögel.«

James sah Emma verständnislos an, bevor er sich an Hetty wandte. »Ihnen dürfte klar sein, dass es Widerstand gegen die Erschließung geben wird. Ein exklusives Jagdgebiet gleich neben einem der wichtigsten Vogelschutzgebiete des Landes?«

Emma legte die Karte mit zusammengepressten Lippen zusammen.

»Das würde bedeuten …«

»Ich sage Ihnen, was das bedeuten würde«, fiel Emma ihm ins Wort. »Endlich würde die Gegend hier bekannt.«

»Neue Jobs, neues Geld«, fügte Giles hinzu.

Hetty grub die Fingernägel in ihre Handflächen, während James von einem zum anderen blickte.

»Lasst uns reingehen, solange das Wetter hält«, meinte Emma hastig und deutete auf eine Wolkenbank, die sich am Horizont formierte.

James blieb, wo er war. »Der Grund, auf den Sie den Golfplatz ausweiten wollen, gehört nicht zum Anwesen. Das ist Pachtland.«

»Diese Pläne wurden vom Katasteramt erstellt …«

»Der Pächter ist John MacPhail«, fuhr James fort. »Er baut dort Kartoffeln an.«

Andrew Dalbeattie lachte auf. »Dann wird er sie in Zukunft wohl woanders anbauen müssen.«

Wieder bemerkte Hetty dieses Blitzen in James Camerons Augen.

»Sagen Sie ihm das selber«, erklärte James und holte zwei Schutzhelme aus dem Land Rover. Einen setzte er auf, den anderen gab er Hetty, dann wandte er sich Emma zu. »Ich habe nur zwei.«

»Kein Problem. Daran hätten wir selbst denken müssen.«

Nachdem Hetty sich eine Weile erfolglos mit dem Vorhängeschloss an der Tür abgemüht hatte, reichte sie James die Schlüssel. »Bitte. Sie kennen das Schloss.«

Er öffnete es ohne Mühe und trat einen Schritt beiseite, um sie ins Haus zu lassen. Hetty spürte ihn hinter sich, während die anderen Eingangsbereich und Treppe bewunderten, durch die Räume schlenderten und den Strahl der Taschenlampen über eingestürzte Decken und verrottende Balken wandern ließen.

»Was für eine Überraschung«, murmelte er.

»Ich wusste nicht …«

»Wirklich?«

Dann begann Dalbeattie erneut, ihn über Details des Berichts zu befragen. Er führte ihn ins Frühstückszimmer, während Hetty zurückblieb und lauschte, wie Giles und Emma Pläne schmiedeten. An der Tür zum Salon sah Hetty vor ihrem geistigen Auge die verblichenen Fotos. Der Flügel mit dem Spitzentuch darauf, die Stühle am Kamin – und die Frau, ein fahler Geist, am Fenster.

»O Gott, das Skelett! Das hatte ich ganz vergessen. Es war genau hier«, drang Emmas schrille Stimme zu ihr herüber, mit der sie Giles auf den neuesten Stand brachte. Die örtlichen Medien schienen alles aus der Geschichte herausgeholt zu haben, was ging. »Was glauben Sie, Mr Cameron? Wer ist es?«

Hetty hörte seine kurze Antwort, als Emma ihnen voran in den Eingangsbereich zurückkehrte. »Jedenfalls gibt das dem Ganzen Würze, egal, wer's war. Ein echter Mordfall. Das hat nicht jedes Haus zu bieten!«

James folgte ihr mit eisiger Miene. »Wenn Sie mich nicht mehr brauchen …«

»Die Sache hat enormes Potenzial«, stellte Giles fest. »Das Gebäude befindet sich tatsächlich in erbärmlichem Zustand, aber die richtigen Leute können Wunder bewirken.«

»Wir müssen reden«, zischte Emma. »Heute Abend, beim Essen. Okay?«

Hetty spürte James' Blick auf sich, als sie an ihm vorbei nach draußen ging.

Er schloss vernehmlich die Tür und sperrte wieder ab. Dann betrachtete er kurz die Schlüssel und steckte sie anschließend in die Tasche. »Ich geh dann mal«, sagte er, bevor Hetty widersprechen konnte. »Sie wissen, wo Sie mich finden können.« Mit diesen Worten marschierte er zu seinem Wagen, stieg ein und lenkte ihn die Auffahrt hinunter in Richtung Strand.

Einundzwanzig

Verdammt! Hetty hatte gedacht, sie habe den Dreh mit dem Torf endlich heraus, aber das mit dem Feuer wurde immer noch nichts. Sie kniete vor dem Kamin und blies in die ersterbende Glut, doch sobald sie aufhörte, fiel sie in sich zusammen.

Auch wenn es letztlich keinen großen Sinn hatte, den Kamin anzuzünden, weil sie sich gleich nach dem Mittagessen auf den Weg zur Fähre machen mussten, hatte sie Giles in den Laden geschickt, um Anzünder zu kaufen, und sich somit eine kurze Pause von ihm verschafft. Sie betrachtete besorgt die Pläne auf dem Tisch.

Beim Essen am Abend zuvor hatte sich das Gespräch um Investoren, Finanzierungsmodelle und Risikoteilung gedreht, und Emma und Andrew hatten ihre Bemerkungen genauso sehr an Giles, der begeistert nickte und Hetty zulächelte, wie an sie gerichtet. »Wir reden dann später drüber, Schatz.«

Obwohl sie das sehr geärgert hatte, war sie, da sie in Anwesenheit der anderen keinen Streit wollte, in die Rolle der schweigsamen, aber aufmerksamen Zuhörerin geschlüpft.

Hetty wandte sich wieder dem Kamin zu, wild entschlossen, das Feuer zum Leben zu erwecken, bevor Giles zurückkam, doch da hörte sie ihn schon an die Tür klopfen.

»Es ist offen. Du musst kräftig dagegendrücken. Die Tür klemmt«, rief sie und zündete ein weiteres Streichholz an.

Schritte näherten sich durch die Küche und hielten inne. »Sie können doch nicht alle Anzünder in einer Woche verbraucht haben.«

Als sie den Blick hob, sah sie James Cameron mit verschränkten Armen in der Tür lehnen.

»Leider hat Dúghall, der alte Geizkragen, Ihnen schlechten Torf gegeben.« Er betrat den Raum und hielt ihr die Schlüssel zu Bhalla House hin. »Ich hatte vergessen, Ihnen die zu geben.«

Sie schaute zuerst die Schlüssel, dann ihn an. »Nein, haben Sie nicht.«

Er legte sie schmunzelnd auf den Tisch. »Nein? Ich bin gerade Ihrem ... Giles, so heißt er doch, oder? ... begegnet. Das trifft sich gut, denn ich würde mich gern mit Ihnen allein unterhalten.«

Sie erhob sich und deutete aufs Sofa, doch er ging zu den Plänen, zog einen Stuhl heraus und setzte sich, die Ellbogen auf dem Tisch, um sie mit der gleichen Intensität zu studieren wie tags zuvor. Nach einer Weile deutete er auf die rot markierte Linie. »Das ist also Ihrer Meinung nach die Grundstücksgrenze?«

»Ja.« Er zeichnete mit dem Finger die Linie nach.

»Sie wollten mit mir reden«, erinnerte sie ihn, und er lehnte sich zurück und legte den Arm auf die Rückenlehne des Stuhls.

»Haben Sie tatsächlich vor, das alles durchzuziehen?«, fragte er schließlich.

»Was wollen Sie damit sagen?«

»Sind Sie mit ganzem Herzen bei der Sache?« Er deutete auf die Pläne. »Das wird Millionen kosten. Viel mehr, als ich Ihnen erklärt habe. Ist Ihnen das klar?« Er wartete nicht auf eine Antwort. »Ich vermute mal, dass Sie keine Millionen haben, was bedeutet, dass Sie sich das Geld leihen oder sich mit jemandem zusammentun müssen, was entweder hohe Schulden oder riesige Kompromisse mit sich bringt. Wissen Sie das?«

»Sie denken, ich weiß es nicht?«

Ein Lächeln blitzte in seinen Augen auf. »Gut. Aber informieren Sie sich genau über das, worauf Sie sich einlassen, bevor Sie zu tief drinstecken. Denn glauben Sie mir: Die Sache geht tief …« Er betrachtete noch einmal den Plan. »Außerdem stimmen die Angaben nicht«, bemerkte er und tippte auf die Karte. »Das hier sind die Grundstücksgrenzen zur Zeit von Blakes Tod, bevor Emily Armstrong den vorhandenen Pächtern einige Parzellen überließ.«

»Wie kann das sein?«

»Das weiß der Himmel allein.« James beugte sich noch einmal über den Plan. »Das Schutzgebiet ist ausgewiesen. Aber nicht das Land der Forbes und auch nicht das, das den Pächtern überschrieben wurde. So, wie es hier dargestellt ist, gehört sogar das Haus des Verwalters zum Anwesen.« Er lehnte sich wieder zurück. »Die Grundbesitzfrage ist nur das eine Problem; dazu kommt der Machair. Er ist ein seltenes und kostbares Stück Natur. Die Vertreter des Schutzgebiets werden sich mit Zähnen und Klauen gegen Sie wehren …«

»Mit Ihrer Unterstützung?«

»… und Sie werden sich Pächtern gegenübersehen, die Ansprüche erheben …«

»Sie können für sich beanspruchen, was sie wollen, aber es steht fest, dass das Gesetz auf Hettys Seite ist«, sagte Giles, der mit den Anzündern in der einen und einer Flasche Malt-Whisky in der anderen Hand unbemerkt durch die offene Tür eingetreten war. »Warum würden Sie sich sonst die Mühe machen, sie zu warnen?«

James stand auf, während Giles aus seiner Jacke schlüpfte und diese, wie um sein Revier zu markieren, über die Rückenlehne des Stuhls hängte, auf dem James gesessen hatte.

»Drink?«, fragte Giles James freundlich und hielt ihm die Flasche hin. James winkte zuerst ab, setzte sich dann jedoch wieder, und Giles holte Gläser. »Was war das vorhin mit dem Forbes-Grund?«, erkundigte Giles sich, zog einen Stuhl an den Tisch, nahm James gegenüber Platz und schob ihm ein Glas hin.

James deutete auf die Karte. »Der Grund gehört Aonghas Forbes, dem Besitzer des alten Verwalterhauses.«

»Tatsächlich? Ich schätze mal, dass unsere Fachleute ihre Hausaufgaben gemacht haben.«

James sah Hetty an. »Blake hat ein paar Jahre vor seinem Tod neue Parzellen am anderen Ende der Insel geschaffen, die nach wie vor bestellt, wenn auch nicht bewohnt werden.« Hetty fielen die Socken an der Wäscheleine ein. »Emily Armstrong hat mit dem verbliebenen Geld ihres Bruders ein Treuhandvermögen eingerichtet, das den Inselbewohnern zugutekommen sollte«, fuhr James fort. »Und das Farmland hat sie zusammen mit dem Farmhaus Donald Forbes überschrieben.«

Sie hatte die Angelegenheit nach dem Tod ihres Bruders also ins Lot gerückt, dachte Hetty erfreut. Aber wenn dem so war …

»Dann hat Mr Forbes sicher die Übertragungsurkunde«, Giles streckte freundlich lächelnd die Beine aus und wölbte die Hand um sein Glas, »und alles ist im Grundbuch vermerkt und hat seine Ordnung.« Er nahm einen Schluck und betrachtete James mit hochgezogenen Augenbrauen. »Meinen Sie nicht?«

James nickte grimmig. »Es gibt Dokumente. Aonghas hat

sie.« Er beugte sich vor, tippte wieder auf die Pläne. »Und auf diesem Stück Grund ist ein Pächter.«

»Ach ja, der Mann mit den Kartoffeln.«

Wieder nahm Hetty dieses kurze Aufblitzen in James' Augen wahr. »Ich rate Ihnen dringend, John MacPhails Rechte nicht infrage zu stellen …«, hob James an.

»Das lässt sich doch sicher alles ganz offiziell klären, Mr Cameron«, fiel Giles ihm ins Wort. »Hetty steht in dieser Hinsicht nicht allein da. Meine Kanzlei vertritt die Interessen ihrer Familie schon seit Jahren. Und der Grund gehört ihr, daran besteht kein Zweifel. Außerdem ist das Haus von nationaler Bedeutung, von schottischer nationaler Bedeutung.«

»Es ist eher das Statussymbol eines reichen Mannes.«

Giles fiel die Kinnlade herunter. »Theodore Blake …«

»Blake war ein begnadeter Künstler, sein Erbe besteht aus seinen Bildern, nicht aus dem Haus seines Vaters. Egal, was er sonst noch getan hat: Blake hat den Geist dieses Ortes eingefangen, den Geist, der die Inselbewohner an das Land bindet. Ironie des Schicksals: Gerade die Tatsache, dass er die Insel in seinen letzten Jahren vernachlässigt hat, ist daran schuld, dass ihr ganz eigener Charakter bewahrt blieb.« James wandte sich von Giles ab. »Haben Sie den Schauplatz von Ihrem Bild gefunden, Hetty? War es tatsächlich Torrann Bay?«

»Ja.« Hatte er sie je zuvor mit ihrem Vornamen angesprochen?

»Und was haben Sie dort gesehen?«

Sie überlegte. »Eigentlich nichts …« Er sah sie unverwandt an. »Nur den Sand und das Meer.«

»Und sonst?«, hakte er nach.

Hetty erinnerte sich. Die Lichtstrahlen auf dem feuchten

Sand, der Geruch von Salz in der milden Luft. Der Wind, der durch das silberfarbene Gras raschelte. Die Schreie der Möwen über dem Meer. Leere … »Felsen, und Wellen, die sich am Strand brechen. Seevögel …«, antwortete sie, und Giles blickte unsicher von einem zum anderen.

James lächelte sie an und erhob sich. »Genau.« Nach einem letzten Blick auf die Pläne streckte er ihr die Hand hin. »Ich habe Ihnen gesagt, was ich sagen wollte. Sie haben Ihre Schlüssel. Der Mann hat recht: Das Haus gehört Ihnen.« Er nahm die Schlüssel vom Tisch und drückte sie ihr in die Hand. »Das gilt auch für Torrann Bay. Es gehört Ihnen. Sie sind dafür verantwortlich und können damit verfahren, wie Sie wollen.« Er schloss ihre Finger um die Schlüssel, die sich in ihre Handfläche gruben. »Sie wissen, wo Sie mich finden können. Und Ruairidh. Falls Sie uns brauchen sollten.« Er ließ sein nahezu unberührtes Glas stehen, nickte Giles kurz zu und ging. Die Tür schlug hinter ihm ins Schloss, und wenig später hörte Hetty, wie der Land Rover sich entfernte.

Zweiundzwanzig

1910

Beatrice stand am Fenster des Salons und sah zu, wie Schatten über den Strand huschten. Schäfchenwolken. Dann entdeckte sie in der Ferne einen Pferdewagen, gefolgt von einem Karren.

»Ich glaube, da kommen sie!«

Theo gesellte sich zu ihr. »Sieht ganz so aus«, pflichtete er ihr bei und kehrte zu seinem Buch zurück.

Sie ging zur Tür.

»Wir werden sie irgendwie beschäftigen müssen«, hatte er sich beklagt, als Emilys letzter Brief eingetroffen war. »Besonders, wenn Emily den Major mitbringt. Und Kit kommt als Aufpasser mit. Immerhin taucht ihre Mutter dann vermutlich nicht auch noch auf.«

Beatrice trat allein hinaus und wartete, den Wind in den Haaren, den Blick auf den Wagen und den Karren mit dem Gepäck gerichtet, die über den steinigen Uferstreifen auf sie zuholperten. Aber als sie die Auffahrt hinuntergehen wollte, öffnete sich die Haustür hinter ihr, und Theo ergriff ihren Arm.

Emily Blake erhob sich halb im Wagen und winkte fröhlich, wurde jedoch gleich von dem großgewachsenen Mann neben ihr wieder heruntergezogen.

Das Pferd war kaum stehen geblieben, als sie schon ihre

eleganten Röcke raffte und ausstieg, um Beatrice voller Freude zu umarmen. »Bea, meine Liebe! Endlich.« Sie sprach genauso atemlos, wie Beatrice es in Erinnerung hatte. »Was für eine Fahrt! Was für grässliche Straßen! Rupert hatte schreckliche Angst um sein wertvolles Automobil. Das haben wir natürlich auf dem Festland gelassen.« Sie hielt ihrem älteren Bruder die Wange hin. »Wie geht's, Theo? Du siehst gut aus. Und oh! Das Haus! ...« Sie klatschte begeistert in die Hände, als das Gebäude im Licht der Sonne erstrahlte.

Ihr Bruder Kit gab Beatrice einen kurzen Kuss auf die Wange und schüttelte Theo die Hand. »Schön, euch beide zu sehen. Die Ehe scheint dir zu bekommen, Theo. Ich ...«

»Das ist Rupert«, fiel Emily ihm ins Wort und zog den großgewachsenen Mann heran, der mittlerweile ebenfalls ausgestiegen war. Er drückte Theo die Hand und beugte sich zu Beatrice herunter, um sie mit einem Küsschen zu begrüßen. Seine Augen funkelten fröhlich, während Emily weiterplapperte. Beatrice mochte Major Ballantyre. Sie kannte ihn aus Edinburgh: Hinter der militärischen Fassade verbargen sich ein scharfer Verstand und Sinn für Humor.

»Schau, Kit. Da ist Donald!«, rief Emily aus und lief, ohne auf ihre guten Manieren zu achten, los, um Donald und den Verwalter zu begrüßen, die sich von den Stallungen her näherten.

»Aber wo steckt Cameron?«, erkundigte sich Kit, gab Donald die Hand und wandte sich Rupert zu. »Ich habe dir doch von Cameron erzählt, oder? Ein wunderbarer Kamerad. Wenn er mich gelassen hätte, wäre ich ihm in die Hölle gefolgt. Ich dachte, er ist wieder da.«

In dem Moment tauchte Cameron auf der Anhöhe beim Haus auf, ein Gewehr über der Schulter, Bess bei Fuß. Er hob eine Hand zum Gruß.

Kit lief ihm entgegen. »Cameron! Geht's gut?« Als Kit Cameron die Hand schüttelte, vergaß er seine weltmännische Nonchalance.

»Sehr gut, Mr Kit«, antwortete Cameron und verbeugte sich zur Begrüßung leicht in Richtung der anderen, bevor er das Gewehr an die Wand lehnte, zwei geschossene Kaninchen danebenlegte und sich daranmachte, die Lederriemen zu lösen, die das Gepäck an Ort und Stelle hielten.

»Mr Kit?« Kits erstaunter Ausruf ging unter, als John Forbes sich ums Entladen kümmerte.

Emily hakte sich bei Beatrice unter, und Theo ging ihnen zum Haus voran, während Kit einen Moment lang stehen blieb, um zuzusehen, wie Cameron auf den Karren sprang und seinen Unmut über die Menge des Gepäcks kundtat. Donalds Lachen verstummte nach einer Ermahnung von John Forbes; Cameron jedoch salutierte spöttisch vor Kit.

Beatrice begleitete Emily nach oben, wo diese Hut und Reisemantel ablegte, das Fenster weit öffnete und sich hinauslehnte: »O Beatrice. Ich hatte ganz vergessen ...« Sie holte tief Luft. »Wie konnte ich nur?« Sie folgte den Seevögeln, die über den menschenleeren Strand dahinglitten, mit dem Blick. »Ich bin ja so froh, dass wir gekommen sind«, sagte sie und wandte sich mit leuchtenden Augen Beatrice zu. »Selbst ich hatte es allmählich satt, über unsere Hochzeit zu reden.« Sie sank neben Beatrice aufs Bett und streifte ihre Handschuhe ab. »Hier habe ich Rupert ganz für mich. Kit zählt nicht. Ach, Bea! Ich kann dir gar nicht sagen, wie glücklich ich bin.« Sie entdeckte die Vase mit den Schlüsselblumen, die Beatrice am Morgen gepflückt hatte. »Wie hübsch! Hat Theo dir erzählt, dass das früher mein Zimmer war?« Beatrice ließ sie in dem Glauben. »Wo wird Rupert schlafen?«

Das Haus schien aus seiner Lethargie zu erwachen, und Beatrice' Laune besserte sich. Stimmen und Lachen erfüllten die Räume wie Sonnenstrahlen; das Frühstück war keine einsame Angelegenheit mehr, und auch beim Abendessen herrschte nicht lange Schweigen. Sie hatten sogar Platten fürs Grammophon dabei, die Kit jeden Tag auflegte, bis Theo protestierte. Doch im Großen und Ganzen wurde Theo geselliger, nahm Kit und Rupert tagsüber zu Angel- oder Jagdausflügen mit und beteiligte sich abends an Gesprächen oder Kartenspielen, und Beatrice hatte den Eindruck, dass er sie öfter anlächelte. Bei schönem Wetter schlenderte Beatrice mit Emily den Strand entlang oder wanderte über den Machair zum westlichen Ufer.

Beatrice merkte, dass sie ausgehungert war nach Gesellschaft. In Edinburgh hatte Emily ihr nach der Hochzeit mit Theo begeistert erklärt, sie habe schon immer eine Schwester haben wollen, ihr allerlei Geheimnisse anvertraut und ihr immer wieder von Ruperts zahlreichen Tugenden vorgeschwärmt. Als sie es nun wieder tat, lauschte Beatrice, ohne ihre Begeisterung erwidern zu können.

»Muss ich mir Sorgen um dich machen, Bea? Fühlst du dich hier oben einsam?« Emily traf mit ihrer arglosen Frage ins Schwarze. »Besuch hilft wahrscheinlich, aber kommst du auch so zurecht?«

Beatrice zögerte kurz, bevor sie ausweichend antwortete. »Ich mag die Ruhe. Theos Gäste sind, abgesehen von den Herren aus Edinburgh, deren Frauen es hier ziemlich primitiv fanden, meist örtliche Grundbesitzer. Letztlich ist es mir lieber, wenn niemand kommt. Natürlich gilt das nicht für dich. Ich freue mich, dass du da bist.«

»Theo sieht gut aus. Du scheinst ihm gutzutun.« Beatrice rang sich ein Lächeln ab. »Obwohl ich ihn letztlich gar nicht so gut kenne«, gestand Emily zu Beatrice' Verwirrung, blieb stehen, hielt sich an ihr fest, um das Gleichgewicht zu halten, und schüttete den Sand aus ihren Schuhen. »Wir haben so wenig Zeit miteinander verbracht. Mama hat, obwohl sie die ganze Zeit mit ihm prahlt, schrecklichen Respekt vor ihm. Er ist von zu Hause weggegangen, als wir klein waren. Für uns, besonders für Kit, waren eher die Forbes-Jungen wie Brüder. Kit war am Boden zerstört, als Mama ihn weggeholt hat, obwohl er sowieso bald ins Internat gemusst hätte. Theo hat ihn in den Ferien eingeladen, aber irgendwie hat Kit es nie geschafft zu kommen. Wahrscheinlich lag das an Mama.«

Emily hakte sich bei Beatrice unter, und sie gingen weiter. Hin und wieder hielten sie inne, um die Muscheln im Seetang zu bewundern. »Cameron und Donald sind beide zu äußerst attraktiven Männern herangewachsen, und die kleine Ephie ist eine richtige junge Frau«, fuhr Emily nach einer Weile fort. »Weißt du, früher waren sie der Mittelpunkt unseres Lebens. Wir waren unzertrennlich, sind immer zusammen rumgelaufen.«

Wie anders Emilys Kindheit doch gewesen war!, dachte Beatrice, die von Kindesbeinen an strengen Benimmregeln und finanziellen Beschränkungen unterworfen gewesen war.

»Stimmt es, dass Cameron wieder weggehen will?«

»Ja«, antwortete Beatrice. »Ich glaube, im Frühjahr.«

»Soweit ich weiß, wollte Theo ihn mal als eine Art Sekretär behalten«, sagte Emily.

»Das hätte er immer noch gern.« Beatrice schaute einer Möwe nach. Seit dem Tag, an dem Cameron die Wildblumen ins Frühstückszimmer gestellt hatte, war ihre Beziehung zu ihm enger geworden. Sie beobachtete ihn mit Neugierde und Argwohn gleichermaßen und diskutierte mit ihm, wenn sie ihn allein im Arbeitszimmer antraf, ganz unbefangen alles Mögliche. Wenn sie sich im Freien begegneten, blieb er stehen, um mit ihr zu plaudern, oder begleitete sie ein Stück. Es war alles sehr verwirrend, denn ungeachtet dessen, was Theo möglicherweise für Cameron empfand, war sie es nun, die die Gesellschaft des Verwaltersohns suchte.

»Ich denke, er hat Theo enttäuscht«, riss Emily Beatrice aus ihren Gedanken.

Enttäuscht? Nun, vielleicht … Ein oder zwei Tage vor Emilys Ankunft hatte es eine weitere Auseinandersetzung im Arbeitszimmer gegeben, und wieder hatte Beatrice den Namen MacPhail gehört.

Seitdem war Cameron nicht mehr im Haus gewesen; sie hatte sein Kommen und Gehen vom Fenster aus beobachtet.

»Cameron hat eine Chance vertan, nicht?«

»Vielleicht will Cameron selbst seinen Weg machen«, antwortete Beatrice. »Er und Theo sind sich nicht immer einig.«

»Das kann ich mir vorstellen«, meinte Emily lachend. »Theo ist manchmal schrecklich selbstherrlich, und ich vermute, dass Cameron sich nicht gern unterordnet.«

Sie setzten sich auf einen grasbewachsenen Damm und ließen die Füße über den Rand baumeln.

»Er war schon als Junge ziemlich rebellisch.« Emily lehnte sich zurück, riss Gräser aus, zerrupfte sie. »Rupert meint, er hat die Augen eines Draufgängers … Aber Theo ist immer gut zu ihm gewesen.« In ihren Worten schien kein Hintersinn mitzuschwingen.

Wenn das Wetter schön war, setzten sie sich in Korbstühlen vor das Haus, unterhielten sich oder lasen und ließen sich Tee hinausbringen.

»Wie geht's mit dem Garten voran?«, erkundigte sich Emily eines Tages. »Mama hat jedes Jahr wieder versucht, einen anzulegen. Sie hat immer befürchtet, dass Stürme das Haus irgendwann wegwehen, und das hat mir schreckliche Angst gemacht, aber am Ende war jedes Mal der Garten viel schlimmer betroffen.« Sie trank einen Schluck Tee. »Versuch es mit den Pflanzen, die sowieso in der Gegend wachsen, wilde Iris, Schlüsselblumen oder Ginster. Die einheimischen Gewächse tun sich hier leichter.«

Cameron hatte das Gleiche gesagt, als er sah, wie sie eine Kletterrose pflanzte, die sich am Spalier hochranken sollte. Er hatte ihr den Spaten aus der Hand genommen, ein tiefes Loch gegraben und dieses mit Pferdeäpfeln gefüllt, sich aber am Ende kopfschüttelnd auf den Spaten gestützt. »Hier überleben nur widerstandsfähige Rosen, Mrs Blake.«

»Genau das stand im Katalog …«

»Das werden sie auch sein müssen.«

»… und sie werden cremegelbe Blüten treiben«, hatte sie ihren Satz zu Ende geführt und trotzig das Kinn vorgereckt.

»Gelb, so, so?«, hatte er schmunzelnd wiederholt.

Vielleicht hatte er recht gehabt, dachte sie, als ihr Blick auf die faulig-braunen geschlossenen Knospen fiel.

Emily, so schien es, war entschlossen, bei ihrem Besuch so viel Angenehmes wie möglich zu erleben. Solange das Wetter schön war, gab es keine Ruhepausen, und als Beatrice eines Abends den missglückten Ausflug zu den Seehundjungen erwähnte, spitzte Emily die Ohren. »Die müssen wir uns ansehen. Gleich morgen, Theo.«

»Es ist ziemlich weit draußen«, erwiderte er, »und die Flut ist unberechenbar.«

Doch Emily, die sich nicht so leicht von etwas abbringen ließ, fing John Forbes vor den Stallungen ab, um ihn nach seiner Meinung zu fragen, und reagierte höchst erfreut auf seinen Vorschlag, dass Cameron und Donald sie im Boot hinausfahren sollten, weil sich unterwegs eine Reihe guter Makrelenstellen befänden. Emily klatschte begeistert in die Hände. »Wunderbar! Ich bin seit meinem vierzehnten Lebensjahr nicht mehr angeln gewesen. Das wird ein Riesenspaß!«

Als Theo die Gruppe am Strand verabschiedete, bedauerte er es fast, dass er sie nicht begleitete. Doch Emilys unaufhörliches Geplapper und Beatrice' vorwurfsvolle Blicke hätten ihn überfordert. Und Cameron. Er beobachtete ihn, wie er Beatrice in das größere Boot half, wie sie lachte, als er es vom Ufer abstieß und gewohnt elegant an Bord sprang. Ohne Theos wachsende Verzweiflung zu bemerken. Oder eher: ohne sie zu beachten.

An Cameron gab es viel zu bewundern, das war immer schon so gewesen, aber sein unermüdlicher Feldzug für die Pächter begann Theo auf die Nerven zu gehen. Erst in der vergangenen Woche hatte es wieder Streit gegeben. »Jenseits vom See wäre genug Platz für drei oder vier Pachtgrundstücke, Sir. Das Land nutzen Sie doch sowieso nicht.« Bis zu diesem Zeitpunkt hatten sie im Arbeitszimmer friedlich miteinander gearbeitet.

»Dort nisten Schnepfen und Brachvögel und noch ein paar andere Arten.« Theo hatte weiter an dem Gefieder einer Brandente gezeichnet. »Die landwirtschaftliche Nutzung würde den Bestand verringern.«

»Der Abschuss verringert den Bestand.«

Nach einer Weile hatte Cameron es anders versucht. »Sie könnten die Pächter im Pachtvertrag verpflichten, die Nester und Gelege zu schützen. So würden Sie Pachtzins erhalten, die Leute hätten eine Möglichkeit, sich ihren Lebensunterhalt zu verdienen, und die Vögel würden gedeihen. Davon hätten alle etwas.«

Theo hatte sich abgewandt, um seinen Pinsel zu reinigen. »Du gibst wohl nie auf, was?«

»Wie könnte ich? Diese Leute sind verzweifelt.«

Theo hatte sich zurückgelehnt und mit dem Ende des Pinsels gegen seine Zähne getippt. Er war ein gut aussehender junger Mann, sein unehelicher Sohn; in seiner Gelenkigkeit und Kraft, seinem dunklen Teint und den regelmäßigen Zügen erkannte er die Anmut seiner Mutter wieder. Und er hatte Màilis Augen. Doch auch sich selbst entdeckte er in Cameron und seinen Gesten. Besonders Camerons Finger und Handgelenke faszinierten ihn; er sah darin seine eigenen von früher. Sogar den Stift hielt er wie er, wenn er die Hand halb darumwölbte.

»Sir?« Camerons Stimme hatte ihn in die Gegenwart zurückgeholt. »Sie wollen doch nur ein Stück Land, das sie bebauen können ...«

»Mit Kartoffeln?« Theo hatte spöttisch die Augenbrauen gehoben. »Oder mit Rüben? Oder wollen sie darauf vielleicht eine Kuh halten?«

Warum war Cameron unfähig, ihn zu verstehen?

»Das ist nicht zu viel verlangt.«

»Es ist eher zu wenig, Cameron, viel zu wenig. Wenn du einen Augenblick lang versuchen würdest, deine Entrüstung zu vergessen, könntest du vielleicht das große Ganze besser begreifen.« Theo hatte seinen Pinsel ausgespült. »Das Land gibt einfach nicht genug her, um die Menschen zu ernähren. Ich würde sie zu Armut verdammen.«

»Ihre Familien hatten genug zum Leben, bevor Ihr Vater sie vertrieben hat.«

»Tatsächlich?« Theo hatte sich zusammengerissen. »Und was war mit den Jahrzehnten davor, nachdem der Preis für Seetang eingebrochen war? Siehst du das nicht ein wenig verklärt? Außerdem weigere ich mich, mit Schuldgefühlen für das zu leben, was mein Vater getan hat. Es hatte seinen Sinn, Cameron, auch wenn seine Entscheidung einzelne Familien hart traf.«

»Hart traf! Wenn einem das Dach über dem Kopf abgebrannt wird …«

»Sieh den Tatsachen ins Gesicht«, hatte Theo ihn angeherrscht und den Pinsel wieder in die Hand genommen, um der Farbe des Meeres dunkle Umbratöne hinzuzufügen. »Beim Bau dieses Haus hatte eine ganze Generation bereits in Armut gelebt. Die Anzahl der Familien zu verringern ergab Sinn. Mein Vater hat ihnen einen Gefallen getan.« Als Cameron wütend etwas erwidern wollte, hatte Theo den Pinsel ins Glas gesteckt und eine Hand gehoben. »Genug. Du tust ihnen mit deiner Beharrlichkeit keinen Gefallen. Und du kannst so viel Schlechtes über mich behaupten, wie du möchtest, Cameron, aber die Pächter auf diesem Anwesen werden gut behandelt. Dafür sorgt dein Vater.« Sein Vater. Bei dem Wort schnürte es Theo jedes Mal die Kehle zu.

Seit jener Auseinandersetzung hatten sie kaum miteinander geredet. Nun wandte sich Theo wieder der Gruppe am Wasser zu. Sie fuhren mit beiden Booten hinaus, um mehr Raum zum Angeln zu haben, und Cameron übernahm die Führung. Er war der geborene Anführer, konnte diese Begabung jedoch aufgrund seiner gesellschaftlichen Stellung nicht nutzen.

Theo fragte sich, wie sehr Kits Anwesenheit ihn ärgerte, die ihn daran erinnerte, welch unterschiedlichen Verlauf ihrer beider Leben genommen hatte. Sie hätten nicht nur dem

Alter nach Brüder sein können, sondern waren sogar Blutsverwandte. Theo sog die Luft zwischen zusammengebissenen Zähnen ein. Was für ein schreckliches Durcheinander, Cameron wurde um das gebracht, was ihm zustand, und das alles nur, weil Màili ihre Versprechen nicht gehalten hatte. Als Theo zum Haus des Verwalters hinüberblickte, spürte er wieder Frustration in sich aufsteigen. Er sah keinen Weg, die Sache zu lösen. Verzweifelt schloss er die Augen.

Die Boote legten ab. Hätte er sie begleiten sollen? Beatrice hatte ihn zu überreden versucht, aber hatte sie wirklich gewollt, dass er mitkam? Der Anblick seiner Ehefrau, die nun so glücklich wirkte, bereitete ihm Schmerz und ein schlechtes Gewissen. Wieder einmal fragte er sich, ob es ein Fehler gewesen war, sie zu heiraten. Sie sah heute so hübsch und unbefangen aus mit ihren windzerzausten Haaren, wie sie über Kits Scherze lachte, und doch spürte er eine Veränderung in ihr. In Edinburgh hatte sie gelassen gewirkt, in sich ruhend; von ihrem kühlen Blick hatte er sich Balsam für seine geschundene Seele versprochen. Aber genau diese Augen waren nun rastlos, in ihnen spiegelten sich Gedanken, die er nur erahnen konnte. Ihre Haare, jetzt nicht mehr elegant nach hinten gefasst, waren von der Sonne gebleicht, einige Strähnen lugten unter ihrem unordentlich gebundenen Hut hervor, und ihre Haut hatte neuen Glanz, ein Strahlen, das ihn früher einmal zur Palette hätte greifen lassen, doch es war zu spät. Er fühlte nur noch Sorge und Bedauern.

Theo erinnerte sich an die idyllische Kindheit von Emily und Kit. Er selbst war damals schon ein erwachsener Mann gewesen, gefangen in seiner Obsession, seinen inneren Dämonen ausgeliefert. Emily und Kit waren unzertrennlich gewesen und hatten ihn nicht beachtet. Er musste daran denken, wie sie Màili am Strand umschwärmt hatten.

Sieben Jahre. Sein Pferd stampfte durch die zurückweichende Flut über den Strand, nach Hause zu seinem kranken Vater. Nach sieben Jahren. Nicht eingelöste Versprechen zerbarsten wie Muschelschalen unter den Hufen seines Pferdes.

Am Strand erkannte er John Forbes. Der junge Verwalter war gerade dabei, eines der Boote zu reparieren. Zwei kleine Jungen halfen ihm dabei, die mit dem Spielen aufhörten, als Theo herannahte. Er bereitete sich innerlich auf die Begegnung vor, vor der er so lange Angst gehabt hatte. Der Verwalter legte sein Werkzeug weg und trat zu Theo, um die Zügel zu nehmen und ihn mit leiser Stimme zu begrüßen. Miene und Tonfall waren voller Respekt, doch sein Blick wirkte misstrauisch, als Theo abstieg und ihm mit einem schmallippigen Lächeln die Hand hinstreckte. »Alles in Ordnung, John?«

»Ja, Sir.« Er drückte kurz Theos Hand. »Mrs Blake wird sich freuen, dass Sie kommen.«

Theo zwang sich, nicht die Gestalt anzusehen, die aus dem Haus des Verwalters huschte und verschwand. Stattdessen richtete er den Blick auf die Jungen zu beiden Seiten von John Forbes. John und Màili hatten zwei Söhne und eine Tochter. Bei dem Gedanken daran spürte Theo einen Kloß in der Kehle. »Stramme Jungs, John.«

John Forbes griff wieder zum Hammer. »Aye, Sir. Sind aber nicht beide von mir.« Er schob den kleineren der Jungen vor. »Begrüß deinen Bruder Theo, Kit, er ist eigens von Glasgow hergekommen, um euren Vater zu sehen«, sagte er, und der Junge, der bei Theos Abschied noch ein Baby gewesen war, sah ihn verwundert an.

»Du bist ein Mann – kein Bruder«, erklärte Kit und deutete

auf das andere Kind. »Cameron hat auch einen Bruder, aber der ist ein kleiner Junge.«

»Der hier ist meiner«, erklärte der Verwalter und legte einen Arm um den anderen Jungen.

Theos Herz setzte einen Schlag lang aus, denn aus den dunklen Augen blickte ihn Màili an.

»Sein Bruder ist mit seiner Schwester drinnen«, riss die Stimme von John Forbes Theo aus seinen Gedanken. »Bei ihrer Mutter.«

Am folgenden Tag sah Theo sie. Er war spät aufgestanden und zum Strand spaziert, wo er von seiner alten Erregung ergriffen wurde, als er das intensive Licht in der Bucht neu entdeckte. Er würde zurückkehren und wieder malen, dachte er wild entschlossen, er würde sich nicht vertreiben lassen! Doch als ihm am Ende des Weges eine Frau mit einer Schar Kinder entgegenkam, erstarrte er. Die älteren rannten im Zickzack über den von der Sonne gesprenkelten Sand und planschten durch Pfützen, und an der Hand führte Màili ein kleineres Kind.

Nun blickte Theo über denselben Strandabschnitt, der sich von damals nur durch Màilis Abwesenheit unterschied, und erinnerte sich an seine Erregung.

Er hatte sie gierig angestarrt, wie ein verzweifelter Seemann Meerwasser trinkt, obwohl er weiß, dass das seinen Durst nur verstärken wird. Die Haare, die die Sonne braun erglänzen ließ, hatte sie wie ehedem in einem losen Knoten im Nacken getragen. Unter dem dunklen Rock hatten ihre nackten Füße und Knöchel hervorgelugt, und sie hatte eine so starke innere Zufriedenheit ausgestrahlt, dass er das fast als Affront auffasste. Ihre Blicke hatten sich getroffen, hinter seinen Schläfen hatte das Blut zu pochen begonnen. Galle war in seinen Mund gestiegen, während seine Hände sich zu

Fäusten ballten, und als er die Wölbung ihres Bauchs unter dem Tuch bemerkte, war es wie ein Schlag in die Magengrube gewesen.

Er schob die Erinnerung beiseite und machte sich auf den Weg zurück zum Haus. Als er vom Wasser her Lachen hörte, schaute er über die Schulter zurück, hinaus aufs glitzernde Wasser zu den beiden sich entfernenden Booten, und ging weiter. Hier gab es für ihn heute so wenig Platz wie damals.

Dreiundzwanzig

Beatrice saß auf der Ruderbank und hob die Arme, um ihr wallendes Haar nach hinten zu stecken. Sie sah zu Theo zurück. Er stand einsam am Ufer. Beatrice überlegte, ob sie Cameron bitten solle umzukehren. Zuvor hatte sie Theo noch zum Mitkommen überreden wollen, doch nun fürchtete sie, dass er ihnen den Ausflug verderben könnte. Erleichtert registrierte sie, dass er zum Haus zurückkehrte. Gleichzeitig wurden die Ruder in beiden Booten eingezogen und die Segel gesetzt. Es war, als hätte Theo sie freigegeben.

Cameron bewegte sich, tonlos vor sich hin pfeifend, leichtfüßig und spottete über Kit, der sich abmühte, das andere Boot vor den Wind zu bringen. Donald rief etwas auf Gälisch, worauf Cameron lachte. Er war wie alle Männer der Insel mit einem dunklen Wollpullover und einer weiten Hose bekleidet und trug beides genauso lässig und selbstverständlich wie Theos abgelegten Abendanzug.

Während er Rupert das Ruder übergab, beobachtete Beatrice, die die Hand über die Seite des Boots hängen ließ, wie Theo im Haus verschwand.

Nun nahm Cameron Beatrice gegenüber Platz, und Emily setzte sich wie eine Galionsfigur an den Bug, schüttelte die Haare aus und streckte ihr Gesicht in die Sonne.

Schon bald dachte Beatrice nicht mehr an Theo. In einem kleinen Boot auf See zu sein war eine neue Erfahrung für sie, und anfangs beunruhigten sie die abrupten Bewegungen.

»Komm, Liebes, nimm das Ruder«, rief Rupert Emily zu. »Zeig deinem Bruder, wie man's macht.«

»Aber ich kann das nicht …«, wehrte sie lachend ab.

»Probier's wenigstens. Dümmer als er stellst du dich bestimmt auch nicht an.«

Cameron ging nach vorn und Emily zum Heck, wo es ihr mit Ruperts Hilfe gelang, den Kurs zu halten. Sie lösten sich aus dem Schatten der Landspitze, Wind und Strömungen wurden stärker. Als eine große Welle unvermittelt den Bug anhob, stieß Emily einen spitzen Schrei aus, und Beatrice hielt sich an der Seite des Boots fest.

»Nimm du das Ruder, Cameron, bevor wir alle im Wasser landen.«

Cameron tat ihr lachend den Gefallen und änderte den Kurs. »Wir segeln bis zum äußersten Punkt der Landspitze hinaus und lassen uns mit der Flut zurücktreiben.«

Der Wind blähte die Segel, und das Wasser sprudelte unter dem Bug, doch da die Fahrt nun insgesamt ruhiger verlief, lockerte Beatrice ihren Griff um die Seite des Bootes.

»Was ist mit Beatrice, Cameron?«, rief Emily über die Schulter gewandt. »Sie sollte das Ruder auch mal nehmen. Wirklich, Bea, ist gar nicht so schwierig.«

»Wollen Sie, Madam?«, fragte er herausfordernd.

Sie lachte und setzte sich zu ihm. Er legte seine Hand auf die ihre, wie Rupert es zuvor bei Emily getan hatte, um ihr zu zeigen, wie man das Boot steuerte, lehnte sich dann zurück und beobachtete sie. Das glitzernde Sonnenlicht auf dem Wasser ließ die fernen Inseln, auf die sie zusteuerte, zum Greifen nah erscheinen. Beatrice blickte zu ihnen hinüber und spürte noch immer die Berührung seiner trockenen Handfläche auf ihrer Haut. Ihre Sinne waren genauso in Aufruhr wie das schäumende Wasser unter dem Bug, das hochschlug, wenn sie größere Wellen bezwangen. Sie fühlte sich glücklich und vollkommen entspannt, und allmählich wurde sie eins mit dem Boot und seinen Bewegungen. Sie war sich noch immer Camerons Nähe bewusst, dessen Blick zwischen Segeln, Horizont und Ruderpinne hin und her wanderte.

Rupert und Emily beobachteten im Bug Seevögel, die mit gespreizten Beinen und schnellem Flügelschlag über dem Wasser dahinflogen. Ein Eissturmvogel begleitete das Boot, glitt zu den Wellen hinab und erhob sich wieder hoch über den Mast. Beatrice sah ihm nach und vergaß, den Kurs zu halten. Da spürte sie wieder Camerons Hand auf ihrer.

»Sie kommen vom Kurs ab, Madam«, lächelte er sie an. Das Boot verharrte kurz in einem Wellental, und Beatrice sah ihm einen Herzschlag lang in die Augen.

Cameron wandte den Blick zuerst ab. »Ich denke, jetzt streichen wir die Segel und nehmen die Angelruten raus«, sagte er, um abzulenken. »Können Sie das Boot auf Kurs halten?«

Beatrice nickte hastig, und Cameron ging nach vorn und rief etwas zu dem anderen Boot hinüber. Rupert half ihm, das Segel einzuholen, und sah kurz zu Beatrice hinüber, als er das Ruder übernahm.

»Welchen Köder werfen Sie heute aus, Cameron?«, fragte er.

Cameron hob den Deckel von einem kleinen Korb mit Fischköpfen und brachte sie an den Haken an, während Beatrice sich rasch zu Emily gesellte und mit ihr plauderte, um ihre Verwirrung zu kaschieren, nahm sie die Angelrute, die Rupert ihr reichte. Schon kurze Zeit später spürte sie, wie etwas anbiss. Dann bog sich Emilys Rute durch, und Cameron half ihnen lachend, die in allen Farben schillernden Fische aus dem Wasser zu ziehen, von denen silbrige Tropfen auf den Boden des Boots fielen. Anschließend entfernte er gekonnt die Haken und befestigte neue Köder daran. Nach einer Stunde lagen mehrere Makrelen, ein Lengfisch und ein kleiner Kabeljau nach Luft schnappend in dem Korb zu ihren Füßen. Da sie nicht mehr weit von der Seehundinsel weg waren, ruderten die Männer die letzten paar Meter und zogen die Boote auf den Strand. Rupert hob die Frauen an Land, während Donald die Fische in einen schattigen Tümpel zwischen den Felsen legte, wo sie wild mit dem Schwanz schlugen.

»Die Armen«, sagte Emily. »Wollen wir sie nicht lieber wieder ins Meer werfen?«

»Unsinn. Das ist unser Mittagessen.« Kit wandte sich in Richtung Strand. »Wo sind die Seehunde, Donald?«

Sie folgten Donald auf die Felsen, von wo aus sie die Seehunde sehen konnten, von denen einige sich sonnten und leise Laute von sich gaben, während andere in den Wellen tollten und neugierig beobachteten, wie die Fremden auf den Steinen Platz nahmen.

»Erinnerst du dich noch an die Geschichten, die deine Mutter uns immer erzählt hat, Donald?«, fragte Emily. »Dass die Seehunde zur Sommersonnenwende an Land kommen und menschliche Gestalt annehmen.«

»Ja, sie kannte viele solche Geschichten.«

»Wie ging diese gleich noch mal? Sie legten ihre Haut ab und tanzten am Strand …«

»Und die Fischer stahlen ihnen die Haut, damit sie nicht mehr ins Wasser zurückkonnten.«

»Genau. Die Seehundfrauen suchten so lange, bis sie sie wiederfanden, nahmen ihre Menschenkinder mit ins Meer und quälten die Fischer mit ihren Sirenengesängen.« Emily seufzte.

»Die Familie meiner Mutter hat einen Hang zum Übersinnlichen«, erklärte Cameron Rupert. »Sie war wunderbar.«

»Und sie hat Stein und Bein geschworen, dass die Geschichten wahr sind. Ihr Cousin wurde mit Schwimmhäuten zwischen den Fingern geboren, was ihrer Meinung nach der beste Beweis dafür war.« Emily verzog das Gesicht. »Mir und ihr haben die armen Fischer immer leidgetan.«

»Ich verstehe nicht, was das alles soll«, sagte Kit, gab Beatrice das Fernglas und drehte sich auf den Rücken.

»Banause«, rief seine Schwester. »Seehundfrauen haben einen geschmeidigen, sinnlichen Körper, sie sind wild und wunderschön. Haben sie nicht einen besonderen Namen?«, fragte sie Cameron.

»Selkies«, antwortete er.

»Genau. Selkies, Seehundfrauen.«

»Und Männer. Es gibt auch männliche Selkies. Und weil heute Sommersonnenwende ist, Major«, fügte Cameron an Rupert gewandt hinzu, »sollten Sie Ihre Zukünftige lieber einsperren für den Fall, dass ein abenteuerlustiger Seehundmann ein Auge auf sie wirft.«

»Ha, der weiß gar nicht, was er sich da angelt!«

Emily lachte.

Sie blieben, bis die Seehunde ins Wasser glitten und der Hunger die Gruppe zum Strand zurücktrieb.

»Warum sind wir nur von den Inseln weggegangen, Kit?«, fragte Emily seufzend, als Rupert ihr über die Felsen half.

»Hier gibt's keine Geschäfte, kein Theater, keine Konzertsäle, keine Bälle, keine Feste, keine Schneiderinnen, keine Hutmacherinnen ...«, murmelte Rupert, während er auch Beatrice sicher herunterhob.

Emily zog eine Schnute. »Im Winter spielt das eine Rolle, da gebe ich dir recht, aber den Sommer müssen wir unbedingt auf der Insel verbringen. Bea würde sich sicher über Gesellschaft freuen, oder? Dann könnten unsere und ihre Kinder so frei miteinander herumlaufen wie wir damals und den alten Geschichten lauschen.« Sie sank in den Sand, schlüpfte aus den Schuhen und warf ihren Hut von sich. »Cameron und Donald könnten ihnen Schwimmen, Angeln und Segeln beibringen, wie John Forbes es bei uns getan hat. Sie wären braungebrannt und müssten nicht die ganze Zeit die schlechte Luft in der Stadt atmen.«

Rupert streckte seine langen Beine auf dem Sand aus und legte einen Arm um ihre Taille. »Natürlich, Liebes.«

Donald sammelte Treibholz und trockenen Seetang, während Cameron die Fische ausnahm und ihre Eingeweide den wartenden Möwen zuwarf, die sich nur ein paar Meter entfernt lärmend darum stritten.

»Das wird Donald allein machen müssen«, bemerkte er.

Emily umfasste ihre Knie. »Himmel, ja, das vergesse ich immer. Auf der Insel wird es ohne dich nicht mehr so sein wie früher.«

Beatrice sah Cameron zu, wie er den Fisch filetierte. Auch ihr erschien die Insel ohne ihn unvorstellbar.

»In ein oder zwei Jahren werden wir uns noch alle wünschen, hier zu leben«, meinte Rupert und gesellte sich zu Donald, der an der Flutmarke stand. »Entweder der Kaiser reißt uns in den Krieg, oder die murrenden Massen zwingen uns in die Knie.«

»Bitte keine Politik heute, Rupert«, bat Emily.

Cameron hob den Kopf und ertappte Beatrice dabei, wie sie ihn ansah. Schnell wandte sie den Blick ab und strich mit der Hand über den Sand.

»Ihr Soldaten brennt immer auf einen Kampf.« Kit, der nach wie vor auf dem Rücken lag, machte keinerlei Anstalten, den anderen zu helfen. »Aber es ist zu heiß, als dass das Proletariat außer Rand und Band geraten könnte.«

Donald ließ einen Arm voll Treibholz neben ihm fallen und begann, Steine für eine Feuerstelle zu sammeln. Cameron hob den Kopf, als wollte er etwas erwidern, doch als er die Miene seines Bruders sah, wandte er sich achselzuckend wieder seiner Arbeit zu.

Ruperts scharfem Blick entging wenig. »Was ist mit Ihnen, Cameron? Was sagen Sie dazu?«

»Bitte fragen Sie ihn das nicht, Sir«, bat Donald. Beatrice stimmte Donald innerlich zu. Politik war ein Thema, das man Cameron gegenüber am besten nicht anschnitt.

»Ich habe eine Übereinkunft mit meiner Familie, Gäste nicht mit meinen Ansichten zu behelligen, Sir«, antwortete Cameron.

»Gäste?«, wiederholte Kit.

»Wir sind wohl kaum Gäste, aber bitte trotzdem keine Politik, Rupert«, bat Emily ihren Verlobten noch einmal.

»Diese Ansichten interessieren mich, Liebes.«

»Lassen Sie es mich so ausdrücken: Wenn unsere hochwohlgeborenen Politiker nur einen Monat lang wie Hafenarbeiter leben müssten, würden sie sich schnell den Reformern anschließen, die sie so fürchten«, erklärte Cameron nach einer Weile.

Rupert nahm eine Packung Zigaretten aus seiner Tasche. »Sympathisieren Sie mit den Aufrührern?« Er zündete ein Streichholz an. »... die nach der Sache 89 jetzt noch mehr wollen. Was nicht anders zu erwarten war.« Als der Wind die Flamme ausblies, holte er ein zweites Streichholz heraus.

»Vielleicht brauchen sie mehr, Sir, weil sie einfach nicht genug haben.« Cameron griff nach einer Makrele, und Beatrice betete, dass sie aufhören würden.

Doch Rupert, der die Hand um die Flamme wölbte, ließ nicht locker. »Sind Sie Sozialist, Cameron?« Er hielt Cameron die Packung mit den Zigaretten hin, der sie ignorierte. »Und ich habe Sie für einen vernünftigen Menschen gehalten. Wenn es tatsächlich zu einem Generalstreik kommen sollte, sind es die Armen, die hungern. Was würden Sie den Streikführern dann sagen?« Er zog an seiner Zigarette und stieß den Rauch aus.

»Dass ich ihnen mehr Kraft wünsche. Sir.« Das »Sir« fügte er so provokant hinzu, dass sich die beiden Männer nun herausfordernd ansahen.

»*Stad an sin*«, zischte Donald.

»Fang keinen Streit an, Rupert«, ermahnte Emily ihren Verlobten.

Kit setzte sich, neugierig auf den Fortgang der Dinge, auf, schüttelte eine Zigarette aus Ruperts Packung, steckte sie in den Mund und suchte nach den Streichhölzern. »Weiß Theo, dass er einen gefährlichen Radikalen im Haus hat, Bea?«

Cameron nahm einen Stock aus dem Feuer und hielt Kit das glühende Ende hin, damit er die Zigarette daran anzünden konnte.

Als Beatrice seinen dunklen Schopf so nahe bei dem hellen von Kit sah, ahnte sie plötzlich, wie eng ihre Freundschaft in der Kindheit gewesen sein musste, bevor die gesellschaftliche Stellung sie getrennt hatte.

»Wohl kaum gefährlich, Madam«, entgegnete Cameron mit einem intensiven Blick auf Beatrice, bevor er die filetierten Fische zischend auf die heißen Steine legte und sich wieder Rupert zuwandte. »Ich eigne mich besser für die Kolonien.« Rupert brummte etwas und zog ein weiteres Mal an seiner Zigarette. »Aber ich weiß, wie man mit einer Makrele umgeht«, fuhr Cameron schmunzelnd fort. »Donald, hol den Korb aus dem Boot. Ich habe heute Morgen Mrs Hendersons Speisekammer geplündert.« Er warf Beatrice einen verschwörerischen Blick zu, und sie musste ein Lächeln unterdrücken.

Die Schreie der Möwen vermischten sich mit einem großen Hallo, als Cameron Weinflaschen und Bier aus dem Korb hob, und die Anspannung verflog vollends, als sie lachend die Fischstücke von den fetttriefenden Steinen nahmen und Emily sich das Kinn mit dem Handrücken abwischte und erklärte, sie habe noch nie etwas Köstlicheres gegessen.

»Was möchten Sie, Miss Emily?«, fragte Donald und hielt ihr zwei Flaschen zur Auswahl hin.

»Hör verdammt noch mal auf, mich Miss zu nennen, Donald. Wir können doch einfach wieder Emily und Kit sein wie früher – und Rupert kannst du auch mit dem Vornamen anreden, vorausgesetzt, seine militärischen Vorschriften erlauben es«, spottete sie. »Wenigstens heute.« Sie hielt Donald ihr Glas hin.

»Und was darf's für Sie sein, Rupert?«, fragte Cameron heiter, worauf der Major sich ein schmallippiges Lächeln abrang.

»Bier.« Er drückte seine Zigarette aus und schnippte die Kippe ins Feuer. »Haben Sie sich schon mal Gedanken darüber gemacht, was ein Generalstreik bedeuten würde? Am Ende sind die Arbeiterfamilien die Leidtragenden, genau die Leute also, für die Ihre egoistischen Radikalen einzutreten behaupten.«

»Rupert, nun hör endlich auf!«, ermahnte Emily ihn, doch er ignorierte sie.

»Wie sollen sie sich denn sonst Gehör verschaffen?«

Cameron nahm einen Schluck Bier, und plötzlich wurde sein Blick hart.

»Das fragen Sie nach all den Reformen, die diese verwünschte Regierung bereits durchgeführt hat? Und nach den Veränderungen, die ...«

»Die was? In Betracht gezogen, diskutiert, versprochen werden?« Cameron stieß mit einem Stock ins Feuer, sodass die Funken flogen. »Ein ganzes Menschenleben kann vergehen, bis solche Versprechungen eingelöst werden, und bis dahin leben die Familien wie die Tiere. Es ist eine Schande.« Die Flammen züngelten hoch, als der Wind hineinblies. »Wie soll sich das je ändern?«

»Cameron ...«

Er beachtete Beatrice' Versuch, ihn zum Schweigen zu bringen, nicht. »Die Leute, die dieses Land regieren, tun alles, um die Institutionen zu stützen, die ihnen Macht geben. Das wissen Sie, und trotzdem reden Sie von Egoismus! Gütiger Himmel! Sagen Sie mir, Rupert, welche Wahl hat die arbeitende Bevölkerung denn, als genau diese Institutionen zu stürzen?«

»Herrgott, Cameron!« Donald sprang auf.

Rupert zog ihn wieder herunter. »Ganz ruhig, Donald. Ihr Bruder hat genauso das Recht, seine Meinung zu sagen, wie ich, ihm zu widersprechen. Aber dass es hier oben jemanden mit so radikalen Ansichten gibt, hätte ich nicht gedacht. Einen, der noch dazu sehr gut informiert ist.«

Cameron holte Holz fürs Feuer, und Beatrice sah, wie er um Fassung rang, als er es in die Flammen warf. »Sie dürfen nicht vergessen, dass ich in Kanada war. Dort wimmelt es von Schotten, die aus ihrer Heimat vertrieben wurden und allerlei Geschichten von Ungerechtigkeiten zu erzählen wissen. Außerdem habe ich mit eigenen Augen gesehen, wie die

Menschen in Glasgow leben, manche von den Inseln hier.« Er sah Beatrice an, die den Blick senkte, als sie sich an das erinnerte, was er ihr über die beengte Behausung erzählt hatte, in der Duncan MacPhails Frau krank geworden war.

Donald stand auf. »Ich gehe eine Runde schwimmen. Cameron, *cùm do bheul dùinte. Lean thus' ort a'ròstadh èisg.*« Er setzte sich in Richtung Strand in Bewegung.

»Er sagt, ich soll den Mund halten und mich um den Fisch kümmern«, übersetzte Cameron.

»Was ist mit dem guten Theo, Bea?«, fragte Kit, zog an seiner Zigarette und grinste Cameron an. »Weiß der, dass er den Feind im eigenen Lager hat?«

»Ich bin kein Feind, Kit, wirklich nicht.« Cameron klang müde. Er nahm einen Schluck aus der Flasche, dann änderte sich sein Gesichtsausdruck. »Außerdem gibt es radikale Tendenzen bei Personen im Haus, die ihm viel näherstehen als ich.« Er stützte sich auf einem Ellbogen ab. »Eine, die viel mehr bewirkt als ich und sich sehr darum bemüht, die Lebensumstände ihrer Pächter zu verbessern ...«

Beatrice wurde rot. »Ich mache herzlich wenig.«

»Nach allem, was ich gehört habe, ist sie obendrein noch Suffragette«, fügte Cameron hinzu.

»Das ist ja wunderbar, Beatrice!«, rief Emily aus und klatschte in die Hände, während Rupert aufstöhnte. »Wenn du in Edinburgh bist, machen wir mal bei einem Marsch mit. Das wird ein Riesenspaß!«

»Weißt du eigentlich, dass es in Militärkreisen durchaus noch üblich ist, seine Frau zu versohlen?«, warnte ihr Zukünftiger sie, senkte den Kopf, um sich eine weitere Zigarette anzuzünden, und legte dann einen Arm um sie, worauf sie sich schmunzelnd an ihn schmiegte.

»Sei gewarnt. Mit dem Kaiser wirst du weniger Schwierigkeiten haben als mit Emily, mein Guter.« Kit stand auf und klopfte den Sand von seiner Kleidung. »Und das hast du dir selber zuzuschreiben, weil du sie zur Schamlosigkeit ermutigst.« Er grinste über das empörte Gesicht seiner Schwester. »Ich geh mal zu Donald«, verkündete er und schlenderte pfeifend, die Hände in den Hosentaschen, zum Wasser, während Rupert schmunzelte und Emily rot wurde.

»Er hat wie üblich zu viel getrunken«, sagte Emily zu Beatrice, die um die nächtlichen Wanderungen der beiden von Zimmer zu Zimmer wusste.

»Der gute Kit ist die perfekte Anstandsperson«, bemerkte Rupert, erhob sich und zog Emily ebenfalls hoch. »Komm, rauf mit dir. Macht es Ihnen etwas aus, wenn wir Sie eine Weile allein lassen, damit sich die Gemüter beruhigen können, Beatrice?« Er nickte Cameron zu und entfernte sich mit Emily, sodass Beatrice nur mit Cameron zurückblieb.

Das Feuer prasselte, ein Funke sprang heraus, ansonsten herrschte Schweigen. Beatrice vergrub die Zehen im Sand. Allein mit Cameron fühlte sie sich seltsam ungeschützt, verunsichert wie zu dem Zeitpunkt, als das Boot durch das Wellental gefahren war. Sie machte sich daran, einen Kreis aus Muschelschalen zu formen. Bläulicher Rauch stieg von der Glut auf, hinter dem die Küstenlinie schimmerte. Beatrice musterte verstohlen Camerons Profil. Er lag auf der Seite, den Ellbogen aufgestützt, der Kopf ruhte in der Hand. Cameron blickte ins Feuer und warf Kiesel hinein, sodass kleine Aschewolken aufstoben. Sein Gesicht hatte einen ernsten Ausdruck, als würde er noch immer über die Diskussion nachgrübeln. Kleine Wellen kamen an den Kieselstrand, und Cameron hob den Kopf. Eine dunkle Haarsträhne fiel ihm über die Augen.

Wie wenig sie doch wusste, was in seinem Inneren vorging!, dachte Beatrice. Und doch … Er wandte sich ihr zu, und sie fühlte sich bemüßigt, das Schweigen zu brechen.

»Ich finde, sie passen gut zueinander.«

»Ja, das stimmt.«

»Emily wird ihn aufrütteln.«

»Sie wird ihm guttun.«

»Und er wird ihren Überschwang dämpfen.«

Sie strich sich eine Haarsträhne hinters Ohr und blickte hinaus aufs Meer. »Jedenfalls wird er's versuchen.«

Ein Kiesel landete im Feuer. Cameron setzte sich in den Schneidersitz, und erneut herrschte Schweigen.

»Sie haben mit Ihrer Meinung nicht hinterm Berg gehalten«, sagte Beatrice nach einigen Minuten.

»Habe ich jemanden verärgert?«

»Ja, den Major.«

Wieder prallte ein Kiesel vom glimmenden Holz ab. »Das wäre mir egal, aber Sie möchte ich nicht noch einmal verärgern. Manchmal geht mein Temperament mit mir durch.«

»Ich weiß.« Sie sah ihn an, und er schmunzelte, dieses unkomplizierte Schmunzeln, das sie so gut kannte, und schon fühlte sie sich wieder wohl in seiner Gesellschaft. »Außerdem: Wieso sollte ich verärgert sein, wenn das, was Sie sagen, stimmt?«

Er blickte ins Feuer. »Als Beatrice können Sie das hier und jetzt sagen. Aber heute Abend, wieder im Haus, müssen Sie als Mrs Blake eine andere Rolle spielen.«

Ihre Hand verharrte über dem ordentlichen Muster aus Muschelschalen. Eine Rolle? Merkte er, dass sie die Herrin von Bhalla House, die zufriedene Ehefrau, angesichts von Theos Gleichgültigkeit tatsächlich nur spielte? Gleichgültigkeit weswegen? Sie zerstörte mit der Hand den Kreis aus

Muschelschalen, bevor sie, die Wange an den Knien, neue, willkürliche Muster im Sand zu formen begann. Nach einer Weile lehnte sie sich zurück und stützte sich mit durchgedrückten Armen ab. »Vielleicht …«, sagte sie, »… bin ich am liebsten Beatrice.«

»Mit Mrs Blake kann man leicht umgehen, aber mit Beatrice? Ich glaube, die ist ein anderes Kaliber.«

Umgehen? Was meinte er damit?

Da kehrten Rupert und Emily zurück. Emily sank neben Beatrice in den Sand und schmiegte sich an sie. »Wenn das Wasser nicht so schrecklich kalt wäre, würde ich Kit und Donald Gesellschaft leisten und der Sonne entgegenschwimmen. Die Luft hier oben hat etwas ganz Besonderes. Sie gibt einem neue Energie und … Pepp.«

Beatrice lachte, erleichtert darüber, dass die beiden zurück waren.

»Im November sieht die Sache ein bisschen anders aus«, bemerkte Cameron, setzte sich auf und sammelte Kiesel ein, die er vor sich aufschichtete.

»Keine Sorge, das habe ich nicht vergessen. Dich amüsiert das vielleicht«, sagte sie mit strenger Miene an Rupert gewandt, »aber die Inseln haben wirklich etwas Magisches. Findest du nicht auch, Beatrice?«

Beatrice blickte aufs glitzernde Wasser hinaus, wo Himmel und Meer miteinander verschmolzen. »Das liegt am weiten Himmel und Horizont.«

»Und am Meer …« Als Emily nach ihrem Glas griff, musste sie feststellen, dass es leer war. Rupert füllte es nach.

»Obwohl die Natur manchmal ganz schön einschüchternd wirken kann«, fuhr Beatrice fort. Cameron saß immer noch da, ohne zu lächeln oder etwas zu sagen, und warf seine Kiesel ins Feuer. Sie versuchte, nicht auf ihn zu achten.

»Wie zum Beispiel heute Morgen im Boot. Da waren wir wie eine winzige Nussschale den Elementen ausgeliefert.« Sie schlang die Arme um ihre angezogenen Knie und begann, leicht vor- und zurückzuschaukeln, während sie einem Seehund in den Wellen vor dem Ufer zuschaute. »Hier ist alles so rastlos, immerzu streicht der Wind übers Gras, und die Vögel ziehen ihre Kreise. Es herrscht niemals Ruhe! Das kriecht in einen hinein.« Sie spürte Camerons Blick auf sich, der kurz aufhörte, mit Kieseln zu werfen.

»Man kommt sich vor wie ein Schiffbrüchiger aus einem von Stevensons Romanen«, sagte Emily, und Cameron schnaubte verächtlich und nahm sein Spiel wieder auf. »Doch, Cameron! Das Leben hier ist einfach, man kann gegen keine Regeln oder Konventionen verstoßen. Auf den Inseln sind wir nur von den Gezeiten und der Sonne abhängig.« Sie schüttelte ihr Haar aus. »Wenn wir Hunger haben, fangen wir einfach etwas und grillen es über einem Treibholzfeuer.«

Rupert lachte laut. »Und spülen das Ganze mit einem guten Fläschchen herunter, das die Flut angeschwemmt hat.«

»Mir war klar, dass du dich über mich lustig machen würdest, aber du verstehst mich doch, oder, Beatrice?«

Beatrice, die Emilys Überschwang liebte, erwiderte ihr Lächeln. »Ja, ich glaube schon.« War es das, was Theo zur Insel zurückgelockt hatte? Hier kann man nicht gegen Regeln oder Konventionen verstoßen.

»Wie viel Zeit wir damit vergeuden, uns Sorgen über Politik, Kriege, Gerüchte, Skandale, Kleidung, Hüte zu machen …«, seufzte Emily. Rupert schlenderte zu dem Tümpel zwischen den Felsen, wo Bier und Wein kühlten. »Ich würde die Sommer wirklich gern hier oben verbringen, Rupert«, rief sie ihm nach. »Ich glaube, das wäre sehr … sehr belebend.«

Sie hörten ihn lachen. Kurz darauf kehrte er zu ihnen zurück, warf Cameron eine Flasche Bier zu und füllte die Gläser mit Wein nach. Eines reichte er Beatrice. »Und die Realität, Beatrice? Finden Sie sie belebend?« Er bedachte Cameron mit einem schrägen Blick, welchen dieser ungerührt erwiderte.

Beatrice trank einen Schluck. »Belebend – ist das das richtige Wort?« Für Theo war die Insel vielleicht eher ein Ort, wo er seine Maske ablegen konnte. Und für sie selbst? Sie wirkte befreiend, ja, doch nun, so ohne Struktur, war sie ein verwirrender Strudel, in dem ihre bisherige Sicherheit verschwand. »Möglich. Zumindest heute hat Emily recht: Heute spielen Regeln und Konventionen tatsächlich keine Rolle.« Sie nahm noch einen Schluck und stellte ihr Glas vorsichtig auf einem flachen Stein neben sich ab. »Am besten ignoriert man sie.«

»Siehst du, Rupert. Was sagst du dazu, Cameron?«, fragte Emily.

Cameron, der sich mittlerweile auf dem Rücken ausgestreckt und die Hände hinter dem Kopf verschränkt hatte, schaute zum Himmel hinauf. Unter seinen hochgekrempelten Ärmeln kamen sehnige Unterarme, unter den Hosenbeinen mit dunklen Haaren bedeckte Waden zum Vorschein. »Unsinn. Das gilt für Sie beide. Sie stecken den Kopf in die Wolken – oder auch in den Sand.« Er drehte sich zu Emily. »Keine Regeln, so, so. Miss Emily Blake, fragen Sie doch die Leute von der Insel, die erzählen Ihnen was anderes. Herrschaften wie Sie sehen Bhalla als Ort für sportliche Aktivitäten und Müßiggang, wo Sie sich aufführen können, wie Sie wollen, und einfach ignorieren, wie andere ihr Dasein fristen, die Ihnen Ihr Leben ermöglichen.«

Beatrice sah ihn bestürzt an. ›Herrschaften wie Sie‹. Diese Worte, in denen echte Wut mitschwang, waren wie ein Schlag ins Gesicht. Sie spürte Ruperts ungläubigen Blick auf sich. Aber wie sollte sie Cameron maßregeln? Sie konnte ihn nicht einfach tadeln, obwohl das angebracht gewesen wäre; sie wünschte sich nichts sehnlicher, als dass er endlich Ruhe gab.

»Cameron, du bist genauso schlimm wie Rupert«, schalt Emily ihn. »Du verdirbst uns …«

»… den Spaß?« Er legte sich auf den Sand zurück und folgte mit dem Blick dem Flug eines Eissturmtauchers. »Oder dieses Spielchen von der Gleichheit, das Sie spielen wollten? Schauspielerei kostet nichts, aber eines Tages wird es kein Spiel mehr sein. Heute ist es noch nicht so weit.« Er hatte die Augen geschlossen. »Heute ist es nur ein Mittsommertrugbild, doch das wird bei Einbruch der Nacht verschwinden, nicht wahr, Mrs Blake?« Er wandte Beatrice den Kopf zu.

»Gütiger Himmel, der Mann ist tatsächlich ein Anarchist«, rief Rupert aus.

Cameron lachte und tastete im Sand neben sich nach seiner Bierflasche. Als er sie gefunden hatte, leerte er sie.

Emily runzelte die Stirn. »Du bist ziemlich angriffslustig geworden, Cameron. Allerdings verstehe ich zumindest Teile dessen, was du sagst.« Sie sammelte Beatrice' Muschelschalen ein und arrangierte sie neu. »Als ich Bhalla House nach so vielen Jahren wiedergesehen habe, ist es mir sehr fehl am Platz vorgekommen, als hätte der Wind es versehentlich von irgendeinem baumbestandenen Anwesen der Borders hierhergeweht. Ihr wisst schon: elegante Jagdgesellschaften, edle Speisen und dann Tee auf dem Rasen.« Sie legte den Kopf schräg und wandte sich Rupert zu. »Ergibt das Sinn?«

»Nicht viel«, antwortete Rupert. »Du hast übrigens den Wein leergetrunken.«

Cameron setzte sich auf und sah zum Strand hinüber. »Wir sollten unsere Sachen packen.«

»Gut, meine Liebe, holen wir die Schwimmer.« Rupert klopfte den Sand von seiner Hose und ging mit Emily zum Strand.

Cameron räumte die Reste des Picknicks weg, während Beatrice, das Kinn auf den angezogenen Knien, aufs Meer hinausblickte. ›Vom Wind versehentlich hierhergeweht‹. Plötzlich hatte sie Mühe mit dem Atmen. War das auch mit ihr geschehen? Und lag der Fehler bei ihr selbst oder bei Theo? Nun war der Tag verdorben, und traurig beobachtete sie, wie der Seehund in die Freiheit der Tiefe abtauchte.

»Ich habe Sie tatsächlich verärgert.« Cameron, der gerade die leeren Flaschen in den Korb legte, sah sie an.

»Vielleicht sogar bewusst.« Sie sah weg.

»Nein.« Er schloss den Deckel des Korbs. »Ich muss mich entschuldigen, Mrs Blake.«

»Mrs Blake? Nicht Beatrice?«

Er schob mit dem Fuß Sand auf die Feuerstelle. »Mrs Blake«, wiederholte er mit fester Stimme. »Beatrice ist zu … zu gefährlich.«

Sie beschattete die Augen mit einer Hand. »Gefährlich?«

Er schwieg eine Weile, bevor er antwortete: »Beatrice behauptet, dass Regeln keine Rolle spielen. Denken Sie nur, wohin solche Gedanken führen würden.« Er bückte sich, um ihr Glas vom Boden aufzuheben. »Sie sind hier der Anarchist, Madam, nicht ich.«

Das Wasser war mittlerweile deutlich angestiegen, und schon bald würde die Flut diesen außergewöhnlichen Tag wegspülen. Beatrice hob die Hände, um ihre Haare halbwegs ordentlich zurückzustecken. »Vor dem Major hätten Sie nicht so reden dürfen«, rügte sie ihn. »Er hat sich gefragt, warum ich Sie gewähren lasse. Und Sie haben Ihre alte Freundschaft mit Kit und Emily ausgenutzt. Außerdem hätten Sie es bestimmt nicht gewagt, solche Dinge in Anwesenheit von Mr Blake zu sagen.«

»Er kennt meine Ansichten.«

Natürlich tat er das, nur zu gut sogar. »Aber ihm wäre es sicher nicht recht, wenn Sie sie so offen vor seinen Gästen äußern. Und Sie haben sich keine Sekunde zu begreifen bemüht, was ich sagen wollte. Sie haben es einfach voller Verachtung abgetan, wie uns alle. ›Herrschaften wie Sie‹. Verwöhnt, egoistisch.« Sie blickte aufs Meer hinaus, von wo aus der Seehund sie nun betrachtete. »Hier konnte ich mich von meinem bedrückenden Edinburgher Leben befreien, herausschlüpfen wie aus einer alten Haut, die zu eng geworden ist. Während Sie die Welt nur im Licht der Klassengesellschaft oder der Politik sehen und Ihre Verachtung über uns ausschütten.« Trockenes Treibholz knisterte am Rand des Feuers, als ein angekohltes Brett zerfiel.

»Ich nehme Ihren Tadel zur Kenntnis, Madam.«

»Nun sagen Sie wieder auf diese spöttische Weise Madam zu mir wie zuvor.«

»Wie soll ich Sie denn sonst nennen?« Er bedachte sie mit einem halb spöttischen, halb ernsten Blick, der sie im Innersten traf.

Sie merkte, wie sie leichtsinnig wurde. »Beatrice. Sie haben doch selbst gesagt, dass der Traum bis zum Abend dauern kann.« Sie zeichnete das ausgeblichene Gänseblümchenmuster auf ihrem Rock mit dem Finger nach. ›Gefährlich‹.

Da erschienen Donald und Kit, gefolgt von Rupert und Emily, hinter den Felsen.

Cameron rief Donald und Kit zu, dass sie ihm mit den

Booten helfen sollten. »Schnell, die Flut kommt schon herein.« Er sah Beatrice noch einmal an und schien etwas sagen zu wollen. Doch dann schüttete er den letzten Rest des Feuers zu und marschierte zu den Booten. Als er das Wasser erreichte, wich der Seehund erschrocken zurück und tauchte unter.

Vierundzwanzig

Als Beatrice zwei Tage später zum Frühstück hinunterging, erklang aus dem Esszimmer Ruperts lautes Lachen.

»Über die Seite«, hörte sie dann Kit. »Mit dem Kopf voraus in zwei Meter tiefes, eisig kaltes dunkles Wasser. Haifutter.«

Sie dachte lieber nicht daran, dass sie schon in zwei Tagen wieder fort sein würden.

»Als sie mich an Bord gezogen haben, hätten sie mich fast umgebracht. Ich kann euch meine blauen Flecken zeigen.«

Das Haus würde sich sehr leer anfühlen, erfüllt von Theos Schweigen und der allmählich wachsenden Gewissheit, dass etwas grundsätzlich nicht stimmte. Sie öffnete die Tür zum Esszimmer.

»Völlig verrückt«, bemerkte Rupert gerade, »und es bringt überhaupt nichts.«

»Abgesehen vielleicht von einer Lungenentzündung oder Frostbeulen.« Emily begrüßte Beatrice, die einen Stuhl neben ihr herauszog. »Weißt du, was Kit wieder Albernes getrieben hat, Bea? Er war Nachtangeln mit Donald und Cameron.«

Beatrice schüttelte den Kopf und hörte nur mit halbem Ohr hin, wie Kit seine Geschichte wiederholte.

»Ich hätte Cameron Forbes für vernünftiger gehalten«, sagte Rupert und schob Beatrice die Marmelade hin.

»Cameron?«, fragte Kit spöttisch. »Der ist immer für ein Abenteuer gut.«

Stimmte das? Beatrice ertappte sich dabei, wie sie nach ihm Ausschau hielt. Sie war ihm seit dem Picknick nicht mehr begegnet, weil Theo ihn nicht wieder in sein Arbeitszimmer gerufen hatte. Bestimmt war die Gefahr, von der er gesprochen hatte, nur ein kurzes Gänsehautgefühl, eine Versuchung, der es zu widerstehen galt, hervorgerufen durch die Sonne, guten Wein und den wohlig warmen Sand – und einen Blick, den sie gewechselt hatten.

»Wir sollten die letzten Tage so gut wie möglich nutzen«, meinte Kit und machte sich über den Räucherhering her.

Pläne wurden diskutiert, bis Emily schließlich vorschlug, vor ihrer Abreise die gesamte Forbes-Familie zum Essen einzuladen. Sie eilte gleich zu Theo, bevor Beatrice Bedenken vorbringen konnte. Wenig später kehrte sie triumphierend zurück.

»Zuerst hat er nein gesagt, aber dann zugestimmt, unter der Bedingung, dass es ein Mittagessen ist. Ich mache das mit Mrs Henderson für den Sonntag, den Tag vor unserer Abreise, fest. Das ist dir doch recht, Bea?«

Entgegen Theos Anweisung für ein informelles Essen hatte Emily darauf bestanden, dass der Tisch festlich gedeckt wurde, und die Sache selbst in die Hand genommen.

»Das Ding ist scheußlich, aber wir haben es immer verwendet«, erklärte sie und zupfte an der Sumpfschwertlilie in dem altmodischen Tafelaufsatz. »Wer weiß, wann wir alle wieder zusammenkommen … ich möchte einen schönen Abschied.«

Während Beatrice den gedeckten Tisch überprüfte, fragte sie sich besorgt, wie viel Rupert Theo von dem Ausflug auf die Seehundinsel erzählt hatte, bei dem Cameron deutlich zu weit gegangen war. Wenn Theo nur die Hälfte von dem erfuhr, was sich abgespielt hatte … Sie rückte eine Serviette gerade. Sie musste sich eingestehen, dass an jenem Tag noch eine andere Grenze erreicht worden war; erreicht, aber nicht überschritten.

Theo führte die Gäste ins Esszimmer, wo Cameron Beatrice leise begrüßte, bevor er den üppigen Tischschmuck betrachtete. Als sie sah, wie er das Gesicht in Kits Richtung verzog, bedauerte sie wieder, dass Theo sich von Emily hatte breitschlagen lassen. Dieses Gefühl verstärkte sich angesichts Theos Blick auf Cameron, als dieser am anderen Ende des Tischs Platz nahm. Beatrice begann zu schwitzen und bat eines der Mädchen, ein Fenster zu öffnen.

Am Ende erwies sich der Erinnerungsschatz der jüngeren Blakes zum Glück als ausreichend für eine angeregte Unterhaltung.

»Die Prügel von Ihnen waren fast noch schlimmer als die von meinem Vater«, erklärte Kit dem Verwalter freundlich. »Aber ich hätte mich liebend gern mit einer täglichen Tracht Prügel abgefunden, wenn ich nur hätte hierbleiben können. Ich habe Edinburgh gehasst, die Schule war die reinste Hölle, und ich habe immer wieder überlegt, wie ich fliehen und hierher zurückkommen könnte.« Er grinste Ephie an. »Das hatte auch was mit den Kochkünsten deiner Mutter zu tun. Essen und Wärme, die wesentlichen Dinge des Lebens. Sie hat uns immer das Gefühl gegeben, willkommen zu sein.«

Theo, der bisher geschwiegen hatte, wandte sich Rupert zu. »Ich habe gelesen, dass die Armee möglicherweise in Bereitschaft versetzt wird. Würde sich das auch auf Ihre Pläne auswirken, Major?«

»Ich hoffe nicht.«

»Rupert, nein! Kein Krieg! Nicht jetzt!«

»Falls es zum Streik kommt, Liebes, muss das Militär dafür sorgen, dass das Land weiter funktioniert.«

»Wenn sich die Situation zuspitzt, bleibt Asquith keine andere Wahl.«

»Ich würde bedeutend lieber gegen die Deutschen marschieren.«

»Angesichts der Sachlage ist das Ganze eine unglaubliche Dummheit.« Theo schnitt wütend an seinem Fleisch herum und blickte kurz zu Cameron hinüber. Beatrice spürte seine Absicht zu provozieren und sah, wie Kit die Augenbrauen herausfordernd in Richtung Cameron hob, der jedoch ungerührt weiterkaute.

»Wir können nur hoffen, dass die Dinge sich wieder beruhigen.« Rupert griff nach der Wasserkaraffe. »Theo, darf ich fragen, ob Sie vorhaben, nächstes Jahr eine Ausstellung zu machen? Zum Beispiel in Glasgow?« Er füllte lächelnd Beatrice' Glas, dann sein eigenes. Da wusste sie, dass er Theo nichts von Camerons Taktlosigkeit verraten hatte.

»Was soll ich denn ausstellen?«, fragte Theo mit düsterer Miene. »Ich habe nichts Neues gemalt. Und nach allem, was ich höre, schlägt Frys Ausstellung in der Londoner Grafton Gallery hohe Wellen. Es wird nicht mehr lange dauern, bis ich nur noch eine Fußnote der Geschichte bin.«

»Unsinn, Theo«, widersprach Emily. »Deine Gemälde sind so beliebt wie eh und je, und ich habe gelesen, dass die Preise dafür stetig steigen.«

Theo lehnte sich zurück, wischte sich den Mund mit der Serviette ab und warf ihr einen spöttischen Blick zu. »Meine Bilder sind also eine gute Geldanlage? Du bist ganz die Tochter deines Vaters, meine liebe Schwester.« Er winkte ab, als Emily empört protestierte. »Wenn meine Werke tatsächlich so eine gute Investition sind, solltest du dir das im

Flur nehmen, von dem du immer schwärmst, sozusagen als Hochzeitsgeschenk.«

Torrann Bay, dachte Beatrice und spürte einen Stich in der Brust. Doch sie lächelte, als sie Emilys ehrliche Freude sah.

»Du weißt ganz genau, dass es nicht so gemeint war«, sagte Emily, nachdem Theo abgewinkt hatte, als sie sich bedanken wollte. »Und du solltest hier wieder Landschaften malen, Theo. Auf dem Gebiet kann niemand dir das Wasser reichen. Sobald das Buch über die Vögel fertig ist. Meinst du nicht auch, Beatrice?«

»Ja, doch.« Beatrice sah Theo an, der etwas Unverbindliches brummte.

Kit spießte eine Bratkartoffel auf und tunkte sie in Sauce. »Deine Tage sind wie die deiner Spießgesellen gezählt, Theo. Sie malen jetzt plötzlich alle so merkwürdig avantgardistisch, weil sie sonst nicht mithalten können. Wer kauft denn noch Gemälde von Landschaften, wenn man für einen Bruchteil des Geldes Fotografien haben kann?«

Theo bedachte ihn mit einem säuerlichen Blick. »Und du bist ganz die Mutter, Kit.«

Kit ließ sich nicht aus der Ruhe bringen. »Nein, ernsthaft. Bald schon wird die Farbfotografie sich gegenüber der Malerei durchsetzen, weil man das Ergebnis so viel schneller sieht und jeder fotografieren kann.«

»Oje.« Theo verdrehte die Augen.

Beatrice, die Sorge hatte, dass die anderen Gäste zu kurz kamen, drängte sie zu einem Nachschlag, während Rupert, der ihr Unbehagen spürte, Donald über die voraussichtlichen Preise auf der bevorstehenden Viehauktion befragte. Sie selbst plauderte unterdessen mit Ephie Forbes, die bis dahin stumm gelauscht hatte. Als Beatrice sie so nah bei

Cameron sitzen sah, bemerkte sie die körperliche Ähnlichkeit. Beide waren dunkler und schmaler als ihr Bruder und Vater und kamen eher nach der Mutter, hatte Mrs Henderson Beatrice verraten.

Am anderen Ende des Tischs nahm Emily Theo nach wie vor gegen die Angriffe ihres Bruders in Schutz. »Ein Foto könnte Torrann Bay niemals so einfangen wie das Bild von Theo …«

»Man muss nur den richtigen Zeitpunkt und das richtige Licht abwarten und die eine oder andere Welle erwischen.«

»Unsinn. Ein Foto hat keine Tiefe. Es könnte niemals Stimmungen und Kleinigkeiten wie das Spiel des Lichts auf dem Wasser wiedergeben. Man würde Theos Leidenschaft nicht darin spüren …«

»Du verteidigst mich ziemlich wortgewaltig, Emily! Ich glaube, ich muss dir öfter etwas schenken«, bemerkte Theo und bat um eine weitere Scheibe Entenbraten. »Manche Maler verwenden heutzutage Fotografien statt ihrer Skizzenbücher, und sei es auch nur, um …«

»Du verrennst dich immer mehr, Bruder!«, fiel Kit ihm ins Wort, der sich köstlich zu amüsieren schien. »Soll das heißen, dass Maler heute nur noch Fotos kopieren?«

»Natürlich nicht.«

»… Warum sollten sie sich auch die Mühe machen? Fotografien sind viel realistischer.«

»Vielleicht ist das der Grund«, mischte Cameron sich unvermittelt ein. Sein Vater unterbrach seine Schilderung, wie das Vieh von den Sommerweiden zurückgeschwommen war, um ihm zu lauschen.

»Wie meinst du das?«, erkundigte sich Theo.

»Ein Maler kann gewisse Dinge aus einer Szenerie auswählen, die zu seiner Idee passen, und sich für eine bestimmte Stimmung entscheiden, während ein Foto das zeigen muss, was da ist. Es sei denn natürlich, der Fotograf hat alles arrangiert.«

»Das tun Maler also deiner Ansicht nach: arrangieren?«, fragte Theo.

»Nein, aber bei Gemälden gibt es einen Interpretationsspielraum. Jemand, der die Seetangernte fotografiert, würde zum Beispiel zeigen, wie Menschen sich mit den feuchten, schmutzigen Pflanzen abmühen, während ein Maler die Szene romantisiert und die Würde ehrlicher Arbeit darstellt. Realismus darf man nicht mit Realität gleichsetzen.«

Theo sah ihn säuerlich an. »Einen Augenblick lang dachte ich doch tatsächlich, dass du über Kunst sprichst, Cameron.«

»Das tue ich auch.« Cameron runzelte die Stirn, und John Forbes räusperte sich geräuschvoll. »Ich wollte nur sagen, dass die Fotografie möglicherweise ... wahrhaftiger ist.«

Da streckte Mrs Henderson den Kopf zur Tür herein, um sich zu erkundigen, ob noch Kartoffeln benötigt würden.

»Nein, alles in Ordnung, danke«, versicherte Theo ihr.

Rupert meldete sich zu Wort. »Vögel zu fotografieren dürfte ziemlich schwierig sein, weil die Viecher nicht stillhalten.«

»Allerdings. Und Fotos können die Farbe und Beschaffenheit des Gefieders nicht einfangen, weswegen ich nach wie vor meine Modelle brauche, trotz Camerons Bedenken und der offenen Missbilligung meiner Frau.« Theo prostete Beatrice zu, die mit einem gequälten Lächeln reagierte.

»Ausgestopfte Tiere zu malen kann man doch nicht mit Malen vom lebenden Modell gleichsetzen, Theo.« Kit war nicht mehr zu bremsen. »Das sind Leichen.«

»Was Besseres habe ich leider nicht zu bieten.« Theos

Tonfall verriet, dass ihm die Sticheleien seines Bruders auf die Nerven gingen.

Beatrice nutzte den Moment, um zu signalisieren, dass die Teller abgeräumt werden sollten. Nachdem die Bediensteten Nachtisch und Obst hereingebracht hatten, entband sie sie von ihren Pflichten und bat sie, die Tür zu schließen. Dann warf sie einen unsicheren Blick auf die französische Kaminuhr und überlegte, wann sie die Versammlung auflösen konnte, ohne unhöflich zu wirken.

Wieder kam Rupert ihr zu Hilfe. »Ich habe eine Ihrer Zeitschriften durchgeblättert, Theo. ›Der Ibis‹?« Theo nickte. »Darin befand sich ein Artikel über Zugvögel und die Distanzen, die manche Arten zurücklegen. Faszinierendes Thema.« Er erzählte, was er über die Beringung von Zugvögeln gelesen hatte, die durchgeführt wurde, um mehr über ihre Flugrouten zu erfahren.

»Das machen sie jetzt auch auf Fair Isle«, erklärte Theo, »wo sich viele Zugvögel aufhalten, auch ungewöhnliche Arten, die vom Kurs abgekommen sind.«

»Trophäensammler reisen dorthin, um ihre Privatsammlungen zu vergrößern«, bemerkte Cameron.

Beatrice seufzte. Die beiden waren wie Terrier, die einander anknurrten und provozierten, ohne richtig anzugreifen. Sie fragte sich, ob sie das Essen ohne richtigen Streit überstehen würden.

»Privatsammlungen sind das Rückgrat der gegenwärtigen Forschung.«

»Aber seltene Arten zu fangen kann ich nicht gutheißen, Theo«, widersprach Emily. Beatrice gab Kit ein Zeichen, dass er die leeren Gläser auffüllen solle, um wenigstens ihn abzulenken.

»Wissenschaftliches Sammeln wird es immer geben

müssen, und außerdem kann das Wort ›selten‹ irreführend sein.« Theo deutete auf den Kaminsims. »Zum Beispiel dieser Eistaucher: In Island oder Kanada gibt's die im Überfluss, doch hier sind sie selten. Es bedroht also wohl kaum die Art, wenn man den einen oder anderen für wissenschaftliche Zwecke abschießt. Soweit ich weiß, hast du in Kanada ziemlich viele von ihnen gesehen, Cameron.«

»An den nördlichen Seen sind sie sehr verbreitet, aber …«

»Danke, das beweist, dass ich mit meiner Argumentation recht habe«, fiel Theo ihm ins Wort, bevor er sich wieder Rupert zuwandte. »Ich hege die Hoffnung, dass sie eines Tages hierbleiben und nisten.«

»Finden Sie das nicht auch ironisch, Sir?«, fragte Cameron und drehte den Stiel seines Glases. »Während kanadische Vögel sich gern in der Gegend niederlassen und fortpflanzen dürfen …«, zu spät merkte Beatrice, welche Richtung das nahm, »… lassen Sie den Leuten von der Insel kaum eine andere Wahl, als von hier fortzugehen.«

Das Essen hatte ein abruptes Ende gefunden. Später erfuhr Beatrice von Emily, die es wiederum von Ephie wusste, dass der Verwalter unglaublich wütend gewesen war, dass Cameron sich schmallippig entschuldigt und Theo diese Entschuldigung ebenso widerwillig angenommen hatte, doch sie bezweifelte, dass die Sache damit ausgestanden war.

Am folgenden Tag versammelten sich alle, um sich von den Gästen zu verabschieden. Donald und Cameron beluden den Karren mit Koffern, während Theo fotografierte, bis er Cameron die Kamera in die Hand drückte und ihn bat, ein Bild von der Familie zu machen. Dann war es endgültig Zeit für den Abschied.

»Ohne dich wird es hier nicht mehr so sein wie jetzt,

Cameron«, hörte Beatrice Kit sagen. »Vermutlich werden wir hören, was du treibst, aber in meiner Vorstellung wirst du immer mit der Insel verbunden sein.«

»Gute Reise, Kit.« Cameron ergriff seine Hand und hielt sie einen Moment fest.

Als Kit sich von dem Verwalter verabschiedete, sah Beatrice, wie Rupert Cameron die Hand hinstreckte, nachdem er sich vergewissert hatte, dass Theo abgelenkt war.

»Viel Glück, Cameron. Ich kann nichts mit Ihrer politischen Einstellung anfangen, bin mir aber sicher, dass Sie es in Kanada, wo mehr Raum ist, schaffen werden. Bis dahin würde ich Ihnen empfehlen, sich zu mäßigen, mein Freund. Sonst bekommen Sie irgendwann Probleme.«

Emily umarmte unterdessen alle gleich herzlich. »Auf Wiedersehen, Donald und Ephie, meine Liebe. Auf Wiedersehen, Cameron. Diesen Besuch und unseren Ausflug zu den Selkies werde ich nie vergessen. Das war der schönste Tag meines Lebens.«

»Ich dachte, der kommt erst noch«, mischte sich ihr Verlobter ein, während er ihr auf den Pferdewagen half. »Hinauf mit dir. Nächsten Sommer und alle darauffolgenden Jahre kommen wir wieder, das verspreche ich.«

Fünfundzwanzig

2010

Hetty blickte zurück auf die Inseln, die im blaugrünen Dunst verschwammen. Sie war an Deck der Fähre gekommen, um einem von distanzierter Höflichkeit geprägten Gespräch mit Giles zu entgehen, das nirgendwohin führte.

Sie verließ die Inseln mit widersprüchlichen Gedanken und Gefühlen – ein verfallendes Haus, ein eingeschlagener Schädel, zerstörte Leben. Bilder von Möwen, die mit der Flut hereinflogen, eine Schar am Strand herumtollender Kinder und ein Mann in abgetragener Jeans, der ihr tief in die Augen geschaut hatte.

Ein Papageientaucherpärchen flog mit wilden Flügelschlägen knapp über dem Wasser. Hetty fragte sich, warum die Menschen von der Insel kaum auf die Entdeckung des Skeletts reagiert hatten. Konnten Familien Geheimnisse einfach begraben? Es musste doch einen Hinweis darauf geben, dass etwas Ungewöhnliches passiert war. Die Forbes-Familie war immer auf der Insel gewesen, sie hatte Veränderungen wahrgenommen und sich ihnen angepasst. Bestimmt wusste sie etwas.

Bei ihrer eigenen Familie lagen die Dinge anders, denn Theo Blake war nie mehr als ein Name gewesen, die Verbindung zur Insel längst gekappt, die Kontinuität der Generationen aufgelöst; es waren keine Geschichten überliefert.

Aber die Familienbande hatten einmal existiert, plötzlich besaßen manche der Personen ein Gesicht. Besonders Emily war sehr real geworden. Auf den vergilbten Fotos war ihre Lebensfreude zu erkennen gewesen, ihre ansteckende Fröhlichkeit. Dasselbe Lächeln …

Und die Skizzen an der Wand von James' Cottage hatten mehr von Blakes Persönlichkeit als junger Mann enthüllt. Wer war das Inselmädchen mit dem herausfordernden Lächeln gewesen? Blakes Stift hatte ihren Körper mit einer Vertrautheit gezeichnet, die von intimer Kenntnis und Sehnsucht zeugte. War sie eine frühe Liebe, von der die Welt nichts wusste? Hatte diese Liebe in seinem Herzen weitergelebt und das Dasein der blassen Frau beeinflusst, die vom Fenster auf Bhalla Strand hinausblickte?

Hetty hatte das Gefühl, in sehr viele Leben, vergangene wie gegenwärtige, hineingestolpert zu sein, besonders in das eines Nachfahren des verschwundenen jungen Mannes. Eines Nachfahren, der die Wände seines Cottage mit Bildern von der Insel und ihrer Vergangenheit schmückte und nun wegen Hetty um ihre Zukunft bangte.

All das ließ ihr auf der Heimfahrt keine Ruhe, während Giles neben ihr schweigend zum Zugfenster hinausblickte. Hettys Gedanken kreisten um das jugendliche Gesicht ihrer Urgroßmutter.

»Aonghas erinnert sich, wie sein Vater mit Emily nach der Versteigerung an dem großen Feuer stand«, hatte Ruairidh ihr erzählt. »Er meint, sie hätte ausgesehen wie ein junges Mädchen, obwohl sie zu dem Zeitpunkt schon fast sechzig gewesen sein muss.« Und er hatte ihr ihre letzte Nacht in dem alten Farmhaus beschrieben. »Sie schwelgte, die Ellbogen auf dem großen Küchentisch, mit Donald beim Tee in gemeinsamen Kindheitserinnerungen. Sie war eine wunderbare Frau, sagt Großvater.«

Und nun wurde bezweifelt, dass Emily der Familie des Verwalters und anderen Leuten von der Insel Grund überlassen hatte. Die Inselbewohner hatten angenehme Erinnerungen an Emily, was, wie die Dinge sich im Moment entwickelten, bei ihrer Urenkelin später vermutlich nicht der Fall sein würde.

»Natürlich überprüfen wir das noch einmal, aber ich bin mir wegen der Grundstücksgrenzen ziemlich sicher«, hatte Emma Dawson Hetty beim Abschied mitgeteilt. James war von seiner Version ebenso überzeugt gewesen. Wie konnte das sein?

Hetty kaute an ihrer Unterlippe, als ihr bewusst wurde, dass es wahrscheinlich in ihrer Macht lag, das Leben von Ruairidh und seiner Familie aus den Angeln zu heben. Im Hinblick auf das Skelett konnte sie nichts tun, das war jetzt Sache der Polizei, auch wenn Ruairidh nicht wusste, wann sie darüber Auskunft erhalten würden. Fest stand nur, dass die Angelegenheit keine Priorität hatte. Wenigstens das konnte also fürs Erste ruhen. Aber die Eigentumsverhältnisse mussten auf die eine oder andere Weise geklärt werden.

Am ersten Abend zu Hause hatte Hetty gleich die Box herausgenommen, die nach dem Tod ihrer Großmutter vom Pflegeheim geschickt worden war, wenig mehr als eine Schuhschachtel, der jämmerliche Überrest eines Lebens. Darin hatte Hetty ein Notizbuch, die ersten Seiten eines Tagebuchs, entdeckt. Es begann mit einem Eintrag aus dem Jahr 1946 über eine Seereise nach Südafrika, auf den wie in den meisten Tagebüchern nur spärliche weitere folgten, die bald versiegten. Nach der Beschreibung der im Krieg verwüsteten Hafenanlagen in Southampton hatte Hetty gefunden, wonach sie suchte.

Wenn das Wetter es zulässt, brechen wir morgen ins Ungewisse auf. Wir lassen so vieles zurück. Die einzige Möglichkeit, mit schmerzlichen Verlusten fertigzuwerden, hat Mutter mir immer gesagt, besteht darin, sie zu akzeptieren, in die Zukunft zu blicken und ausschließlich die besten Momente aus der Vergangenheit mitzunehmen. Ich habe sie nur ein einziges Mal weinen sehen, als sie von der Versteigerung zurückkam und mir von den Steinen erzählte.

Den Verweis auf die Versteigerung verstand Hetty nun, aber was waren das für Steine?

Lass dich nie von der Verzweiflung auffressen, hat sie gesagt, sonst blickst du in den Abgrund. Ich muss stark sein, aber an manchen Tagen fällt mir das sehr schwer.

Hetty richtete sich auf. Verluste. Auch diese Erfahrung teilte sie mit Emily. Hatte Emily recht? Konnte man sich nach einem Verlust in die Zukunft bewegen, ohne die Menschen zu verlieren, die einem am Herzen lagen? Nur mit großer innerer Stärke. Hatte sie in Emilys fröhlichem jungem Gesicht auf jenen verblassenden Fotos Stärke gesehen? Eher nicht. Vielleicht musste man Stärke durch Schicksalsschläge erst lernen. Hetty hatte die Erinnerungsstücke weggepackt. Ihre Großmutter war das Kind von Emily und ihrem zweiten Gatten Edward Armstrong gewesen. Was wohl aus dem großgewachsenen attraktiven Mann geworden war, an den sie sich auf dem Foto vor Bhalla House geschmiegt hatte?

Ein Mann, der im Jahr 1910 jung war, hatte nicht damit rechnen können, alt zu werden.

In den folgenden Tagen recherchierte sie alles über Emily und die anderen. Für den 10. Oktober 1911 fand sie einen Eintrag im Heiratsregister für Miss Emily Blake und Major Rupert Ballantyre, ein Jahr später eine Geburtsanzeige für eine Tochter und leider schon kurz darauf die amtliche Todesbescheinigung für die Kleine. Kit Blake hatte 1914 geheiratet, nur wenige Wochen vor Beginn des Krieges, den er verwundet und mit einer Gasvergiftung überlebte, während Rupert Ballantyre, zweimal für außerordentliche Tapferkeit ausgezeichnet, bei Passchendaele ums Leben gekommen war. Kit war dann in dem Jahr gestorben, als der Zweite Weltkrieg ausbrach, in dem Jahr, in dem Theo Blake die halbe Insel weggab, damit darauf ein Vogelschutzgebiet eingerichtet werden konnte. So war Kit erspart geblieben zu erfahren, dass sein Sohn, ein Spitfire-Pilot, 1940 nach einem Einsatz über dem Ärmelkanal vermisst wurde.

Hetty lehnte sich zurück. Fast hätte sie sich gewünscht, niemals mit der Spurensuche begonnen zu haben. Wie schrecklich das alles gewesen war! So viele Familien in jener Zeit mussten Ähnliches erlebt haben – das waren die verlorenen Generationen.

Vor Hettys geistigem Auge tauchten die Bilder auf, die in jenem Sommer 1910 vor Bhalla House entstanden waren. Sorgenfreie junge Gesichter, die voller Hoffnung in die Zukunft blickten, festgehalten, bevor ihre Welt in Flammen aufging und die Männer um ihr Leben und die Frauen um ihre Träume gebracht wurden.

Sie stand auf und trat ans Fenster, um in die Dunkelheit hinauszublicken. Wie war es wohl für den alten, allmählich senil werdenden Theo Blake gewesen, so ganz allein auf der

Insel, verlassen von Frau und Familie, als er von diesen Tragödien erfuhr? Und die ganze Zeit über war eine andere Tragödie unter den Bodendielen seines Hauses begraben gewesen. Er musste davon gewusst haben.

Seit ihrer Rückkehr hatte Hetty Giles nur selten gesehen, und aufgrund ihrer Recherchen war ihr das kaum aufgefallen. Ihre Beziehung war wieder halbwegs intakt, aber distanziert – das Thema Haus hatten sie seit ihrer Rückkehr gemieden.

Am Abend zuvor hatte er sie angerufen, um ihr mitzuteilen, dass drei von Blakes Werken am Samstag versteigert werden würden. Einer seiner Freunde von einer örtlichen Galerie würde mitbieten. Ob sie mitkommen wolle? Natürlich, hatte sie geantwortet, und nun machte er kurz vor ihrem Aufbruch in der Küche Kaffee, während sie wieder einmal vor dem Laptop saß.

Theo Blake erreichte sehr früh ein hohes Niveau, konnte dies jedoch nicht halten, erfuhr sie aus einer Quelle. *Er orientierte sich an den Zielen der Glasgow School, arbeitete* »en plein air«, *erforschte Möglichkeiten, wie sich Realismus und Landschaftsmalerei verbinden und ohne süßliche Sentimentalität durch die Darstellung von Alltäglichem Emotionen wecken ließen.*

Sie sah die unvollendete Zeichnung eines Jungen, der gerade einem Tümpel zwischen den Felsen entstieg und an dessen geschmeidigem Rücken Wasser zu seinem nackten Po herunterlief. Sie übersprang Seiten, die Theo Blake mit zeitgenössischen Malern verglichen, und las den folgenden Absatz ein zweites Mal: *Wie seine Zeitgenossen bevölkerte Blake seine Kompositionen mit Leuten aus der Gegend, doch im Gegensatz zu ihnen kam bei ihm Vertrautheit mit den Dargestellten zum Ausdruck …*

Hetty musste an die Zeichnungen in James Camerons Cottage und an das Bild mit dem Tümpel zwischen Felsen denken. Auch in Blakes anderen Werken entdeckte sie wieder diese junge Frau, manchmal aus der Nähe, oft in der Ferne, ohne Hinweis auf ihre Identität. Dann stieß sie auf Informationen über Blakes Rolle beim Vogelschutz in Schottland, die sie für den Fall, dass sie sich mit den Leuten vom Schutzgebiet auseinandersetzen musste, studierte: *Eingerichtet 1939 durch eine großzügige Landüberschreibung des Malers Theodore Blake, war dieses Schutzgebiet eines der ersten seiner Art. Blake brachte unter Verwendung seiner Hebridenvogelsammlung, die sein Vater begonnen hatte, ein frühes Verzeichnis mit eigenen höchst anschaulichen Illustrationen heraus. Einige der Präparate, unter ihnen einer der vermutlich letzten einheimischen Seeadler, gibt es noch heute …*

Hettys Blick fiel auf ein Foto des Seeadlers, auf den James Cameron sie im Museum aufmerksam gemacht hatte, mit der Bildunterschrift *Seeadler, im August 1910 von Theodore Blake geschossen*. Wieder das Jahr 1910. Das Jahr, in dem das Foto von der Familie vor dem Haus gemacht worden war. Das Jahr, nachdem der Wintergarten erbaut und hastig eine Leiche verscharrt worden war. Sie las weiter: *Unter den anderen noch existierenden Exemplaren befinden sich ein Odinshühnchen und eines, das man erst kürzlich als Isabellwürger identifizierte, doch leider wurde ein großer Teil der Sammlung nach Blakes Tod 1944 verbrannt.* Dann machte Hetty große Augen. *Die Einrichtung des Schutzgebiets fiel mit der Regelung anderer Landansprüche zusammen, die Anlass zu der Mutmaßung gibt, dass Blake, der zu diesem Zeitpunkt sehr zurückgezogen lebte, von Gewissensbissen geplagt wurde und diese Grundabtretungen als Ausgleich für den Schaden gedacht waren, den seine früheren Jagdgesellschaften in der örtlichen Fauna angerichtet hatten, sowie zur Beilegung weiter zurückliegender Besitzstreitigkeiten.*

»Giles, schau dir das mal an!«, rief Hetty. Giles erschien mit zwei Tassen in der Hand.

»Er hatte also ein schlechtes Gewissen«, sagte Giles, zwei Tassen in der Hand, nachdem er den Text gelesen hatte. »Wegen der Vögel …«

»Und dem Land.«

»Möglich. Die Einrichtung des Schutzgebiets scheint eine klare Sache zu sein. Ich finde das, was nach seinem Tod passiert ist, interessanter. Die angeblichen Landgeschenke von Emily aus den vierziger Jahren müssen wir uns genauer vornehmen.«

Hetty stand auf und ging mit ihrer Tasse zum Fenster. Sie solle sich klar werden, worauf sie sich einlasse, denn die Sache gehe tief, hatte James gesagt.

Giles setzte sich vor den Computer. »Hm. Mädchen und Jungs?«, fragte er nach einer Weile.

Als sie zu ihm zurückkehrte, sah sie, dass er die unvollendete Zeichnung von dem Jungen, der aus dem Tümpel zwischen den Felsen stieg, betrachtete.

»Kein Wunder, dass seine Frau ihn verlassen hat.«

Sie klappte den Laptop zu.

»Sorry, Schatz!«, meinte er lachend. »Nun nimm ihn nicht gleich wieder in Schutz. Blake ist nicht mehr zu retten. Trink aus. Ich habe Matt versprochen, ihn um elf abzuholen.«

Eine Stunde später stellten sie den Wagen auf dem letzten Parkplatz vor dem Auktionshaus ab.

»Die Bilder sind alle aus seiner merkwürdigen späteren

Zeit«, erklärte Matt ihnen. »Eher William als Theodore Blake, mit einer guten Prise Munch. Nicht jedermanns Geschmack, würde ich sagen. Weswegen ich hoffe, wenigstens eins zu ergattern.«

Matt hatte recht. Zwei der Gemälde waren ziemlich düster; breite Pinselstriche arbeiteten grobe Muster heraus. Eines zeigte die Umrisse eines Mannes am Strand, einen wehenden Schal um den Hals. Er blickte unverwandt hinaus aufs Meer, auf ein Gesicht, um das sich Seetanghaare rankten, die in einen Fischschwanz mit Flossen ausliefen. Halb Frau, halb Seehund, hielt das Wesen die Hand hoch, vielleicht zum Gruß, vielleicht auch, um ein Näherkommen zu verbieten. Hinter ihm ritt ein junger Seehund auf einer Welle. Ein riesiger Mond tauchte das Meer und das gequälte Gesicht des Mannes am Ufer, der den Mund weit zu einem Schrei aufriss, in unnatürlich grünes Licht. Das Ganze war in Anthrazit-, Blaugrün- und Indigotönen nach Holzschnittart ausgeführt und hatte eine verstörende Wirkung.

»Was für seltsame Gestalten, was für eine unglaubliche Spannung zwischen den beiden.« Matt und Giles waren zu ihr getreten.

»Auf was für einem Trip der wohl war?«, spottete Giles.

Hetty ging zum nächsten Gemälde, das ihr irgendwie bekannt vorkam. Ihr fiel die Skizze von dem Jungen ein, die sie am Morgen im Internet gesehen hatten. Dieses Bild hatte das gleiche Sujet, nur dass hier nicht ein Junge, sondern ein Seehund aus dem Tümpel kam. Nein, er kletterte nicht heraus, sondern glitt hinein, denn über ihm entdeckte sie Wasserspuren von den Flossen an den Felsen.

Sie trat näher heran. Nein, das waren keine Flossen, sondern lange menschliche Finger mit Schwimmhäuten dazwischen, und auch der Kopf war halb menschlich. In der Ferne rannten zwei Gestalten aus unterschiedlichen Richtungen darauf zu. Blake gelang es mit dem Gemälde, ein starkes Gefühl der Dringlichkeit in einer unruhig wogenden Landschaft zu vermitteln.

»Wilde Sache!«, bemerkte ein Mann neben Hetty und hob seinen tätowierten Arm, um einen Freund heranzuwinken.

Sie ging weiter. Das letzte Werk war deutlich kleiner und unvollendet. Darauf befand sich eine Reihe von Bildern auf einander überlappenden vertikalen Ebenen. Auf dem ersten war eine Frau zu sehen, die sich auf den Ebenen dahinter wie in einem Bild von Escher zu einem anmutigen Möwenflügel und einer Flügelspitze auflöste. Die letzte Ebene war weiß. Hetty faszinierte die erste Ebene, von der aus die Frau, die Hände zu den Haaren erhoben, den Künstler lächelnd mit schräg gelegtem Kopf ansah. Das war Beatrice. Zweifelsfrei.

Giles schob sie zu einem Stuhl, und wenig später begann die Auktion. Hetty konnte den Blick nicht von dem Bild auf der Staffelei neben dem Auktionator wenden und bekam kaum mit, dass Matt schon früh aufgab, weil der Mann mit den Tätowierungen ihn bei den ersten beiden Gemälden erbarmungslos überbot. Er bezahlte eine beachtliche Summe dafür und warf seinem schwarz gekleideten, gepiercten Freund einen zufriedenen Blick zu.

Giles stieß einen leisen Pfiff aus. »Hätte nicht gedacht, dass Blake in der Gothicszene beliebt ist. Das muss ich Emma erzählen.«

Matt beugte sich zu ihm hinüber und flüsterte: »Das ist Jasper Banks! Schräge Type, aber stinkreich.«

Der Auktionator wandte sich dem letzten, unvollendeten Werk zu. Wieder trieb der Tätowierte die Preise hoch. Hetty ballte die Fäuste. Die Gothicszene. Würde Beatrice dort landen? Niemand würde wissen, dass sie das war, sie wäre verloren, und das Werk würde zu einem der zahlreichen Beispiele für die verrückte Phase eines ehemals großen Malers. Um ihre Identität würden sich Spekulationen ranken. Als der Auktionator bei zweitausend Pfund anlangte, hob Hetty unwillkürlich die Hand.

»Wow!« Trotz Giles' Erstaunen bot sie bis zweieinhalbtausend Pfund mit. Dann ergriff sie Panik; nur noch der Tätowierte war mit von der Partie. Zweieinhalbtausend! Was tat sie da? Sie schaute über die Schulter zu ihrem Mitbieter hinüber, der gerade wieder die Hand heben wollte. Doch als er ihren Blick bemerkte, hielt er inne, sah sie einen Moment lang an, schüttelte den Kopf in Richtung Auktionator und legte die Hände in den Schoß. Der Hammer sauste nieder, und das Bild gehörte ihr.

Matt runzelte die Stirn. »Ist möglicherweise eine gute Geldanlage. Wer weiß ...«

Doch Giles sah sie an, als hätte sie den Verstand verloren.

Als der Raum sich zu leeren begann, kam der Tätowierte zu ihr und gab ihr seine Visitenkarte. »Falls Sie es sich anders überlegen sollten, gebe ich Ihnen, was Sie bezahlt haben.« Er bedachte sie mit einem merkwürdigen Lächeln und legte ihr eine Hand auf die Schulter. »Tut mir leid, dass ich den Preis so hochgetrieben habe.«

Hetty sah ihm nach, als er an der Angestellten des Auktionshauses vorbeiging, die ihr das Porträt von Blakes Frau mit den vielen Ebenen brachte.

Sechsundzwanzig

1910

Wieder einmal saß Beatrice, das Kinn in die Hand gestützt, am Fenster des Salons und blickte hinaus auf die trübe Bucht. Emily und Kit hatten die Heiterkeit des Frühsommers mitgenommen; jetzt war der Himmel tief und schwer, der Wind wechselte ständig, über der Insel hingen zähe Nebel. Der Horizont war nicht zu sehen, und Theo, der sich fast nur noch in seinem Arbeitszimmer aufhielt, ließ Cameron nicht zu sich kommen.

Die Erinnerung an das Picknick auf der Seehundinsel begleitete Beatrice wie ein schöner Traum, verschwommen, aber hartnäckig. Was war an jenem Tag zwischen ihnen vorgefallen? Nichts, oder eher etwas in der Fantasie als in der Realität, angeregt durch die Wärme der Sonne und den Wein, eine Fata Morgana. Seit der missglückten Mittagseinladung hatte sie ihn nur kurz zwischen den Gebäuden gesehen oder wenn er mit Bess über den Strand marschierte, doch sie war sich bewusst, dass sie nach ihm Ausschau hielt.

Da riss Theo, der unvermittelt mit einem Rechnungsbuch in der Hand an der Tür erschien, sie aus ihren Tagträumen. »Beatrice, hast du Dr. Johnson gebeten, nach dem Kind von Duncan MacPhail zu schauen?« Da war es wieder, sein Edinburgher Gesicht, und sie wurde rot wie eine Bedienstete, die einen Fehler gemacht hatte. Theo hatte abgeblockt, als sie ihm nach ihrem Besuch in Mrs McLeods Kate ihre Sorge erklärte, und sie mit Nachdruck ermahnt, alle Belange der Pächter ihm und John Forbes zu überlassen. Trotzdem hatte sie weiterhin mit Mrs Hendersons Unterstützung zu helfen versucht, ohne zu wissen, wie viel Theo von ihren Aktivitäten erfuhr.

»Sie hatten kein Geld für einen Arzt«, erklärte sie mit fester Stimme. Die Rechnung hätte an sie persönlich, nicht an die Adresse des Anwesens geschickt werden sollen. »Gott sei Dank geht es dem Kind jetzt besser.«

»Liebes, wir hatten uns doch darauf geeinigt, dass für solche Angelegenheiten ich zuständig bin.«

»Das Kind war krank, Theo, und die Mutter verzweifelt. Sie ist selbst nicht gesund.« Was waren ein paar Shilling schon für das Anwesen? Taschengeld.

»Ich bestreite ja gar nicht unbedingt die Notwendigkeit, Beatrice, frage mich aber, warum du mir nichts gesagt hast.« Er trat in den Raum. »Ich hatte dich gebeten, dich gerade in Dinge, die die MacPhails angehen, nicht einzumischen.«

Aber die Not dieser Familie war am größten. Die Feindseligkeit zwischen Duncan MacPhail und Bhalla House war ihr in den letzten Tagen von Emilys Besuch klar geworden, als sie sich bei einem Spaziergang in eine kleine Bucht im Südwesten der Insel verirrt hatten.

Emily war erstaunt stehen geblieben. »Schau! Da richtet jemand die alte Pächterkate wieder her, wo wir als Kinder gespielt haben.« Beim Klang ihrer Stimmen war eine schmale, graue Frau in der Tür erschienen, auf die Beatrice auf dem unebenen Weg zuging. »Eilidh! Guten Morgen. Kennst du Mr Blakes Schwester Miss Emily Blake?« Die Frau, deren Augen argwöhnisch aus ihren dunklen Höhlen leuchteten, hatte einen kleinen Knicks gemacht. »Geht's Morag besser?«

»Aye, Madam, sie ist …«

Ein Mann war, die Ärmel über die Ellbogen hochgekrempelt, mit einem Spaten und einem alten Blecheimer hinter dem Haus aufgetaucht und abrupt stehen geblieben, als er die Frauen bemerkte.

»Mr MacPhail«, hatte Beatrice ihn begrüßt und gehört, wie Emily den Namen verwundert wiederholte. »Guten Morgen.« Der Blick des Mannes war zwischen ihnen hin und her gewandert. »Es freut mich, dass es Ihrer Tochter besser geht.«

»Wir sind sehr dankbar, nicht wahr, Donnchadh?« Die Frau hatte ihren Mann flehend angesehen, der mit versteinerter Miene nickte. Währenddessen hatte Emily die Kate begutachtet. Ein altes Segel war über einen Teil des kaputten Dachs gespannt, und Heidekrautbüschel stopften Löcher in den Steinmauern.

»Ich würde Sie ja auf eine Tasse Tee hereinbitten, Miss Blake, damit Sie sich richtig umsehen können, doch wir sind nicht auf Gäste eingestellt«, hatte der Mann gesagt, dem Emilys Neugierde zu viel wurde, und den Spaten gegen die Mauer gelehnt, während seine Frau Beatrice gequält ansah. »Außerdem haben wir sowieso keinen Tee.« Er war näher zu ihnen getreten und hatte den Eimer mit solcher Wucht abgestellt, dass Kartoffeln heraussprangen. »Die können Sie haben, aber wahrscheinlich gehören sie sowieso Ihrem Bruder.«

»Donnchadh …« Plötzlich hatte die Frau einen Hustenanfall bekommen, und Beatrice hatte beruhigend die Hand auf ihren Arm gelegt, sich kühl von ihrem Mann verabschiedet und Emily weggezogen.

»Was für ein grässlicher Mensch!«, hatte Emily auf dem Rückweg ausgerufen. »Der wird schon sehen, was passiert, wenn wir Theo davon erzählen.«

»Bitte sag Theo nichts. Sonst bekommt Eilidh noch mehr Probleme. Ich glaube, sie dürften eigentlich nicht hier sein.«

Jetzt sah Theo sie mit strengem Blick an. »Denk an meine Worte: Sie werden anfangen, dich gegen mich auszuspielen, und was machen wir dann? Ich weiß, dass es gut gemeint war, Beatrice, doch du mischst dich da in etwas ein, das du nicht verstehst.«

Sie verstand ziemlich vieles nicht, dachte sie, ihre Empörung unterdrückend, aber dass es einem Kind in einer kargen Unterkunft schlecht ging, begriff sie. »Wir können doch wenigstens in diesem Fall Großzügigkeit beweisen, auch wenn es sonst vielleicht nicht möglich ist.«

Seine Miene wurde noch strenger. »Sonst? Hat Cameron dich gegen mich aufgehetzt?« Sie schwieg. »Probleme zu machen scheint dieser Familie im Blut zu liegen. Duncan ist genau wie sein Großvater.«

»Und dafür muss sein Kind büßen?«

»Lass mich Bhalla House führen, wie ich es für richtig halte«, herrschte er sie an.

»Wie sieht meine Rolle hier denn aus, Theo? Darf ich überhaupt nichts machen?« Beatrice sah, wie sein Zorn Verzweiflung wich.

»Meine Liebe, du bist meine Frau!«

Sie verkniff sich eine bissige Antwort. Wie lange war er schon nicht mehr in ihr Bett gekommen, spät aufgeblieben und hatte dann in seinem Ankleidezimmer geschlafen? »Du führst den Haushalt«, fuhr er hastig fort und wandte den Blick ab.

»Den führt Mrs Henderson.«

»Du bist meine Frau«, wiederholte er mit leiser Stimme, ohne sie anzusehen, »und so Gott will, wirst du irgendwann auch die Mutter unserer Kinder sein. Dann wirst du weder die Zeit noch die Lust haben, dich auf dem Anwesen herumzutreiben und Gutes zu tun, wo es nicht angebracht ist.« Er legte die Rechnung auf einen Beistelltisch und bedachte Beatrice mit einem schmallippigen Lächeln. »Würdest du mir bitte den Gefallen tun und dich heraushalten, Liebes? Ich würde mich lieber mit dir über den Besuch der Sanders Ende der Woche unterhalten. Er ist ein wichtiger Gönner, und dass sie sich hier wohlfühlen, obliegt dir. Ich zähle auf dich.«

Theo beobachtete übellaunig vom Fenster des Salons aus, wie Beatrice aus dem Haus stürzte und, den Hut in der Hand, das Tuch von der Schulter rutschend, den Weg hinunterhastete. Vielleicht war er zu barsch gewesen, aber sie musste einfach begreifen, dass man sich im Umgang mit den Pächtern einig sein musste. Besonders mit den verwünschten MacPhails und ihren unablässigen Forderungen und überzogenen Erwartungen. Oder gab sie wie Cameron ihm die Schuld?

Er sank in einen Sessel und betrachtete mit finsterem Gesicht das Bild, das ihn mit Beatrice zusammengebracht hatte. Was um Himmels willen hatte ihn verleitet, es ihr zu schenken? Eine Fata Morgana …, hatte sie gesagt, und auf diese eine scharfsinnige Bemerkung hatte er ihre Zukunft aufgebaut. Er sollte das verdammte Ding verkaufen. Aber es zu malen hatte damals den Schmerz über seinen Verlust gelindert.

An dem Tag, an dem er von Màilis Tod erfahren hatte, war er, den Brief von seinem Vater in der Hand, benommen und ungläubig am Fenster seines Glasgower Ateliers gestanden und hatte einen Schwarm Stare beobachtet, der in die Bäume aufflatterte und vor seinem geistigen Auge zu

Watvögeln am Strand wurde. Hektisch hatte er seine alten Skizzenbücher hervorgeholt, ihre vergilbenden, mit Salzluft und Versprechen getränkten Seiten umgeblättert, und noch einmal Màili gesehen, ihre Silhouette vor dem dunkler werdenden Himmel, oder am Strand, die Haare mit Seetang verflochten, oder neben dem Tümpel zwischen den Felsen, lächelnd, eine Seehundfrau. Unerreichbar schon damals. Ein Trugbild …

Nach seiner Rückkehr auf die Insel hatte er all die Orte aufgesucht, an denen sie gemeinsam gewesen waren, hatte stundenlang, gequält von Erinnerungen, mit dem Rücken an der Mauer beim Tümpel zwischen den Felsen gesessen. Dort war ihm klar geworden, was er tun musste, um die erdrückenden Emotionen loszuwerden und den Schmerz zu lindern.

Er war früh aufgestanden, hatte seine Staffelei am Meer aufgestellt und zu malen begonnen, die Hände geführt von einer anderen Macht als dem Gehirn, und allmählich hatte das Bild Gestalt angenommen. Er war merkwürdig distanziert gewesen von dem Schaffensprozess, irgendwie waren zwei Gestalten entstanden, die den Strand im Dunst des frühen Morgens überquerten. Zwei Gestalten, lediglich angedeutet, die in den sanften grauen Nebel verschwanden. Zwei Gestalten, die nebeneinander und doch getrennt gingen, durch eine unsichtbare Kraft zueinandergezogen, ohne je ganz zusammenzukommen.

Er trat vor das Bild. Das war das letzte gute Werk, das er geschaffen hatte, das letzte Mal, dass er mit dem Herzen bei der Sache gewesen war. Du hast dich getäuscht, meine liebe Beatrice, ich habe es nicht gemalt, um mir zu beweisen, dass ich noch lebe, sondern um mir klarzumachen, dass meine Seele gestorben ist.

Siebenundzwanzig

»Blake, Sie hatten mir gar nicht gesagt, dass Sie eine richtige Schönheit an Land gezogen haben. Was zum Teufel findet sie nur an Ihnen?« Der Mann mit dem runden glänzenden Gesicht drückte Beatrice mit einem lasziven Blick einen Kuss auf die Hand. »Wir werden bestimmt gute Freunde, meine Liebe.«

Neue Gäste, lärmende Männer mit Gewehren und Angelruten, in deren Gegenwart Beatrice sich in Bhalla House an den Rand gedrängt fühlte. Der rundgesichtige George Sanders, Theos Ehrengast und Förderer der bevorstehenden Ausstellung in Glasgow, ließ sich keine Gelegenheit entgehen, sie zu berühren, bei Gesprächen nahe an sie heranzutreten, eine Hand auf ihren Arm oder ihren Oberschenkel zu legen. Und wenn sie hilfesuchend Theo ansah, schien der nichts davon zu merken. Sanders konnte aufgrund seiner Leibesfülle an vielen Ausflügen nicht teilnehmen, und obwohl Beatrice Theo anflehte, sie nicht mit ihm allein zu lassen, fand sie sich sehr oft in seiner Gesellschaft wieder und musste sich Tricks ausdenken, um ihm zu entkommen. Erst wenn sie ihn von ihrem Turm aus mit seinem Gewehr am Strand sah, fühlte sie sich sicher genug, ihr Schlafzimmer zu verlassen.

Als sie eines Tages die Lage falsch einschätzte und vor die Haustür trat, stapfte ihr Sanders, in der einen Hand sein Gewehr, in der anderen in der Pose eines großen Jägers den tropfenden Kadaver eines Otters, auf der Auffahrt entgegen.

»Für Sie, Beatrice, meine Liebe!«, bellte er. »Aus dem lasse ich einen schicken kleinen Kragen für Sie machen. Würde Ihnen das gefallen? Ich weiß auch schon, von wem.«

Sie schaute entsetzt das arme Tier an, und als ihr sein Artgenosse einfiel, den sie mit Cameron in den Wellen beobachtet hatte, wurde ihr übel. Wütend kehrte sie ins Haus zurück, hastete den Bedienstetenflur entlang, zur hinteren Tür hinaus, vorbei an einem erstaunten Hausmädchen, das gerade die Wäsche hereinbrachte, und auf die Weide dahinter, ohne den grauen Dunst zu bemerken, der über dem Land lag. In ihrer Wut rannte sie eine ganze Weile dahin, ohne auf den Weg zu achten, bis sie schließlich den Nebel wahrnahm. Sie bedauerte, dass sie ihren Schal im Haus gelassen hatte, und bekam Angst. Das Haus war verschwunden, nicht einmal die Kamine konnte sie mehr sehen, die Landschaft erschien ihr fremd. Ihre leichten Schuhe hingen in Fetzen an ihren Füßen, und beim nächsten Schritt landete sie bis zu den Knöcheln in Torfwasser. Wie sollte sie den Weg nach Hause finden? Da erscholl aus dem Nichts ein durchdringender Schrei. Beatrice erstarrte und blickte sich mit rasendem Puls um. In geringer Entfernung entdeckte sie eine felsige Anhöhe an einem schmalen Meeresarm. Vorsichtig festen Tritt suchend, bewegte sie sich darauf zu. Auf halber Strecke hob sie den Kopf und sah, wie am Ufer eine graue Gestalt erschien. Entsetzt schlug sie die Hand vor den Mund und wollte weglaufen.

»Mrs Blake? Was um Himmels willen …?« Cameron. Er trat zu ihr. »Sind Sie allein?«

»Ich bin kein Kind, Cameron, und komme durchaus allein zurecht«, herrschte sie ihn an. »Sie haben mich erschreckt.«

Er blickte noch immer unruhig in die Richtung, aus der

sie gekommen war. »Sind Mr Blake und seine Gäste hinter Ihnen? Ich dachte, sie wären auf der Suche nach Schnepfen in Richtung Westen gegangen.«

»Ja, das stimmt«, bestätigte sie, verwundert über seinen merkwürdigen Tonfall. »Warum? Haben Sie etwas zu verbergen?« Wieder ertönte dieser seltsam klagende Schrei. »Was ist das?«

Cameron lächelte. »Nur ein Vogel, Madam. Ein Vogel, der gut daran täte, den Schnabel zu halten.« Erst jetzt schien er ihren aufgelösten Zustand zu bemerken. Er runzelte die Stirn. »Was führt Sie so weit hinaus?«

»Ich musste weg.«

Er sah sie an.

»Mag sein. Aber das stellt mich vor ein Problem.« Er sah über die Schulter zu dem Meeresarm hinüber und wandte sich dann wieder ihr zu. »Sie haben mal gesagt, dass Sie den Mund halten können, Mrs Blake. Jetzt wird sich erweisen, ob das stimmt.« Ohne weitere Erklärung ergriff er ihren Arm und half ihr über die nassen Felsen, gab ihr mit einem Zeichen zu verstehen, dass sie sich dahinterducken solle, und reichte ihr sein Fernglas. »In ungefähr fünfzig Metern Entfernung bei der kleinen Insel«, sagte er mit leiser Stimme und deutete auf eine Stelle, an der der Nebel sich gelichtet hatte. »Da! Er ist gerade aufgetaucht.« Durch den Feldstecher entdeckte sie den Hals und Körper eines großen schwarz-weißen Vogels.

»Oh, wie schön!«, flüsterte sie. Das Tier drehte ihr den Kopf zu und tauchte ab.

»Das war sein Paarungsruf.« Seit dem Picknick war Beatrice nicht mehr mit Cameron allein gewesen, und nun spürte sie seine Nähe deutlich. Auf seiner Wolljacke lag Dunst, um den Hals trug er ein graues verknotetes Tuch, und die feuchte Luft drückte seine Haare flach. Als der Vogel wieder auftauchte, berührte Cameron ihren Arm, damit sie das Fernglas wieder hob.

»Wann haben Sie ihn entdeckt?«, fragte sie.

»Ich habe seinen Ruf gehört, als ich mit Kit unterwegs war, und nachgesehen.«

Sie senkte den Feldstecher. »Schon so lange wissen Sie von ihm? Seit Kits und Emilys Besuch?« Er begegnete wortlos ihrem Blick. »Werden Sie meinem Mann davon erzählen?«

»Nein. Und Sie?« Er nahm ihr das Fernglas aus der Hand.

»Nein.«

»Seine Gäste würde der Vogel bestimmt auch interessieren.«

»Meinen Sie?« Verbittert erzählte sie ihm von dem Otter. Er lauschte mit ernster Miene. Wieder stieß der Eistaucher eine Reihe klagender Laute aus. »Das darf nicht zu Problemen zwischen Ihnen führen«, sagte Cameron.

Probleme? Sie reckte das Kinn vor. »Von wem würde er sich wohl mehr hintergangen fühlen, wenn wir ihm diese Entdeckung vorenthalten, von Ihnen oder von mir, Cameron?«

Cameron zögerte. »Er ist es gewohnt, dass ich ständig mit ihm wegen der Sammlung streite, aber Sie …«

»Aber ich bin ihm Loyalität schuldig?« Sie wischte Heidekrautranken von ihrem Rock und zupfte Blätter von ihrem Ärmel. »In allen Dingen.«

»Mrs Blake …«

»Beatrice. Heute habe ich keine Lust, die Rolle zu spielen. Warum ist Ihnen dieser Vogel so wichtig, Cameron? Haben Sie einfach nur Spaß daran, meinem Mann einen Strich durch die Rechnung zu machen?«

Er lehnte sich gegen den Felsen zurück und verschränkte die Arme. »Ich möchte dem Tier eine Chance geben.«

»Die Art ist in Kanada weit verbreitet, das haben Sie selbst gesagt. Warum überlassen Sie ihn Theo nicht?«

»Der Vogel wollte hierherkommen, den ganzen weiten Weg. Aber bei Ihnen ist das anders, Mrs Blake.«

»Beatrice.«

Er verzog den Mund zu einem Lächeln. »Beatrice, die Anarchistin. Das hatte ich vergessen.«

»Anarchisten wollen Aufmerksamkeit erregen, nicht wahr? Wenn Theo erfährt, dass ich von dem Eistaucher wusste, und wütend wird …« Würde ihn das endlich aus seinem Schweigen und seiner Gleichgültigkeit locken? Ihr stiegen Tränen in die Augen. Cameron lehnte noch immer schweigend am Felsen und sah sie an.

»Sie müssen verstehen, dass Mr Blake lange allein gelebt hat …«, versuchte er, sie zu trösten.

»Und warum?«, fauchte sie und wischte sich zornig die Tränen weg. »Er grübelt die ganze Zeit finster vor sich hin, Cameron. Können Sie mir erklären, warum?«

»Seit Sie da sind, hat er sich sehr verändert, das habe ich Ihnen schon einmal gesagt.«

»Verändert?« Sie lachte. »Tatsächlich, Cameron? Nun, Sie kennen ihn ja wohl besser als jeder andere.«

Erst einige Zeit später entgegnete er: »Ich verstehe ihn auch nicht besser als Sie. Er ist sehr widersprüchlich, obwohl er so viel hat.«

»Soweit ich das beurteilen kann, nicht das, was er sich wünscht.« Sie wagte es nicht, weiter nachzuhaken.

Als der Eistaucher einen weiteren durchdringenden Schrei ausstieß, schloss Beatrice die Augen, um den Tränen Einhalt zu gebieten.

Cameron verstaute schweigend das Fernglas in der Hülle. »Da wir ja nun Verschwörer sind, Mrs Blake, sollten wir wohl lieber getrennt zum Haus zurückkehren«, schlug er kurz darauf vor.

Sie biss sich auf die Lippe. »Nur kenne ich leider den Weg nicht …«

Cameron musste lachen. »Dann war das vorhin also gespieltes Draufgängertum?« Er musterte ihre vom Torfwasser braunen Strümpfe und ihren schmutzigen Rock und schüttelte den Kopf. »Wie sind Sie denn unterwegs, Madam? Und alles wegen eines toten Otters. Ohne Mantel und Tuch … und Ihre Schuhe. Können Sie mit denen überhaupt noch laufen?«

»Es wird gehen müssen.«

»Wie lange sind Sie schon vom Haus weg?«

»Ein paar Stunden, glaube ich.«

Er runzelte die Stirn. »Dann suchen sie bestimmt nach Ihnen. Kommen Sie, ich begleite Sie.« Cameron zog seine Jacke aus, und obwohl Beatrice abwinkte, bestand er darauf, dass sie hineinschlüpfte. Weil sie sich warm und behaglich anfühlte, zog sie sie enger um sich. Als er Beatrice zu sich herumdrehte, war sie sich der Berührung sehr bewusst.

»Ich kann nicht von Ihnen erwarten, dass Sie Ihrem Mann etwas vorenthalten, Mrs Blake.«

Sie senkte den Blick und sah auf das Tuch um seinen Hals. »Sie erwarten es ja auch nicht.« Eine Weile sagte keiner von ihnen etwas. Dann ließ er sie los. »Bringen Sie mich jetzt bitte nach Hause.«

Allmählich tauchten aus dem Nebel vertraute Dinge auf, und als sie die Welt wieder zu erkennen begann, erinnerte sie sich an ihren Platz darin. Sie schritt mit abgewandtem Blick aus, erschüttert von dem, was zwischen ihnen vorgefallen war, von dem Gesagten und noch mehr von dem, was unausgesprochen geblieben war.

»Glauben Sie, er wird es herausfinden?«, fragte sie unvermittelt.

»Wenn er von dem Vogel erfährt, wird er nicht eher ruhen, bis er ihn aufspürt.«

Beatrice bekam ein schlechtes Gewissen. »Wenn ich davon ausgehen könnte, dass er dem Tier nichts tut, würde ich es ihm sagen, um ihm eine Freude zu machen.« Wenig später ragte das Haus abweisend aus dem Nebel auf, und sie sahen John Forbes auf sich zukommen.

Theo sorgte dafür, dass die Herren mit Brandy und Zigarren versorgt waren, entschuldigte sich, schloss die Tür und trat auf den Flur. Während des Abendessens, das sich wegen der Suche nach Beatrice hinausgezögert hatte, war er geistesabwesend gewesen und hatte wenig von den Gesprächen mitbekommen. Wie sie ausgesehen hatte! Die Haare nass und wirr, der Rock schlammverschmiert, Camerons Jacke wie eine zu weite Haut um ihre Schultern. Ihr trotziges Gesicht hatte ihn am meisten aus der Fassung gebracht. Er stieg hastig die Treppe hinauf. Gott sei Dank war Cameron ihr begegnet. Was um Himmels willen war in sie gefahren, einfach so zu verschwinden?

Sanders hatte erzählt, sie hätte ihn angeschrien und sei weggelaufen. »Mir war nicht klar, dass sie so empfindlich ist, mein Guter. Nein, entschuldigen Sie sich nicht, ich muss sie aus der Fassung gebracht haben. Frauen können ziemlich launisch sein, besonders wenn sie … na ja … Ich habe selber Familie.«

Theo blieb vor ihrer Tür stehen. Vielleicht erklärte das ihr merkwürdiges Verhalten in letzter Zeit, aber warum hatte sie nichts gesagt? Er klopfte, trat ein und blieb an der Tür stehen.

Beatrice blickte vom Turmfenster auf die dunkle Bucht hinaus. Ihre Haare fielen lockig ihren Rücken hinab und glänzten im Licht der Öllampe auf der Frisierkommode. Theo fühlte sich an ein Gemälde von Rossetti erinnert. Sie bot einen atemberaubenden Anblick. Doch sie sah ihn kühl und schweigend über die Schulter hinweg an.

»Ist dir wieder warm?«, fragte er besorgt. »Hat man dir etwas zu essen gebracht?«

»Ich hatte Tee und Toast und war nicht hungrig.« Schatten bewegten sich im Raum, als sie sich vom Fenster löste.

Sein Blick wanderte zu ihrem Bauch, doch unter ihrem Morgenmantel aus Seide war sie so schlank wie eh und je. Als er den Kopf hob, sah er, dass sie ihn beobachtete.

»Sanders sagt, du hättest dich daran gestört, dass er einen Otter geschossen hat, und wärst weggelaufen.« Er schwieg kurz. »Was ist wirklich passiert?«

»Genau das.« Sie zog den Morgenmantel enger um den Leib, während Motten die Flamme der Öllampe flackern ließen. »Er wollte aus dem Kadaver einen Pelzkragen für mich machen lassen.«

Theo sah sie ungläubig an. »Ist das alles? Hättest du nicht einfach etwas Freundliches sagen können?« Sein Tonfall war scharf. »Du hättest das verdammte Ding ja nicht tragen müssen.« Als sie weiter schwieg, spürte er Wut in sich aufsteigen. »Du hättest ihn nicht so vor den Kopf zu stoßen brauchen.«

Sie trat achselzuckend an ihre Frisierkommode und begann, Haarnadeln aus ihren Locken zu ziehen. »Theo, ich habe dir schon einmal gesagt, dass ich nicht mit diesem abscheulichen Mann allein gelassen werden möchte. Aber das scheint dich nicht zu kümmern.«

Er ging an ihr vorbei zum Fenster, um auf die Bucht hinauszublicken. Dies war eine Beatrice, die er nicht kannte, eine selbstsichere und trotzige Beatrice. Doch wenn sie tatsächlich schwanger war … Als er sich halb umwandte, sah er, dass sie ihn im Spiegel aus umschatteten Augen beobachtete. Ihr Blick war unergründlich.

»Das mag ja alles sein, Beatrice, aber er ist unser Gast.«

»Dein Gast.«

Er sah sie verwundert an. »Meiner, unserer. Das macht keinen Unterschied. Er ist Gast in diesem Haus und kann erwarten, wie ein solcher behandelt zu werden.«

»Und wie kann deine Frau erwarten, behandelt zu werden, Theo? Dein Gast führt sich grässlich auf, und du schreitest nicht ein. Er ist widerlich.«

Theo bekam ein schlechtes Gewissen. Hatte Sanders sie beleidigt? Sie hatte ihm gesagt, dass er sich zu große Freiheiten herausnahm, doch diese Äußerung hatte er ihrer gereizten Stimmung seit Kits und Emilys Abreise zugeschrieben und nicht ernst genommen. Er war beschäftigt gewesen … Aber ihr hochmütiger Blick im Spiegel ärgerte ihn. »Du bildest dir zu viel ein, Beatrice. Er ist verheiratet und hat erwachsene Kinder.« Theo packte den Stier bei den Hörnern. »Seiner Ansicht nach könnte dein merkwürdiges Verhalten darauf zurückzuführen sein, dass …«

»Worauf?« Sie erstarrte, die Bürste in der Hand.

»Himmel, Beatrice. Darauf, dass du schwanger bist!«

Sie legte die Bürste weg. »Über solche Sachen unterhältst du dich mit deinen Spießgesellen?«

»Natürlich nicht!«

Nun wurde er genauso zornig wie sie. »Er hat diese Vermutung nur mir gegenüber geäußert. Sie scheint immerhin eine Erklärung für dein seltsames Benehmen der letzten Tage zu liefern.«

»Und du hast diese Vermutung bestätigt?«

Ihr Spiegelbild, in dem wilde Locken ihr Gesicht umrahmten, wirkte auf ihn wie das einer entrückten Fremden. »Sie würde zumindest deine grässlichen Manieren entschuldigen.«

»Ich bin aber nicht schwanger.« Sie nahm die Bürste wieder in die Hand. »Es wäre ja auch fast ein Wunder. Soll ich es morgen früh beim Frühstück verkünden, um die Wogen zu glätten?« Ihre Haare luden sich beim Bürsten elektrisch auf, und er spürte, wie er rot wurde.

»Was ist nur über dich gekommen, Beatrice? Ich erkenne dich nicht wieder!«

Sie schüttelte die Locken aus, ohne ihn anzublicken. Ihre Kritik, weil er seine ehelichen Pflichten vernachlässigte, war berechtigt, aber dass sie sie offen aussprach, erschütterte ihn. Er ging zur Tür, drehte sich um, suchte nach Worten, es ihr zu erklären, und als er ihr Bild, endlos wiederholt in dem schräg stehenden Seitenspiegel, sah, erinnerte er sich an früher, an ein anderes Leben.

Achtundzwanzig

2010

Während Hetty nach dem Postboten Ausschau hielt, ging sie in Gedanken das Gespräch durch, das sie gerade mit Ruairidh geführt hatte, und spürte wieder einmal die schwere Last der Verantwortung.

Er hatte sie angerufen, um ihr mitzuteilen, dass erneut ein Teil des Daches von Bhalla House eingestürzt war. »Am Wochenende haben hier heftige Stürme aus Westen getobt.«

Hetty hatte sich so sehr darauf konzentriert, mehr über Emily und die anderen auf dem Foto herauszufinden, dass die Sache mit dem Haus in den Hintergrund getreten war. Ruairidhs Anruf rückte sie wieder in den Mittelpunkt. Außerdem hatte er ihr von einem schrecklichen Unfall auf dem Festland erzählt – ein Bus mit deutschen Touristen war von der Straße abgekommen, weil der Fahrer eine enge Kurve falsch einschätzte, und in Flammen aufgegangen.

»Das wird das Labor in der nächsten Zeit beschäftigen. Was bedeutet, dass sie wegen des Skeletts nicht so schnell auf uns zurückkommen.«

»Verstehe.«

Kurzes Schweigen.

»Ùna sagt, Sie wollen, dass noch jemand anders das Haus begutachtet?«

Hetty bemerkte, dass er sich um einen neutralen Tonfall

bemühte. »Ja, ich denke, das wäre sinnvoll.« Sie hätte sich gern mit ihm über die ungeklärten Besitzverhältnisse unterhalten, aber weil sie seine Anspannung spürte, hatte sie ihm lieber über die Entdeckung der Briefe von Blake erzählt, auf die sie gerade wartete. Schließlich versprach sie ihm, sich bei ihm zu melden, sobald sie sie gelesen hätte.

Nun sah sie den Wagen von der Post vor ihrem Haus halten, öffnete die Tür, unterzeichnete die Empfangsbestätigung und kehrte mit dem Päckchen ins Wohnzimmer zurück. Dort setzte sie sich an den Tisch und öffnete den Umschlag. Fotokopien von Briefen in Blakes elegant geschwungener Schrift, insgesamt zwölf, adressiert an Charles Farquarson, einen Kunstmäzen im edwardianischen Edinburgh. Zur Verfügung gestellt von dem tätowierten Jasper Banks, der Matt bei einer Galerieeröffnung begegnet war und diesen gefragt hatte, ob seine Freundin Freude an dem Bild von Blake habe. Matt hatte ihm von Hettys verwandtschaftlicher Beziehung zu Blake erzählt, und zwei Tage später war das Päckchen mit den Briefen in Matts Galerie eingetroffen mit der Bitte, sie weiterzuleiten. Seitdem hatte Hetty ungeduldig darauf gewartet.

Sie ordnete sie nach Daten. Der erste vom Juli 1909 gab nicht viel her, weil er sich mit banalen Fragen der Verschiffung von Gemälden aus Frankreich vor Blakes Rückkehr befasste, doch als sie den zweiten las, begann ihr Herz schneller zu schlagen.

Mein Lieber,
was für eine großzügige Geste! Ich weiß, dass Beatrice bereits geschrieben hat, aber erlauben Sie mir, mich ebenfalls zu bedanken. Was für ein schönes Stück. Wir werden es immer in Ehren halten.

Der Brief war an die Charlotte Street, Edinburgh, adressiert und trug das Datum März 1910.

Tut mir leid, dass Sie die Hochzeit verpasst haben. Dafür müssen Sie uns diesen Sommer besuchen, darauf bestehe ich. Ich habe Beatrice überredet, Venedig und Rom hintanzustellen und zur Insel zu fahren, und setze all meine Hoffnungen darauf, dass sie ihrem Frühlingszauber verfällt, damit wir jedes Jahr zurückkehren können. Und ich werde wieder malen, mein Freund. Mit dem Herzen! Endlich kann ich die falsche Liebe zu fremden Ländern aufgeben und auf heiligen Boden zurückkehren. Schon regt sich die alte Leidenschaft wieder in mir. Sie sehen also, was die Ehe mit einer reizenden Frau in mir bewirkt!

Mit besten Grüßen,
Blake

Hetty faltete den Brief zusammen und legte ihn zu den anderen. Das nächste Schreiben war mit Juni 1910 datiert und befasste sich mit einem bevorstehenden Besuch.

Sie machen uns keine Umstände und sind alle herzlich willkommen, das versichere ich Ihnen. Ich werde tun, was ich kann, um Baird und Campbell dazu zu bringen, dass sie ihre Börsen öffnen, obwohl ich sie nicht sonderlich gut kenne.

Sie fragen nach meiner Arbeit. Leider muss ich zugeben, dass ich kaum etwas vorzuweisen habe. Stellen Sie auf jeden Fall einige der älteren Werke zur Wahl, auch wenn es inzwischen jüngere Talente gibt und die Dinge sich weiterentwickelt haben.

Ich verwende meine gesamte freie Zeit auf die Illustrationen für das Buch. Gelegentlich hilft mir der Sohn des Verwalters, wenn er mir nicht gerade Vorträge über Sozialismus hält. (Was für eine Chuzpe, wenn man bedenkt, dass ich dem Burschen zu einer Ausbildung verholfen habe!) Tja, der Idealismus der Jugend … Er scheint zu glauben, dass wir das Rad der Geschichte zurückdrehen und die Welt verbessern können. Aber ich lasse mich nicht bekehren. Mehr kann ich nicht tun.

Beatrice freut sich genauso auf Ihren Besuch wie
Ihr Freund
Blake

Der Sohn des Verwalters? Hetty erinnerte sich an den jungen Mann auf dem Foto, das scheue Ebenbild des kräftigen Verwalters, und wusste, dass Blake nicht ihn meinte. Es musste der andere sein, der sie von der Aufnahme mit trotzigem Blick angeschaut hatte. Ein Sozialist also? Den Gesichtsausdruck kannte sie von seinem Nachfahren, als er Bhalla House als das Statussymbol eines reichen Mannes bezeichnet hatte. Waren die Überzeugungen mit der DNA weitergegeben worden?

Im nächsten Brief, datiert auf August 1910, änderte sich der Tonfall, und die Euphorie des Frühlings war verschwunden. Taten sich allmählich Risse auf? Das Schreiben begann mit einem weiteren Verweis auf die Auswahl der Gemälde für eine große Ausstellung.

Nehmen Sie sie auf jeden Fall. Sanders scheint zu meinen, dass in der Schau ein Mangel an echter Kunst gegenüber dem Kunstgewerbe besteht, so werden sie vielleicht wenigstens als Wandschmuck wahrgenommen. Ich wünschte, ich hätte etwas anderes zu bieten. Streng genommen, gehört »Bhalla Strand« Beatrice, aber ich denke, sie wird es für die Ausstellung ausleihen. Ich würde es nur zu gern verkaufen, doch das scheint nicht infrage zu kommen. Das andere habe ich meiner Schwester zur Hochzeit versprochen, weil sie offenbar damit rechnet, dass meine Bilder eine gute Geldanlage werden, aber sie würde es ebenfalls ausleihen. Wenn Reid Ihnen den »Tümpel zwischen Felsen« überlässt, soll es mir recht sein. Obwohl ich das Gefühl habe, dass diese Gemälde einer anderen Ära angehören, das Werk eines anderen Mannes sind.

Jedenfalls spiele ich mit dem Gedanken, früher als ursprünglich geplant nach Edinburgh zurückzukehren. Ich nehme nicht für mich in Anspruch, dass meine Stiefmutter mich braucht, aber vielleicht hat Beatrice Freude an den Hochzeitsvorbereitungen meiner Schwester. Seit Emilys und Kits Abreise ist sie unruhig. Vermutlich macht ihr die Einsamkeit zu schaffen. Venedig fassen wir möglicherweise für ein anderes Jahr ins Auge. Wahrscheinlich war es zu viel erwartet, dass sie der Insel die gleichen Gefühle entgegenbringen sollte wie ich, und außerdem bin ich immer schon egoistisch gewesen.

Sie sagt, das Haus sei kalt und dunkel, weswegen ich überlege, einen Wintergarten für schlechtes Wetter zu bauen. Sie liebt Grünpflanzen und Blumen, also könnte ihr das helfen.

Hier wurde sie das erste Mal erwähnt, die Idee mit dem Wintergarten. Hetty verspürte den absurden Wunsch, die Briefe wegzulegen und die Dinge an der Stelle anzuhalten, an der noch von Zuneigung und Sorge die Rede war. Beatrice war also »unruhig« gewesen … Das Datum des Schreibens bestätigte die Informationen, die sie den Fotos entnommen hatte. Sie musste Ruairidh Bescheid sagen.

Da klingelte das Telefon. Es war James Cameron. »Ruairidh sagt, er hätte Ihnen gerade von der Sache mit dem Dach erzählt.« Wie immer kam er sofort zur Sache.

»Ja.«

»Der Schaden befindet sich an der hinteren Seite, über der alten Waschküche. Ein Schornstein ist durchs Dach gebrochen. Jetzt liegen überall Schieferplatten herum.« Er schwieg kurz. »Wird der zweite Gutachter bald kommen?«

»Darum kümmern sich meine Agenten.« Das stimmte nicht ganz. Giles hatte ihr das Versprechen abgenommen, Emma anzurufen und einen Termin zu vereinbaren, doch dazu war sie noch nicht gekommen.

»Dann machen Sie ihnen Beine. Es ist gefährlich in dem Haus, Sie müssen es absichern. Ich habe die eingestürzte Stelle abgesperrt, aber wenn sich jemand, und sei es ein Eindringling, verletzt, kriegen Sie Schwierigkeiten.«

Sie bekam ein flaues Gefühl im Magen. »Die Schulkinder ...«

»Die sind jetzt in einer der Scheunen beim Farmhaus. Stand ohnehin an.« Kurzes Schweigen. »Ruairidh sagt, Sie haben Briefe?«

»Ja, ich wollte Sie gerade anrufen.«

»Wie sind Sie an die gekommen?«

Sie erzählte ihm von der Auktion, von ihrer Begegnung mit Jasper Banks und davon, dass die Briefe kurz zuvor eingetroffen waren. »Die Skizzen, die Sie haben, müssen ein Vermögen wert sein ...«

»Sie sind nicht verkäuflich.«

»... Matt sagt, wegen der Signaturen sollten Sie keine mehr aus dem Heft reißen.«

»Ach.« Sein Tonfall verriet, dass er nicht viel von Matts Meinung hielt, und über die Summen, die für die Gemälde gezahlt worden waren, lachte er. »Vergessen Sie das Geld. Erzählen Sie mir lieber von den Briefen.«

»Ich bin noch dabei, sie zu lesen. Im August 1910 erwähnt Blake seinen Gedanken, einen Wintergarten für Beatrice zu bauen.«

»Tatsächlich?« Das schien ihn zu interessieren.

»Anscheinend hatten Theo und Beatrice Eheprobleme, die nicht offen ausgesprochen wurden. Allerdings scheint er sie nach wie vor gemocht zu haben, und er wollte sie glücklich machen.«

»Vielleicht war das im August 1910 noch so.«

»Er schreibt, sie sei unruhig gewesen, und deutet an, dass sie einsam war.« James schwieg. »Bei der Auktion wurde ein Gemälde versteigert, auf dem sie zu sehen war. Es wirkte seltsam und traurig, aber irgendwie auch zärtlich.« Giles hatte sie für verrückt gehalten, als sie ihm erklären wollte, warum sie es erworben hatte, doch vielleicht würde James Cameron sie verstehen.

»Hat das auch dieser Typ gekauft?«

»Nein, ich.«

»Gütiger Himmel! Wie viel haben Sie dafür hingelegt?«

»Ich konnte sie nicht einfach dort lassen.«

Er schnaubte verächtlich. »So viel also? Die Sache steigt Ihnen zu Kopf, meine Liebe. Reißen Sie sich zusammen.« Sie schmunzelte über seine merkwürdig beruhigende Unverblümtheit. »Die junge Frau vom ›Tümpel zwischen Felsen‹ ist übrigens Màili Forbes, die Großmutter von Aonghas, sagt er.«

»Oh.«

»Sie liegt mit ihrem totgeborenen Kind oben auf dem kleinen Friedhof. Es kann also nicht ihr Skelett sein.«

»Waren sie und Blake ein Paar?«, fragte Hetty.

Er lachte. »Dazu hat Aonghas sich nicht geäußert.«

»Nein, natürlich nicht ... Aber man sieht es in den Skizzen und auch in dem Gemälde. Er hat sie geliebt.«

Sie konnte sein Achselzucken fast hören. »Maler hatten oft Lieblingsmodelle.«

»Es ist mehr als das.« Der Pinselstrich und die Linienführung waren so zart wie eine Liebkosung.

»Möglich.« Schweigen, dann redeten sie beide gleichzeitig.

»Sie zuerst«, sagte er.

»Ich habe mir Gedanken über die Grundstücksfrage gemacht ...«

»Ich auch.«

»Emma Dawson will sich damit beschäftigen, hat sich jedoch noch nicht bei mir gemeldet. Haben Sie ... Hat Aonghas irgendetwas gefunden, irgendwelche Dokumente?«

»Aonghas erinnert sich, dass Ihre Urgroßmutter seinem Vater das Land und das Haus überlassen hat.« Sein Tonfall wurde schärfer. »Er war dabei und hat gehört, wie sie darüber redeten.«

»Und die Übertragungsurkunde?«

»Muss irgendwo sein.«

»Die Angelegenheit muss geklärt werden.«

»Ja.« Sackgasse. James Cameron machte es ihr nicht leicht.

»Falls Emily das Land tatsächlich weggegeben hat, werde ich es nicht zurückfordern.«

»Gut. Es sichert nämlich Ruairidh und anderen den Lebensunterhalt.«

»Allerdings glaube ich, dass das nur eins der Probleme ist, die ich geerbt habe. Erzählen Sie mir von diesem Pächter.«

Längeres Schweigen.

»Wie Ihr Typ gesagt hat: Er ist ein alter Kauz, der dort Kartoffeln anbaut.«

›Ihr Typ‹. »Es steckt mehr dahinter, stimmt's?«

»Meinen Sie?«

»Sie verschweigen mir doch etwas, oder?«

Er lachte. »Er ist auch Teil des Blake-Vermächtnisses, aber er wird Ihnen selber helfen, die Sache zu regeln.«

Da hörte sie einen Schlüssel in der Wohnungstür. »Warum können Sie nicht …?«

»War der Postbote schon da, Schatz?«, rief Giles von der Tür.

»Klingt, als bekämen Sie Gesellschaft. Ich verabschiede mich dann mal.« James legte auf.

Neunundzwanzig

1910

Beim Abschied wanderte Sanders' Blick mit einem vielsagenden Lächeln zu Beatrice' Taille, worauf ihre Entschuldigung für den Tag zuvor auf ihren Lippen erstarb und sie ihm nur kühl die Hand hinstreckte. Theo beobachtete das Ganze verstimmt und ging, sobald der Pferdewagen das Tor erreichte, ins Haus, wo er eines der Mädchen anwies, Cameron in sein Arbeitszimmer zu schicken. Beatrice zog sich in ihr Schlafzimmer zurück. Sie hatte Kopfschmerzen, lehnte es aber ab, sich Tee oder ein Tonikum bringen zu lassen. Sie streckte sich auf dem Bett aus, lauschte dem aufkommenden Wind, starrte zu dem Riss in der Decke hinauf, der sich im Verlauf des Sommers ausgebreitet hatte, und ließ noch einmal die Ereignisse des vorangegangenen Tages Revue passieren.

Ihr war, als wäre der Dunst vom Machair in ihren Kopf gezogen und hätte ihr die Sinne vernebelt; der klagende Schrei des Eistauchers hallte wie aus einer anderen Welt herüber. Was genau hatte sie zu Cameron gesagt? In was für eine absurde Situation sie sich gebracht hatte! Eine gefährliche Verschwörung eines verfluchten Vogels wegen … Sie stand auf und trat zum Turmfenster, von dem aus sie Cameron im Wind die Auffahrt heraufmarschieren sah. Als er den Blick hob, wich sie zurück, obwohl ihr klar war, dass er sie bemerkt hatte.

Am folgenden Tag begegnete sie ihm auf dem Weg zum Arbeitszimmer, wo er sie mit einem verschwörerischen Lächeln begrüßte. »Es sind zwei. Ich habe ihre Rufe ganz deutlich gehört.«

»Was können wir tun?«

»Rein gar nichts.« Er klopfte an die Tür zum Arbeitszimmer.

Wieder einen Tag später, als Theo mit John Forbes den Schaden begutachtete, den der Wind am Dach der Stallungen angerichtet hatte, suchte sie Cameron von sich aus im Arbeitszimmer auf. »Haben Sie sie gesehen?«, fragte sie von der Tür aus.

Er hob den Kopf. »Nein, aber gehört. Draußen in Oronsay Beagh, ein ganzes Stück weg. Ich finde sie schon noch.« Als er ihr fahles Gesicht bemerkte, stellte er fest: »Sie sind blass, Mrs Blake.«

Sie betrat den Raum. »Ich bin etwas müde.«

Er sah sie weiter an, dann trat er zu einem der Bücherregale, nahm einen dicken Band heraus und trug ihn zum Fenster. »Da haben wir ihn«, erklärte er, sobald er die Seite gefunden hatte. »Hier steht, dass Eistaucher ihre Nester gern an Süßwasserstellen bauen, besonders auf Inseln oder Landzungen. Der See in Oronsay Beagh ist eher klein, könnte sich aber für ihren Zweck eignen.«

Sie gesellte sich zu ihm, und er senkte das Buch, um ihr die Seite zu zeigen. Während sie sich darüberbeugte, hatte sie das Gefühl, von den ausgestopften Vögeln beobachtet zu werden. Dann hörte sie die Haustür ins Schloss fallen, und schwere Schritte näherten sich über den Flur dem Arbeitszimmer. Wenig später erschien John Forbes in der Tür.

»Ist Cameron noch da, John?«, erklang Theos Stimme aus dem Flur. Cameron stellte das Buch ins Regal und kehrte an den Arbeitstisch zurück, Beatrice bewegte sich zum Kamin.

»Aye«, antwortete der Verwalter mit hartem Blick. »Aber ich nehme ihn jetzt mit nach Hause, und dann klären wir die Angelegenheit.« Er trat einen Schritt beiseite, um Theo vorbeizulassen.

»Na schön. Hast du die fehlende Kladde gefunden, Cameron?« Da Theo Beatrice ignorierte, ergriff sie die Gelegenheit, um sich zurückzuziehen. Dabei spürte sie John Forbes' Blick auf sich.

Danach erschien Cameron mehrere Tage lang nicht im Arbeitszimmer, und Theo beklagte sich, dass er ihm nicht helfe, weil sein Vater ihn zur Reparatur der Sturmschäden benötige.

Als endlich die Sonne durch die dünnen Wolken drang, floh Beatrice an den Strand, um gierig die frische Luft einzuatmen und einen klaren Kopf zu bekommen, was ihr draußen leichter fiel als im Haus.

An den Kummer darüber, von Theo nicht beachtet zu werden, hatte sie sich mittlerweile gewöhnt, doch nun wurde sie von sehr viel stärkeren Gefühlen in ihren Grundfesten erschüttert. ›Gefährlich‹ … Der Sand begann leicht zu dampfen, als die herauskommende Sonne die flachen Tümpel silbern kräuselte, und ihr sechster Sinn sagte ihr, dass Cameron mit Bess ganz in der Nähe war. Als er in der Bucht erschien und sie bemerkte, blieb er abrupt stehen und begrüßte sie mit einem verkniffenen Lächeln.

»Es klart auf, Mrs Blake«, sagte er.

»Ja.«

»Im Spätsommer ist es oft wechselhaft wie jetzt.« Cameron ließ den Blick über den Sand zum Himmel hinauf schweifen und kraulte seinen Hund.

»Tatsächlich?«

»Ja, es gibt Sonne und Stürme.«

Sie standen eine Weile verlegen nebeneinander wie Schauspieler auf einer Bühne, die ihren Text vergessen hatten. »Hat Mr Blake Ihnen gesagt …?«, begann er und verstummte, als er hinter ihr etwas wahrnahm. Sie drehte sich um. John Forbes und Donald waren aus den Stallungen gekommen, und der Verwalter schaute zu ihnen herüber. »Wenn Sie mich entschuldigen würden, Madam.« Cameron verabschiedete sich mit einem Nicken von Beatrice, bevor er sich mit Bess entfernte.

Nachdem sie die Stufen zum Eingang hinaufgestiegen war, legte sie ihren Hut auf dem Tisch im Flur ab und ging in den Salon. Theo senkte das Buch, in dem er gerade las, und deutete auf ein Tablett mit Tee. »Hast du frische Luft geschnappt, Liebes? Ich habe dich unten am Strand gesehen.«

»Nach dem Sturm ist die Luft so schön klar«, antwortete sie freundlich, weil sie spürte, dass er sich Mühe gab, und goss sich eine Tasse Tee ein. »Wollen wir, wenn das Wetter so bleiben sollte, mit der Rückkehr in die Stadt noch eine Woche warten? Obwohl du bestimmt rechtzeitig in Edinburgh sein willst, um dich auf Emilys Hochzeit vorzubereiten.«

Er verzog den Mund zu einem wehmütigen Lächeln. »Freust du dich auf Edinburgh, Beatrice?«

Sie nahm einen Schluck Tee. »Wenn das Wetter gut ist, würde ich lieber auf der Insel bleiben. In der Stadt kann es im August ziemlich schwül werden.«

»Warten wir's ab. Ich möchte noch ein paar Dinge hier zum Abschluss bringen, aber die schriftlichen Arbeiten kann ich auch in Edinburgh erledigen.« Er zögerte. »Ich habe Cameron gebeten, uns zu begleiten und mir den Winter über zur Hand zu gehen«, erklärte er, und sie hob erstaunt den Blick. »Das ist mein letzter Versuch, ihn zum Bleiben zu bewegen. Ich habe ihm ein ordentliches Salär geboten.« Er hob seine Tasse an die Lippen. »Was hältst du davon?«

Sie stellte ihre Tasse ab, damit er das Zittern ihrer Hand nicht sah. Was sollte sie davon halten? »Aber du regst dich doch immer so über ihn auf, Theo.«

»Ach, wo gehobelt wird, fallen Späne. Er muss seinen Horizont erweitern. Sobald er sich auf seine Arbeit konzentriert, ist er mir eine große Hilfe. Würde es dir etwas ausmachen, wenn er mitkommt?«

Sie wandte sich ab, um sich Tee nachzuschenken. »Natürlich nicht, wenn du das möchtest.«

»John stellt sich quer, aber ich glaube, ich kann ihn umstimmen. Er hat ja noch Donald.«

Würden sie und Theo in Wettstreit um Camerons Gunst treten, wenn er sie nach Edinburgh begleitete? Die Absurdität und Pikanterie dieser Situation brachten sie vollkommen durcheinander.

»Cameron benimmt sich seit der Abreise der Gäste ziemlich merkwürdig«, fuhr Theo fort. »Er verschwindet immer wieder. Der Himmel allein weiß, wo er sich bei diesem Wetter rumtreibt. Sein Vater hat auch keine Ahnung.« Er lachte verlegen. »Allmählich frage ich mich, ob er auf Brautschau geht.«

Auf Brautschau? Beatrice sah Theo an, doch der blickte ins Feuer. Sie schluckte. »Nun, er ist ein ansehnlicher junger Mann. So etwas kann man ihn wohl kaum fragen.«

Auch Theo füllte seine Tasse auf. »Stimmt. Wahrscheinlich täusche ich mich. Ich glaube nicht, dass er ein Auge auf ein Mädchen aus der Gegend geworfen hat. Er sollte sich etwas Besseres suchen.« Theo rührte nachdenklich in seinem Tee. »Und wenn John der Meinung ist, dass er ihn hier braucht, kann ich nicht viel machen.«

Beatrice zupfte nervös an ihrem Ärmel. »Wenn er wirklich auf Brautschau sein sollte, wird er uns vielleicht sowieso nicht begleiten wollen«, stellte sie fest. »Außerdem gibt es auf der Insel sicher jede Menge hübsche junge Frauen, die du nicht kennst. Soweit ich weiß, war Camerons Mutter auch ein Mädchen von hier und wunderschön.«

Theo stellte seine Tasse klappernd auf die Untertasse. »Hörst du dir Klatsch von den Bediensteten an, Beatrice?«, fragte er kühl und nahm sein Buch in die Hand. »Ist das nicht unter deiner Würde?«

»Bestimmt steckt eine Frau dahinter«, beklagte sich Theo am folgenden Tag wieder. »Ich kann ihm keine eindeutige Entscheidung entlocken. Er ist geistesabwesend, wie in einem Tagtraum. Was für Narren die Liebe doch aus uns machen kann.«

Ja, Narren, dachte sie, ein wenig verletzt.

In der Nacht hatte Theo leise an ihre Tür geklopft. »Darf ich reinkommen?« Sie war wortlos einen Schritt beiseitegetreten. Er hatte die Lampe ausgeblasen, sie in der Dunkelheit unsicher entkleidet und geküsst, anfangs noch vorsichtig, dann mit wachsender Leidenschaft, und sie zum Bett geschoben, als wollte er sie beide davon überzeugen, dass zwischen ihnen alles in Ordnung war. Aber das reichte nicht, weil sie ihre Sorgen und Mutmaßungen nicht aussprechen konnte. Doch sie brauchte Worte und eine Erklärung, sie musste begreifen, was seit ihrer Ankunft geschehen war. Warum war alles so schiefgegangen?

Fast bis zur Morgendämmerung hatte sie neben ihm wach gelegen und war dann tief eingeschlafen. Als sie schließlich aufwachte, war er fort gewesen. Sie hatte bis in den Vormittag hinein mit kreisenden Gedanken zur Decke hinaufgestarrt. Was würde passieren, wenn Cameron mit nach Edinburgh kam?

Nun stand sie auf und ging zum Turmfenster, von wo aus sie Theo und den Verwalter auf der Auffahrt sah, und zog sich hastig an. Vielleicht war Cameron wieder allein im Arbeitszimmer, und sie konnte mit ihm sprechen, ihn fragen, was er vorhatte. Sie eilte die Treppe hinunter. Als sie eintrat, hob Cameron wortlos den Blick.

»Theo fällt auf, dass Sie immer wieder verschwinden«, sprudelte es aus ihr heraus. »Er sagt, niemand weiß, wo Sie sich herumtreiben.«

Er zuckte lächelnd mit den Achseln. »Ich kann kein Nest finden und habe sie auch nicht mehr gehört. Ich glaube, sie sind weg.«

»Meinen Sie?« Beatrice betrachtete einen kleinen Alpenstrandläufer auf einem Regal. »Ist vielleicht besser so.« Sie strich mit zitternden Fingern über das trockene Gefieder. »Theo hat Sie gebeten, nach Edinburgh mitzukommen?«

»Ja.«

»Er glaubt, dass Sie sich weigern, weil Sie auf Brautschau sind.« Sie lachte unsicher.

»Auf Brautschau?« Cameron trat kurz ans Fenster, von dem aus Theo und John Forbes zu sehen waren, wie sie sich mit zwei Pächtern unterhielten und auf die Mauer deuteten, kehrte zurück und setzte sich auf die Kante eines Arbeitstischs. »Gut beobachtet, finden Sie nicht?« Er sah sie an. »Und gar nicht so daneben.« Wieder hatte Beatrice, deren Herz hart gegen ihre Rippen hämmerte, das Gefühl, von den ausgestopften Vögeln beobachtet zu werden. »Obwohl ›Brautschau‹ nicht ganz das richtige Wort ist. Jedenfalls begleite ich Sie nicht nach Edinburgh. Ich gehe den Winter über meinem Vater zur Hand und breche auf, bevor Sie wiederkommen.« Er sah ihr in die Augen. »Mein Vater hat die Situation neulich gar nicht so falsch gedeutet. In Edinburgh würde es passieren.«

»Cameron …« Sie streckte die Hand nach ihm aus, doch er schüttelte fast ein wenig verärgert den Kopf.

»Nein. Es gibt nichts zu sagen. Der Himmel weiß …«

Als die Haustür aufging und sich Schritte über den Flur näherten, verstummte er. Wenig später trat Theo, gefolgt von John Forbes, ein.

»Liebes«, begrüßte Theo sie, der ihre Anspannung nicht zu bemerken schien. »Sie wollen Anfang nächstes Jahr mit den Arbeiten anfangen. Das heißt, du kannst die kalten Monate mit Planungen für deinen Wintergarten verbringen.« Er wandte sich Cameron mit kühlem Blick zu. »Ich vermute, dass du nicht nach Edinburgh mitkommst?«

»Aber ich bin dankbar für das Angebot, Sir.«

In Theos Wange zuckte ein Muskel. »Na schön.« Als er sich abwandte, sah Beatrice den Schmerz darüber, zurückgewiesen worden zu sein, in seinen Augen.

Das Leben wurde unerträglich. Sobald Theo ein Datum für ihre Abreise festgesetzt hatte, begann Beatrice zu packen, sprach mit Mrs Henderson über Motten- und Staubschutz für die Möbel, schnitt Gestrüpp im Garten zurück und kümmerte sich um ihre Rose, um nur ja nicht nachdenken zu müssen.

Die kurze Zeit der spätsommerlichen Sonne war vorüber, der Himmel hing bleischwer herab, und wieder fegten heftige Stürme übers Land, die das seichte Wasser der Bucht aufwühlten, über dem die Schreie der Möwen gellten. Obwohl es draußen nur wenig verlockend war, ergriff Beatrice, die dem Haus und ihrer Angst vor dem bevorstehenden Verlust entfliehen wollte, ein Tuch und ging hinaus. Sie kämpfte gegen den Wind an, wild entschlossen, mindestens bis nach Teampull Ultan zu gelangen, wo sie schon so oft Trost gefunden hatte. Aber bei strömendem Regen kehrte sie bald um.

Als sie sich den Farmgebäuden näherte, hörte sie laute Stimmen aus der alten Pächterkate der McLeods, wo Theos Vögel präpariert wurden, und trat an das winzige Fenster. Theo und Cameron.

»Cameron, du hast genug gesagt.« Das war John Forbes. Gott sei Dank.

Da ertönte wieder Camerons erzürnte Stimme. »Er ist bloß eine verdammte Trophäe für Ihre Sammlung.«

Der Eistaucher!, dachte sie. Er hat ihn entdeckt.

Der Verwalter versuchte, Cameron zu besänftigen, aber der schenkte ihm keine Beachtung. »Wie konnten Sie nur? Wo es doch so wenige gibt.«

»Unsinn. In Skandinavien sind sie …«

»Aber nicht hier, wo sie hingehören. Vielleicht haben Sie ja vergessen, wie wir sie vor Jahren vom Bràigh aus beobachtet haben, doch ich weiß es noch.«

»Nein, das habe ich nicht vergessen, Cameron. Aber es steht dir nicht zu, dich einzumischen.«

»Ich soll das arme Tier zum Präparieren fertig machen? Finden Sie das nicht auch absurd?«

»Vorsicht …«

»Begreifen Sie denn nicht, was für Schaden Sie anrichten? Sie schätzen Ihre Pächter gering, vernachlässigen Ihre …«

»Bi sàmhach!«, herrschte der Verwalter ihn an, und Beatrice stützte sich mit weichen Knien an der Mauer ab.

»Es ist eine Schande. Ein Verbrechen …« Camerons Wut

ließ ihn außer Rand und Band geraten. »Vielleicht sollte ich Sie anzeigen. Dafür könnte ich es.«

Plötzlich herrschte Stille in der alten Pächterkate. Dann Theos verblüffte Frage: »Drohst du mir, Cameron?«

Beatrice schloss die Augen.

»Tha sin gu leòr!«, donnerte der Verwalter.

»Zu spät, John.« Beatrice, die diesen Tonfall kannte, bekam ein flaues Gefühl im Magen.

Der Verwalter, der ihn ebenfalls kannte, übernahm die Kontrolle. »Es reicht, Cameron. Geh.«

Beatrice sank gegen die Mauer, als sie Theo widersprechen hörte, doch John Forbes klang entschlossen. »Die Gemüter müssen sich beruhigen, Sir. Cameron, geh …«

Cameron stürzte aus der Kate, ohne Beatrice zu sehen, und rannte wütend, die Jacke über der Schulter, im beißenden Wind den Hang hinauf. Aus dem Haus hörte Beatrice die besänftigende Stimme von John Forbes. »Ich kümmere mich um den Vogel, Sir. Bis zu Ihrer Abreise ist er fertig. Von Anzeigen wird nicht mehr die Rede sein, und Cameron wird sich entschuldigen.«

»Seine Entschuldigung ist mir völlig egal.« Längeres Schweigen. »Das lasse ich mir nicht bieten. Ich will ihn hier nicht mehr sehen, John. So kann das nicht weitergehen.« Beatrice hielt den Atem an.

»Egal, ob die Sache mit dem Vogel nun richtig war oder nicht: Cameron hätte nicht so mit Ihnen reden dürfen«, sagte der Verwalter. Selbst er schien nun kurz davor, die Beherrschung zu verlieren. »Trotzdem bitte ich Sie, es sich noch einmal zu überlegen.«

»Nach all den Jahren …«

»Lassen Sie ihn mir diesen Winter«, fiel der Verwalter ihm ins Wort. »Er wird Ihnen nicht mehr unter die Augen treten und weg sein, wenn Sie wiederkommen.« Der Wind legte sich, als würde er auf Theos Antwort warten.

»Ich denke, das bin ich Ihnen schuldig.« Kurze Pause. »Aber das ist es dann. Ich bin fertig mit ihm. Aus.« Theos Stimme wurde leiser, als er sich vom Fenster entfernte. »Kommt später zum Haus. Beide.« Damit verließ er die Kate und marschierte in Richtung Bhalla House, die Haltung ganz ähnlich wie zuvor die von Cameron.

Als Beatrice kurz darauf John Forbes' schwere Schritte auf dem Weg zu den Stallungen hörte, betrat sie leise die Kate. Auf dem Tisch lag nicht der schwarz-weiße Eistaucher wie befürchtet, sondern ein großer Adler, die gesprenkelten Schwingen am Körper, die gelben Krallen über den fächerförmigen weißen Schwanzfedern angezogen. Die geschlossenen Augen verliehen ihm etwas Hochmütiges, Herrisches. Ein kleines blutiges Loch knapp unterhalb des gebogenen Schnabels war der einzige Hinweis darauf, dass Theos platzierter Schuss ihn getroffen hatte. Als sie es sah, brach sich der ganze Kummer dieses Sommers in ihr Bahn, und Furcht und Vorahnungen stiegen in ihr auf, dass unvorhergesehene Dinge passieren würden.

»*Iolairesuilnagreinel*«, hörte sie eine tiefe Stimme von der Tür, wo John Forbes mit einer kleinen Säge und einem Messer stand. »Der Adler mit dem Sonnenauge«, sagte er und trat mit traurigem Blick ein. »Sie haben den Streit von draußen gehört.« Eine Feststellung, keine Frage. »Harte Worte, auf beiden Seiten. Es darf keine weiteren Verletzungen mehr geben.« Was er meinte, war klar, und plötzlich verspürte sie den Drang, sich ihm anzuvertrauen.

»Mr Forbes, was Sie auch immer glauben mögen …«

Er fiel ihr genauso barsch ins Wort wie zuvor Theo. »Hören Sie auf. Die Sache geht tief.« Er schüttelte den Kopf und hob die Säge. »Was ich jetzt tun muss, wird nicht schön anzusehen sein, also würde ich vorschlagen, dass Sie sich entfernen, Mrs Blake. Ihr Mann möchte den Vogel mit nach Edinburgh nehmen. Er hatte Cameron gebeten, ihn zu präparieren – da hat der Streit angefangen.«

Sie trat zur Tür und fragte sich, wohin Cameron wohl verschwunden war.

»Gehen Sie zurück zum Haus, Mrs Blake«, sagte er, als hätte er ihre Gedanken gelesen. In seinen Augen lag ein unmissverständlicher Befehl.

Theo erschien nicht zum Nachmittagstee im Salon. Weil die Sache mit dem Streit sich im Haus herumgesprochen hatte, erledigten die Bediensteten ihre Arbeit stumm und wichen Beatrice' Blick aus. Kurz vor dem Essen gesellte er sich dann zu ihr und nahm eine Zeitung in die Hand, um eventuelle Fragen im Keim zu ersticken. Dann saßen sie einander in angespanntem Schweigen gegenüber, bis Mrs Henderson leise an der Tür klopfte und verkündete, dass John Forbes und Cameron in der Küche seien.

Theo faltete die Zeitung zusammen und erhob sich. »Bitten Sie John, ins Arbeitszimmer zu kommen. Cameron soll im Frühstückszimmer warten, bis ich ihn rufen lasse.« Er nickte Beatrice zu und entfernte sich, ohne die Tür zum Salon zu schließen.

Beatrice schlüpfte aus dem Raum und huschte über den Flur zum Frühstückszimmer. Cameron, der mit dem Rücken zu ihr stand, schaute zum Fenster hinaus, drehte sich jedoch zu ihr um, als sie seinen Namen sagte.

»Er kann Sie nicht einfach so wegschicken.«

»Beatrice! Gehen Sie. Sie dürfen sich da nicht mit hineinziehen lassen.«

»Es ist Ihr Zuhause. Lassen Sie mich mit ihm reden.«

»Du lieber Himmel, nein!«

»Dann glätten Sie irgendwie die Wogen. Ein toter Vogel ist es nicht wert …«

»Glauben Sie wirklich, dass der das einzige Problem ist?«, fragte er mit einem düsteren Lächeln. »Bitte gehen Sie.« Sie wandte sich ab. »Nein, warten Sie …« Er trat einen Schritt auf sie zu und wölbte die Hände um ihr Gesicht. »Wenn ich Bhalla House schon verlassen muss, möchte ich wenigstens etwas von Ihnen mitnehmen.« Er küsste sie, und als er sich von ihr löste, blitzte wieder sein altes widerspenstiges Lächeln auf. Es verschwand, als John Forbes ihn ins Arbeitszimmer rief.

Sie eilte in den Salon zurück. Theo, der sich wenig später zu ihr gesellte, marschierte schnurstracks zum Beistelltischchen, ohne zu bemerken, dass sie wie erstarrt am Fenster stand, nahm eine Karaffe in die Hand und verschüttete dabei Whisky auf die polierte Oberfläche.

»Theo, erklär mir, was los ist.«

Er sah zuerst sie an, dann sein Glas, bevor er einen großen Schluck trank und an den Kamin trat. »Cameron Forbes muss das Anwesen verlassen. Am liebsten wäre es mir gleich heute, wenn ich nicht so viel Achtung hätte vor seinem … vor John. Gäbe es ihn nicht, wäre er bereits weg. Er stellt meine Geduld schon den ganzen Sommer auf eine harte Probe und widersetzt sich mir bewusst …« Fast schien er Beatrice vergessen zu haben, die er erst jetzt wieder mit einem finsteren Blick bedachte. »Heute ist er endgültig zu weit gegangen. Er hat mir gedroht, mich anzuzeigen, weil ich einen verdammten Seeadler geschossen habe.« Theo nahm einen weiteren großen Schluck und schüttelte den Kopf wie ein waidwundes Tier.

»Das hätte er bestimmt nicht getan.«

»Bestimmt? Soll er doch meinetwegen vor Gericht oder gleich zum Teufel gehen. Ich bin mit ihm fertig.« Er blickte auf den Strand hinaus, zu dem Ort, an dem sie ihn, das wusste sie, nicht mehr erreichen konnte.

Als er den Kopf senkte, erkannte sie hinter seinem Zorn die Verletzung darüber, zurückgewiesen worden zu sein, und empfand Mitleid mit ihm. Doch gegen seine Dämonen kam sie nicht an. Auch sie schaute zum Fenster hinaus. Noch vor wenigen Monaten hatte sie das Gefühl gehabt, von den weichen Wolken zu der Insel gelockt zu werden. Aber Wolken warfen Schatten, das hatte sie inzwischen gelernt. Ihr Blick fiel auf eine Möwe, die in den letzten Strahlen der Sonne vom Haus weg in Richtung Strand flog und verschwand.

Dreißig

2010

Vor dem hell erleuchteten Eingang zur Galerie lag ein roter Teppich, auf dem Matt wartete. Als er Hetty sah, trat er mit einem Lächeln auf sie zu. »Da ist ja unser Ehrengast. Man hat mir gesagt, dass ich mich nicht von der Stelle rühren soll, bis du kommst. Wo ist Giles?«

»Bei einem kleinen Empfang von einem Mandanten, er will später noch vorbeischauen.« Hetty war froh, erst einmal allein zu sein.

»Kein Problem, Jasper möchte ja dich sehen. Er hat eine Überraschung für dich.«

Die Bekanntschaft mit Jasper Banks hatte sich für Matt sehr positiv ausgewirkt, denn als der exzentrische Gönner Matts Galerie für seine Ausstellung erkoren hatte, waren sein Ansehen und sein Gehalt enorm gestiegen. Die Inhaberin der Galerie war hochdankbar für diesen Glücksfall, nun stand sie mit einer Gruppe herausgeputzter Gäste in einer Ecke und ihr war von dem Budget, das Banks ihr für die Vernissage zur Verfügung gestellt hatte, noch immer etwas schwindelig.

»Komm«, sagte Matt zu Hetty, »ich soll dich gleich zu ihnen bringen.«

Blakes Briefe, hatte Matt Hetty erklärt, als er ihr die Einladung eine Woche zuvor überbrachte, waren nicht das einzige Interessante aus Farquarsons Nachlass. Man hatte auch einen wahren Schatz an Gemälden entdeckt. Zwei verloren geglaubte Guthries, ein unbekannter Nairn, der in Brodick entstanden war, sowie Skizzen von Hornel.

»Wie du dir vorstellen kannst, sind die schottischen Kunsthändler ganz aus dem Häuschen«, hatte Matt Hetty mitgeteilt, »aber Jasper ist es gelungen, die Familie davon zu überzeugen, dass die Werke ausgestellt werden müssen, bevor sie auf den Markt kommen. Zuerst hier, dann in Edinburgh. Und er will dich unbedingt dabeihaben.«

Als Banks nun Hetty bemerkte, löste er sich von der Gruppe. »Haben Sie noch nichts zu trinken?«, erkundigte er sich.

Matt eilte weg, um Drinks zu holen. Banks war in trendigem Schwarz gekleidet, und obwohl bestimmt schon über fünfzig, sah er wie ein Kunststudent aus. Was zweifelsohne beabsichtigt war. Kurze Zeit später kehrte Matt mit zwei Drinks auf einem Tablett zurück, und Banks reichte Hetty einen.

»Hat Matt es Ihnen verraten?«, fragte er.

»Nein, kein Wort«, versicherte Matt ihm.

»Gut. Dann kommen Sie mit und lassen Sie sich überraschen.« Er ging ihr voran zum hinteren Ende der Galerie, wo etwa ein Dutzend Gemälde, mittels Wandschirmen abgetrennt und durch ausgeklügelte Beleuchtung herausgehoben, ein wenig abseits von den anderen hing. Hetty erkannte die beiden Bilder, die Jasper bei der Auktion erstanden hatte.

»Und, wie finden Sie sie?«

»Sie sehen gut aus«, antwortete sie.

»Und die anderen?«

Sie betrachtete auch sie genauer, merkwürdige abstrakte Werke. Als ihr Blick auf ein umgestürztes Kreuz fiel, begriff sie. »Ist das wirklich …?«

Er deutete wortlos auf die zittrige, aber unverkennbare Signatur in der unteren Ecke.

Hetty stellte ihr Glas ab, um ein Gemälde nach dem anderen zu begutachten. Schon bald erkannte sie die Grundthemen – das Haus selbst, die Kapellenruine, Seevögel im Flug, Watvögel, deren lange Beine sich in einem Tümpel spiegelten. Ohne die Signatur hätte sie sie nie für Blakes Werk gehalten. Sie hätten sich nicht stärker von seinen frühen Bildern, vom romantischen Realismus im »Tümpel zwischen Felsen« oder ihrem eigenen von Torrann Bay, unterscheiden können. Bei einigen bestand ein offensichtlicher Bezug zu den schwermütigen Werken, die Banks bei der Auktion erworben hatte, während andere sich deutlich davon abhoben.

Es handelte sich um abstrakte Kompositionen, die eher dem von Hetty ersteigerten Gemälde von Beatrice ähnelten. Auf einem lenkte ein eisig weißer Strudel den Blick in die Mitte, wo sich winzig klein die beiden Häuser befanden, von dunklen Wolken umwirbelt. Ein ätherisches Leuchten umgab das Haus des Verwalters, hinter dem Bhalla House riesig und düster aufragte.

Jasper Banks, der an der Wand lehnte, beobachtete Hetty.

»Sind die alle aus Farquarsons Nachlass?«, erkundigte sie sich.

»Aus seinem Speicher. Sie waren in einer Mappe mit der Aufschrift ›Bhalla-House-Auktion‹. Sie müssen über sechzig Jahre lang dort gelegen haben. Nicht viele sind datiert, aber die meisten scheinen in der zweiten Hälfte der dreißiger oder in den vierziger Jahren entstanden zu sein, also der Zeit kurz vor seinem Tod. Eines oder zwei stammen aus einer früheren Phase. Alte Inventare lassen vermuten, dass Farquarson jemanden zu der Versteigerung der Sachen aus dem Haus schickte mit der Anweisung, so viel wie möglich zu erstehen. Wahrscheinlich aus sentimentalen Gründen, denn Farquarson war damals selbst schon alt und starb kurz darauf. Die Bilder von unserer Auktion haben mich auf die Spur gebracht – ich habe ein bisschen Detektiv gespielt.«

»Unglaublich.«

»Mehr als das. Sehen Sie sich das mal an.« Er schob sie zu dem Bild mit den Watvögeln. »Erinnern Sie sich an die genauen, fast fotografischen Abbildungen in dem Vogelverzeichnis? Vergleichen Sie sie mit dem hier, wo das Tier aufs Wesentliche reduziert ist.«

Die Vögel bestanden lediglich aus zwei Beinen, die durch die Spiegelung im Wasser doppelt so lang waren wie normal, sowie aus einem angedeuteten Körper und einem Schnabel, und doch waren sie deutlich zu erkennen.

»Oder das ...« Zwei Seevögel im Flug waren zu bloßen Ahnungen geworden. Blakes Pinselstriche stellten unverkennbar Flügel dar, die ins grauweiße Nichts flogen. Jaspers Augen leuchteten. »Diese beiden sind die frühesten. Sie zeigen, dass er einen erstaunlich fortschrittlichen, innovativen Stil entwickelte ...«

Sie trat näher heran, um das Datum zu lesen. 1911. Natürlich, wie konnte es anders sein?

»Es ist, als hätten seine Fähigkeiten geschlummert und wären dann in eine völlig neue Richtung gegangen, ein kompletter Abschied von dem, was er bis dahin gemacht hatte. Ein bewusster Bruch.« Er ließ sein Glas nachfüllen und deutete auf das von Hetty. »Wollen Sie noch was? Ich hatte immer das Gefühl, dass ein Genie in dem Mann steckte, das sich nie ganz entfalten konnte, und diese Bilder bestätigen meine Vermutung. Ich kenne nur ein einziges anderes Werk, in dem dieser neue Stil zu erahnen ist ... sein Ursprung sozusagen. Und das entstand sehr viel früher. Ich hatte gehofft, dass es sich ebenfalls in Farquarsons Nachlass befinden würde, aber leider war es nicht dabei.« Banks sah Hetty über sein Glas hinweg an. »Und da kommen Sie ins Spiel.«

»Ich?«

Hinter einem der Wandschirme holte er eine Mappe hervor, aus der er einen abgegriffenen Katalog zog. *Exponate im Kunstpavillon. Scottish Exhibition of National History, Art and Industry. Kelvingrove Park, 2. Mai – 4. November 1911.* »Sehen Sie sich die Nummern 370–372 an.«

Hetty nahm den Katalog, der an einer markierten Seite aufklappte. Neben jedem Eintrag befand sich ein kleines Foto. Nummer 370 war ganz klar der »Tümpel zwischen Felsen«, *Leihgabe von A. Reid,* und voller Freude erkannte Hetty ihr eigenes Bild als Nummer 371: »Torrann Bay«, *Leihgabe von Major und Mrs Rupert Ballantyre.* Emily war nur kurze Zeit Mrs Rupert Ballantyre gewesen. Banks deutete auf den nächsten Eintrag. Nummer 372: »Bhalla Strand«, *Privatsammlung.* Obwohl es ein sehr schlechtes Foto war, konnte man darauf den Strand sehen, die tiefstehende Sonne, die durch Nebelschleier drang, die zwei verschwommenen Gestalten, die nebeneinanderher, jedoch getrennt, über den Sand gingen.

»In einem seiner Briefe erwähnt er, dass es seiner Frau gehört, daran erinnern Sie sich vielleicht. Ich halte es für sein wichtigstes Werk überhaupt. Meiner Ansicht nach bedeutet ›Privatsammlung‹ Familie.«

Hetty schüttelte den Kopf. »Tut mir leid, das kenne ich nicht.«

»Haben Sie eine Ahnung, wo es sich befinden könnte?«

James fiel ihr ein. Sie würde ihn fragen müssen.

»Es ist wichtig«, fuhr Banks fort. »Gerade weil das Bild

so früh entstand. Das Datum ist so klein, dass man es nicht richtig entziffern kann, aber es beginnt definitiv mit einer 18, nicht mit einer 19. Er hat damals etwas Neues ausprobiert, es aufgegeben und sich weiter mit seinem Vogelverzeichnis abgemüht, sein Talent ungefähr zehn oder fünfzehn Jahre lang verleugnet, bis es schließlich in einer letzten Kreativitätsexplosion zum Ausbruch kam. Die Bilder von 1911 beweisen, dass er mit Licht und abstrakten Konzepten experimentierte, und die sind einzigartig! Aber er landete damit in einer Sackgasse, und dann folgte eine Pause von wie viel … zwei Jahrzehnten? Als er in den zwanziger oder dreißiger Jahren wieder dort anfing, wo er aufgehört hatte, wurden seine Bilder kantig und düster, und in den Vierzigern waren sie dann nur noch merkwürdig. Da hat er alles in seine Teile aufgelöst. 1911 hatte er noch versucht, ein Ganzes zu schaffen. Genial! Leider dauerte diese Phase nicht lange. Etwas Katastrophales muss passiert sein, das seine Kreativität erstickt hat.«

Einunddreißig

1911

Dampf umhüllte Beatrice, die in dunkler Reisekleidung am Bahnsteig auf Theo wartete. Der hatte sich auf die Suche nach dem Schaffner begeben und kam jetzt zu ihr zurück.

»Wir sind richtig, Liebes«, teilte er ihr mit und nahm ihren Arm. »Auf dem Ticket ist der Bahnsteig falsch angegeben.« Er half ihr ins Abteil und drückte dem Gepäckträger eine Münze in die Hand. »Alles in Ordnung?«, erkundigte er sich, als sich der Zug in Bewegung setzte.

Sie nickte mechanisch und lehnte den Kopf gegen das Fenster, um zuzusehen, wie sie die graue Stadt allmählich hinter sich ließen.

»Sicher?«, fragte Theo wenig später. Sie rang sich ein schmallippiges Lächeln ab. Daraufhin nahm er seine Zeitung in die Hand und war schon bald in die Lektüre vertieft.

Als das Grau der Stadt dem Grün des Umlands wich, musterte sie ihn mit stumpfem Blick. War die Kluft zwischen ihnen unüberbrückbar geworden? Was würde passieren, wenn sie ihm die Wahrheit sagte? Dass sie am Ende war, nicht nur körperlich, sondern auch seelisch? Was dann? Bei ihrer Rückkehr nach Edinburgh sechs Monate zuvor waren die Vorbereitungen für Emilys Hochzeit in vollem Gange gewesen. Beatrice hatte sich trotz ihrer Niedergeschlagenheit bemüht, genauso enthusiastisch zu wirken wie Emily.

Theos Antipathie gegenüber seiner Stiefmutter war deutlich zu spüren gewesen, und die alte Mrs Blake hatte Beatrice mit huldvoller Herablassung behandelt.

»Beatrice sieht blass aus, Theodore. Warum setzt du das arme Mädchen diesem absonderlichen Ort aus?«, hatte sie ihn eines Abends beim Essen in ihrem protzigen Haus gefragt. »Sie sagt, sie sei noch nie in Rom oder Paris gewesen. Willst du etwa nächstes Jahr wieder auf die Insel fahren? Da hat sie doch außer den Einheimischen keine Gesellschaft.«

»Ja, und die sind richtige Wilde«, hatte Kit grinsend erklärt.

»Wirklich, ich …«

»Die Arme. Das ist grausam von dir, Theo.«

Theo hatte geschwiegen. Auf dem Heimweg zur Charlotte Street, wo der Wind Laub über die Gehsteige fegte, hatte Beatrice sich voller Schmerz daran erinnert, wie Cameron ihr die winterlichen Farbwirbel des Nordlichts über dem Meer beschrieb. Tagsüber hatte sie sich bemüht, nicht an Cameron zu denken, und sich mit allerlei Dingen beschäftigt, doch in der Nacht, egal, ob sie wach lag oder träumte, verfolgten sie die Gedanken an ihn und erfüllten sie mit abgrundtiefer Hoffnungslosigkeit.

An dem Tag, an dem Emily und Rupert einander das Jawort gaben, hatte Beatrice in der vollen Kirche St. Giles benommen und mit quälenden Kopfschmerzen neben Theo gestanden und das Ganze wie durch einen Schleier wahrgenommen. Am folgenden Morgen war sie würgend und heftig zitternd zur Waschschüssel gehastet, und plötzlich hatten die Schwindelgefühle, die Sprunghaftigkeit und Lethargie eine Erklärung gehabt. Ihre Niedergeschlagenheit war Verwunderung gewichen, denn Theo hatte sie nur selten in ihrem Schlafzimmer aufgesucht, aber irgendwie war aus diesen distanzierten Akten offenbar ein Kind entstanden. Auch Theo schien überrascht gewesen zu sein, hatte jedoch erklärt, dass er sich freue.

Als Emily und Rupert ein paar Tage später verfrüht aus den Flitterwochen zurückkehrten, weil die Lage der Nation es erforderte, war Emily ganz aus dem Häuschen gewesen, als sie davon erfuhr. »Dann bin ich also gleichzeitig Ehefrau und Tante geworden. Gott, was bin ich doch erwachsen.«

Als Theo das hörte, war er mit einem spöttischen Lächeln an der Tür stehen geblieben. »Erwachsen? Du wirst immer ein Wildfang bleiben, Emily, während aus Beatrice einmal eine gelassene, wunderschöne Madonna wird.«

Beatrice hatte den Blick gesenkt, sich ihrer unziemlichen Träume wegen geschämt und von da an versucht, sich auf das Kind zu konzentrieren. Theos Kind. Ihre Rettung. Und in den vergangenen Wochen hatte sie tatsächlich gespürt, wie sich die Kluft zwischen ihnen Zentimeter für Zentimeter zu schließen begann.

Dann war Ende Januar, nach einigen Wochen bitterkalten Wetters, Camerons Brief eingetroffen. Beatrice war, den Morgenmantel locker gebunden, mit einem herzhaften Gähnen nach unten gekommen. »Von Cameron Forbes.« Theo hatte ihr das Schreiben gereicht und war, die Hände hinter dem Rücken, ans Fenster getreten.

In dem Brief war von einem Unfall die Rede gewesen. Der Verwalter hatte sich bei der Arbeit auf der anderen Seite der Insel ein Bein gebrochen und war erst am folgenden Morgen gefunden worden. Wie durch ein Wunder hatte er überlebt, aber nun litt er unter einer schweren Lungenentzündung. Beatrice hatte die Seiten überflogen, auf denen Camerons Worte vor ihren Augen tanzten. Diesem Bären von einem Mann konnte doch nichts und niemand etwas anhaben!, hatte sie immer gedacht. »*Dr. Johnson ist in großer Sorge. Wir können nur hoffen, dass die Talsohle bald durchschritten ist und er überlebt.*« Dann folgte, was Cameron im Hinblick auf das Anwesen unternommen hatte, und der Brief endete mit einer Bitte. »*Sie rechnen mit meiner baldigen Abreise, aber ich bitte Sie, damit warten zu dürfen, bis mein Vater außer Gefahr ist, weil ich meine Familie nicht im Stich lassen kann. Seien Sie versichert, dass Donald und ich uns um alles kümmern werden, bis wir von Ihnen hören, Sir.*«

Beatrice hatte den Brief gesenkt und zu Theo hinübergeblickt, der noch immer mit dem Rücken zu ihr am Fenster stand, sodass sie seine Reaktion nicht sehen konnte, und sich gefragt, wie schwer es Cameron wohl gefallen war, diese Bitte zu Papier zu bringen.

Als der Zug auf einem unebenen Stück der Strecke zu holpern begann, kehrte sie mit den Gedanken in die Gegenwart zurück.

»Sitzt du bequem, Liebes?«, fragte Theo, sah sie kurz an und wandte sich wieder seiner Zeitung zu.

Wenn sie ihm erklärte, wie sie sich fühlte, wenn sie ihm ihre Leere und Verzweiflung schilderte, würde er sich dann mit der Situation auseinandersetzen und über ihren Verlust sprechen, oder würde er ihr wieder entgleiten? Als er zum Fenster hinausschaute, ohne ihren Kummer wahrzunehmen, gab sie den Gedanken daran auf.

Einen Tag später saß sie nach einer rauen Überfahrt neben ihm im Pferdewagen nach Bhalla Strand wie fast auf den Tag genau ein Jahr zuvor. Doch im Gegensatz zum ersten Mal hatte der Frühling die Farben noch nicht geweckt, und Regen prasselte vom Himmel. Beatrice zog ihren Umhang zum Schutz gegen den beißenden Wind enger um den

Leib. Im Jahr zuvor hatte sie voller Vorfreude über die Insel geblickt, und Theo war lächelnd auf den Pferdewagen gesprungen, um ihre Hand zu nehmen. Da tauchte über dem Strand kurz ein Regenbogen auf, der sich leuchtend von den dunklen Wolken abhob. Und Beatrice musste daran denken, wie sie Cameron, der sich mit Bess von Bhalla House entfernte, das letzte Mal gesehen hatte. Das Bild hatte sie bis nach Edinburgh verfolgt.

Als sie sich näherten, sah sie zwei Gestalten auf der Auffahrt und wappnete sich für die Begegnung. Aber dann erkannte sie Donald und Mrs Henderson, die vor dem Eingang standen, während zwei Pächter am Tor darauf warteten, ihnen mit dem Gepäck zu helfen.

»Willkommen daheim, Sir.« Donald, der innerlich und äußerlich gewachsen zu sein schien, trat vor, um die Zügel zu ergreifen. »Wir dachten schon, das Wetter hätte die Überfahrt verzögert.«

Dann erschien Cameron am oberen Ende der Treppe, und Beatrice spürte, wie ihr Herz schneller schlug.

»Wir hatten nicht viel Verspätung«, entgegnete Theo, der ihn ebenfalls gesehen hatte. »Wie geht's deinem Vater, Donald?«

»Besser, Sir, aber er ist schwach. Das Fieber ist noch nicht überstanden.«

Cameron kam die Stufen herunter und gab den Männern ein Zeichen, dass sie das Gepäck vom Wagen nehmen sollten. Als er sich näherte, umklammerte Beatrice die Seite des Wagens, doch er hielt den Blick auf Theo gerichtet. »Willkommen zu Hause, Sir«, begrüßte Cameron ihn und streckte ihm die Hand hin.

Theo zögerte kurz, bevor er sie ergriff und stumm dem Waffenstillstand zustimmte. »Du und Donald, ihr habt euch wacker geschlagen und mein Haus gut in Ordnung gehalten«, sagte er. »Danke.«

Cameron verbeugte sich leicht und wandte sich halb Beatrice zu, um sie ebenfalls höflich zu begrüßen und ihr vom Wagen zu helfen.

Dann standen sie alle einen Moment lang unsicher schweigend herum. Schließlich deutete Theo auf eine Leiter, die an der Vorderseite des Hauses lehnte. »Probleme?«

»Nach dem Sturm sind Schindeln vom Dach gefallen, Sir.« Von der Auffahrt aus hatte Beatrice dort oben einen Mann gesehen, doch der war offenbar inzwischen auf der anderen Seite heruntergeklettert. »Das Dach ist repariert, aber wir müssen noch den Schaden drinnen beheben.« Cameron war schmaler, älter und ernster geworden. Sorgenfalten hatten sich um seine Mundwinkel und zwischen seinen Brauen eingegraben.

Theo nickte. Als sie sich zum Eingang bewegten, sah Cameron Beatrice kurz an; in seinem Blick lag keinerlei Botschaft, kein Trost. Er wirkte verschlossen, wie Theo, wenn er sie auf Distanz halten wollte.

Zweiunddreißig

Zwei Tage später spitzte Theo seine Stifte mit einem Taschenmesser. Es war ihm leichtergefallen, Cameron zu verzeihen, als er gedacht hatte; der Junge hatte sich bewährt. Theo rutschte mit der Klinge ab und schnitt sich in den Finger. Er fluchte leise.

Als Cameron ihn an seinem ersten Tag auf der Insel zu John Forbes mitgenommen hatte, war Theo schockiert gewesen über den Zustand des Verwalters. Er schien um Jahre gealtert zu sein, sein Bart war lang und grau, und als er den Besucher erkannt hatte, hatte er versucht sich aufzusetzen.

Doch Theo hatte ihm eine Hand auf die Schulter gelegt. »Nein, John, immer mit der Ruhe«, hatte er gesagt und den Kranken mit Camerons Hilfe aufs Kissen zurückgebettet. »Wirst du noch eine Zeitlang bleiben?«, hatte Theo Cameron auf der Treppe des Farmhauses gefragt.

»Ja.«

Es war ein deprimierender Besuch gewesen, denn in dem Raum war die ganze Bürde der Vergangenheit spürbar gewesen. Vermutlich war Cameron in diesem Bett zur Welt gekommen, seine Geschwister waren dort gezeugt worden. Und Màili … Mit ziemlicher Sicherheit war sie dort gestorben.

Theo starrte zum Fenster hinaus, wo eine Möwe sich über der Auffahrt im Wind treiben ließ. Was, wenn John starb? Theo schob den Gedanken beiseite und widmete sich den Kontenbüchern. Wenig später erschien Cameron, den er gerufen hatte, an der Tür.

»Komm herein und setz dich. Ich will dich nicht lange aufhalten.«

Cameron zog Theo gegenüber einen Stuhl heraus und nahm wortlos Platz.

Theo deutete mit gerunzelter Stirn auf einen Eintrag im Kontenbuch. »Das Dach eines Nebengebäudes zu erneuern ist keine Renovierung. Ich könnte ihn genauso gut für seine Nachlässigkeit bestrafen, wie ihm die Kosten erstatten.« Ein kurzer Blick in die Buchführung des Anwesens am Abend zuvor hatte ergeben, dass trotz Johns Unfall nicht viel zu bemängeln war, aber es konnte nicht schaden, Cameron zu zeigen, wer Herr im Haus war.

»Er bittet nicht um Geld für die Reparatur, Sir«, entgegnete Cameron mit ruhiger Stimme. »Nur um Nachsicht wegen des Rückstands.«

»Hol dir jetzt eine Rate von ihm und die nächste zum Quartalstag.« Theo bemühte sich um einen versöhnlichen Tonfall, und auch Cameron gab sich zurückhaltend.

»Gut, ich verstehe«, sagte er.

»Aber ganz kann ich die Sache nicht auf sich beruhen lassen. Sag ihm das.« Als sie sich wie früher über die Ausgaben und voraussichtlichen Preise für das Vieh unterhielten, spürte Theo wieder das alte vertraute Band zwischen ihnen. Nach einer Weile nahm er noch einmal das Pachtbuch zur Hand, glitt mit dem Finger die Spalten hinunter und hielt etwa in der Mitte der Seite inne. »Wie ich sehe, ist Aonghas MacPhail in Rückstand.«

»Ja, ein wenig, Sir. Nicht schlimmer als …«

»Und warum?«, fiel Theo ihm ins Wort. »Muss er immer noch die Familie seines Bruders mit durchfüttern?« Theo fragte sich, ob Cameron ihm erklären würde, was er bei einem Ausritt ein paar Stunden zuvor gesehen hatte: die auf den Felsen zum Trocknen ausgebreitete Wäsche, den blauen Rauch, der aus dem Kamin aufstieg, die Kartoffelpflanzen, die aus dem Boden lugten.

»Sie sind noch da, Sir«, antwortete Cameron nach kurzem Zögern.

»Nach wie vor bei Aonghas im Haus?«

Wieder Zögern. »Nein, Sir.«

»Aha.« Schweigen, dann: »Ich war gespannt, ob du es mir irgendwann sagen würdest. Letztes Jahr habe ich gestattet, die alte Ruine mit einem Dach zu versehen, damit man sie als Stall nutzen kann. Aber du oder dein Vater scheint Duncan MacPhail die Erlaubnis gegeben zu haben, mit seiner Familie dort einzuziehen.« Er hob eine Augenbraue. »Ich vermute, das warst du?«

»Ich wollte das mit Ihnen besprechen ...«, hob Cameron angriffslustig an.

»Da gibt es nichts zu besprechen. Meine Einstellung hat sich nicht geändert.«

»Der Winter war hart, Sir. Wieder ist eines der Kinder krank geworden. Ich hatte das Gefühl, dass es besser ist, wenn sie ein bisschen mehr Platz haben.« Er bemühte sich, ruhig zu bleiben. »Duncan hat sich auf dem Anwesen nützlich gemacht. Bei Ihrer Ankunft hat er gerade das Dach repariert.«

»Ach nein!« Just das Dach, das sein Großvater gedroht hatte anzuzünden! War Cameron die Ironie des Ganzen nicht bewusst?

»Er würde Ihnen Pacht für das Haus zahlen.«

»Und damit seinen Anspruch legitimieren? Nein, Cameron.«

Längeres Schweigen. »Soll das heißen, dass er das Haus verlassen muss?«, fragte Cameron mit leiser Stimme. »Seine Frau ist krank, Sir. Auch sie hat letzten Winter … ein Kind verloren.«

Cameron wusste also Bescheid? Die offizielle Version lautete, dass Beatrice sich unwohl gefühlt und ihre Rückkehr sich deswegen verzögert habe, doch solche Dinge sprachen sich immer herum. Theo rutschte mit seinem Stuhl zurück und trat ans Fenster, von wo aus er Beatrice, eingehüllt in ein Tuch wie ein erschöpftes Kind, in einem der Korbstühle schlafen sah. Trotz seines schlechten Gewissens konnte er nicht auf sie zugehen, weil er wusste, dass sie ihm eine Teilschuld gab. Vielleicht hatte sie recht, denn an jenem Abend hatte ihn die Wut gepackt, genau wie an dem Tag, als Cameron ihm drohte, und dieser Augenblick der blinden Wut war sie teuer zu stehen gekommen.

Theo merkte, dass Cameron auf eine Antwort wartete. Obwohl er nicht mehr die Energie hatte, sich mit ihm auseinanderzusetzen, wollte er sich keine Entscheidung aufzwingen lassen. »Sag Duncan, dass er diesen Sommer Zeit hat, für sich und seine Familie eine neue Unterkunft zu suchen und eine andere Möglichkeit, sich den Lebensunterhalt zu verdienen. Er kann bis zum Quartalstag bleiben.«

Beim Abendessen erzählte er Beatrice von der Sache. »Ein frisch gedecktes Dach und ein Beet mit Kartoffeln. Mit Cameron Forbes' Segen! Nach allem, was letztes Jahr passiert ist, hätte ich mehr Umsicht von ihm erwartet.«

»Wollten wir dort selber Kartoffeln pflanzen?«, fragte Beatrice und griff nach der Butter.

Theo hob irritiert den Kopf. »Du weißt ganz genau, dass es ums Prinzip geht. Ich würde MacPhail lieber helfen, nach Kanada auszuwandern, wo er es zu etwas bringen könnte.«

»Bei Cameron wolltest du letztes Jahr, dass er bleibt.«

Theo sah sie erstaunt an. »Cameron Forbes hat auch hier gute Chancen. Die Weichen dafür habe ich in seiner Jugend gestellt. Mein Angebot an ihn steht nach wie vor, wenn er es sich anders überlegt.«

Beatrice senkte schweigend den Blick. Sie ging früh zu Bett und betrachtete den hässlichen feuchten Fleck über ihr, wo der Regen durch die kaputten Dachschindeln bis zu dem Riss in ihrer Zimmerdecke gedrungen war.

Wäre sie an jenem fatalen Abend in Edinburgh doch nur zu Hause geblieben! Wie anders die Rückkehr auf die Insel sich dann gestaltet hätte! Dann hätte sie ihr Kind mitgebracht, einen kleinen Friedensstifter, und Cameron wäre längst fort gewesen. Doch an jenem Abend hatte sich ihr Schicksal durch eine winzige Entscheidung grundlegend verändert.

Sie war nur mitgekommen, um Theo eine Freude zu machen.

»Meine Damen und Herren, Sie stecken den Kopf in den Sand.« Die Stimme des Redners hatte sich in ihr Gedächtnis gegraben. »Wieso sollen wir uns über die Nomenklatur unterhalten, wenn Jahr für Jahr mehr Arten von der Küste verschwinden …?«

Die Qual hatte begonnen, als sie den überfüllten Raum betraten, in dem die versammelten Mäzene und führenden Köpfe Edinburghs einander beim alljährlichen Society-Dinner begrüßten und sehr genau wahrnahmen, wer da und wer weggeblieben war. Charles Farquarson hatte die Blakes entdeckt, sie zu seinem Tisch geleitet und so vorsichtig einen Stuhl für sie herausgezogen, dass Beatrice sich fragte, ob Theo ihm gegenüber etwas von ihrem Zustand angedeutet hatte. Bei Tisch hatte sie, in ihrem engen Kleid alles andere als behaglich, die Zähne zusammengebissen und die deftigen Speisen auf dem Teller herumgeschoben, während sie angestrengt mit ihren Tischnachbarn Konversation machte. Irgendwann hatten die Vorträge begonnen. Beatrice war so unwohl gewesen, dass sie am liebsten gegangen wäre.

Dann endlich der letzte Redner: »… unerbittlich vergiftet, abgeschossen oder um ihre Nester gebracht von Verwaltern auf Geheiß der Grundbesitzer, denen nur ihr Federwild und ihr Sport wichtig sind.«

Als sie rund um sich herum Raunen und Widerspruch hörte, hatte Beatrice die Ohren gespitzt. Ein rothaariger junger Mann hatte die Anwesenden wie ein aufgebrachter Geistlicher die sündigen Schäflein gescholten. »… sogar bei unseren Mitgliedern ist diese sinnlose Schlachterei weit verbreitet, weil sie unbedingt Tiere für die Sammlungen haben wollen, die ihre Landhäuser zieren – oder ihnen eher Schande machen.« Das Raunen war lauter geworden, und Theo hatte den Redner verärgert angesehen. »Auf die Ausrottung des Fischadlers wird bald die des Seeadlers folgen, bei dem der Fortbestand der Art nun gefährdet ist.« Beatrice' Kopf hatte zu dröhnen begonnen, als sie sich an die Szene in der alten Pächterkate erinnerte. »Wir müssen ihn als dem Untergang geweiht betrachten, meine Herren … In zehn Jahren wird er ausgestorben sein.«

Sie hatte die tiefe, traurige Stimme von John Forbes gehört und wieder den Kadaver des majestätischen Vogels vor sich gesehen. Der Adler mit dem Sonnenauge. Und während der Mann weiterredete, hatte sie noch einmal den Kuss von

Cameron Forbes auf ihren Lippen und die Berührung seiner Hände auf ihren Schultern gespürt.

»... gesetzeswidrige Überheblichkeit, selbst auf den westlichen Inseln, ihrer letzten Zuflucht.« Der Sprecher hatte kurz geschwiegen und den Blick über die Zuhörer wandern lassen. »Erst heute habe ich erfahren, dass eines der letzten Exemplare, ein männlicher Vogel besten Alters, soeben von einem Edinburgher Präparator ausgestopft wurde.« Er schien zu ihr und Theo hergeschaut zu haben. »Bestimmt wird auch dieses Verbrechen ungesühnt bleiben, selbst wenn es eine katastrophale Entwicklung auslöst.«

Sie hatte die Augen geschlossen, weil ihr schwindlig geworden war. Theo hatte ihr während des schütteren Applauses aufgeholfen, »Unerhört!« gemurmelt und sie zur Tür geschoben. Er war außer sich gewesen vor Zorn.

Noch immer benommen, hatte sie die drei Stufen zur Hauptgalerie erreicht, doch dann hatte jemand Theos Namen gerufen, und sie hatte sich auf der ersten Stufe umgewandt. Es war alles so schnell gegangen, ein Absatz hatte sich im Saum verfangen, sie war gestolpert und gestürzt. Ihr war schwarz vor Augen geworden, dann hatte Schmerz sie durchzuckt. Theo hatte sie zur Kutsche getragen, war mit ihr nach Hause geeilt, hatte einen Arzt holen lassen, Decken, ein Tonikum, irgendetwas! Doch der Arzt konnte nichts mehr tun.

Dreiunddreißig

Am folgenden Morgen trat Beatrice auf die Terrasse, um den Schaden zu begutachten, den die Winterstürme in ihrem frisch angelegten Garten angerichtet hatten. Das Spalier hatte sich von der Laube gelöst, und die kleinen Sträucher bei der Mauer schienen eingegangen zu sein. Beatrice strich sich seufzend die Haare zurück. Vielleicht ließ sich doch noch etwas retten. Sie kehrte ins Haus zurück, schlüpfte in ihre Stiefel und einen alten grauen Mantel und ging mit Gartenwerkzeug wieder hinaus. Sich zu beschäftigen schien der einzige Ausweg zu sein. Und lieber draußen als im Haus, wo sie schnell Verzweiflung überkam. Seit ihrer Wiederkehr hatte Theo Distanz gehalten und war der Ursache des Schmerzes nie auch nur nahe gekommen.

Als Beatrice sich bückte, um einige Schlüsselblumen im Schatten der Mauer von Laub zu befreien, verbesserte sich ihre Laune ein wenig, doch kurz darauf musste sie bedrückt feststellen, dass sich bei ihrer gelben Kletterrose leider nur noch ein einziger Stiel um die Reste des Spaliers rankte. Trotzdem genoss sie den frischen Wind auf ihren Wangen, und die Gartenarbeit war sinnvoller als ein Spaziergang, weil sie nicht vor ihren Gedanken weglaufen konnte.

Nur an der Ruine der Kapelle fand sie noch Trost, wo sie, die Arme um die angezogenen Knie geschlungen, an die kleinen Waisen von St. Ultan dachte, um ihr eigenes Kind trauerte und die Seehunde beobachtete, die sich von der Brandung herantreiben ließen. Einer, ein wenig dunkler als die anderen, schien immer von dem halb unter Wasser liegenden Riff zu ihr herüberzuschauen.

Sie zog am Spalier, ohne es von dem Gestrüpp befreien zu können. In Edinburgh war Theo des Kindes wegen, das sie verloren hatten, so verzweifelt gewesen, dass er sich nicht einmal fragte, warum sie kaum etwas sagte. Wenn er den Adler nicht abgeschossen hätte ... Eine gesetzwidrige Überheblichkeit hatte der junge Mann das genannt und genauso wütend und verächtlich geklungen wie Cameron.

Sie richtete sich auf, wischte sich mit dem Arm über die Augen und blickte über die Begrenzungsmauer auf die Schlüsselblumen und Gänseblümchen und die Vögel, die zum Schutz gegen räuberische Möwen über ihren Nestern kreisten, bevor sie sich wieder ihrer Arbeit zuwandte.

Schon ein kleines Zeichen des Bedauerns, der Reue, ein Hinweis darauf, dass er genauso trauerte wie sie, hätte genügt, um den Heilungsprozess in Gang zu setzen. Doch er suchte nicht bei ihr Trost und bot ihr seinerseits keinen. Es war, als müsste er die tragische Angelegenheit völlig verdrängen. Theo verbrachte die Abende mit Lesen oder starrte ins Feuer, ohne die düsteren Gedanken zu erahnen, die sie quälten, und brütete tagsüber im Arbeitszimmer über den Kontenbüchern. Mit Cameron.

Als Beatrice in die Hocke ging, um den Stamm der Rose genauer zu untersuchen, stellte sie fest, dass sich daran winzige grüne Knospen befanden. Sie richtete sich auf und versuchte noch einmal, das kaputte Spalier aus dem Gestrüpp zu ziehen. Dabei nahm sie aus den Augenwinkeln wahr, dass Cameron sie vom Fenster des Arbeitszimmers aus beobachtete. Sie wandten sich beide ab.

Er mied sie, das war ihr bei einem Spaziergang am Vortag klar geworden, als wie aus dem Nichts schwanzwedelnd Bess aufgetaucht und nach einem gellenden Pfiff von einem nahe gelegenen Feld genauso schnell wieder verschwunden war. Beatrice hatte gerade noch Camerons Kopf hinter einer Anhöhe abtauchen sehen.

Nun hörte sie, wie die Haustür ins Schloss fiel, und wenig später kam er die Stufen zu ihr herunter.

»Wenn Sie mir sagen, was ich machen soll, helfe ich Ihnen.« Obwohl er nach wie vor distanziert wirkte, war nun immerhin wieder sein altes freundliches Lächeln zu erahnen. »Für einen allein ist das zu viel Arbeit.«

»Die Rose …« Sie deutete auf das umgefallene Spalier. »Sie hat Knospen.«

Cameron begutachtete die Pflanze. »Tatsächlich. Moment.«

Er verschwand und kam kurz darauf mit Werkzeug und einem Eimer voller Stroh aus dem Stall zurück. Er krempelte die Ärmel hoch. Sie schaute zu, wie er die Rose zurückschnitt, sie mit dem Stroh polsterte und, die Nägel zwischen den Zähnen, das Spalier wieder festnagelte. Er sagte nichts weiter, arbeitete mit der gleichen Konzentration und Sorgfalt wie auf dem Boot oder wenn er eine Makrele filetierte … Beatrice schnürte es die Kehle zu. Wie absurd es doch war, dachte sie, dass sie und Theo ein und denselben jungen Mann liebten.

»So, das wär's. Wollen wir hoffen …« Als er ihren Gesichtsausdruck sah, richtete er sich auf und stützte den Unterarm auf dem Griff des Spatens ab. »Mein Beileid wegen Ihres Verlusts, Mrs Blake.«

»Sie wissen es?«

»Unter Bediensteten bleibt nicht viel geheim, Madam«, antwortete er, wieder fast so spöttisch wie früher.

Beatrice wand den Stamm der Rose vorsichtig durch das Spalier. »Vielleicht bringt der Frühling eine Veränderung«, sagte sie nach einer Weile. »Geht es Ihrem Vater besser?«

»Aye, obwohl er sich nur langsam erholt.« Cameron blickte zum Haus des Verwalters hinüber. »Er ist kräftig, aber nicht mehr jung.«

Weil sie ihn noch bei sich halten wollte, bat sie ihn, ihr ausführlicher zu berichten.

Er zögerte, dann lehnte er sich ein wenig entfernt von ihr gegen die Mauer. »Da gibt es nicht viel zu erzählen«, sagte er und kratzte mit dem Gartenwerkzeug Erde von der Sohle seines Stiefels. »Leider sind wir erst nach Einbruch der Dunkelheit auf die Idee gekommen, nach ihm zu suchen.« Er schilderte, wie sie in der Nacht mit Sturmlampen losgegegangen waren und wie der Wind ihre Rufe davongetragen hatte. Ein vermeintlich hoffnungsloses Unterfangen. In der Morgendämmerung hatten sie schon das Schlimmste befürchtet. »Am Ende hat Bess ihn südlich des Bràigh bewusstlos in einem Entwässerungsgraben entdeckt. Halb im eisig kalten Wasser, fast tot.« Mit ernster Miene beschrieb er die folgenden Wochen der Unsicherheit, die Nacht, in der sie geglaubt hatten, dass John Forbes sterben würde. »Wenn das tatsächlich passiert und ich weg gewesen wäre, hätte ich erst Monate später davon erfahren. Der Himmel allein weiß, wie Donald und Ephie zurechtgekommen wären.«

»Mein Mann hätte sich um sie gekümmert.«

Er verzog den Mund zu einem schiefen Lächeln.

»Aye. Mit ihnen liegt er ja nicht im Zwist.« Er stampfte die Erde um die Rose fest, bevor er sein Werkzeug vom Boden aufhob. »Wie Sie sagen: Vielleicht bringt der Frühling tatsächlich eine Veränderung.« Er deutete auf die Rose. »Sie scheint immerhin optimistisch zu sein.« Seine Augen begannen zu leuchten. »Und nicht als Einzige. Die Eistaucher sind zurück. Draußen in Oronsay Beagh.«

»Die Eistaucher? Nisten sie?«

»Es sieht ganz so aus.«

Da ertönte Hufschlag, und Theo nahte über die Auffahrt. Cameron legte das Werkzeug weg und ging ihm entgegen, um die Zügel zu nehmen.

Der Frühling erweckte die Insel vollends zum Leben. Endlich erklärte der Arzt, dass John Forbes außer Lebensgefahr sei, obwohl er nach wie vor bettlägerig war. Daraufhin wurden die Schritte seiner Tochter Ephie leichter, und Donald pfiff wieder leise vor sich hin, wenn er an Beatrice' Fenster vorbeikam. Die dunklen Vorahnungen verflüchtigten sich. Das Anwesen wurde ohne offene Missstimmigkeiten weitergeführt.

In stillem Ungehorsam half Beatrice weiterhin, wo sie konnte, schickte Lebensmittel zu den Pächtern, die nach dem harten Winter Not litten. Duncan MacPhails Familie erhielt auch andere Dinge. Für einen der älteren Jungen, der gern lernte, bestellte sie Bücher, und den Mädchen schenkte sie Nähsachen. Außerdem wies sie Mrs Henderson an, die Haushaltswäsche von Bhalla House Eilidh MacPhail zum Ausbessern zu schicken, die das ordentliche Nähen in Glasgow gelernt hatte. Beatrice entlohnte sie großzügig.

Falls Theo etwas von diesen Aktivitäten ahnte, ließ er sich nichts anmerken. Er malte nun wieder, doch wie alles andere behielt er auch das für sich. Beatrice wusste nur deshalb Bescheid, weil sie ihn das Haus frühmorgens verlassen sah, manchmal zu Pferde, manchmal zu Fuß, Tasche und Staffelei über der Schulter, und weil seine Farben im Arbeitszimmer ausgebreitet lagen. Er wurde noch distanzierter und geistesabwesender und sprach kaum mit ihr, wenn sie allein waren.

Trotzdem spürte sie seinen neuen Eifer. Wie schön es doch sein musste, dachte sie, sich selbst so zu vergessen, sich völlig auf eine eigene Welt konzentrieren zu können. Ohne einen Gedanken an die, die man daran nicht teilhaben ließ.

Cameron sah sie nur selten. Einmal war sie ihm nach einem Besuch bei Eilidh in der instand gesetzten Pächterkate zufällig begegnet, als er angeregt mit den Brüdern MacPhail diskutierte. Aonghas hatte seine Kappe abgenommen und sie höflich begrüßt, während Duncan sie nur finster anblickte, bis Cameron etwas zu ihm sagte. Dann hatte auch er sein Haupt entblößt.

»Einen wunderschönen guten Morgen, Mrs Blake«, hatte Cameron ausgerufen und anerkennend zu Eilidh hinübergeschaut, die mit einem Korb voll Nähwäsche von Beatrice in der Tür stand.

Doch der brüchige Frieden hielt nicht lange. Eines Tages betrat Theo, ausnahmsweise mit fröhlicher Miene, eine Einladung von George Sanders für die Ausstellungseröffnung in Glasgow in der Hand, den Frühstücksraum. »Das wird eine große Sache. Es wird dir gefallen, Liebes. Der Duke und die Duchess von Connaught wollen die Ausstellung eröffnen. Ich nehme die Einladung an. Der Brief hat über eine Woche zu uns gebraucht!« Er setzte sich in einen Sessel beim Kamin und las das Schreiben noch einmal.

Beatrice war entsetzt. »Aber wir hatten uns doch darauf geeinigt, zur Abschlussfeier im Oktober zu kommen.«

»Cameron wird sich hier um alles kümmern. Es tut ihm gut, Verantwortung zu tragen. Und John hat sich so weit erholt, dass er ihm wenn nötig Ratschläge geben kann. Außerdem sollte ich mich wieder einmal blicken lassen.«

»Wir sind doch gerade erst angekommen.« Sie hob eine Hand an die Schläfe. O Gott, eine schwül-heiße Stadt voller Menschen!

Als er ihren Tonfall bemerkte, lächelte er ihr aufmunternd zu. »Wir bringen die Fahrt in Etappen hinter uns, Liebes, und wenn wir da sind, kannst du dich im Haus von Sanders ausruhen.«

»Ich beginne gerade erst, mich zu erholen. Ich würde lieber hierbleiben.« Sie schluckte, damit er das Beben in ihrer Stimme nicht bemerkte. »Fahr allein, Theo. George Sanders will mich bestimmt genauso wenig wiedersehen wie ich ihn.«

»Herrgott, Beatrice, nur weil du wegen so einem verdammten Otter die Fassung verloren hast …«

»Kannst du ihm nicht einfach erklären, dass ich mich nicht wohlfühle? Du kannst doch ohne mich hinfahren.«

»Ich soll ihm also sagen, dass ich dich ganz allein hier zurückgelassen habe, obwohl du dich nicht wohlfühlst?« Er erhob sich mit finsterem Blick, trat an den Kamin, starrte eine Weile hinein und wandte sich schließlich wieder ihr zu. »Das Leben geht weiter, Beatrice.«

Würden sie jetzt darüber sprechen? War dies ihre Chance, und würde er reagieren, wenn sie einen Schritt auf ihn zumachte? »Ja, Theo, aber vielleicht brauchen wir …«

»Die Reise würde dich ablenken.«

»Wir brauchen Zeit miteinander und Ruhe, um es zu verarbeiten. Ich bin lieber hier …« Sie brach ab, als sie seinen Gesichtsausdruck sah.

»Und spielst die Leidende?«

»Ich spiele?«, wiederholte sie mit offenem Mund, als hätte er ihr einen Schlag in die Magengrube versetzt.

Er sank in einen Sessel und versuchte es in versöhnlicherem Tonfall. »Die Fahrt zur Insel war kein Problem, Liebes, und seit wir da sind, hast du dich erholen können. Du siehst schon viel besser aus.«

»Weil ich hier bin, wo ich tun und lassen kann, was ich möchte.«

»Und jetzt bitte ich dich, mir einen Gefallen zu tun«, entgegnete er. »Ist das denn zu viel verlangt?«

»Theo, du willst mich nicht verstehen.«

Er sah sie einen langen Moment an. »Es war auch mein Kind, hast du das vergessen?« Er lehnte den Kopf zurück und schloss die Augen. »Du solltest lernen, die Dinge so zu nehmen, wie sie sind, Beatrice. Versuch's wenigstens. Abgesehen von deinen Wanderungen auf der Insel hast du seit unserer Rückkehr nichts getan. Diese Grübelei ist ungesund.«

»Begreifst du denn nicht …?«

Theo schüttelte den Kopf. »Das ist egoistisch, Beatrice.«

»Ein bisschen Ruhe haben zu wollen?«

Er gab ein abfälliges Geräusch von sich und stand auf. »Du musst unter Leute, Beatrice. Und ich auch. Hier haben wir keine geistige Anregung, keine Gesprächsmöglichkeiten, und dieses sentimentale Festhalten an dem, was wir verloren haben, führt zu nichts.«

»Theo …«

»Allmählich gelange ich zu dem Schluss, dass wir ganz von der Insel fortgehen sollten, sobald John wieder auf den Beinen ist. Wir werden nach Glasgow fahren. Die Abwechslung wird uns beiden guttun.«

Er verließ den Raum, und wenig später hörte sie, wie die Haustür ins Schloss fiel. Vom Fenster aus sah sie ihn, seine Malutensilien über der Schulter, zum Strand hinuntereilen. Ihr war klar, dass er mehrere Stunden fortbleiben würde. Als sie sich, erschöpft von der Auseinandersetzung, zurücklehnte, fiel ihr Blick auf ein kleines Brandloch in dem Teppich vor dem Kamin, und sie streckte den Fuß aus, um es zu bedecken.

So sah es also aus? Sie hatten keine gemeinsame Basis, verstanden einander einfach nicht, und sie musste sich seinem Willen beugen.

In Glasgow würde sie mit ihm durch die Ausstellungshallen flanieren, voller Neid beobachtet von anderen Frauen, deren Männer weniger angesehen und reich waren als er. Sie würde nicken und lächeln, sich die Avancen von Sanders gefallen lassen und ihre Rolle in einer Welt spielen, der Theo im Jahr zuvor auch noch hatte entfliehen wollen.

Er hatte sich auf der Suche nach Inspiration auf die Insel begeben, aber am Ende war sie es gewesen, die ihrem Reiz erlag. Und nun sprach er davon, sie wieder zu verlassen.

Da hörte Beatrice ein Geräusch und hob den Blick. Von der Tür aus schaute Cameron sie mit ernster Miene an. »Sie haben uns gehört?« Theo und sie hatten vergessen, dass Cameron sich im Arbeitszimmer aufhielt. Der Ausdruck in seinen Augen beunruhigte sie. »Sie hätten das nicht hören sollen.« Er trat einen Schritt auf sie zu. »Cameron, mischen Sie sich nicht ein. Bitte gehen Sie.«

Als sie sich einen Augenblick später nach ihm umsah, war er verschwunden.

Als Beatrice am folgenden Tag kurz vor dem Mittagessen an der Tür zum Arbeitszimmer vorbeiging, sah sie, wie Theo, der auf der Leiter stand, ein Buch ins Regal zurückschob.

»Du hast also Dr. Johnson auf deine Seite gebracht«, stellte er fest.

Beatrice blieb stehen. Am Morgen hatte sie vom Bett aus beobachtet, wie die schwache Sonne Muster auf die verknitterte Decke zeichnete. Sie hatte gerade aufstehen wollen, als eines der Mädchen ihr mitteilte, dass Dr. Johnson unten warte und mit ihr reden wolle.

»Ich habe ihm das Gleiche gesagt wie dir«, entgegnete Beatrice. »Dass ich hierbleiben und mich erholen möchte.« Sie hatte Dr. Johnson, einem freundlichen älteren Herrn, ihre Bedenken erläutert, und er hatte ihr verständnisvoll gelauscht und ihr schließlich beigepflichtet, dass sie Ruhe benötige.

»Ich werde mit Ihrem Gatten reden«, hatte er ihr versprochen und die Schnalle seiner Tasche geschlossen. »Cameron Forbes sagte mir, dass Sie schlecht aussehen. Ich hatte gerade nach seinem Vater gesehen. Ich bin froh, dass er es mir gesagt hat.«

»Du scheinst ihn von deinem schlechten Zustand überzeugt zu haben«, meinte Theo und stieg mit eisiger Miene von der Leiter herunter. »Er weiß ja auch nichts von deinen langen Wanderungen über die Insel.«

Sie umfasste ihr Handgelenk hinter dem Rücken mit den Fingern und reckte das Kinn vor. »Er ist der Meinung, dass frische Luft und Bewegung mir guttun. Und beides habe ich in Glasgow nicht.«

Theo kehrte mit einem spöttischen Lachen an seinen Schreibtisch zurück, um ihr einen Brief zu geben. »Die Mühe hättest du dir nicht machen müssen. Der ist heute Morgen gekommen.«

Sie überflog das zweite Schreiben von George Sanders, in dem er berichtete, dass es in Glasgow nach der Entlassung von streikenden Arbeitern zu Unruhen gekommen sei:

Kommen Sie auf jeden Fall her, mein Lieber, aber seien Sie gewarnt. Man soll sich von den Straßen fernhalten und hat das Gefühl, dass alles passieren könnte. Was ist nur los mit diesem Land?

»Ohne diesen Brief hätte ich darauf bestanden, dass du mich begleitest«, erklärte Theo. »Aber so, wie die Dinge stehen, bleibst du lieber da und genießt die von dir ersehnte Ruhe. Entferne dich nicht zu weit vom Haus, denn Dr. Johnson hat mir versprochen, regelmäßig nach dir zu sehen. Und wenn ich zurück bin, verschwinden wir von hier und verbringen den restlichen Sommer in Europa.«

Vierunddreißig

2010

Hetty saß mit einer Tasse Kaffee, die Briefe um sich herum ausgebreitet, auf dem Boden des Wohnzimmers. Sie hatte sie mehrmals gelesen und nichts Neues mehr darin finden können. Was wusste sie nun? Hetty ging noch einmal die frühen aus den relevanten Jahren 1910 und 1911 durch. Sie lieferten nützliche Erkenntnisse, jedoch nur wenige konkrete Fakten, und nach ihnen folgte eine lange Pause von fast zwei Jahrzehnten – auch von Beatrice war danach nicht mehr die Rede.

Jasper Banks hatte am Nachmittag bei Hetty vorbeigeschaut, weil er unbedingt ihr Bild von Torrann Bay sehen wollte, und sich ziemlich lange damit beschäftigt. »Was für eine Begabung! Er hätte es weit bringen können.« Noch genauer hatte Jasper das Gemälde der Beatrice auf den vielen Ebenen begutachtet. »Bei der Auktion hatten Sie diesen verzweifelten Blick, deswegen habe ich es Ihnen überlassen. Das war eine Frage der Leidenschaft. Aber sagen Sie mir doch, was es mit dem Skelett auf sich hat.«

Matt hatte ihm davon erzählt. Und von Hetty erfuhr er dann von den Auseinandersetzungen über den Grund, von dem Dilemma, in dem sie des Hotels wegen steckte, und ihrer Sorge um die Insel. »Eigentlich wollte ich die Fäden, die meine Familie mit Bhalla House verbinden, wieder aufgreifen – aber man hat mir gesagt, das Haus sei nicht mehr zu retten, und meine Hotelpläne würden bei den Leuten von der Insel nicht gut ankommen, abgesehen davon, dass ich nicht weiß, ob ich überhaupt in der Lage wäre, das nötige Geld zu beschaffen. Auf keinen Fall möchte ich die Menschen dort vor den Kopf stoßen.«

»Da oben bin ich noch nie gewesen«, hatte Jasper gestanden. »Keine Ahnung, warum. Ihr Projekt klingt ausgesprochen interessant. Darüber würde ich gern mehr erfahren.« Dann hatte sein Handy geklingelt. »Tut mir leid, ich muss los. Wir unterhalten uns ein andermal weiter.« Ganz wohl war ihr bei der Sache nicht gewesen, denn noch jemanden, der sich in die Angelegenheit einmischte, wollte sie eigentlich nicht. »Und erkundigen Sie sich nach dem anderen Bild, ja? Das möchte ich unbedingt finden.«

Sie hatte es ihm versprochen und Ruairidh eine Mail geschickt, in der sie ihn fragte, ob er etwas darüber wisse, ihn über das Wenige informierte, was sie den Briefen entnommen hatte, und ihm mitteilte, dass ein zweites Gutachten für das Haus in Auftrag gegeben worden sei. Nach kurzem Zögern hatte sie die Mail auch an James gesandt. Natürlich war es feige gewesen, nicht anzurufen und es den beiden persönlich zu sagen, aber die Sache war heikel. Hetty ging mit der leeren Tasse in die Küche. Kopf gegen Herz. War es wirklich so einfach? Wenn da nicht die ungeklärten Eigentumsverhältnisse gewesen wären, hätte man bestimmt einen Kompromiss finden können. Ein bescheideneres Projekt vielleicht, das die Bedürfnisse der Menschen, der Insel und des Vogelschutzgebiets berücksichtigte und es ihr erlaubte, wenigstens einen Teil ihres eigenen Traums zu verwirklichen. Vielleicht lohnte es sich, weiter mit Jasper Banks zu sprechen, vielleicht fiel diesem schrägen Vogel noch eine einfachere Lösung ein.

Sie machte sich eine weitere Tasse Kaffee und kehrte damit ins Wohnzimmer zurück. Später überprüfte sie ihre E-Mails. Keine Reaktion von Ruairidh, doch gerade in dem Moment kam eine Antwort von James herein.

Von einem vermissten Gemälde weiß ich nichts, dafür aber von dem Gutachten. Ich hätte die Leute gestern fast von der Insel verjagt; natürlich waren sie entrüstet. Keine Ahnung, was sie Ihnen anderes sagen sollen als ich – die Fakten liegen Ihnen ja vor. Vertrauen Sie mir. Sie haben die Wahl: Entweder Sie reißen das Haus ab, oder Sie lassen sich vor den Dawson-Dalbeattie-Karren spannen und akzeptieren alles, was das mit sich bringt.

Wollen Sie wirklich diesen Klotz am Bein haben? Ich könnte Ihnen ein wunderbares Cottage auf dem Grund bauen. Falls Sie sich für das Großprojekt entscheiden, handeln Sie sich jede Menge Ärger ein. Ich muss Ihnen das nicht weiter erläutern; Sie sind eine intelligente Frau und können sich das selbst denken.

Vertrauen Sie Ihrem Instinkt, aber lassen Sie sich nicht zu viel Zeit. Nachdem das Dach eingestürzt ist, sind wieder die Bretter am Fenster von Blakes Arbeitszimmer heruntergerissen worden, und jemand hat die Begräbnisstätte verwüstet. Wahrscheinlich Vandalen. Früher oder später verletzt sich jemand, der dort einsteigt. Sie müssen bald zu einer Entscheidung gelangen.

Mehr sage ich nicht.

Ich habe die Hoffnung in Sie noch nicht aufgegeben.

Er hatte die Hoffnung noch nicht aufgegeben! Sollte das so etwas wie ein Ultimatum sein? Sie machte sich daran, ihm zu antworten, hielt dann aber inne. Wichtige E-Mails schrieb man besser nicht übereilt. Hetty holte tief Luft, bevor sie zu tippen begann:

Danke, dass Sie ein Auge auf das Haus haben, doch Sie müssen verstehen, dass ich den Bericht abwarten möchte, bevor ich zu einem Beschluss gelange. Für mich ist die Sache auch wichtig. Das ist die weitreichendste Entscheidung, die ich jemals treffen musste, und ich möchte nichts falsch machen.

Sie las den Text noch einmal und drückte, zufrieden darüber, den passenden Ton gefunden zu haben, auf »Senden«.

Die Antwort kam postwendend: *Das werden Sie nicht.*

Plötzlich konnte sie sich vorstellen, ein Cottage mit diesem unvergleichlichen Blick über den Strand zu haben. Eine Zuflucht, ohne den Ärger. Der Gedanke begleitete sie den ganzen Arbeitstag über, in der U-Bahn, beim Einkaufen und auf dem Heimweg. In einem solchen Cottage hätte sie Zeit für all die Dinge, die sie schon immer hatte tun wollen – spazieren gehen, Bücher lesen, fotografieren, nachdenken. Giles sah sie dort allerdings nicht.

Als sie zu Hause ihre Einkäufe auspackte, hörte sie seinen Schlüssel im Schloss und hob den Kopf. Hatte er gesagt, dass er vorbeischauen würde? Das musste sie vergessen haben.

»Ich war gerade in der Gegend«, erklärte er und stellte eine Flasche Wein auf die Arbeitsfläche in der Küche.

»Gibt's was zu feiern?«, fragte Hetty und deutete auf die Flasche.

»Könnte man sagen.« Er zog den Korken heraus. »Er muss noch ein bisschen atmen.«

Irgendetwas war seltsam, dachte sie. »Bleibst du zum Essen?«

Da klingelte das Telefon. Es war Emma Dawson. »Ich habe Neuigkeiten: Obwohl wir nicht wissen, was genau dieser Mr Cameron vorhat, steht fest, dass er Probleme macht.« Hetty lauschte ungläubig. Irgendwie gelang es Emma, professionelle Sorge mit guter altmodischer Gehässigkeit zu kombinieren.

Als das Gespräch beendet war, hielt Hetty den Blick auf den Tisch gesenkt. Ihr war klar, dass Giles sie von der Küchentür aus beobachtete, und auch, dass er Bescheid wusste. Deswegen war er mit dem Wein zu ihr gekommen, um seinen Triumph darüber, recht gehabt zu haben, auszukosten …

»Bei den Zahlen kann ich dir helfen, Schatz, aber mit Immobilien kenne ich mich nicht aus«, hatte er ihr erklärt und sie gedrängt, Dawson und Dalbeattie zu engagieren. »Die Immobilienbranche ist ein richtiges Haifischbecken.«

Und Emma hatte offenbar gerade einen weißen Hai an Land gezogen.

Hetty nahm einen Stift und drehte ihn auf dem Tisch, während sie gedanklich noch einmal das Telefonat Revue passieren ließ.

»Es ist nicht das erste Mal, dass er sich einmischt«, hatte Emma Dawson gesagt. »Er und ein gewisser Andrew Haggarty, offenbar ein Bauunternehmer, wollten vor drei Jahren Bhalla House sanieren, bevor Sie auf den Plan getreten sind.« Hetty entgegnete, das wisse sie, das habe James Cameron ihr erzählt. »Aber jetzt hat er etwas anderes vor«, war Emma fortgefahren, die jemanden in der Baubehörde kannte. »Diesmal nicht mit Haggarty, sondern mit einer Agnes McNeil. Vor sechs Monaten haben sie sich erkundigt, ob man das Farmhaus und die Nebengebäude für die öffentliche und die kommerzielle Nutzung restaurieren könnte. Bestimmt ging es dabei um ein Hotel, was sonst? Das erklärt seinen Widerstand gegen die Sache mit Bhalla House. Weil er keine Konkurrenz will! Verstehen Sie? Offenbar hat er vermögende Leute im Rücken. Geld aus Amerika.« Emma hatte kurz Luft geholt. »Ich wusste gleich, dass mit diesem James Cameron etwas nicht stimmt.«

Auch Hetty war dieser Gedanke schon gekommen. Und diese Neuigkeiten machten sie sprachlos. Es war nicht zu fassen. Plötzlich lösten sich ihre schönen Tagträume in nichts auf. Sie spürte noch die Schlüssel, die er ihr in die Hand gedrückt hatte, sah die Zustimmung in seinem Blick und musste an seine letzte E-Mail denken. Hatte sie ihn völlig falsch eingeschätzt und war von ihm zum Narren gehalten worden? Und Ruairidh? Den hielt sie für hundertprozentig integer. Doch wenn das Farmhaus seinem Großvater gehörte und James es sanieren wollte, musste er etwas damit zu tun haben.

Giles trat mit zwei Gläsern zu ihr. »Ich weiß es schon, du musst mir nichts sagen. Andrew hat mich heute Morgen angerufen. Dieser Cameron ist ganz schön clever, was? Und ein cooler Hund, das muss man ihm lassen.« Er reichte ihr ein Glas, setzte sich ihr gegenüber hin und lehnte sich auf seinem Stuhl zurück. »Diesmal scheint er allerdings den Bogen überspannt zu haben …«

»Das kann ich nicht glauben.«

»Nein? Er ist nicht zu erreichen. Frag Emma. Sie hat's den ganzen Nachmittag probiert. Und dein Freund von der Polizei ist mit seiner Familie im Urlaub.«

»James hat mir heute Vormittag eine Mail geschickt.«

»Ach. Was wollte er denn?«

»Mir die Sache mit dem eingestürzten Dach und noch ein paar andere Dinge mitteilen.«

»Hat er Druck gemacht?«

Ja, er hatte tatsächlich Druck gemacht ... Aber so, wie Giles und seine Freunde ihn nun präsentierten, schätzte sie ihn einfach nicht ein. »Er war es doch, der mich ermutigt hat, eine zweite Meinung einzuholen.«

»Wie gesagt: Er ist ziemlich durchtrieben. Aber egal, Schatz.« Er beugte sich vor und wölbte die Hände um sein Glas. »Sein Projekt ist zum Scheitern verurteilt. Andrew hat die Bestätigung, dass das Haus und der Grund des Verwalters nach wie vor zu Bhalla House gehören. Und somit dir. Die Angehörigen der Forbes-Familie sind seit Generationen Pächter dort und haben als solche bestimmt gewisse Rechte, obwohl seit Jahrzehnten keine Pacht gezahlt wurde. Doch vor dem Gesetz sind das Haus, die Farm und das gesamte fragliche Land Teil des Anwesens von Bhalla House. Das wollte ich dir sagen.« Er prostete ihr zu. »Cameron sind also die Hände gebunden.«

Hetty sah ihn an. »Er behauptet, es gibt Dokumente.«

»Er behauptet auch, dass das Land im Westen Pachtgrund ist und von irgendeinem alten Kauz bewirtschaftet wird. Da der letzte Pächter jedoch für das Jahr 1956 dokumentiert ist, mit einer Adresse in Toronto, muss der alte Kauz sich unrechtmäßig dort aufhalten. Irgendein Penner aus der Gegend, vermute ich.«

Plötzlich schmeckte der Wein sauer. Hetty stellte ihr Glas weg und trat ans Fenster. Draußen wurde es allmählich dunkel, und die Rushhour begann. Graue Gestalten, die in graue Wohnungen zurückkehrten. Welche Rolle spielte diese Agnes McNeil bei der ganzen Sache?

Zwei Tage später hatte Hetty noch immer keine Nachricht von James Cameron. Emma Dawsons Vermutung bestätigte sich, er war verschwunden. Hetty hatte mehrfach nur den

Anrufbeantworter erreicht und auch auf Mails keine Antwort erhalten. Ruairidh reagierte ebenfalls nicht, vermutlich, weil er noch im Urlaub war. Bevor sie das Büro verließ, unternahm sie einen letzten Versuch, James von ihrem Handy aus zu erreichen, und als sie wieder nur die Mailbox hörte, legte sie auf.

»Sie wissen, wo Sie uns finden können«, hatte er gesagt. Beim Aufräumen ihres Schreibtischs kam ihr ein Gedanke. Seine letzte E-Mail war von seinem iPhone gekommen. Da er bei seinem Cottage kein Netz hatte, musste sie von einem anderen Ort geschickt worden sein. Als Hetty die Nummer des Handys wählte, von dem aus die Mail gesandt worden war, musste sie feststellen, dass es ausgeschaltet war. Also schickte sie ihm eine SMS, in der sie ihn bat, sie anzurufen. Früher oder später würde er sein Handy wieder einschalten, und dann müsste er reagieren. Er konnte sich nicht ewig verstecken.

Sie nahm Mantel und Tasche und verließ das Büro, um sich mit Giles in einem Lokal zu treffen, das zwischen ihren beiden Arbeitsstätten lag. Seit den Neuigkeiten von Emma sprühte Giles vor Energie.

»Vergiss ihn«, hatte er gesagt. »Er spielt keine Rolle. James Cameron fehlt jede Argumentationsgrundlage, und Emma und Andrew haben eine Reihe vielversprechender Vorschläge …« Unternehmen, die möglicherweise an Jagd- und Angelkonzessionen interessiert waren, ein exzentrischer Banker, der sich in die Idee mit dem Golfplatz verliebt hatte. »Er hat angeboten, das ganze Projekt zu übernehmen.« Als er ihren Gesichtsausdruck gesehen hatte, war Giles hastig fortgefahren. »Für ein Windrad könnte man vielleicht Subventionen von der Europäischen Union beantragen. Natürlich nicht in Sichtweite des Hauses, aber der Energiebedarf wäre ziemlich hoch. Da wir jetzt beide Häuser sanieren können, sind die Möglichkeiten schier unbegrenzt. In den alten Stallungen ließe sich wunderbar ein Spa unterbringen.«

›Wir‹ …

Nun holte er am Tresen Getränke. »Weitere Neuigkeiten!«, teilte er ihr mit, sobald er sich zu ihr gesellt hatte. »Andrew hat mich im letzten Augenblick im Büro erreicht.« Als er ihre Miene sah, hob er die Hand. »Er hat zuerst versucht, dich zu erreichen, aber dein Handy war besetzt. Und ich kann jetzt nicht lange bleiben, weil ich noch mit einem Mandanten verabredet bin. Setzen wir uns kurz hin.« Er ging ihr voran zu einem Tisch in der Ecke. »Andrew hat herausgefunden, wer dein Pächter ist. Ein gewisser John MacPhail.«

»Das hat James Cameron auch schon gesagt.«

»Allerdings hat er Folgendes nicht erwähnt: John MacPhail ist Mr MCP Software Inc. und millionenschwer. Eins der größten Software-Unternehmen in Kanada. Er hat James Cameron bei seinem früheren Plan unterstützt. Offenbar war er in letzter Zeit ziemlich häufig hier.«

Hetty fiel der Amerikaner in dem Café ein, der Blicke mit James gewechselt hatte. »Er hat also die ganze Zeit …« Das konnte nicht wahr sein.

»Egal. Wenn es ihm gelungen ist, MacPhail für die Sache zu interessieren, können wir das auch. Außerdem hat Matt eine Nachricht von Jasper Banks an mich weitergeleitet, in der er um die Namen deiner Fachleute bittet.«

»Die gehen ihn nichts an! Du hast sie ihm doch hoffentlich nicht gegeben, oder?« Würden sie ihr denn überhaupt nichts mehr überlassen?

»Warum nicht? Banks wäre auf deiner Seite. Und wir könnten auf jeden Fall etwas Überzeugenderes auf die Beine stellen als die Leute aus der Gegend. Andrew will sich mit MacPhail in Verbindung setzen und hören, was er meint.«

»Nein.«

»Aber warum denn nicht?«

»Ich kenne ihn.« Dieses laute, fröhliche Lachen, als der Mann die kleine Ente zu ihrer Familie zurückgescheucht hatte, die sorgfältig restaurierte Pächterkate, das ordentliche Kartoffelbeet. Es lag auf der Hand, wie er empfand.

»Woher?«

»Er steht auf der Seite von James.« Hetty schwirrte der Kopf. Sie begann, mit einem Bierdeckel herumzuspielen.

»Okay«, seufzte Giles. »Erzähl mir das ein andermal genauer. Aber lass bitte Andrew mit Banks reden.«

Sie ignorierte seine Bemerkung. »Ich fahre noch mal rauf.« Der Bierdeckel brach entzwei. »Anders geht es nicht. Ich muss das mit James Cameron klären. Ruairidh wird bald wieder daheim sein, weil Ùna in die Schule muss. Ich warte vor seiner Tür, bis er mir sagt, wo James steckt.«

»Du fährst da nicht allein hin. Sie haben dich letztes Mal herumbekommen, und sie werden es wieder versuchen. Entweder du holst dir Unterstützung von Emma und Andrew, oder ich begleite dich.« Die Aussicht auf eine juristische Auseinandersetzung brachte Giles' Augen zum Leuchten.

»Ich schaffe das.«

»Wunderbar!« Er küsste sie auf die Stirn.

»Ich meine, ich schaffe das allein.«

»Ich weiß, aber das musst du jetzt nicht mehr, Schatz.« Er zog seine Jacke von der Rückenlehne des Stuhls, schob Hetty zum Eingang und rief ein Taxi. Es fuhr so schnell heran, dass Wasser aus einer Pfütze hochspritzte. Hetty erinnerte das an jenen ersten Abend auf der Insel, als sie den Land Rover auf dem Strand gesehen hatte. An jenen ersten Abend, als alles noch so einfach erschienen war.

Fünfunddreißig

1911

An dem Tag, an dem Theo bei Flut die Insel verließ, lagen leichte Morgennebel über dem Strand. Cameron und Donald luden seinen Koffer ins Boot, und Theo blickte zu Beatrice zurück, die, ihr Tuch um die Schultern geschlungen, in der feuchten Luft zitterte.

»Geh hinein, Beatrice, es ist kalt.«

»Gleich. Gute Reise, Theo.«

Er nickte kurz, bevor er ins Boot kletterte. »Ich lasse es dich wissen, wann du mich zurückerwarten kannst.«

Als sie so etwas wie Trauer in seinem Blick bemerkte, bekam sie ein schlechtes Gewissen. In dem Moment wusste sie, dass dies ein Wendepunkt war, dass es nie wieder so sein würde wie früher, und am liebsten hätte sie die Zeit angehalten. Zu spät ... Theo nickte ihr zum Abschied noch einmal kurz zu, Donald nahm die Ruder in die Hand, und Cameron schob das Boot ins tiefere Wasser. Beatrice wartete darauf, dass Theo sich zu ihr umdrehen und ihr zuwinken würde. Als er es nicht tat, kehrte sie zum Haus zurück.

Cameron, der ihr vorangegangen war, zupfte an der Begrenzungsmauer lehnend Blütenblätter von einer gelben Sumpfschwertlilie. »Vermutlich habe ich es Ihnen zu verdanken, dass ich hierbleiben konnte«, sagte sie, als sie ihn erreichte. »Ihnen und den Glasgower Gewerkschaftsleuten.«

Er sah sie fragend an. »Sie haben Dr. Johnson gegenüber erwähnt, dass es mir nicht gut geht.«

»Das stimmt«, bestätigte er. »Aber wieso den Leuten von der Gewerkschaft?«

»Offenbar drohen sie mit Aufruhr, weswegen mein Mann es für sicherer hielt, allein zu fahren.«

Cameron lachte. »Gott segne die Arbeiterklasse. Allerdings könnte ich mir vorstellen, dass Ihr Aufenthalt hier teuer erkauft ist.« Die abgezupften Blütenblätter der Blume lagen zu ihren Füßen.

»Er glaubt, dass ich den Verlust meines Babys nicht verwinden kann und darüber verrückt werde.« Sie schaute zurück zum sich entfernenden Boot. »Vielleicht stimmt das sogar.«

Cameron löste sich von der Mauer und warf die Reste der Sumpfschwertlilie weg. »Er hat mir eingeschärft, Sie nicht zu stören, Madam, und mir eine lange Liste zu erledigender Arbeiten dagelassen. Wenn Sie mich also entschuldigen würden.« Auch er blickte zum Boot hinaus, bevor er sich mit einem kurzen Nicken entfernte.

Als Beatrice am folgenden Tag die Dünen hinaufkletterte, wehte ein starker Wind. Oben schaute sie auf den leeren weißen Strand unter ihr. Ein paar Seevögel segelten durch die Luft. Die Sonne hatte sie früh geweckt und das glitzernde Wasser in der Bucht sie an die Freude vom vergangenen Jahr erinnert. Sie hatte ein altes Kleid und ein Tuch herausgekramt, ein wenig von dem Frühstück gegessen, das Mrs Henderson ihr aufdrängte, und sich auf den Weg gemacht. Es gab nur einen Ort, an dem sie heute sein wollte – in Torrann Bay mit dem grenzenlosen Horizont und der donnernden Brandung.

Nun stand sie an der Stelle, an der Theo seine Staffelei das einzige Mal, als sie zusammen da gewesen waren, aufgestellt hatte. Er hätte jetzt hier sein sollen, wo die Schreie der Möwen von den Wellen widerhallten, doch er weilte in Glasgow, um in einem Ausstellungspavillon sein Bild der Bucht zu präsentieren. Wie hatten sie einander nur so enttäuschen können?

Als sie sich dem Strand näherte, scheuchte sie die Watvögel auf. Wie im Jahr zuvor mit Cameron, als sie die Eistaucher gesehen hatten, die die Küste nach Partnern und geeigneten Nistplätzen abgesucht hatten. Cameron war von Anfang an Teil dieser Enttäuschung gewesen; er hatte Theos Aufmerksamkeit auf sich gezogen, von ihr weg – und dann im Lauf des Sommers die ihre geweckt.

Beatrice bückte sich, um Strümpfe und Schuhe auszuziehen. Als das eisig kalte Wasser über ihre Füße leckte, stockte ihr der Atem, aber an diesem menschenleeren Strand gelang es ihr endlich, einen klaren Kopf zu bekommen. Nach einer Weile kehrte sie müde um.

An der Flutmarke, an der Seetang und Treibholz lagen, stieg ihr ein übler Geruch in die Nase, und sie blieb stehen, um nach der Ursache zu suchen. Angeekelt wich sie zurück. Eine leere Augenhöhle starrte sie an, darunter gefletschte Zähne ohne Lippen, ein Gesicht, halb von getrocknetem Seetang verdeckt. Ein junger Seehund, dessen einstmals glänzendes Fell vom Sand matt und verfilzt war. Er musste schon seit einiger Zeit tot sein, man konnte die Rippen unter dem verwesenden Fleisch sehen; Insekten hatten winzige Löcher in die straffe Haut gefressen. Ein Selkie, dachte Beatrice, oder auch ein Selkie-Kind, zwischen zwei Elementen gestrandet. Noch ein verlorenes Kind.

Sie entfernte sich hastig von dem Gestank und suchte in

einer Senke Schutz vor dem Wind. Wenig später döste sie in dem warmen Sand, eingelullt von der Brise, die sanft durchs Dünengras strich, mit angezogenen Beinen ein. Ihre Träume führten sie zurück zu den trüben Tagen in Edinburgh, wo sie eine Verbindung hergestellt hatte zwischen dem von Theo abgeschossenen Seeadler und den darauffolgenden Katastrophen. Eine der Katastrophen war der Verlust ihres Kindes gewesen. Im Traum streckte sie trostsuchend die Arme nach Cameron aus.

Als sie mit trockenem Mund und dröhnendem Kopf aus dem Schlaf aufschreckte, blickte sie in die Augen von Bess, die ihr die Schnauze ins Gesicht drückte und bellte. Dann tauchte Cameron hinter der Düne auf.

»Ich hatte mir schon gedacht, dass ich Sie hier finden würde«, begrüßte er sie, »weil Sie nicht in Teampull Ultan waren.«

Benommen blinzelte sie zu ihm hoch. »Sie haben nach mir gesucht?«

»Mrs Henderson hat mich darum gebeten. Sie hat sich Sorgen gemacht.«

»Das wäre nicht nötig gewesen.«

»Mr Blake hat ihr versprochen, dass Sie nahe beim Haus bleiben würden.«

Beatrice streckte die Beine aus, die ihr eingeschlafen waren, und schob ihre Haare aus dem Gesicht. »Hausarrest«, sagte sie und befeuchtete ihre trockenen Lippen.

Er trat, das Gesicht weiterhin im Schatten, ein Stück zu ihr herunter. »Sie haben sich ziemlich weit hinausgewagt. Weiter, als Ihnen guttut. Ich bringe Sie nach Hause. Der Pferdewagen steht am Rand des Feldes.«

Sie sah zu ihm auf und spürte ein tiefes Verlangen. Doch er vermied es, ihr in die Augen zu sehen. Sie blickte auf den

Strand hinaus, schließlich fragte sie in sanftem Ton: »Setzen Sie sich einen Moment zu mir? Bitte, Cameron.«

Er nahm auf einem grasbewachsenen Hügel in der Nähe Platz, stützte die Ellbogen auf die Knie und schaute aufs Meer. »Setzen Sie Ihren Hut auf, Mrs Blake. Ihr Gesicht ist ganz rot von der Sonne.«

Sie gab ein Geräusch von sich, das zwischen einem Lachen und einem Schluchzen lag, und griff nach ihrem Hut. »Spielen Sie immer noch das Kindermädchen, Cameron?« Er antwortete nicht. »Ich habe an den Tag gedacht, an dem Sie mich hierher zu den Eistauchern geführt haben. Einen schöneren Ort hatte ich noch nie gesehen. Und jetzt verwest dort unten im Seetang ein Seehundjunges ...« Ihre Stimme bebte, und die Küste verschwamm vor ihren Augen.

»Ich bringe Sie nach Hause, Madam.«

Wieder befeuchtete sie ihre Lippen und strich ihre Haare mit den Fingern zurück. »Bei seinem Anblick ist mir der Tag auf der Seehundinsel eingefallen. Als Sie uns alle zum Teufel gewünscht haben.«

Der Wind blies ihm eine Haarsträhne in die Stirn. »Nicht Sie«, entgegnete er. »Und soweit ich mich erinnere, waren Sie für Anarchie.«

»›Herrschaften wie Sie‹, haben Sie uns genannt. Egoistische Despoten, die in einer Traumwelt leben.«

Er kraulte Bess hinter den Ohren. »Der ganze Tag war ein Traum. Der alberne Versuch, alle als gleich zu erachten.« Bess schmiegte genüsslich den Kopf in seine Hand. »Der mich dazu gebracht hat, mir einzureden, dass Sie jemand sind, den ich lieben könnte.« Beatrice' Herz setzte einen Schlag aus. »Aber das geht nun mal nicht. Sie sind mit einem anderen verheiratet, Beatrice. Mit dem Mann, der hier das Sagen, der mich einmal gefördert hat.« Er ließ ein Büschel Strandhafer durch seine Finger gleiten. »Ich kann nur tatenlos zusehen, wie er das zu Ende bringt, was er letzten Sommer begonnen hat. Wie er Sie kaputt macht.« Cameron betrachtete seine Hand, die voll feiner Schnitte von dem Gras war, und wischte das Blut an seinem Hosenbein ab. »Hören Sie auf Ihren Mann. Lernen Sie, die Dinge so zu nehmen, wie sie sind.« Er warf einen Stock ins Wasser, und Bess setzte sich verunsichert auf: Die Geste war einladend, der Tonfall nicht. »So schlecht ist das alles ja unterm Strich nicht. Ihnen wird es kaum an etwas mangeln.«

»Und das soll mir genügen?«

Seine Augen verengten sich, als einige Tölpel ins Wasser herabstießen. »Die meisten Menschen geben sich mit weit weniger zufrieden.«

»Aber ich will mehr.«

»Ich weiß.« Die zwei Worte hingen zwischen ihnen in der Luft.

Beatrice beobachtete, wie sich die Tölpel flügelschlagend wieder aus dem Wasser erhoben. Aber ich will mehr. Sie nahm all ihren Mut zusammen.

»Theo und ich haben uns auf unterschiedliche Weise gegenseitig enttäuscht. Und ich begreife nicht, warum.« Sie hielt ihr Haar zurück, der Wind hatte aufgefrischt. »Ich glaube, er will Sie und nicht mich.« Cameron hob den Blick. »Was für ein Durcheinander.« Das Dröhnen in ihrem Kopf verstärkte sich. »Ich dachte, wir könnten die Kluft diesen Sommer irgendwie überbrücken. Ich war schwanger, und Sie … Sie wären nicht mehr da gewesen. Für keinen von uns.« Sie schwieg kurz. »Sie sind der Grund, warum er mich nicht lieben kann.« Er starrte sie an. Trockener Sand wirbelte ihr in Gesicht und Augen. »Es ist absurd. Wir wollen Sie beide; Sie weisen ihn zurück, er weist mich zurück.«

Cameron glitt die Düne zu ihr herunter. »Das ist nicht Ihr Ernst.« Er nahm ihren Kopf in die Hände, wie er es schon einmal getan hatte. »Das ist nicht Ihr Ernst.«

»Aber es stimmt.«

»Nein!« Er schob sie auf den Boden und hielt sie im Arm. Sie schmeckte das Salz auf seinen Lippen, als er sie küsste und ihre Finger den Sand in seinen Haaren spürten. Da hob Bess, der der Wind die Ohren flach an den Kopf drückte, die Schnauze und bellte. Kurz darauf ertönte ein Ruf.

Cameron stand auf und schaute zu den Feldern hinüber. »Donald«, sagte er. »Wahrscheinlich sucht er Sie ebenfalls.« Er winkte. »Bestimmt hat er den Pferdewagen gesehen.«

Als Donald sie erreichte, hatte Beatrice ihren Hut aufgesetzt und tief in die Stirn gezogen, und Cameron stand einige Meter von ihr entfernt.

»Mrs Blake ist in der Sonne eingeschlafen und hat einen leichten Sonnenbrand. Bess hat sie entdeckt.« Cameron wandte sich ihr zu. »Schaffen Sie es zurückzugehen, Madam?« Sie nickte stumm, und er nahm ihre Hand und half ihr auf, ohne seinen Bruder anzusehen. »Bring Mrs Blake nach Hause, Donald. Aber macht zuerst an der Quelle Halt. Ein Schluck Wasser wird ihr guttun.« Und schon war er verschwunden.

In jener Nacht schlief Beatrice das erste Mal seit dem Verlust des Kindes tief und fest. Ihre Träume führten sie an verbotene Orte, wo sie in Camerons Armen lag, und als sie aufwachte, fasste sie einen Beschluss.

Sie hatte beobachtet, wie Cameron sich jeden Morgen früh auf den Weg zu den Feldern machte und im Lauf des Vormittags auf dem Rücken eines stämmigen Inselponys zurückkehrte, um sich anderen Arbeiten zuzuwenden. Von diesem Muster wich er nur selten ab.

Sie stand auf und zog sich hastig an, um ihn bei seiner Rückkehr abzufangen. Beatrice versicherte Mrs Henderson, dass sie sich nicht weit entfernen würde, und ging los. Auf dem Feldweg wehte genauso heftiger Wind wie tags zuvor. Schon bald gab sie es auf, ihren Hut festhalten zu wollen, und ließ ihn einfach auf den Rücken gleiten, sodass sie die Luft in ihren Haaren und die warme Sonne auf ihrem Nacken spüren konnte.

Als Cameron auftauchte, versuchte er nicht, ihr auszuweichen. »Sind Sie noch nicht schlauer geworden?«, rief er ihr zu, sobald sie ihn hören konnte. »Setzen Sie den Hut auf, Mrs Blake. Sie werden Sommersprossen und einen Sonnenbrand bekommen.« Er stieg von seinem Pony ab. »Was führt Sie hierher?«

»Ich wollte zu Ihnen.« Er sah sie an. »Bringen Sie mich zu den Eistauchern.«

»Nein«, sagte er erst nach einer ganzen Weile, vergrub die Finger in der groben Mähne seines Ponys und schaute in Richtung Oronsay Mor. »Das ist jetzt nicht möglich. Selbst bei Ebbe muss man einen Teil der Strecke waten.«

»Ich kann waten.«

»Es ist zu weit. Mrs Henderson würde die ganze Insel nach Ihnen absuchen lassen.« Das Pony senkte den Kopf zum Grasen, und Camerons Hand ruhte auf dem Hals des Tieres.

»Vielleicht nisten sie schon.«

»Ja, das tun sie. Ich habe sie gesehen.« Das Pony schnaubte leise.

»Dann müssen Sie sie mir zeigen.«

»Das geht nicht, Mrs Blake«, wiederholte er. Das Pony knabberte auf der Suche nach etwas Essbarem an seiner Jacke. »Hör auf, verdammter Gaul«, fluchte er und schob seinen Kopf weg.

»Letzte Nacht, als ich im Bett lag ... Cameron, diese paar Tage, bevor Theo zurückkommt, sind alles, was wir haben. Können wir uns nicht wenigstens das erlauben?« Seine Augen wurden dunkel. »Cameron?«

»Sie wollen also gegen alle Regeln verstoßen?«

»Ja.«

»Und zum Teufel mit den Konsequenzen? Haben Sie überhaupt schon einmal über die Konsequenzen nachgedacht?«

»Natürlich.«

Cameron sah sie ungläubig an. »Sie sind bereit, so viel zu riskieren?« Seine Miene wurde hart. »Und ich soll anderen Menschen gegenüber genauso rücksichtslos sein?« Er schwang sich auf das Pony. »Wenn Sie hier draußen bleiben, bekommen Sie einen Sonnenstich. Kehren Sie um.« Er preschte davon.

Als Beatrice am Abend lustlos in ihrem Essen herumstocherte, rügte Mrs Henderson sie, dass sie sich zu viel zumute. Später beobachtete sie von der Fensterbank im Salon aus, wie das Licht über der Bucht verblasste. Ihr war, als würde die Ebbe ihr die letzte Kraft rauben, denn was blieb ihr noch, wenn nun auch noch Cameron sie zurückwies?

Plötzlich hörte sie ein Knirschen auf dem Kies und sah Cameron mit entschlossenem Blick herannahen. Er warf einen Zettel durchs Fenster und verschwand genauso schnell, wie er gekommen war. Nur ein Blatt Papier. Die Buchstaben tanzten vor ihren Augen.

Also gut. Gehen Sie morgen nicht in die Kirche. Geben Sie Mrs H. frei, damit sie nach dem Gottesdienst ihre Tochter besuchen kann. Ziehen Sie alte Sachen an und kom-

men Sie, sobald alle weg sind, nach Teampull Ultan. Ich erwarte Sie mit dem Boot. Passen Sie auf, dass niemand Sie sieht. Aber überlegen Sie es sich gut. Es wird kein Zurück mehr geben.

Als die letzten Strahlen der Sonne die Spitze des Bheinn Mhor wie von lodernden Flammen erglänzen ließen, ergriffen düstere Vorahnungen sie, und sie schlang die Arme um den Körper, bevor sie den Zettel zerknüllte und ins Feuer warf.

Es fiel ihr leicht, Mrs Henderson zu sagen, dass sie am folgenden Tag nicht in die Kirche gehen würde, schwerer war es, sie davon zu überzeugen, dass sie nicht bei ihr zu Hause bleiben müsse. »Verbringen Sie den Tag bei Ihrer Tochter, Mrs Henderson. Sie braucht Sie, so kurz vor der Geburt. Mir geht es gut. Ich sehne mich nur nach ein wenig Ruhe. Bitte, wirklich, ich bestehe darauf.«

Das Frühstück ließ sie sich auf einem Tablett aufs Zimmer bringen. Von ihrem Fenster aus sah sie, wie Cameron Mrs Henderson und Ephie in das größere der beiden Boote half und wie er und Donald sie über die Bucht zur Hauptinsel ruderten.

Beatrice wartete, bis sie sich entfernt hatten, dann kleidete sie sich mit zitternden Händen an. Wie Cameron zu der Verabredung kommen wollte, wusste sie nicht, aber sie befolgte seine Anweisungen und begegnete auf dem Weg zu der alten Kapelle niemandem. Sie kauerte sich an ihrem gewohnten Platz zusammen und biss sich auf die Lippe. Sie konnte nicht glauben, was sie tat. Im Wasser spielten die Seehunde, und der dunkle hob wie zur Begrüßung den Kopf, bevor er untertauchte.

Als Cameron nach fünfzehn Minuten noch nicht da war,

sank ihr der Mut. Sie sollte zurückgehen, dachte sie. Es war Wahnsinn. Dann sah sie ihn in dem kleineren Boot auf sie zurudern, und wenig später erreichte er das Ufer.

»Sie sind gekommen«, sagte er, sobald er in Hörweite war. »Das hatte ich nicht geglaubt.« Er half ihr an Bord. »Setzen Sie sich auf den Boden und halten Sie den Kopf gesenkt.« Er begann, mit kräftigen Schlägen vom Ufer wegzurudern. »Alles in Ordnung? Sie müssen nur unten bleiben, bis wir um die Landspitze herum sind.«

Sie beobachtete ihn, wie er das Ufer im Auge behielt. Seine Füße waren nackt, er hatte seine Sonntagskleidung gegen einen alten Wollpullover und eine weite, dunkle, bis unters Knie hochgerollte Hose getauscht. Beatrice musste an jenen anderen Tag denken, als sie mit dem Boot hinausgefahren waren.

Sie kamen gut voran, und schon bald sagte er ihr, sie könne sich aufsetzen. Sie richtete sich auf, streckte die Beine und stellte fest, dass sie die nördliche Spitze der Insel umrundet hatten. Doch sogar noch aus dieser Entfernung konnte sie die Schornsteine von Bhalla House erkennen.

»Jetzt dürfte nichts mehr passieren. Die meisten Leute sind in der Kirche. Wenn doch jemand hier rausschaut, wird er es allerdings seltsam finden, dass ich an einem Sonntag auf dem Wasser bin, und noch dazu in Gesellschaft.« Er habe sich mit der Erklärung von seiner Familie verabschiedet, dass er sich nicht wohlfühle, erzählte er ihr, und seine Sonntagskleidung zwischen den Felsen versteckt. Das Boot hatte er bereits früher verborgen. Cameron zog die Ruder ein. »Gehen Sie an die Pinne?«, fragte er schmunzelnd, setzte das Segel und drehte es in den Wind. Dann übernahm er die Ruderpinne, legte den Arm auf den Dollbord hinter ihr, zog sie an den Schultern zurück, sodass ihr Kopf an seiner

Brust ruhte, und küsste sie auf die Schläfe. »Das wollte ich schon damals tun«, gestand er, »aber da saß der luchsäugige Major im Bug.«

»Rupert?« Beatrice sah ihn an.

»Emilys Mann entgeht nichts.« Sie wandte entsetzt den Kopf ab.

Er drehte ihn wieder zu sich. »Ich habe Ihnen doch gesagt, dass man die anderen nicht vergessen darf, Beatrice. Es ist noch nicht zu spät zum Umkehren.«

Als sie den Windschatten des Landes verließen, blähte eine Bö das Segel und blies Beatrice die Haare ins Gesicht. Das Boot wurde von den Wellen hochgeworfen, und sie schmeckte die salzige Gischt auf ihren Lippen. »Sie haben auch gesagt, dass ich keine Gelegenheit mehr zum Bedauern haben würde.«

Er musterte sie kurz, lachte, küsste sie und steuerte das Boot auf die felsige Küste zu. Schon bald befanden sie sich auf der wilden, unbewohnten Seite der Insel, wo ein weißer Strand auftauchte. »Torrann Bay«, erklärte er, holte das Segel ein und nahm die Ruder in die Hand.

Kurz darauf berührte der Bug scharrend den Sand, und Cameron half Beatrice ans Ufer, wo sie eine langgezogene Wasserfläche sah, die ein heftiger Sturm Jahrhunderte zuvor vom Meer abgeschnitten hatte. Allmählich war daraus ein kleiner Süßwassersee geworden, gespeist von einer Quelle, gesäumt von Schilf und wilden Iris. Auf dem Felsvorsprung, der hineinragte, ruhte ein Nest aus Zweigen und Seetang, auf dem ein großer schwarz-weißer Vogel saß. Cameron reichte Beatrice stumm das Fernglas.

»Auf dem Trockenen sieht sie ziemlich groß aus.«

»Das könnte das Männchen sein«, entgegnete er. »Der eine fängt Fische, der andere bleibt beim Gelege, dann wechseln sie sich ab.« Ein trillernder Ruf kam über das Wasser, und der nistende Vogel erhob sich. Cameron flüsterte Beatrice ins Ohr: »Passen Sie auf, was jetzt passiert.« Die Vögel trafen sich kurz auf dem Wasser, dann humpelte der zweite ungelenk zum Nest. »Ich denke, das ist das Weibchen. Sehen Sie, wie sie ein Bein nachzieht? Ich glaube, sie ist verletzt.« Das Weibchen ließ sich auf dem Nest nieder, während der männliche Vogel ins Wasser tauchte. »Vielleicht ist sie deswegen auf der Insel geblieben.«

»Und er bei ihr.« Sie sahen einander an.

»Aye.« Cameron zog Beatrice auf die Füße. Der Fische fangende Vogel stieß einen schrillen Warnruf aus, worauf seine Partnerin zum Wasser stolperte und mit ihm abtauchte.

»Die Eier! Sie haben das Gelege im Stich gelassen …«

»Sie kommen zurück.« Cameron nahm ihre Hand, führte sie von dem See weg, blieb stehen. »Warten Sie.« Er schlich um einen Felsen und tauchte kurz darauf geduckt dahinter auf. Beatrice beobachtete, wie er in das Nest griff und sich hastig zurückzog, als die Vögel auf- und gleich wieder untertauchten. »Zwei große gesprenkelte Eier«, teilte er ihr mit, sobald er bei ihr war. »Verschwinden wir, damit sie sich beruhigen.«

Cameron ging Beatrice voran zu einem grasbewachsenen Hügel, der von dem See durch Schilf und wilde Iris abgeschirmt war, breitete seine Jacke aus, setzte sich darauf und zog Beatrice zu sich herunter. Dann streckte er ihr seine geschlossene Hand hin, und als er sie aufmachte, entdeckte sie darin eine schwarze Feder mit weißer Spitze. »Zur Erinnerung.«

Sie nahm die Feder und strich damit langsam über ihr Kinn, bevor sie eine Goldkette mit Medaillon unter ihrer Bluse hervorholte.

Seine Finger schlossen sich um die ihren. »Lassen Sie mich das machen.« Er berührte kurz ihren Hals, als er das Medaillon ergriff, das warm von ihrer Haut war, öffnete es, und ein kleiner Bilderrahmen kam zum Vorschein. »Leer?«, fragte er, sein Gesicht nahe bei dem ihren.

»Leer.«

Er legte die Feder hinein, schloss das Medaillon und hob es an die Lippen. »Ein Andenken«, sagte er und ließ es wieder zwischen ihre Brüste gleiten.

In jener Nacht konnte Beatrice nicht schlafen. Die Hände hinter dem Kopf verschränkt, starrte sie zur Decke hinauf, verblüfft und euphorisch über das, was geschehen war. Sie glaubte noch immer zu spüren, wie seine Hände ihren Körper erkundeten, sie spürte seine Wärme, seine Haut und dieses merkwürdige Gefühl der Vertrautheit. Und wusste, dass es richtig war.

Hinterher hatten sie schweigend auf dem niedergedrückten Gras gelegen, bis er sich schließlich aufrichtete und übers Schilf zum Wasser hinüberschaute. »Siehst du, jetzt ist alles wieder gut«, hatte er gesagt, und sie hatte sich herumgedreht und den Kopf gehoben.

Ein Vogel hatte auf dem Nest gesessen, der andere ruhig in der Nähe Fische gefangen. Sie war lächelnd zurückgesunken, um zum Himmel hinaufzublicken, während er sie, auf einen Ellbogen gestützt, musterte und ihr eine Haarsträhne von den Lippen strich.

»Und das am Tag des Herrn. Wir haben wirklich gegen alle Regeln verstoßen, Beatrice.« Ein düsterer Ausdruck war auf sein Gesicht getreten, der schnell wieder verschwand, als er sich über sie beugte, um sie zu küssen. Am Ende hatten sie sich, als Nebel aufzog, voneinander gelöst, und Cameron hatte die Knöpfe ihrer Bluse geschlossen und ihre Röcke geglättet. »Wir müssen gehen.« Er hatte die Blüte einer Sumpfschwertlilie abgebrochen und sie ihr zwischen die Brüste gesteckt. »Gelb, Madam, die Farbe der Freude.« Und draußen auf der Landspitze hatten die Eistaucher einander mit leisen Lauten begrüßt und auf dem Nest abgelöst.

Beatrice drehte sich in ihrem Bett auf die Seite, zog die Knie unter dem Laken an und schlang die Arme darum, als das Bild von Theo vor ihrem geistigen Auge erschien. Angst und Reue überlagerten die Freude, und ihr Blick wanderte zur Zimmerdecke, wo der Riss ausgefüllt worden war und frische Farbe den Fleck vom Regenwasser verdeckte. Theo durfte nie davon erfahren.

Sechsunddreißig

»Wie kommst du nur auf die Idee?«

»Ich sehe es jeden Tag, in seinen Augen, in seinem Verhalten, wenn du in seiner Nähe bist. Und je mehr ich erfahre, desto sicherer werde ich.«

»Nein.« Cameron hatte in einer der verfallenen Pächterkaten im Westen der Insel, in einem Winkel des Anwesens, den nur wenige aufsuchten, gut verborgen, mit freiem Blick in beide Richtungen, einen Platz freigeräumt und Strohsäcke für sie gefüllt, auf denen sie nun nach einem Sturm der Leidenschaft lagen. »Das, was zwischen uns ist, reicht weit zurück, aber darum ging es dabei nie. Wirklich nicht.«

»Vielleicht nicht von deiner Seite, doch er empfindet anders, da bin ich mir sicher.«

Cameron setzte sich auf und sah sie mit gerunzelter Stirn an. »Nein«, wiederholte er und drehte ihr Gesicht zu sich. »Nein! Er hat mir immer gern Dinge beigebracht und erklärt. Wir hatten die gleichen Interessen, und ich habe ihn sehr bewundert.«

Er erzählte ihr, wie er als Junge mit einer Nachricht für Theo im Arbeitszimmer warten sollte. Als Theo ihn an seinem Schreibtisch sitzend vorfand, vertieft in eines seiner Bücher mit vielen fremden Wörtern, hatte er ihn nicht bestraft, sondern den Rest des Nachmittags mit ihm verbracht, ihm die ausgestopften Vögel und anderen Tiere gezeigt und ihm ihre Gewohnheiten erklärt. Cameron hatte seinerseits seine Beobachtungen beschrieben, und Theo hatte interessiert gelauscht. So hatte alles angefangen.

»Es war so schön, immer ins Arbeitszimmer zu dürfen, dass ich mich nie gefragt habe, warum, und nach einer Weile habe ich angefangen, ihm zu assistieren und mir mehr Wissen anzueignen. Als irgendwann die Rede von einer ordentlichen Ausbildung war, habe ich das vermutlich für selbstverständlich gehalten. Er hat mich nie angerührt. Dann war er wieder unterwegs und kaum jemals hier. Rastlos. Und einsam, denke ich. Wenn er sich auf der Insel aufhielt, habe ich ihm bei der Arbeit geholfen.«

»Warum nur du und nicht Donald?«

»Donald liest das Land, keine Bücher, und außerdem weicht er meinem Vater nicht von der Seite.«

Beatrice betrachtete die dichten Spinnweben an der Decke. Sie musste daran denken, wie Theo Cameron stets mit sehnsuchtsvollem Blick zu folgen schien.

»Theo hat sich verändert«, stellte Cameron fest. »Er ist hart geworden. Und verbittert. Seit seiner Rückkehr letztes Jahr.«

»Mit mir.«

»Du bist nicht der Grund.« Cameron legte die Arme um sie. »Er ist lange weg gewesen und war immer zu kurz auf der Insel. Im Lauf der Jahre hat er die Verbindung verloren. Am liebsten wäre es ihm, wenn die Zeit stehenbleiben würde, oder noch besser: wenn er sie zurückdrehen könnte. Er sieht nur sich selbst und merkt nicht, dass hier oben Rastlosigkeit herrscht, dass die Leute nicht mehr alles mitmachen wollen.«

Erst nach einer ganzen Weile sagte Beatrice: »Ist es sehr egoistisch, wenn wir uns diese paar Tage nehmen, Cameron?«

Sein Kopf lag nahe bei dem ihren. »Kümmern sich Anarchisten um richtig oder falsch?«, fragte er schmunzelnd und fügte gleich darauf hinzu: »Aber ich frage mich, ob wir es am Ende bereuen werden.« Er zog sie zu sich heran, um weitere Fragen im Keim zu ersticken.

Später kam sie jedoch noch einmal auf das Thema zurück. »Falls wir entdeckt werden, meinst du?«

Er schüttelte den Kopf. »Das darf nicht passieren. Aber glaubst du denn, das wird dich völlig unbeeindruckt lassen?« Beatrice zog die Decke, die er vom Haus mitgebracht hatte, enger um den Leib, weil sie plötzlich fröstelte.

Sie ersannen geschickte Manöver, trafen sich an unterschiedlichen Orten und zu unterschiedlichen Zeiten, damit niemand Verdacht schöpfte. Auf dem Anwesen war bekannt, dass Beatrice gern lange Spaziergänge machte, und so sah es oft aus, als würden sie einander zufällig begegnen. Sie blendeten die Realität aus und verloren sich in ihrer Traumwelt der Liebe. Beatrice hatte das Gefühl, dass alle Bescheid wissen und ihre Lebensfreude spüren mussten. Und sie hielt diese Freude für einen Schild, der sie schützte.

»Es sind gestohlene Stunden, Cameron«, sagte sie. »Sie gehören uns allein. Danach wirst du weggehen und dir ein eigenes Leben aufbauen. Dich vielleicht noch hin und wieder erinnern … Und Theo und ich werden lernen, die scharfen Kanten zu glätten.«

Sie waren vorsichtig, mieden Risiken, weil sie wussten, dass eine Entdeckung Folgen haben würde, die nicht nur sie betrafen: Camerons Vater würde nicht weiter für die Blakes arbeiten können, seine Familie wäre nicht länger versorgt.

Doch je mehr Tage vergingen, desto düsterer begann die Zukunft zu erscheinen, bis Cameron eines Nachmittags, als sie in der alten Pächterkate nebeneinanderlagen, den Kopf hob und Beatrice mit ernstem Gesicht ansah.

»Wenn ich wie geplant dieses Frühjahr weggegangen und mein Vater nicht gestürzt wäre, hätte ich wegen meiner Gefühle für dich beschlossen, nicht mehr zurückzukommen.« Er verschränkte seine Finger mit den ihren. »Aber jetzt ist alles anders. Du musst mich begleiten, wenn ich die Insel verlasse.«

Sie erstarrte. Sie sollte ihn begleiten? Ihr stockte der Atem. »Du weißt, dass das nicht geht.«

Er stand auf, trat an die Tür und blieb schweigend mit dem Rücken zu ihr stehen. Manchmal beobachtete sie ihn von ihrem Schlafzimmerfenster aus und erinnerte sich, wie sie ihn einmal mit Theo verwechselt hatte, als er über den Strand auf sie zugekommen war.

Wenn sie ihn nun mit Bess entdeckte, schlug ihr Herz höher, und sie fand einen Grund, das Haus zu verlassen. Sie bat Mrs Henderson, ihn zu fragen, ob er bei der Reparatur der Laube helfen könne. Mrs Henderson brachte ihnen jeden Tag Tee, und sie zögerten die Arbeit so lange wie möglich hinaus. Als dann die erste Rose in der Sonne zögernd ihre gelben Blüten öffnete, gab er schmunzelnd zu, dass er zu pessimistisch gewesen war.

Danach folgte eine ganze Reihe warmer Tage. Beatrice schien es, als würden die Elemente diese gestohlene Zeit mit ihr feiern. Bestimmt war der Machair noch nie zuvor so prächtig erblüht; die Luft war klar, der Wind sanft, und die Schreie der Vögel hallten in ihr nach.

Nur nachts im Bett plagte sie ihr schlechtes Gewissen, weil sie Theo hinterging. Sie kämpfte dagegen an, denn auch Theo traf Schuld. Er hatte sie zu seiner Inseltraumwelt gebracht, und sie war ihr verfallen, hatte sie mit ihm erleben wollen, doch seine Leidenschaft hatte sich nach innen gerichtet, sie ausgeschlossen, sich zu etwas verdunkelt, das sie nicht verstand. Und nun lebte sie ihre Gefühle frei und ungezügelt aus, denn hier, wo der Himmel weit und offen war, waltete eine andere Art von Moral. Die Insel gehorchte ihren eigenen Regeln. In diesen wenigen kostbaren Tagen weigerte Beatrice sich, über die Zukunft nachzudenken.

Und doch, manchmal schien ihr Cameron angespannt, in seinem Blick lag etwas Sorgenvolles. Aber er antwortete nicht auf ihre Fragen, schien sie nur noch dringlicher zu lieben, und nachts schob sie die beunruhigenden Gedanken und ihre Schuldgefühle beiseite. Denn an jenen kostbaren Tagen konnte es nur Glück geben. So tiefes, ehrliches Glück, dass kein anderes Gefühl daneben bestehen konnte.

Doch unbemerkt krochen Wolken über den Himmel, und als sie eines Tages aufwachte, war er grau, und ein starker Wind wehte. Trotzig schlang sie ein Tuch um die Schultern und begann einen Spaziergang über die Insel. Als sie zurückblickte, sah sie, dass Mrs Henderson ihr vom Fenster des Frühstückszimmers aus nachschaute.

An jenem Morgen traf sie sich mit Cameron in Torrann Bay, wo die Pächter wieder einmal Seetang ernteten. »Als wir uns letztes Jahr hier begegnet sind, hast du mir vorgeworfen, dass ich mich zu Unrecht über mein Los beklage«, bemerkte sie.

»Letztes Jahr warst du noch ein Porzellanpüppchen in Stadtkleidern.« Er sah sie mit diesem funkelnden Blick an, den sie inzwischen so liebte. »Augen, groß wie Untertassen, als wärst du mitten unter den Wilden in Afrika gelandet. Donald und ich haben Wetten abgeschlossen, wie lange es dauern würde, bis du darum bettelst, wieder nach Hause zu dürfen.«

»Aber ihr habt euch getäuscht.«

»Sogar sehr.« Seine Worte kamen zögerlich. Dann sah

er sie mit einem merkwürdig wütenden Blick an. »Und jetzt sagst du mir, dass ich dich verlassen soll.«

»Cameron ...«

»Gestohlene Stunden, hast du gesagt. Sie gehören uns. Wie dumm von mir. Und das soll das Ende sein? Dass wir uns einfach so trennen?« Er wandte sich halb ab, um sein Gesicht vor den Leuten am Ufer zu verbergen. »Du musst mich begleiten, Beatrice.«

»Du weißt, dass das nicht geht. Theo ...«

»Theo hatte seine Chance. Er hat etwas Kostbares in der Hand gehalten und war dabei, es kaputt zu machen.«

»Dein Vater, deine Familie.«

Cameron sah sie an. »Dann sollten wir es jetzt beenden. Es wäre besser gewesen, es nie zu beginnen.« Er marschierte zu den Tangsammlern und ermahnte einen von ihnen in scharfem Tonfall.

Beatrice wartete, bis klar war, dass er nicht zurückkommen würde, und ging dann zum Haus zurück. Sie hatte schon fast die Anhöhe erreicht, als sie Hufschlag hinter sich vernahm.

Er glitt vor ihr aus dem Sattel. »Manchmal ist es nicht zu ertragen.«

Ihr traten Tränen in die Augen, und sie senkte das Kinn. »Ich warte in der Kate, sobald ich die Runde gemacht habe. Kommst du?« Sie nickte, und er stieg auf und ritt zurück.

Als sie die Auffahrt hinaufschritt, vorbei an Veronica- und Escalloniasträuchern, in denen Ammern und Sperlinge zwitscherten, hatte sie das Gefühl, als würde das Haus sie düster und vorwurfsvoll ansehen, und beim Betreten spürte sie die Kälte.

Es war und blieb Ehebruch. In ein oder zwei Jahren könne sie sich einen Liebhaber nehmen, hatte eine Frau der

Edinburgher Gesellschaft ihr gesagt, und sie hatte das beleidigend gefunden. Doch dies war nicht der konventionelle Seitensprung ihrer eigenen Schicht, in der eheliche Untreue ein Spiel war, dessen Regeln alle kannten und tolerierten, vorausgesetzt, man sorgte dafür, dass es keinen Skandal gab. Dies war etwas ganz anderes, etwas Grundsätzlicheres, Aufrichtigeres. Und Gefährlicheres.

Als sie sich am folgenden Tag in der Kate trafen, lagen tiefe Schatten um Camerons Augen. »Gib mir ein bisschen Zeit, dort drüben etwas aufzubauen. Dann komme ich zurück und hole dich.« Er hatte sie an der Tür erwartet, ihre Hände ergriffen, sie zu sich gezogen. »Verlass ihn, wenn ihr in Edinburgh seid. Nächsten Winter, bevor ihr im Frühjahr wieder herkommt. Ich hole dich, und wir gehen zusammen nach Kanada. Keiner muss je erfahren, dass du mit mir gefahren bist.« Er drückte ihre Hände so fest, dass es schmerzte.

»Ich soll mich also nach Kanada absetzen?«

»Das ist die einzige Möglichkeit für uns.«

Sie wandte den Blick ab, als sie sich erinnerte, wie Theo ihr an dem Tag des Ausflugs zur Seehundinsel so traurig vom Ufer aus nachgeschaut hatte, und bekam ein schlechtes Gewissen.

Cameron ließ ihre Hände los. Seine Augen verengten sich, als sie schwieg. »Was ist?«

»Letzten Winter habe ich Theos Kind verloren. Im nächsten könnte es ein anderes geben. Was dann?«

Er schlug mit der Faust gegen den Türrahmen. »Dann komm jetzt mit mir und pfeif auf die Folgen. Ich gehe nicht ohne dich.« Er streckte die Hand nach ihr aus, doch sie wich zurück.

»Vielleicht hast du recht, mein Herz. Wir sollten einen Schlussstrich ziehen.«

Cameron packte sie an den Schultern und küsste sie leidenschaftlich. »Zu spät.« Er drückte sie rückwärts in die Kate und auf die Strohsäcke und schob ihre Röcke hoch. »Es gibt kein Zurück mehr, Beatrice. Ich habe dich gewarnt.«

Siebenunddreißig

Der Wetterwechsel kündigte sich weit draußen über dem Meer an; ein dunkler Fleck breitete sich am Horizont aus, begleitet von kühlen Böen. Von der Cottagetür aus beobachtete Beatrice die Möwen, die im Wind dahinglitten, während sie, den Blick auf den Weg gerichtet, auf Cameron wartete. Nachdem der Brief eingetroffen war, hatte es sie nicht mehr im Haus gehalten. Endlich entdeckte sie ihn, eine Hand halb zum Gruß erhoben. Er blieb stehen.

»Was ist los?«

»Er hat einen Brief geschickt, dass er bald zurückkommt.«

Als sie wenig später den Strand entlangging, um die Nachricht zu verdauen, sah sie John Forbes auf der Steinbank vor dem alten Farmhaus sitzen. Er begrüßte sie wie ein Prophet des Alten Testaments.

»Mr Forbes, wie schön, dass Sie wieder aus dem Haus können!«

Sein Bart war lang und grau geworden, und die Kleidung hing an ihm herunter, doch er bot immer noch einen imposanten Anblick. »Setzen Sie sich einen Moment zu mir, Mrs Blake?«, fragte er, rief Ephie zu, dass sie einen Stuhl bringen solle, stützte sein geschientes Bein auf eine alte Fischkiste und legte seine Krücke beiseite, um Platz zu schaffen.

»Was für ein schrecklicher Winter für Sie, Mr Forbes. Wir sind alle sehr froh, dass Sie das Schlimmste überstanden haben.«

John Forbes nickte kaum wahrnehmbar. »Die Kraft fehlt mir noch. Wie ich höre, hatten Sie selbst Probleme, Mrs Blake. Mein Beileid, Ihnen beiden.« Er schwieg kurz. »Aber heute sehen Sie richtig erholt aus.«

Sie bedankte sich mit einem Lächeln. »Mein Mann hat Ihnen sicher gesagt, wie dankbar wir sind, dass ...«

»Wann kommt Ihr Mann wieder, Mrs Blake?«

»Ich habe gerade einen Brief erhalten, in dem er schreibt, dass er in zwei Tagen zurück sein wird, vorausgesetzt, die Überfahrt verzögert sich nicht durch das schlechte Wetter.«

»Gut.«

»Die Ausstellungseröffnung war ein Erfolg.« Als Beatrice ihm darüber berichtete, verriet der Gesichtsausdruck des Verwalters, dass er so eine Ausstellungseröffnung nicht für einen guten Grund hielt, eine Frau, die sich nicht wohlfühlte, allein zu lassen. Plötzlich schaute er auf den Weg hinter ihr, und wenig später sah sie Cameron herannahen.

»Du bist wieder draußen!«, rief Cameron. »Wie hast du das bloß geschafft?« Er begrüßte Beatrice mit einer leichten Verbeugung. »Guten Morgen, Mrs Blake.«

»Ich kann nicht ewig im Bett liegen bleiben.« Der Blick des Verwalters wanderte zwischen Cameron und Beatrice hin und her. »Was gibt's Neues, Sohn?«

Cameron erzählte ihm von den kalbenden Kühen, bei denen er am Morgen gewesen war. »Mrs Blake sagt, dass ihr Mann in ein oder zwei Tagen nach Hause kommt.«

»Tatsächlich, Madam?«, fragte Cameron mit ruhiger Stimme Beatrice, bevor er sich erneut seinem Vater zuwandte. »Er wird sich freuen, dass du wieder auf den Beinen bist.«

»Wurde auch Zeit«, meinte der Verwalter in vielsagendem Tonfall.

Theo hatte Anweisung gegeben, vor seiner Heimkehr die Kamine anzuzünden, weswegen es im Salon stickig war. Beatrice wollte eines der Fenster öffnen.

»Nein, nicht. Es ist kalt draußen.«

Sie setzte sich, rückte mit ihrem Stuhl vom Feuer weg und erkundigte sich nach der Ausstellung. »Haben deine Bilder Anklang gefunden?«

»Sie wurden bewundert, wie man Fossilien bewundert.« Unvermittelt nahm sein Gesicht einen erstaunten Ausdruck an. »Du siehst gut aus, sogar sehr gut, Beatrice. Vielleicht war es die richtige Entscheidung zu bleiben.«

Mit schlechtem Gewissen bestätigte sie, dass sie sich bedeutend besser fühle, dann wurde ihr mulmig. Falls er später zu ihr ins Schlafzimmer kam, dachte sie, konnte sie ihn kaum abweisen. Seine Beschreibung der feudalen Ausstellungseröffnung bot genug Gesprächsstoff fürs Abendessen.

»Das hätte dir gefallen«, sagte er, stocherte in seinem Essen herum, schob schließlich den Teller weg und füllte sein Glas mit Bordeaux nach. Hinterher im Salon stand er unruhig auf, um das Feuer zu schüren und Torf nachzulegen.

»Fühlst du dich unwohl, Theo?«

»Aber nein. Warum fragst du?« Weder in jener noch in irgendeiner der folgenden Nächte kam er zu ihr; er blieb bis spät in seinem Arbeitszimmer. Früher hätte sie das verletzt, doch nun war sie erleichtert, und diese Erleichterung beeinträchtigte ihre Wahrnehmung. Erst im Verlauf der folgenden Tage merkte sie, dass er ziemlich viel trank. Sie fand leere Whiskygläser im Arbeits- und Ankleidezimmer, und die Karaffen mussten besorgniserregend schnell nachgefüllt werden. Theo sah ungesund aus, wurde oft rot im Gesicht und brach in Schweiß aus, und im Ankleidezimmer entdeckte Beatrice ein Schlafmittel.

Gewissensbisse quälten sie, sie bekam es mit der Angst zu tun. Sie hatte das Gefühl, dass er sie beobachtete, wenn sie sich im selben Raum aufhielten, und wegschaute, wenn sie ihn ansah. Wusste er Bescheid? Waren ihm Gerüchte zu Ohren gekommen? Das konnte nicht sein. Theo hatte Tränensäcke unter den Augen, wirkte geistesabwesend, und ihre besorgten Fragen tat er ungeduldig ab. Bestürzt verfolgte sie mit, wie sein Alkoholkonsum weiter stieg.

Auch Cameron wusch er den Kopf. »Die Widder und die Eber müssten längst verkauft sein. Warum die Verzögerung?«, hörte Beatrice Theo sagen.

»Das Schiff musste wegen Reparaturen einen Hafen anlaufen, Sir. Deshalb hat sich der Verkauf verzögert. Es wird noch einen oder zwei Tage dauern, dann bekommen wir Bescheid.«

»Und der Roggen wurde, soweit ich weiß, erst letzte Woche gepflanzt. Was zum Teufel hast du die ganze Zeit getrieben?«

Cameron wehrte sich, so gut er konnte, und gab keine Widerworte, doch das Leben mit Theo gestaltete sich immer schwieriger. Die Gelegenheiten, Beatrice zu treffen, wurden deutlich weniger, als der Verwalter wieder die Kontrolle übernahm.

Theos merkwürdiger Zorn brodelte knapp unter der Oberfläche. Seine Augen waren gerötet und glänzten, und Beatrice sah, wie seine Hand zitterte, wenn er sich einen Whisky einschenkte. Nach wie vor beobachtete er sie nachdenklich und schaute weg, wenn sie ihn ansah.

Beatrice wurde unruhig und nervös, oszillierte zwischen Frustration und Furcht, Rebellion und Reue. Die Schuldgefühle zehrten an ihr, die Trennung von Cameron empfand sie als unerträglich.

Gesprächsfetzen entnahm Beatrice, dass Theo Duncan MacPhails Familie mit der sofortigen Räumung drohte, als er feststellte, dass der Mann Pflöcke eingeschlagen hatte, um Pachtgrund abzustecken. Er wies Cameron an, sie herauszuziehen und das Dach der Kate abzubrennen, und drohte ihm, es selbst zu tun, falls er sich weigere. Nur die Warnung des Verwalters hielt ihn davon ab – ein solches Vorgehen würde Aufruhr in der Gegend verursachen, sagte er, und radikalen Agitatoren in die Hände spielen. Duncan MacPhail hatte nichts zu verlieren, er konnte allgemein bekannt machen, wie er behandelt wurde. Dass Theo nachgeben musste, verbesserte seine Laune nicht gerade. Der Verwalter schien die Spannung zu spüren, und Beatrice merkte, wie sehr er sich bemühte, wieder auf die Beine zu kommen. Er setzte Donald als Boten zwischen Verwalterbüro und Bhalla House ein und schickte Cameron hinaus aufs Anwesen, um die dort anfallenden Aufgaben zu erledigen. Beatrice sah ihn, ohne ihm auch nur ein Zeichen geben zu können.

Das milde Wetter ging zu Ende, als würden die launischen Elemente, die so lange auf ihrer Seite gewesen waren, sie nun verlassen. Beatrice, die im Haus Theos Jähzorn ausgesetzt war, ließ sich frühmorgens den Kamin im Frühstückszimmer anzünden und schrieb dort Briefe oder gab vor zu lesen. Oder sie versuchte, durchs Fenster einen Blick auf Cameron zu erhaschen. Zwei Tage später, als sie Theo am Abend eine gute Nacht wünschen wollte, fand sie ihn im Arbeitszimmer mit dem Oberkörper auf dem Schreibtisch liegend vor, den Kopf auf einem Stapel Zeichnungen, das Tintenfass umgeworfen. Hatte er getrunken oder ein Beruhigungsmittel genommen – oder beides? Sie richtete das Tintenfass auf und schob einige seiner Gemälde, die auf dem Tisch ausgebreitet lagen, weg. Es handelte sich um merkwürdige wirbelnde Muster, Andeutungen von Vogelflügeln, Watvögel, reduziert auf übertrieben lange Beine, die mit ihrem Spiegelbild verschmolzen. Ganz anders als seine früheren Werke. Als sie vorsichtig seine Hand aus der verschütteten Tinte hob, regte er sich.

»Theo«, sagte sie leise und beugte sich über ihn, um seine Finger mit ihrem Taschentuch abzuwischen, doch er stieß sie weg. Dabei traf er sie mit dem Ellbogen unter dem Auge. Sie schrie auf, stolperte rückwärts, rutschte auf der Tinte aus, fiel hin, riss einen Glassturz mit sich und landete inmitten von Scherben neben einer winzigen Feldlerche, die den Schnabel aufsperrte, als wäre sie genauso erschrocken wie Beatrice.

Theo rappelte sich hoch, sah seine Frau an und sagte ihren Namen. Dann streckte er zitternd die Hand nach ihr aus, verdrehte die Augen und sank auf sie, das Gesicht in den Scherben. Der Lärm lockte eines der Mädchen an die Tür, das mit großen Augen weglief, um wenig später mit Mrs Henderson wiederzukommen.

»O Madam.« Während Beatrice versuchte, sich von Theo zu lösen, und die Haushälterin ihr zu Hilfe eilte, starrte das Hausmädchen entsetzt ihr anschwellendes Gesicht an. Nach einer Weile gelang es Beatrice, schwer atmend aufzustehen.

»Er ist gestürzt. Er wollte nicht … Mr Blake fühlt sich nicht wohl.« Zutiefst beschämt sah Beatrice auf Theo hinunter. Sein Kopf lag neben dem Kamin, Tinte tropfte auf die Manschette seines Hemds. »Helfen Sie ihm. Holen Sie jemanden …«

Eine halbe Stunde später folgte sie stumm Cameron und Donald, die Theo die Treppe hinaufhievten, seine Arme um ihre Schultern. Sein Kinn war auf die Brust gesunken. Mrs Henderson war ihnen vorangegangen, um die Bettdecke im Gästezimmer zurückzuschlagen, wo sie ihn hinlegten und Donald ihm die Schuhe auszog.

Cameron wandte sich unsicher Beatrice zu, die an der Tür stand. »Alles in Ordnung, Mrs Blake?«, fragte er und machte einen Schritt auf sie zu, doch Mrs Henderson hielt ihn zurück.

»Versorge du Mr Blake, Cameron. Ich kümmere mich um Mrs Blake.«

»Er ist hochgeschreckt«, erklärte Beatrice, als die Haushälterin sie sanft zu ihrem Zimmer schob und eins der Mädchen anwies, warmes Wasser zu holen, »und hat um sich geschlagen. Er wollte nicht … Es geht ihm nicht gut.«

»Ich weiß, Madam, ich weiß«, versuchte Mrs Henderson, sie zu beruhigen. »Aber Sie müssen vorsichtig sein. Ruhen Sie sich aus. Ich bringe Ihnen Tee.«

Beatrice blieb an ihrem Frisiertisch sitzen, das zerknüllte, mit Tintenflecken übersäte Taschentuch in ihrer Hand, und betrachtete ihr Spiegelbild. Sie hob die Finger zu ihrem blaugeschwollenen Gesicht. Es war wirklich ein Unfall gewesen. Da hörte sie, wie im benachbarten Ankleidezimmer Schubladen geöffnet und geschlossen wurden, dann Schritte, und schließlich öffnete sich die Verbindungstür einen Spalt.

»Was ist passiert?«, flüsterte Cameron.

»Er hat ein Beruhigungsmittel genommen. Ich habe das Fläschchen gefunden.« Sie schwieg kurz. »Wie geht es ihm?«

»Er kommt schon zurecht.«

»Es war keine Absicht.«

»Nein?«

»Nein! Schläft er?«

Camerons Gesicht nahm einen seltsamen Ausdruck an, und er wandte den Blick ab. »Er ist nur kurz aufgewacht und schläft jetzt wieder.« Als Mrs Henderson an die Tür klopfte, zog sich Cameron zurück. »Sperr deine Tür heute Nacht ab, Beatrice.«

Als Theo die Augen aufschlug, war es still im Haus, die tiefe Stille des Morgens, bevor das Haus erwachte, unterbrochen nur vom hartnäckigen Krächzen eines Wachtelkönigs draußen im hohen Gras. Theo bewegte den Kopf leicht, sah sich in dem fremden Raum um und versuchte sich zu orientieren. Das war Kits altes Zimmer. Warum war er hier? Er erinnerte sich an das Geräusch von berstendem Glas und daran, wie Beatrice mit schockiertem Blick vom Boden zu ihm hochschaute. Was hatte er getan? Er hob die Hand zu seiner schmerzenden Stirn, und sein Gehirn begann, die Puzzleteile zusammenzusetzen.

Er hatte von Màili geträumt ... So klar, als wäre sie bei ihm. Ihre dunklen Augen hatten ihn angesehen, er hatte ihre kühlen Finger auf seinem Gesicht gespürt und ein flüchtiges Gefühl tiefer Freude empfunden. Doch dann war sie weg und Cameron da gewesen. War es die ganze Zeit Cameron und nicht Màili gewesen? Theo schloss die Augen, um im Schlaf Vergessen zu finden.

»Er hat hohes Fieber, Mrs Blake, doch das vergeht wieder. Wahrscheinlich hat er irgendetwas in Glasgow aufgeschnappt.« Dr. Johnson war sofort gekommen. »Nichts Besorgniserregendes.« Er tätschelte Beatrice' Hand und betrachtete ihre geschwollene Backe. »Ich schaue morgen wieder vorbei.«

Theo habe sich geweigert, sich untersuchen zu lassen, hatte der Arzt ihr mitgeteilt. Er hatte lediglich Fieber, geplatzte Äderchen in den Augen und zahlreiche kleine Schnittwunden im Gesicht feststellen können.

»Ich habe ihm ein leichtes Beruhigungsmittel gegeben. Nicht wie das in dem Fläschchen. Das nehme ich lieber mit. Vielleicht erklärt er Ihnen ja alles.« Beatrice nickte. »Wenn Sie ihn nicht vom Trinken abhalten können, sollten Sie versuchen, den Whisky mit Wasser zu verdünnen.« Er zurrte den Riemen seiner Tasche fest. »Bringen Sie ihn dazu, sich zu mäßigen, meine Liebe.«

Hielt Dr. Johnson ihn einfach nur für betrunken? Wie peinlich! Beatrice war sich sicher, dass mehr dahintersteckte. Sie ging zu Theo zurück, der bei halbzugezogenen Vorhängen schlief, setzte sich leise in eine Ecke des Zimmers und betrachtete ihn. Er wirkte friedlich, aber wie sehr er sich verändert hatte! Dies waren nicht die weltmännischen Züge des Mannes, den sie in Edinburgh kennengelernt und zu dem sie sich hingezogen gefühlt hatte. Er hatte Tränensäcke unter den Augen, und in seinem geröteten Gesicht zeichneten sich deutlich Falten ab.

Wieder regte sich ihr schlechtes Gewissen. Ahnte er etwas? War das der Grund, warum die Whiskykaraffe immer so schnell leer wurde? Doch Theo war kein Mann, der einen Seitensprung schweigend tolerieren würde. Sie wandte das Gesicht dem Fenster zu und presste den Handrücken gegen ihren Mund. Was, wenn er etwas vermutete, ohne Beweise zu haben? Sie schloss die Augen und lehnte den Kopf gegen die Wand. Wenn er krank, ernsthaft krank war, konnte sie ihn nicht verlassen. Cameron drängte sie immer heftiger, ihn zu begleiten, doch Theo krank allein zurückzulassen war viel verwerflicher, als sich im Zorn von ihm zu trennen.

Sie saß in der Falle, die sie sich durch ihren Fehltritt selbst gestellt hatte. Da merkte sie, dass er sie beobachtete, aber als sie sich dem Bett zuwandte, schloss er die Augen. Sie sagte leise seinen Namen. Und noch einmal, ein wenig lauter. »Theo?« Keine Reaktion. Er war zu ruhig, tat nur so, als würde er schlafen. Kurz darauf drehte er ihr den Rücken zu. Sie blieb noch ein paar Minuten und verließ dann das Zimmer.

Als Theo sicher war, dass sich die Tür geschlossen hatte, drehte er sich zurück und schlug die Augen auf. Beatrice. Ihr geschwollenes Gesicht machte ihm Schuldgefühle. Er hatte sie blinzelnd beobachtet, wie sie, die Hand gegen den Mund gepresst, dasaß, und überlegt, worüber sie gerade nachdachte.

Inzwischen wusste er das nicht mehr, so sehr hatte sie sich verändert. Sie entglitt ihm – er war dabei, sie zu verlieren wie einst Màili. Es war seine eigene Schuld, er stieß sie von sich, schien nicht anders zu können. Bei seiner Abreise war sie blass und schmal und nervös gewesen, bei seiner Rückkehr hatte sie rosige Wangen gehabt und auf rätselhafte Weise von innen heraus geleuchtet. An jenem ersten Abend hätte er sie um Verzeihung gebeten, wenn nicht ... Wenn sie ihn nach Glasgow begleitet hätte, wäre das alles nicht passiert.

Er stöhnte auf, als er vor seinem geistigen Auge die Ausschweifungen jener Nacht sah. Sanders und seine Kumpanen hatten hemmungslos gezecht und ihn zum Mitmachen verleitet, dann die obszöne Schau und die Frauen. Gütiger Himmel, wie hatte er das tun können? Und am folgenden Tag die Reue, die bruchstückhafte Erinnerung. In Glasgow war es ihm gelungen, die Episode zu verdrängen, weil die Ausstellungseröffnung ihn beschäftigt hielt, doch gegen Ende des Besuchs hatte er einen diskreten Arzt aufsuchen müssen, der leider seine Befürchtungen nicht zerstreuen konnte.

»Es ist zu früh, um etwas Endgültiges zu sagen. Wahrscheinlich löst sich alles bald in Wohlgefallen auf. Wenn nicht, sollten Sie noch einmal zum Arzt gehen.« Er hatte ihm ein Fläschchen gegeben. »Das Mittel wird Ihnen guttun und beim Einschlafen helfen. Sind Sie verheiratet, Sir? Dann müssen Sie sich von Ihrer Frau fernhalten, bis Sie sicher sind.« Und in Beatrice' Blick las er die gleiche Botschaft: Bleib mir vom Leib …

»Denk dir irgendeinen Grund aus. In einer Stunde«, sagte Cameron am folgenden Tag mit leiser Stimme von der Tür des Frühstückszimmers aus. Später erwartete er sie bereits wütend am Eingang der Pächterkate. »Und mit diesem Mann soll ich dich allein lassen? Jetzt wird er auch noch gewalttätig!« Er packte sie an den Schultern, ohne auf ihren Widerspruch zu achten. »Gestern, bevor das alles passiert ist, haben er und mein Vater sich über meinen Abschied von hier unterhalten.« Sie versuchte, sich von ihm zu lösen, um ihm ins Gesicht sehen zu können, doch er hielt sie fest. »Hör zu. Sie haben sich auf den Tag nach der Feier zur Krönung des Königs geeignet, auf die Sommersonnenwende. Für mich gibt es keinen Grund mehr zu bleiben, und mein Vater hat Verdacht geschöpft.«

»Er kann es nicht wissen.«

»Er ahnt etwas. Jedenfalls möchte er, dass ich verschwinde.« Er hielt sie noch immer fest. »Hör mir zu!« Cameron erläuterte ihr seinen Plan. Er würde den Sommer über im Hafen von Halifax oder Montreal arbeiten – harte Arbeit für gutes Geld –, im Herbst heimlich zurückkommen, nicht zur Insel, sondern nach Glasgow, und ihr eine Nachricht nach Edinburgh schicken. Er holte tief Luft. »Dann kommst du dorthin, und wir brechen im Frühling mit dem ersten Schiff nach Kanada auf …«

Hinter ihm ließ sich eine Spinne an einem langen Faden von den alten Dachsparren herab.

Cameron drehte Beatrice' Gesicht zu sich und strich ihr mit dem Daumen über die geschwollene Wange. »Die Entscheidung liegt bei dir, ghraidh mo chridhe. Es wird kein leichtes Leben, aber da drüben findet uns niemand.«

Als er einen Schritt zurücktrat und sie mit sich auf den Boden zog, zerriss der Faden der Spinne.

Achtunddreißig

Beatrice gab sich Mühe, Theo zuzuhören, konnte sich jedoch einfach nicht konzentrieren. Er hatte sich erholt und alles wieder unter Kontrolle, das Fieber war fast überstanden, seine Augen leuchteten nicht mehr so manisch, aber er war nach wie vor aufbrausend.

»Noch Tee, Mr Forbes?«, fragte Beatrice den Verwalter und fiel Theo damit unbeabsichtigt ins Wort.

»Beatrice ...« Theo runzelte die Stirn. »Vielleicht überlasse ich alles doch lieber Ihnen, Mrs Henderson.«

Weder John Forbes noch die Haushälterin wollte mehr Tee, und Beatrice versuchte wieder, sich zu konzentrieren. Anlässlich der Krönung würde es ein Fest auf dem Strand der Hauptinsel sowie ein riesiges Freudenfeuer oben auf dem Bheinn Mhor geben, das auf den umliegenden Inseln zu sehen wäre. Fiedeln, Akkordeons und Dudelsäcke würden spielen, und dazu würde man tanzen. Bhalla House würde für Essen und Trinken sorgen. Und am Morgen danach wäre Cameron nicht mehr da.

»Ich möchte, dass du für ausreichend Essen sorgst, Beatrice«, ermahnte Theo sie, nachdem der Verwalter und Mrs Henderson das Frühstückszimmer verlassen hatten. »Bitte übernimm auch etwas Verantwortung. Ich muss mich schon um genug kümmern.«

Obwohl Theo kein Fieber mehr hatte und weniger trank, kam er nicht zur Ruhe, trieb alle an, gab hastig Anweisungen und widerrief sie genauso schnell. Nur John Forbes und Mrs Henderson, die geschickt Beatrice' zahlreiche Versäumnisse kaschierte, schafften es, ihn zu mäßigen. Die Arbeit am Anbau zum Frühstückszimmer, die in Theos Abwesenheit langsam vorangegangen war, wurde nun beschleunigt, weil er ihn vor Ende des Sommers fertig haben wollte. Er ließ Material vom Festland heranschaffen und den Boden einebnen. Die Männer, die sich mit einem großen, vom Frost gespaltenen Stein abmühten, beließen schließlich einen Teil davon tief im Fundament, während sie das daneben klaffende Loch mit knochenweißem Sand füllten.

22. Juni 1911

Am Ende war es Beatrice selbst, die sie verriet.

Seit Tagesanbruch herrschte reges Kommen und Gehen, bei Flut hatte man Vorräte mit dem Boot und bei Ebbe mit dem Karren hinübergebracht. Beatrice war zum Strand hinuntergegangen, um dem Haus zu entkommen, dem geschäftigen Treiben zuzusehen und möglicherweise einen Blick auf Cameron zu erhaschen. Allerdings bestand nur eine geringe Chance, ihn zu Gesicht zu bekommen, weil er schon früh hinübergeschickt worden war, um die Arbeit auf dem Bheinn Mhor zu überwachen. Von dort aus würde er gleich nach dem Ende der Feierlichkeiten mit einem der Fischer zum Festland fahren.

Sie hatten es geschafft, sich ein letztes Mal in der Pächterkate zu treffen. »Ich war noch einmal bei den Eistauchern«, hatte er ihr gesagt, als er neben ihr lag, sein Gesicht nah bei dem ihren, »weil ich wissen wollte, ob die Jungen schon geschlüpft sind.« Dann hatte er lächelnd das Medaillon geküsst, das zwischen ihren Brüsten lag. Nun sah Beatrice auf dem Strand einen der größeren Karren, auf dem zwei für das Fest geschlachtete Kälber, die Beine für den Grill um eine Stange zusammengebunden, lagen. John Forbes überwachte, die Krücken neben sich, von einem Korbstuhl auf der Auffahrt aus gelassen das Tohuwabohu, indem er Theos Anweisungen entweder ausführen ließ oder den Bedürfnissen anpasste. Die Männer, die vom Bau des Wintergartens abgezogen worden waren, um hier mitzuhelfen, stapelten Tische und Bänke aus dem Schulhaus zum Abtransport. Jungen liefen mit Nachrichten hin und her.

Inmitten des Chaos beugte sich Theo zu einem von ihnen herunter, der ihm mit aufgeregten Kopfbewegungen etwas mitteilte. Als Beatrice umkehrte, sah sie Theo mit dem Jungen in Richtung Ställe marschieren.

Wenig später richtete Mrs Henderson ihr an der Haustür von Theo aus, dass Beatrice im Haus auf ihn warten solle und sie zusammen hinüberfahren würden. Sie nickte müde und ging nach oben, um der allgemeinen Hektik zu entgehen. Bis der Pferdewagen sie am Abend abholte, hatte sie nichts zu tun.

Von ihrem Fenster aus beobachtete sie, wie kleine Gruppen sich über den Strand auf den Weg machten. Frauen mit Körben auf dem Rücken, kleine Kinder an der Hand, während die älteren aufgeregt neben ihnen herrannten. Der schwül-heiße Tag zog sich dahin, als die Einwohner einer nach dem anderen von der Insel verschwanden.

Beatrice wandte sich vom Fenster ab und legte sich mit schmerzendem Kopf aufs Bett. Wenn das Fest ihr nicht die Möglichkeit gegeben hätte, Cameron ein letztes Mal zu sehen, hätte sie abgesagt. Obwohl das kein Spaß werden würde, denn sie würde in seiner Nähe sein, ohne auf ihn zugehen oder ihn berühren zu können. Sie vergrub das Gesicht im Kissen.

Allmählich wurde es ruhig im Haus, und Beatrice ging nach unten, wo Mrs Henderson den aufbrechenden Mädchen letzte Anweisungen gab. Sie hob den Blick, als Beatrice herunterkam.

»Im Esszimmer steht eine kalte Mahlzeit bereit, Madam. Ich bleibe hier und kümmere mich um Sie.«

Beatrice schob sie sanft zur Tür. »Gehen Sie mit den anderen, Mrs Henderson. Calum bringt uns, sobald Mr Blake da ist.«

Die Haushälterin zögerte. »Warum kommen Sie nicht jetzt mit uns, Madam? Mr Blake wird Verständnis haben.«

Beatrice war versucht, ja zu sagen, um zu Cameron zu gelangen, wagte es aber nicht, sich Theos Anweisungen zu widersetzen. Also schüttelte sie den Kopf und sah Mrs Henderson nach, wie sie auf den letzten Karren kletterte.

Beatrice fand keine Ruhe. Sie stand am Fenster des Salons und drehte ihr Taschentuch zwischen den Fingern. Wo steckte Theo nur? Vielleicht auf der anderen Seite des Strands. Aber warum? Das schlechte Gewissen befeuerte ihre Fantasie, und ihre Angst wuchs, als die Dämmerung hereinbrach und es kühl wurde in dem Raum.

Als Theo schließlich zurückkehrte, rief er mit begeisterter Stimme jemandem zu: »Lauf los, und viel Spaß! Nein, das hat Zeit bis morgen. Nun geh schon.« Durchs Fenster sah Beatrice Calums Bruder Tam die Auffahrt hinunter zum Strand rennen. War Theo auf der Jagd gewesen? Dabei ließ er sich oft von Tam begleiten. Aber ausgerechnet heute? Sie hörte ihn den Flur zum Arbeitszimmer überqueren. Zehn Minuten vergingen, dann fünfzehn, ohne dass Theo zu ihr gekommen wäre.

Sie hielt es nicht länger aus und ging hinüber zum Arbeitszimmer. Er stand, noch in der Jacke, mit dem Rücken zu ihr und beschäftigte sich mit etwas auf dem Tisch. Als er sich umdrehte, sah sie, was sein Körper bis dahin verborgen hatte.

»Nein!«

Er hob erstaunt den Blick. Es war der kleinere der beiden Eistaucher. Sein Kopf lag grotesk verdreht über der Tischkante, seine großen Füße waren gespreizt. Daneben ein mit Schaffell ausgelegter Korb.

»... und die Eier!« Tränen traten ihr in die Augen. »O Theo, was hast du getan!«

Theo sah sie an, die Hand über dem toten Vogel. Erst jetzt merkte sie, was sie mit ihren Worten verraten hatte. Und konnte sie nicht zurücknehmen. Das Schweigen schien eine Ewigkeit zu dauern.

»Du hast von ihnen gewusst«, stellte Theo schließlich fest und zog eine Schublade heraus, um den Maßstab zu verstauen. »Sie waren weit draußen bei Oronsay Mor – und trotzdem hast du es gewusst.« Er sank auf einen Stuhl. Sekunden vergingen. »Wie kann das sein?«

Beatrice vergrub die Nägel in den Handflächen, während Theo Schweißperlen auf die Stirn traten und sein Gesicht aschfahl wurde. Plötzlich erhellte ein Sonnenstrahl, der zwischen den dunklen Wolken hindurchdrang, kurz seine Staffelei mit den Pinseln und Farben, und er wandte den Blick ab.

»Cameron hat sie entdeckt, stimmt's?« Sie blieb stumm. »Und wie lange weißt du es schon, Beatrice? Du hast also beschlossen, es mir nicht zu sagen. Es sollte euer kleines Geheimnis bleiben, stimmt's?«

Ihr Herz begann wie wild gegen ihre Brust zu hämmern,

und sie bekam einen trockenen Mund. »Er hat es mir erzählt …«, begann sie. »Ich habe ihm gesagt, er soll nicht … Ich hatte Angst, dass … dass du das tun würdest.« Sie deutete auf den toten Vogel und die Eier, doch die interessierten ihn nicht mehr. Er lehnte sich, die Ellbogen auf den Oberkörper gestützt, die Fingerspitzen aneinander, auf dem Stuhl zurück. Sie versuchte es noch einmal. »Es wäre eine Schande gewesen …«

»Schande?« Sein Gesicht lief rot an. »Du redest von Schande, Beatrice?«

»Ich weiß nicht, was du meinst«, entgegnete sie, obwohl ihr klar war, dass ihre Miene sie verriet.

»Oh, ich glaube doch. Nein, ich glaube es nicht nur, ich bin sicher. Denn das erklärt vieles.« Als er aufstand, wich sie unwillkürlich zurück. Er umfasste die Tischkante so fest, dass seine Hand zitterte und seine Knöchel weiß anliefen, doch bevor einer von ihnen etwas sagen konnte, klopfte es an der Tür.

Theo wirbelte herum wie ein wilder Stier. Es war Calum McNeil, der die düstere Stimmung nicht zu bemerken schien. »Der Pferdewagen wartet vor der Tür, Sir.«

Theo sah ihn verständnislos an, so sehr war er gedanklich mit dem anderen Problem beschäftigt. Dann senkte er den Blick und setzte sich wieder hin. »Danke, Calum. Ich habe es mir anders überlegt. Sattle noch mal die Stute für mich und hol anschließend Mrs Blake ab. Sie fährt mit dir hinüber. Ich komme nach.«

Calum entfernte sich. Beatrice wandte sich verzweifelt Theo zu. »Theo, ich will nicht …«

»Du tust, was ich dir sage, Beatrice, keine Widerrede.« Seine Eiseskälte machte ihr Angst. »Man erwartet uns bei der Feier, und wir werden da sein.« Er erhob sich noch einmal und hielt sich am Tisch fest. »Ich brauche Zeit … zum Nachdenken.«

Trotz ihrer Furcht fiel ihr auf, wie schlecht er aussah. Und sie hatte das Gefühl, jetzt mit ihm reden zu müssen, da es noch möglich war. »Theo …«

»Pack zusammen, was du brauchst, damit du bereit bist, wenn Calum kommt«, wies er sie mit grauem Gesicht an.

»Theo, hör mir zu.« Ein gefährliches Funkeln trat in seine Augen. »Ich bitte dich …«

»Verdammt, Beatrice«, herrschte er sie an. »Geh.« Er wischte sich den Speichel mit dem Ärmel vom Mund und wandte sich bebend dem Fenster zu. Da wusste sie, dass sie es irgendwie vor Theo zum Freudenfeuer schaffen musste, um Cameron zu warnen. Aber was dann? Sie lief zitternd nach oben und suchte nach ihrem Tuch. Durchs Fenster sah sie Calum zurückkehren, während sich auf dem Strand die letzten Nachzügler auf den Weg machten, manche zu Fuß, andere auf kleinen Inselpferden. Unter ihnen, dachte sie, wären sie sicher. Sie und Cameron?

Sie zuckte zusammen, als sie Theo vom Flur aus ihren Namen rufen hörte, und verließ den Raum. Auf dem Treppenabsatz presste sie die Hand auf ihr wild schlagendes Herz. Sie wusste, dass Theo sie von der Tür zum Arbeitszimmer aus beobachtete.

»Bring Mrs Blake zu der Hütte, Calum. Da findest du Mrs Henderson. Ich komme bald nach.« Damit verschwand er wieder im Arbeitszimmer.

Am Hang hatten sich zahlreiche Menschen versammelt, aufgeregt über diese seltene Abwechslung. Beatrice tat, als würde auch sie sich freuen, obwohl es ihr sehr schwerfiel. Pächter, die sie kannten, grüßten sie voller Respekt, bedankten sich und wünschten ihr alles Gute. Sie lächelte verkrampft, während sie die Menge nach Cameron absuchte. Den ganzen Tag über waren Familien von den anderen Inseln eingetroffen und saßen nun, umrundet von aufgeregten Kindern, mit den Pächtern von Bhalla Island auf Bänken an Behelfstischen beim Essen und Trinken. Das Dach der alten Hütte war mit fadenscheinigen, ausgebleichten Segeln bedeckt, die Schutz vor schlechtem Wetter bieten sollten, denn am Horizont brauten sich Wolken zusammen. Beatrice ließ den Blick schweifen. Wo war Cameron?

»Die Sonne ist untergegangen, Madam.« Donald stand hinter ihr und deutete auf das Feuer.

Die Fiedeln wurden immer lauter, je mehr von ihnen in Wettstreit traten, hin und wieder wurden sie von Dudelsäcken übertönt. Alle waren gespannt darauf, dass das Feuer entzündet würde. Beatrice spürte, wie sich die Augen der Leute auf sie richteten, und Donald erwartete eine Antwort.

»Ich glaube, du solltest es anzünden«, sagte sie. »Mr Blake würde nicht wollen, dass ihr wartet.«

Außerdem, dachte sie, würde eine weitere Verzögerung seine Abwesenheit noch augenfälliger machen. Donald gab die Information weiter, und die Männer vergeudeten keine Zeit mehr. Jubel erscholl, als die Flammen zum dunkler werdenden Himmel emporzüngelten. Die Musiker legten sich ins Zeug, man begann zu tanzen, die Feiernden warfen wilde Schatten.

Wo blieb Cameron? Da die Anwesenden sich ganz auf das Feuer konzentrierten, konnte sie sich am Rand halten und ihre Suche ausdehnen. Plötzlich tauchte aus dem Nichts schwanzwedelnd Bess auf, und Beatrice' Herz machte einen Sprung. »Wo ist er, Bess?«, flüsterte sie der Hündin zu und bückte sich, um sie hinter den Ohren zu kraulen.

Als von einem zweiten Feuer, auf dem die beiden geschlachteten Kälber gegrillt wurden, der Geruch von bratendem Fleisch herüberdrang, wurde ihr übel. Nun entdeckte Beatrice John Forbes, der, die Krücken neben sich, mit dem Rücken an der Wand der alten Hütte saß und sich mit all den Leuten unterhielt, die ihn seit dem Winter nicht mehr gesehen hatten. Mehrmals ertappte sie ihn dabei, wie er zu ihr herüberblickte. Da war Donald. Und Ephie. Und Mrs Henderson, die die Verteilung des Essens organisierte. Beatrice hörte, wie ein Mann Donald fragte, wo sein Bruder sei, doch der zuckte nur mit den Achseln.

Wieder suchte sie mit den Augen die Schatten ab. Sie wagte sich nicht zu erkundigen, beantwortete stattdessen ihrerseits respektvolle Fragen nach dem Verbleib von Theo und wiederholte freundlich lächelnd ein ums andere Mal die Geschichte, dass er aufgehalten worden sei, sich jedoch bald zu ihnen gesellen würde. Hoffentlich nicht, dachte sie, bevor sie Cameron gefunden hätte. Voll schlimmster Vorahnungen ging sie noch einmal um das Feuer herum, bis ihre Wangen in der Hitze glühten. Ihr wurde schwindelig, und sie trat aus dem Feuerschein zurück.

Da spürte sie eine Bewegung neben sich, und eine Hand packte sie am Ellbogen und zog sie aus dem Feuerschein in die Dunkelheit.

Neununddreißig

2010

»Geben Sie her.« Ein Mann trat aus den Schatten, und Hetty erstarrte vor Schreck. »Keine Sorge, das ist kein Überfall. Geben Sie mir die Taschen.«

Beladen mit Aktentasche, Lebensmitteleinkäufen und einem Take-away war sie den Weg zu ihrer Wohnung entlanggewankt und hatte sich wieder einmal über die wummernden Bässe aus der Wohnung über ihr geärgert. Nicht schon wieder eine Party! Und beim Herausholen der Schlüssel war eine Plastiktüte aufgeplatzt und eine Dose herausgefallen. Nun ging ihr plötzlich auf, woher sie den Akzent kannte.

»Sie!«, rief sie erstaunt aus, als er sich bückte, um die Dose aufzuheben. »Was machen Sie denn hier?«

»Sie wollten mit mir sprechen.«

»Ja, stimmt.«

»Dann sperren Sie die Tür auf und bitten Sie mich hinein.« Er nahm ihr die Tüten ab, sie schloss auf, und im engen Flur zeigte sie ihm den Weg zum Wohnzimmer.

»Gehen Sie schon mal voraus«, sagte sie, doch er betrachtete von der Tür aus Blakes Bild an der Wand. »Ich bin gleich bei Ihnen«, versprach sie und brachte die Tüten in die Küche. Dort hatte sie beim Auspacken der Einkäufe Zeit, sich von dem Schreck zu erholen. Er war hier, bei ihr! Aber warum jetzt, so plötzlich, nach so langem Schweigen?

Sollte sie Giles holen? Nein! Sie versuchte sich gerade zu erinnern, was genau sie in ihrer letzten SMS geschrieben hatte, als James in die Tür trat und die Arme mit dieser so typischen Geste vor der Brust verschränkte. »Sind Sie schon lange in London?«, erkundigte sie sich und nahm Tassen aus dem Schrank. Sollte sie ihm Tee anbieten?

»Bin gerade angekommen.«

Was hatte sie in ihrer SMS geschrieben? Sie beugte sich in den Kühlschrank, um ihre hektisch roten Wangen zu verbergen. »Möchten Sie etwas trinken?«

»Nein. Ich will mit Ihnen reden.« Er wirkte müde und verärgert.

»Ich versuche seit fast zwei Wochen, Sie zu erreichen«, erklärte sie und schloss die Kühlschranktür. »Sie haben auf keine meiner Nachrichten reagiert, weder auf die vom Anrufbeantworter noch auf meine Mails. Deshalb habe ich mir ein Flugticket für Freitag besorgt, um Sie persönlich aufzusuchen.«

Er hob eine Augenbraue. »Dachten Sie, ich verstecke mich?«

»Was sollte ich denn denken?«

»Ich habe Ihre E-Mails und SMS erst gestern gelesen. Im Hotel, in Mombasa.«

»In Mombasa?«

»Ich bin heute Nachmittag zurückgeflogen, um meinen Ruf zu retten.« Er deutete auf ihr Take-away. »Wollen Sie das Zeug da essen, oder können wir in ein ordentliches Restaurant gehen und uns dort unterhalten?

Erst jetzt fiel ihr auf, dass er braungebrannt war. Nicht die Bräune, die man sich im Norden vom Wind holt, sondern dunkle südliche Sonnenbräune. Afrika? Sein zerknittertes Leinenjackett und seine leichte Hose waren jedenfalls nicht für englisches Wetter geeignet. In einem Lokal, dachte sie, wären sie wenigstens in der Öffentlichkeit. »Um die Ecke ist ein Italiener.«

»Gut.«

Sie ließen das Curry-Take-away in der Küche und gingen den Weg zurück. James blickte zum offenen Fenster der oberen Wohnung hinauf, wo es inzwischen noch lauter geworden war. »Wie halten Sie das aus?« Er kickte mit dem Fuß eine leere Bierdose über die Straße.

Das Restaurant entsprach mit seinen roten Tischdecken, den Kerzen in den Chianti-Flaschen und den verblichenen Postern von Sehenswürdigkeiten Roms ganz dem italienischen Klischee. Er führte sie in eine ruhige Ecke im hinteren Teil des Lokals und orderte eine Flasche Wein. Bis die Bestellung aufgenommen und die Flasche gebracht war, herrschte Schweigen.

Dann trank James einen Schluck Wein und sah sie wütend an. »Soweit ich mich erinnere, werfen Sie mir in Ihren E-Mails und SMS vor, ein Scharlatan, ein Betrüger und überhaupt das Allerletzte zu sein.«

Sie wurde rot und legte die Serviette weg. »Wenn Sie mich beleidigen wollen …«

Er beugte sich vor und ergriff ihr Handgelenk. »Ich habe vierundzwanzig Stunden Zeit gehabt, mich darüber zu ärgern, und außerdem haben Sie mich beleidigt.« Er ließ sie los, lehnte sich zurück und deutete auf ihr Glas. »Trinken Sie was, danach reden wir.«

Sie breitete die Serviette wieder über ihren Schoß. Wo sollte sie anfangen? Sie hatte keine Chance gehabt, sich auf dieses Gespräch vorzubereiten. »Sie haben selbst Pläne für das Farmhaus und sabotieren deshalb mein Projekt. Das haben meine Fachleute herausgefunden.«

Mit funkelnden Augen stützte er die Ellbogen auf dem Tisch auf. »So, so, haben sie das herausgefunden. Ganz schön clever.«

Wieder fragte Hetty sich, ob sie Giles anrufen sollte. »Sie haben von Ihrem Antrag auf Sanierung von Bhalla House erfahren ...«

»Davon habe ich Ihnen selbst erzählt.«

»Aber sie sagen, Sie haben vor, das alte Farmhaus in ein Hotel zu verwandeln.«

»Sie täuschen sich.«

»Machen Sie mir nichts vor«, entgegnete sie in scharfem Tonfall. »Wir wissen Bescheid über diesen Bauunternehmer, einen gewissen Haggarty.« Er hob erstaunt den Blick. »Und jetzt arbeiten Sie mit einer Frau zusammen und werden mit amerikanischem Geld unterstützt.« Er lehnte sich zurück und starrte sie wütend an. Hetty griff nach ihrem Glas. Gott sei Dank, dachte sie, waren sie in der Öffentlichkeit.

»Wer erzählt Ihnen so einen Unsinn?«

»Sie haben Subventionsanträge gestellt, sich mit der Baubehörde in Verbindung gesetzt ...«

»Die allwissende Emma steckt dahinter, stimmt's?«

»Sie haben alles in Ihrer Macht Stehende getan, um mich von meinem Vorhaben abzubringen, mir Knüppel zwischen die Beine geworfen, mich auf den miserablen Zustand des Hauses, den Widerstand der Inselbevölkerung, das Vogelschutzgebiet, die strittigen Eigentumsverhältnisse hingewiesen.«

»Und dazu stehe ich.«

»Giles sagt ...«

»Ja, was sagt Giles?«, fragte er angriffslustig.

Vielleicht wäre es besser, ihm nicht zu erzählen, was Giles

gesagt hatte, aber sie konnte es sich nicht verkneifen, ihre Trumpfkarte zu spielen. »Unter anderem sagt er, dass es keinerlei Belege dafür gibt, dass Emily Blake der Forbes-Familie das Haus des Verwalters überlassen hat. Juristisch gesehen gehören das Haus und das gesamte Land zum Anwesen. Und somit mir.«

»Ich weiß.«

»Das wissen Sie?«

Zwei Teller mit dampfender Pasta wurden serviert. Auf die Frage des Kellners, ob er noch etwas bringen dürfe, schüttelte James den Kopf. »Essen Sie«, wies er Hetty an und füllte ihr Glas auf. »Währenddessen versuche ich, Licht ins Dunkel zu bringen.« Er zerrupfte ein Brötchen, den Blick auf den Tisch gerichtet. »Vor drei Jahren habe ich ein Cottage auf der anderen Seite des Strands, gegenüber von Bhalla House, erworben. Obwohl ich Jahre im Ausland war, ist die Insel immer meine Heimat geblieben, wenn auch nur in den Schulferien.« Er schwieg kurz. »Das große Haus fasziniert mich seit jeher. Trotz allem, wofür es früher stand, war es Teil meines Lebens und gehörte zu mir.« Er hob sein Glas und musterte Hetty über den Rand hinweg. »Ich habe Ihnen ja erzählt, dass ich mich informiert hatte, wie man es retten könnte.« Sie nickte. »Ich habe einen Plan mit Andy Haggarty ausgearbeitet, der zu der Zeit für Erschließungen im Vogelschutzgebiet zuständig war, ein ausgesprochen integrer Mann mit Visionen.« Er verzog den Mund. »Kein Bauunternehmer.«

James schilderte Hetty, wie sie einen Vorschlag für die Sanierung des Hauses erarbeitet hatten, das sie zu einem Zentrum für Vogelschutz und Inselökologie machen wollten. Experimentelle landwirtschaftliche Methoden. Erhaltung seltener Rassen.

»Wir wollten auch Schriftsteller und Künstler einladen. Die Sanierung sollte langsam und umsichtig erfolgen. Wir hatten vor, junge Menschen auszubilden, hätten den Inselbewohnern Jobs geboten und ihnen Know-how vermittelt. Leute von der Insel hätten das Zentrum geleitet. Vom Blake-Trust kam eine positive Reaktion; die Verantwortlichen wollten Geld aus Blakes Erbe in sein altes Haus stecken, um der Öffentlichkeit seine unterschiedlichen Interessen nahezubringen. Sie fanden die Lösung perfekt, denn wir hätten so wenig wie möglich verändert und die ganz besondere Atmosphäre des Ortes erhalten. Mein einziges Vergehen bestand darin, dass ich mich unrechtmäßig auf das Grundstück begeben habe. Ich bin in dem Haus ein und aus gegangen, um festzustellen, was getan werden müsste, und wurde dabei immer mutloser.« James ließ den Finger über den Rand seines Glases gleiten, wie er es bei der Tasse im Museum getan hatte. »Aber ich habe das nie als widerrechtliches Eindringen empfunden. Ruairidh hatte die Schlüssel, genau wie sein Dad und sein Opa vor ihm. Sie haben seit Generationen ein Auge auf das Haus. Als treue Verwalter für einen Phantomherrn. Allerdings wussten wir nicht mehr, wer dieser Herr war. Erst als die Kamine gestohlen wurden, hat Ruairidh die Anwälte Ihrer Großmutter ausfindig gemacht. Das war gar nicht so leicht.« Plötzlich wirkte James sehr müde. »Dann ist von einem Tag auf den anderen alles den Bach runtergegangen. Es erwies sich, dass das Projekt nicht durchführbar war. Bei Andy wurde Krebs diagnostiziert, und die Eigentumsverhältnisse waren auch nicht mehr klar.«

»Was haben Sie dann gemacht?«

Auf einmal wirkte er beinahe schüchtern. »Das war vor drei Jahren. Ich habe die Anwälte gefragt, an wen ich mich wenden müsste, wenn ich das Haus kaufen wollte, und habe offenbar einen schlechten Zeitpunkt erwischt.«

Hetty senkte den Blick. Vor drei Jahren, als ihre Welt aus den Fugen geraten war. Als sie wieder aufsah, fand sie tiefe Anteilnahme in seinen Augen.

»Tut mir leid. Ich habe von dem Unfall gelesen. Vögel sind ins Triebwerk geraten, stimmt's?«

Sie nickte. »Fünf Minuten nach dem Start.«

»Merkwürdige Ironie des Schicksals.« Er schenkte ihr nach und ließ ihr Zeit, sich zu erholen. »Also haben wir die Sache nicht weiter verfolgt. Als Andy krank wurde, mussten wir das Projekt sowieso aufgeben.« Sie aßen eine Weile schweigend. »Doch die Sache hat mich nicht mehr losgelassen. Irgendwann hatte ich dann die zündende Idee: das Haus des Verwalters. Natürlich. Ich habe mit Ruairidh und der Familie gesprochen, und alle waren dafür. Aonghas wird nicht ewig leben, Ruairidhs Dad will das Haus nicht, und für Ruairidh und Ùna gilt das Gleiche. Wir haben uns noch einmal an den Blake-Trust gewandt, ein paar wichtige Leute für die Angelegenheit interessiert, und von da an ging es gut voran.« Er lehnte sich zurück, und seine Miene wurde hart. »Doch dann kamen Gerüchte auf. Die alte Dame war gestorben, und die neue Eigentümerin von Bhalla House hatte große Pläne.« Hetty wurde rot. »Pläne, die die Insel für immer verändern würden.« Er nahm Messer und Gabel in die Hand und begann zu essen.

»Mein ursprüngliches Vorhaben war gar nicht so schrecklich«, entgegnete sie nach einer Weile.

Er aß, ohne den Blick zu heben. »Die Sache scheint immer größere Dimensionen anzunehmen: Jagdgesellschaften, der Golfplatz – von dem wusste ich ja, aber jetzt soll auch noch ein Hubschrauberlandeplatz entstehen. Und ein

Windrad, um die für ein Spa nötige Energie zu erzeugen«, sagte er zwischen zwei Bissen. »Ich habe sogar etwas von einem Damm gehört.«

»Nicht von mir!«, erwiderte sie entsetzt. Steckte dahinter wieder Emma?

»Und angeblich will Ihnen irgendein verdammter Banker alles abkaufen!«

Hetty sah ihn erstaunt an. Wie hatte er in Mombasa davon Wind bekommen? Vermutlich per E-Mail. Irgendjemand war da ziemlich gut informiert. Vielleicht Agnes McNeil, obwohl von ihr nicht mehr die Rede gewesen war.

»Seit meiner Abreise hat sich die Lage zugespitzt. Werden Sie verkaufen?«

»Nein.«

»Aber Sie bleiben an der Sache dran?«

»Giles sagt …« Als er den Kopf hob, fuhr sie stirnrunzelnd fort. »Giles meint, dass das Vorhaben der Gegend Wohlstand bringen wird. Er spricht von nachhaltiger Entwicklung.«

Seine Augen blitzten angriffslustig. »Aye. Vermutlich werden Sie alle nötigen Baugenehmigungen erhalten.«

»Das verstehe ich nicht.«

»Nein? Wirklich nicht?« Er schwieg ziemlich lange. »Man schlägt jetzt alles heraus, was geht. Dann wartet man und stellt weitere Forderungen, und nach einer gewissen Zeit noch mal, bis es kein Zurück mehr gibt. Das habe ich überall auf der Welt erlebt, wo finanzielle Interessen im Spiel waren. Die sogenannte ›nachhaltige Entwicklung‹ lässt sich leicht vor den Profitkarren spannen.« Er bot ihr den letzten Rest Wein an und schenkte ihn sich selbst ein, als sie den Kopf schüttelte.

»Ich habe Sie schon einmal gefragt, ob Sie diese Art der

Grundstückserschließung als passend für Bhalla Strand erachten. Meiner Ansicht nach sind die Zeiten vorbei, in denen die Insel der Spielplatz eines reichen Mannes war, in denen Geld den Ton angab und die Inselbewohner dazu tanzten. Nun ist sie ein kostbares Fleckchen Erde, wild und unverdorben, eine Zuflucht, nicht nur für Vögel.« Er stellte sein Glas ab. »Das hat Blake trotz seiner Schwächen erkannt.«

Er streckte die Hand nach der ihren aus wie schon einmal im Museumscafé, und sie entzog sie ihm nicht. »Irgendetwas ist schrecklich schiefgegangen im Leben von Theo Blake, aber am Ende hat das Schutzgebiet, das er einrichten ließ, einen großen Teil der Insel bewahrt. Und seine Nachlässigkeit hat beim Rest das Gleiche bewirkt, sodass die Zeit letztlich stillgestanden ist und die ganz besondere Atmosphäre der Insel überleben konnte.« Er ließ ihre Hand los und lehnte sich zurück. »Ich habe Sie einmal nach Torrann Bay gefragt, weil ich dachte, dass Sie diese Atmosphäre auch spüren. Sie haben sein Bild davon doch jeden Tag vor Augen!« Er rieb sich die Stirn mit dem Handballen. »Sorry, ich bin hundemüde.«

Also hatte sie sich doch nicht in ihm getäuscht. »Und Sie glauben, dass Ihre Pläne die Insel bewahren würden?«, fragte sie.

Seine Augen waren rot vor Erschöpfung. »Das ist jedenfalls der Gedanke.« Er rollte Nudeln auf seiner Gabel auf. »Aber nun sieht es ganz so aus, als würden wir wieder an unsere Grenzen stoßen.«

»Warum?«

»Das haben Sie selbst gesagt. Von einer Überschreibung des Verwalterhauses oder des dazugehörigen Landes existieren keinerlei Aufzeichnungen. Aonghas hat behauptet, er hätte alle nötigen Papiere, aber er besitzt lediglich einen Brief von Emily Armstrong an seinen Vater Donald Forbes, in dem sie ihre Absicht erklärt, der Forbes-Familie Haus und Land zu überlassen. Nur die Absicht. Nichts Bindendes. Er hat keine Übertragungsurkunde und keine juristischen Dokumente. Nichts. Was für ein Schlamassel.«

»Wann haben Sie das herausgefunden?«

»Ihr ... Giles hat mich bei unserem letzten Treffen darauf gebracht, dass es da eventuell Probleme geben könnte, und ich bin sofort zu Aonghas gegangen. Der Brief allein ist wertlos. Während ich in Afrika war, hat die Familie nach weiteren Dokumenten gesucht und nichts gefunden. Sie sind also nach wie vor Pächter, Ihre Pächter, und ohne Ihre Einwilligung können wir nichts tun.« Er trank sein Glas leer. »Die Sie uns unter den gegebenen Umständen vermutlich nicht geben wollen, *mo charaid*.« Er sah sie ziemlich lange an. »Sie halten alle Trümpfe in der Hand, Madam. Emily hat ihr Versprechen leider nie eingelöst.«

Zwei Tage später dachte Hetty auf dem Weg nach Heathrow in der U-Bahn an die Abschiedsworte von James, als er ihr Angebot, die Hälfte der Rechnung zu übernehmen, ausgeschlagen hatte.

»Ich lade Sie gerne zum Essen ein, aber machen Sie sich darauf gefasst, dass ich alles in meiner Macht Stehende tun werde, Sie an der Durchführung Ihres Projekts zu hindern.« Dabei hatte er ihr in die Augen gesehen. »Ich dachte, der Zustand des Hauses würde genügen, Sie von Ihrem Vorhaben abzubringen, doch da wusste ich noch nicht, welche Ausmaße das Ganze annehmen würde. Sie wollen am Wochenende rauffahren, sagen Sie?«

»Emma hat das zweite Gutachten, ich bin mit ihr und Andrew verabredet. Wir wussten ja nicht, wo Sie stecken ...«

James hatte sich alles mit versteinerter Miene angehört,

ihr ein Taxi herangewinkt und ihr die Tür aufgehalten. »Tja, dann wird also das nächste Mal, wenn wir uns sehen, mit harten Bandagen gekämpft, Hetty. Schade.«

Sie war ins Taxi gestiegen, und er hatte nach einem kurzen Nicken die Tür hinter ihr zugeschlagen.

Die U-Bahn kam in Terminal 1 an. Hetty flog nun doch allein, weil ein großer Fall, an dem Giles mitarbeitete, tags zuvor in eine entscheidende Phase getreten war und er deshalb an Sitzungen teilnehmen musste.

»Wenn bis dahin alles geregelt ist, komme ich mit dem Nachmittagsflug nach. Da gibt's noch Plätze, das habe ich gecheckt.«

»Giles, warum machst du nicht einfach …«

»Ich traue denen da oben nicht über den Weg. Nicht nachdem Cameron einfach so bei dir aufgetaucht ist. Der hat Nerven! Du hättest ihn nicht reinlassen dürfen. Du könntest ihn wegen Belästigung belangen.« Es hatte ihn überhaupt nicht interessiert, was James ihr an diesem Abend mitgeteilt hatte. »Du hättest mich anrufen sollen.«

Gott sei Dank hatte sie das nicht getan, dachte sie. Sie konnte nur hoffen, dass seine Besprechung bis in den Nachmittag hinein dauern würde. Wenn sie ihm ausdrücklich verbieten würde zu kommen, würde er ihr sicher eine Szene machen, und dem fühlte sie sich nicht gewachsen, aufgewühlt, wie sie war.

In der Abflughalle nahm sie Blakes Briefe zur Hand, die sie inzwischen fast auswendig kannte. *Ich war noch einmal zur Behandlung im Ausland*, hatte er im Juli 1937 geschrieben. *Es hat sehr geholfen, aber ich weiß nicht, wann ich wieder hinfahren kann. In Deutschland herrschen momentan besorgniserregende Zustände.*

Hetty stellte sich vor, wie er, alt und allein, über seinen Schreibtisch gebeugt dasaß und hin und wieder den Kopf hob, um durch das Fenster zu schauen, durch das sie selbst bei ihrem ersten Aufenthalt auf der Insel in das Haus geklettert war. *Ich könnte Ihnen kein so schönes Zuhause mehr bieten wie früher, mein Freund.*

In den Briefen war immer seltener von seinen Bildern die Rede. *Sie sind wirklich sehr beharrlich, Charles. Ich werde Ihnen welche schicken, damit Sie endlich Ruhe geben, aber ich fürchte, sie werden Ihnen nicht gefallen. Sie gefallen mir ja selbst nicht so recht. Ich beginne mit einer Idee, doch die löst sich bei der Ausführung auf.*

Als Hettys Flug aufgerufen wurde, steckte sie die Briefe ein, doch an Bord holte sie sie wieder hervor. 1940 war Theos Schrift krakelig geworden, der Tonfall müde und unsicher. *Wieder herrscht Aufruhr,* hieß es in einem Schreiben, *und man drängt mich immer noch, das Farmland aufzuteilen. Wozu? Das wäre ein karges Leben auf kargem Boden. Ich habe bei Gott versucht, meinen Standpunkt klarzumachen. Werden sie nie Ruhe geben? Ich verbrenne die Briefe jetzt oder überlasse sie Donald.*

In allen folgenden Schreiben war die Rede davon, dass man den Gürtel enger schnallen und sparen müsse. *Die Preise sind wieder gesunken. Manchmal ist es schwierig, überhaupt etwas zu verkaufen. Für die Eber bekommt man so gut wie gar nichts, und sogar der Bulle hat drei Pfund weniger gebracht als erwartet. Aber wenigstens können wir uns selbst ernähren. Ich habe Flundern gefangen, die schmecken sehr gut.*

Hatte er tatsächlich Fische fangen müssen, um etwas zu essen zu haben? Das konnte doch nicht sein! Oder war das nur die Exzentrik eines Einsiedlers gewesen? Zwischen den Zeilen war seine tiefe Traurigkeit zu spüren. *Das Land macht die Menschen arm, Charles. Schönheit mag die Seele nähren, aber nicht den Leib. Die Männer arbeiten bis zum Umfallen, die Frauen werden vor der Zeit alt, die Kinder sind unterernährt und haben keine Bildung.*

Sie haben sich also getäuscht, James Cameron, dachte Hetty. Theo hatte sich tatsächlich Gedanken gemacht, und das freute sie. Dann ein Brief aus dem Jahr 1942: *Drei Paare Odinshühnchen nisten an dem Tümpel hinterm Haus. Erinnern Sie sich an das, das Campbell damals erwischt hat? Der verfluchte Kerl. Seitdem haben sie dort nicht mehr genistet. Aber jetzt sind sie wieder da! Inzwischen lasse ich bei meinen Wanderungen das Gewehr zu Hause, und ich habe beschlossen, Land als Vogelschutzgebiet umzuwidmen. Hier geht es den Tieren gut, und die Planung dieses Projekts spendet mir Trost. Vielleicht kann ich so Abbitte leisten.*

Als Hetty aus dem Fenster des Flugzeugs sah, fiel ihr das Gemälde mit dem Mann ein, der verzweifelt auf das Meer hinausschrie, und das andere mit den zwei Gestalten am Strand, beide Ausdruck von Theos tiefer Verzweiflung darüber, dass ihm die Dinge entglitten. *Nur im Fieber brenne ich noch darauf zu malen. Dann ergreift eine dunkle Macht Besitz von meinem Gehirn. Es macht mir keine Freude. Meine Schwester möchte mich überreden, nach Edinburgh zurückzugehen. Aber das werde ich nicht tun, denn ich bin auf ewig an diese Insel gebunden, und hier muss ich Zuflucht finden.*

Als das Flugzeug landete, verschwammen Blakes letzte Worte in Hettys Kopf mit denen von James: »… ein kostbares Fleckchen Erde, wild und unverdorben, eine Zuflucht, nicht nur für Vögel.«

Vierzig

»Schön, Sie zu sehen!« Emma kam Hetty auf dem Hotelparkplatz entgegen und musterte erstaunt den zerbeulten Mietwagen. »Hatten Sie eine angenehme Reise? Schade, dass Giles aufgehalten wurde.« Sie hielt Hetty die Tür zur Hotellobby auf. »Ich habe heute Morgen noch einmal mit den Leuten von der Bank geredet. Sie sind sehr interessiert.« Sie plapperte weiter, ohne auf Hettys Schweigen zu achten. »Da gibt's noch viel zu besprechen. Wir haben jede Menge Optionen. Wie ich höre, haben Sie selber wichtige Kontakte geknüpft. Jasper Banks, wow! Gut gemacht.« Sie nahm die Schlüssel von der Rezeption. »Dass Sie mit Blake verwandt sind, ist viel wert, denn seine Arbeiten sind gerade wieder sehr gefragt. Das Bild von dem Tümpel zwischen Felsen kommt unheimlich romantisch rüber, das können wir in allen Werbebroschüren verwenden. Giles sagt, Sie hätten noch ein Original erstanden. Ist es gut?« Sie schlug vor, eine Tasse Tee zu trinken, während sie auf die anderen warteten.

»Danke, nein. Ich muss noch etwas zum Abschluss bringen, was ich letztes Mal nicht geschafft habe. Bis später.« Emma sah Hetty erstaunt nach.

Die Frau in der Bibliothek erkannte Hetty sofort wieder. Sie begleitete sie zu einem der Computer und zeigte ihr, wie sich Fotos herunterladen ließen. Dann erklärte sie ihr, dass der Raum, in dem sie sich aufhalte, früher einmal der Salon des Pfarrhauses gewesen sei.

Als sie weg war, lehnte sich Hetty zurück, getröstet durch die zeitlose Ruhe, die alte Häuser für gewöhnlich ausstrahlen. Sie begann, noch einmal die Bilder durchzuscrollen. Die Zeit verschwamm, und sie fühlte sich wie zwischen zwei Welten. Das Wissen, dass nun wilde Vögel durch die Räume von Bhalla House flatterten, trat in den Hintergrund, als sie in die Vergangenheit eintauchte.

Besonders lange betrachtete sie das Foto von Emily neben dem Mann, der nur so kurz ihr Gatte sein sollte. Damals hatte sie noch nicht gewusst, was die Zukunft bringen würde, dass sie schon bald lernen müsste, die Dinge so zu nehmen, wie sie kamen, wie Hetty es gerade lernen musste. Sie zoomte das Gesicht heran. Vielleicht verbarg sich hinter der jugendlichen Fröhlichkeit tatsächlich Stärke. Vielleicht schlummerte sie in jedem Menschen. Hetty musterte Theo Blakes Gesicht, dann wieder das von Emily. Sie war überzeugt davon, die Ähnlichkeit entdecken zu können. Beide Gesichter besaßen die gleiche Direktheit und Selbstsicherheit, wenn auch bei Emily weniger stark ausgeprägt. In Blakes dunklen Augen mit den schweren Lidern glaubte Hetty, den Künstler zu erkennen.

Mit einem Mal wurde ihr klar, dass sie auf allen anderen Fotos tatsächlich durch Theo Blakes Augen sah, sah was er gesehen hatte, eingefangen durch die Linse der Kamera. Diese verblichenen Bilder verbanden sein Gehirn direkt mit dem ihren; es war, als befände sie sich in seinem Kopf. Plötzlich erschien er ihr sehr real. Fasziniert von diesem Gedanken, kehrte sie zum Anfang zurück.

Als sie die Fotos nun durchscrollte, spürte sie die enge innere Verbindung mit ihm und begann, seinen Blick für Komposition und dramatische Szenen zu schätzen. Ein Sonnenstrahl fiel durch die offene Eingangstür in den Flur, ein Brachvogel auf dem Schreibtisch spiegelte eine halbfertige Skizze daneben, das Fenster des Esszimmers rahmte einen Regenbogen ein. Allmählich begriff Hetty, dass es sich um eine Serie handelte, einen fotografischen Rundgang durchs Haus.

Hetty folgte Theo den Flur entlang in den Salon, zum Ess-, Frühstücks- und Arbeitszimmer und verweilte in jedem kurz. Er stieg die Treppe hinauf, und Hetty begleitete ihn, vorbei an dem ausgestopften Hirschkopf mit den Glasaugen. Danach folgte der Blick dem geschwungenen Geländer zum gefliesten Boden des Eingangsbereichs. Ein Bild, aufgenommen durch das runde Fenster auf dem Treppenabsatz, war überbelichtet und unscharf und erforschte den Kontrast zwischen der dunklen Treppe und der unwirklichen Helligkeit der Außenwelt. Eine Traumwelt … Hetty stellte sich vor, wie Theo einen geeigneten Bildausschnitt suchte und einen Moment innehielt, um über die Weide zum dramatischen Himmel über den westlichen Dünen zu blicken.

Nun folgte eine Reihe von Bildern, die sie noch nicht kannte, aufgenommen im inzwischen verfallenen oberen Stockwerk. Durch geöffnete Türen fiel ihr Blick auf eine Bügelpresse, ein Bücherregal, einen polierten Tisch, einen ovalen Spiegel und ein Gemälde an der Wand. Unversehens befand sie sich in dem Raum, der der ihre gewesen wäre; sie konnte die runde Turmnische auf der einen Seite erkennen. Die Ecke eines Messingbetts ragte in das Bild hinein, Pantoffeln lagen auf einem Läufer daneben, Kleidung auf der Tagesdecke, dazu kamen eine Waschschüssel und ein Wasserkrug.

Im Spiegel sah sie zwei Menschen. Der Salon des Pfarrhauses verschwand, und unvermittelt stand Hetty in dem Raum in Bhalla House, ein Eindringling aus einer anderen

Welt. Beatrice saß an ihrem Frisiertisch, die Hände an den Haaren, und lachte sie aus dem Spiegel an. Nein, sie lachte ihn an. Denn auch er war im Spiegel zu sehen, über die Kamera gebeugt, nur der obere Teil seines Kopfes und ein Arm waren zu erkennen. Seine Hand machte eine aufmunternde Geste. Mit dem Foto hatte er mehrere sich überlagernde Ebenen eingefangen; die vertikalen Seitenflächen des Spiegels reflektierten unendlich viele Beatrices.

Hetty stiegen Tränen in die Augen, als ihr klar wurde, was sie entdeckt hatte: Dies war die Vorlage für das Gemälde, das sie bei der Auktion so fasziniert hatte. Ein Moment tiefer Vertrautheit, an den er sich Jahre später erinnert und den er gemalt hatte, nicht verspielt wie auf dem Foto, sondern als Dokument einer gescheiterten Ehe. Es war nur ein flüchtiger Moment gewesen. Ihre Gefühle hatten sich in Verbitterung verwandelt. Sie waren verschwunden, genau wie alle Teppiche, Möbelstücke und ausgestopften Tiere, jeder Atemzug und jeder Herzschlag – an den Meistbietenden versteigert oder vergessen.

Hetty war ganz benommen, als sie das Museum verließ. Es fiel ihr schwer, auf den Boden der Tatsachen zurückzukehren, weil sich das sepiafarbene Phantombild von Beatrice in ihr geistiges Auge eingebrannt hatte. Hetty hatte die Vergangenheit berührt und die Emotionen gespürt, die sowohl das Foto als auch das spätere Gemälde einfingen. Es handelte sich um die beiden Enden eines Spektrums: auf der einen Seite der fröhliche Beginn, auf der anderen der deprimierende Schluss.

Als Hetty an dem von gelben Sumpfschwertlilien gesäumten Tümpel vorbei ins Hotel zurückging, dachte sie darüber nach, wie Theo Blakes Dasein sich ihr in den vergangenen

Wochen durch seine Gemälde und Briefe in Bruchstücken offenbart hatte. Es war ein tragisches Leben gewesen, fast schon große Oper. Ihr erster Eindruck von Bhalla House als verlassene Filmkulisse war nicht so falsch gewesen. Es war tatsächlich die Kulisse längst vergangener Leben von Menschen, denen nicht mehr geholfen, die nicht mehr gerettet werden konnten …

Anders als die Insel … und plötzlich war das Haus selbst nicht mehr wichtig. Davon konnte man sich trennen. Was wirklich zählte, waren die Kiebitze, die tief über dem Machair segelten, die Wellen, die am menschenleeren Strand von Torrann Bay leckten, der weite Himmel und der klare Horizont. Und ein zerbeulter Land Rover, der über das Land wachte.

Regen wehte ihr ins Gesicht, als sie zum Hotel zurückhastete. Auf dem Parkplatz hörte sie einen Mann sagen, dass ein ungewöhnlich starker Sturm bevorstehe. »Die Fähre wird erst in ein oder zwei Tagen wieder kommen«, bemerkte er, »und der Flughafen ist geschlossen.« Geschlossen! Also würde Giles es nicht schaffen. Gut so, denn Emma und Andrew alles zu erklären würde schwierig genug werden.

Doch Giles hatte es geschafft. Als Hetty die Tür zum Hotel öffnete, sah sie ihn mit Andrew und Emma in der Lobby sitzen.

»Da bist du ja! Wir hatten uns schon gefragt, wo du steckst.« Als er sie umarmte, roch sie den Alkohol in seinem Atem. »Gott, was für ein Flug! Ich habe den Flieger gerade noch erwischt, und dann – ein Luftloch nach dem anderen. War ein winziges Maschinchen. Jetzt ist der Flughafen geschlossen.«

Hetty hatte es immer gewundert, dass ein so selbstsicherer Mensch wie Giles Angst vor dem Fliegen hatte. Mittlerweile hatte sie sich daran gewöhnt, dass er in der Flughafenwartehalle hektisch herumlief, zu viel trank und aufbrausend wurde. Schon bei normalen Flügen war es nicht leicht mit ihm, und nun hatte er einen ziemlich unruhigen hinter sich.

Wie viel er wohl getrunken hatte?

»Der Typ neben mir hat gekotzt, das hat mich nicht gerade aufgebaut«, berichtete er.

Aha, dachte Hetty, er befand sich also bereits in der nächsten Phase, in der er seine Schwäche mit derben Sprüchen überspielte. Immerhin war er in eine gebügelte Hose und ein schickes Sportjackett geschlüpft, weswegen er hier ein wenig fremd wirkte.

»Wir haben einen Tisch reserviert. Lasst uns zuerst noch was an der Bar trinken. Geh voraus, Em«, sagte er.

»Giles, wir müssen reden.« Hetty versuchte, ihn zurückzuhalten, doch er tätschelte nur ihren Arm und schob sie hinter Emma her. »Dazu ist noch genug Zeit.«

Das Island Inn wurde sowohl von passionierten Anglern und Vogelbeobachtern als auch von Touristen auf der Durchfahrt frequentiert, doch die Einheimischen stellten den größten Teil der Gäste. An diesem Freitagabend war viel los, Bierdunst und fröhliches Lachen schlugen ihnen entgegen. Emma deutete auf einen leeren Tisch am Fenster, Andrew holte Drinks. Als die Leute am Tresen für ihn Platz machten, entdeckte Hetty James Cameron, der sich mit Ruairidh Forbes unterhielt. Ihre Blicke trafen sich.

Auch Giles bemerkte ihn. »So, so«, murmelte er, ein wenig zu laut. »Mr Cameron höchstpersönlich.«

Ruairidh Forbes drehte sich nach ihnen um, sah Hetty

und trat mit einem freundlichen Lächeln und ausgestreckter Hand auf sie zu. »Schön, Sie wiederzusehen.«

Sie ergriff dankbar seine Hand und stellte ihn den anderen vor.

»Forbes, sagst du?«, fragte Giles mit dröhnender Stimme. »Aha. Erfreut.« Dann wandte er sich zu ihrem Entsetzen James zu. »Tut mir leid, dass ich Sie letzte Woche verpasst habe, Cameron. Blitzbesuch, was? Sie haben Hetty ziemlich durcheinandergebracht.«

»Tatsächlich?« James sah Hetty an und hob eine Augenbraue. Das hatte er, allerdings nicht so, wie Giles meinte.

»War wohl der letzte Angriff aus dem Hinterhalt«, fuhr Giles spöttisch fort. Wenn er nicht so viel getrunken hätte, wäre ihm vielleicht aufgefallen, dass James sehr still geworden war. Sie musste etwas tun. Hetty versuchte, zwischen die beiden zu treten, doch Giles stellte sich vor sie und redete weiter. »Ich kann ja verstehen, dass Sie sich nicht in die Karten schauen lassen wollten, aber finden Sie nicht, dass Sie unter den gegebenen Umständen Ihr Interesse bekunden hätten sollen?«

»Giles!« Hetty sah, wie James' Miene sich verfinsterte und Ruairidh etwas murmelte und eine Hand hob, um die Gemüter zu beruhigen.

Doch Giles war nicht zu bremsen. »Wenigstens wissen wir jetzt, wo wir stehen. Und sobald die Eigentumsfrage geklärt ist …«

»Giles!«

Ruairidh hielt seinen Cousin am Arm fest und wandte sich Hetty zu, sodass er James den Weg zu Giles versperrte.

»Das war in der Tat eine Überraschung«, bemerkte er und schenkte Hetty ein Lächeln. »Aber Ihr Besuch kommt zur rechten Zeit. Ùna hat mich gerade angerufen. Zu Hause liegt ein Brief mit dem Poststempel von Inverness. Wahrscheinlich vom Labor.« Er hob sein halbvolles Glas. »Wenn das leer ist, gehe ich heim, nachschauen, was drinsteht.«

»Himmel, das Skelett!«, rief Emma aus. »Das vergesse ich immer! Was für eine Herausforderung für das Marketingteam!«

James richtete seinen eisigen Blick von Giles auf sie, murmelte etwas Unverständliches und zeigte ihr dann die kalte Schulter.

»Sind Sie morgen früh hier?«, fragte Ruairidh Hetty. »Ich meine, falls es Neuigkeiten geben sollte?«

»Ja.«

»Lass dich lieber auf keine Zeit festlegen, Schatz«, riet Giles ihr und legte einen Arm um ihre Taille. »Wir müssen zur Insel hinüber und wieder zurück und sind von den Gezeiten abhängig. Mr Forbes könnte den Bericht an der Rezeption hinterlegen.« Er wandte sich Emma zu. »Lass uns was essen, ja?«

Am liebsten hätte Hetty sofort alles erklärt, doch dafür war das Lokal kaum der richtige Ort. »Ich melde mich«, verabschiedete sie sich und ließ sich von Giles wegziehen. James sah ihnen mit verschränkten Armen nach.

Einundvierzig

Im Restaurant herrschte reger Betrieb. Sie hatten einen Tisch in der Mitte, wo Andrew sofort auszuführen begann, was der neue Gutachter herausgefunden hatte. Hetty versuchte, ihn zu unterbrechen, doch er war nicht zu stoppen. »Lassen Sie mich kurz die Hauptpunkte klären. Das Haus befindet sich in schlechtem, aber nicht hoffnungslosem Zustand. Die Kosten werden insgesamt ...«

Als der Kellner kam, verstummte er kurz. Hetty sah immer wieder zur Tür hinüber. Sie wäre gern zurückgegangen, um mit Ruairidh und James zu sprechen, hatte aber das Gefühl, dass sie es Giles und seinen Freunden schuldete, ihnen zuerst zu erklären, dass sich alles geändert hatte. Sobald Andrew Luft holte, falls er das jemals tat, würde sie es ihnen sagen. Leicht würde das nicht werden, doch dann wäre es endlich vorbei. Natürlich wäre dann noch die juristische Seite zu regeln, und dafür müsste sie sich einen Anwalt suchen, aber alles andere wäre erledigt.

Sie musterte Giles. Sein Gesicht glänzte, seine Augen leuchteten, und er redete zu laut. Alkohol bekam ihm nicht, er verwandelte ihn in eine Karikatur seiner selbst. Doch auch das war vorbei, und dieser Gedanke stimmte sie traurig. Würde es ihm viel ausmachen? Er war in einer schwierigen Zeit an ihrer Seite gewesen, als sie sich sehr einsam fühlte. Er hatte ihr über die schlimmsten Wochen hinweggeholfen, doch dann hatte er angefangen, sie völlig zu vereinnahmen und sie in eine Welt hineinzuziehen, von der sie nun wusste, dass sie nicht die ihre war.

Sie merkte, dass die anderen verstummt waren. Giles und Andrew wechselten einen Blick, Andrew schenkte Hetty Wein ein.

»Giles hat Ihnen von dem anderen Interessenten erzählt?«

»Der Banker, Schatz«, erinnerte Giles Hetty. »Er scheint ganz scharf auf das Projekt zu sein.«

»Das könnte ein Superdeal werden, wenn Sie an ihn verkaufen.«

»Ich möchte etwas sagen …« Jetzt war der richtige Zeitpunkt gekommen, vorausgesetzt, sie fand die passenden Worte.

»Natürlich helfen wir Ihnen. Wir bleiben an Bord.« Andrews leutseliges Lächeln verriet Hetty, dass Dalbeattie und Dawson bereits mit dem potenziellen neuen Mandanten in Verbindung standen.

Giles füllte gerade sein Glas nach. »Ich weiß nicht, ob Hetty sich schon entschieden hat …«

Hetty hob den Blick. »Ja, doch. Ich werde nicht verkaufen. Nein, ich werde …«

»Bravo!« Emma hob ihr Glas. »Das freut mich sehr. Eine mutige Entscheidung. Uns steht eine Menge harter Arbeit bevor, aber …«

»Bist du sicher?«, fiel Giles ihr ins Wort. »Es geht um echt viel Geld. Wir haben das nicht richtig besprochen …«

»Ja, ich bin sicher.« Unter dem Tisch ballte Hetty die Hände zu Fäusten.

»Eine große Starhochzeit, und man kennt uns.« Emma strahlte Hetty an. »Die Eigentumsverhältnisse zu klären wird allerdings eine Weile dauern und könnte heikel werden.«

»Nein, denn das Land gehört ihnen. Emily Armstrong hat es ihnen überlassen, und ich werde es nicht zurückfordern.«

Die drei verstummten verblüfft. Giles erholte sich als Erster von dem Schrecken. »Sei vernünftig, Schatz. Wir haben diesen komischen Brief nicht mal gesehen, und außerdem war nur die Rede davon, dass sie darin ihre Absicht ausdrückt. Vielleicht hat die Gute es sich ja noch mal anders überlegt.«

Hetty schüttelte den Kopf. »Nein, das hat sie nicht, da bin ich mir sicher. Sie hat der Familie Forbes das Haus des Verwalters und das Land überlassen, Bhalla House ausräumen lassen und ist weggegangen.«

Sie blickten sie entgeistert an. Giles lachte verlegen. »Hast du plötzlich hellseherische Fähigkeiten, Schatz?«

»Nein, aber ich bin mir trotzdem sicher.« Hetty schob geräuschvoll ihren Stuhl zurück.

Giles beugte sich vor. »Schatz, begreif doch …«

»Ich erwarte kein Verständnis, aber ich mache nicht mehr mit. Die Rettung von Bhalla House würde zu viel kosten – und damit meine ich nicht das Geld. Es gehört der Vergangenheit an und sollte auch dort bleiben. Es geht um die Insel, und wenn wir unsere Pläne verwirklichen würden, gäbe es kein Zurück mehr, sie wäre für immer verloren. Wir brauchen solche Orte; sie können so leicht kaputtgehen. Wir dürfen sie nicht zerstören.« Hetty stand auf und wandte sich an Emma und Andrew. »Sorry, aber damit hat die Sache ein Ende. Keine Gerichtsverfahren, keine Banker, keine Finanzierungspakete, keine Konzessionen. Ich hätte es nicht so weit kommen lassen dürfen und habe Ihre Zeit vergeudet. Das tut mir leid … Nein, Giles, bleib, wo du bist. Lass mich gehen.« Irgendwie gelang es ihr, das Restaurant zu verlassen.

Der Kellner, der gerade die Vorspeisen servieren wollte, sah sie verwundert an, als sie aus dem Raum in die Bar hastete. Als die Tür hinter ihr zufiel, bekam sie plötzlich weiche Knie. Was hatte sie getan? Und wo wollte sie jetzt hin?

Die Bar hatte sich geleert, nur James Cameron stand noch am Tresen und unterhielt sich angeregt mit dem Barkeeper. Hetty blieb kurz stehen, bevor sie zu James hinüberging. Er drehte sich zu ihr um.

»Sagen Sie Ruairidh Forbes, dass es keine Probleme mehr gibt mit dem Haus und dem Land. Sie waren ein Geschenk von Emily, sie gehören ihm, nicht mir. Tun Sie damit, was Sie wollen, was Sie geplant hatten.« Ihre Stimme klang rau. »Und Bhalla House muss abgerissen werden. Das ist mir jetzt klar.«

Er machte einen Schritt auf sie zu, doch sie wich zurück. Sie wollte allein sein.

»Nein …« Sie lief weg, an der Rezeption vorbei und hinaus in die Dunkelheit.

Zweiundvierzig

Da es nur eine Straße um die Hauptinsel herum gab, war es nicht schwierig, die Abzweigung zum Strand zu finden. Hetty erkannte sie auch in der Dämmerung und brauste den Weg entlang, erfüllt von der Energie, die sie aus dem Hotel getrieben hatte. Sie musste noch einmal auf die Insel, zu Bhalla House.

Sie zuckte zusammen, als der Wagen mit einem hässlichen Geräusch über den unebenen Boden scharrte und schließlich auf dem feuchten Sand landete. Für so etwas war dieses Auto nicht geschaffen. Kurz darauf gelangte sie an ein tiefes Rinnsal, in dem sie fast steckengeblieben wäre. Was für eine Nacht! Die Scheibenwischer arbeiteten auf Hochtouren, und sie sah dunkle Wolken, die tief am Himmel hingen. Die Flut schien noch weit weg, und sie fragte sich, wie lange sie auf der Insel bleiben konnte. Fünfzehn Minuten? Das musste genügen. Danach würde sie nicht mehr wiederkommen, solange das Haus stand. Doch dieses letzte Mal musste sie noch hin, und zwar allein, wie ein paar Wochen zuvor, als sie Bhalla House das erste Mal gesehen hatte.

Die Fahrt dauerte länger, als sie in Erinnerung hatte, und dabei wurde der Wagen vom Wind hin und her geschüttelt, der zwischen Festland und Insel hindurchfegte. Was hatte Ruairidh über die Westwinde gesagt? Aber eine Viertelstunde reichte aus, danach würde sie ins Hotel zurückkehren und sich den Tatsachen stellen. Trotz der Panik, die sie auf halber Strecke beinahe ergriff, weil eine tiefhängende Wolke beide Küstenlinien verdeckte und sie keinerlei Orientierungspunkt mehr hatte, fuhr sie entschlossen weiter.

Endlich tauchten die Schornsteine von Bhalla House vor ihr auf, und sie lenkte den Wagen den Strand und die alte Auffahrt hinauf. Die Scheinwerfer tanzten an der hohen Mauer. Hetty stellte das Auto dort ab, wo Ruairidh den Saab an jenem ersten Tag geparkt hatte, stieg aus und stolperte über den schlammigen Boden. Wind und Regen schlugen ihr ins Gesicht. Die Mauern des Hauses waren mit großen feuchten Flecken bedeckt, die nackten Rippen der Dachsparren bewegten sich im Wind. Eindringlinge hatten wieder die Bretter vom vorderen Fenster weggerissen und waren über die Veranda eingestiegen, wo die Behelfstür lose in den Angeln schwang.

Hetty erreichte die Veranda völlig durchnässt. Über ihr befand sich der Raum mit dem kleinen Turm, wo sich die intime Szene von dem Foto abgespielt hatte, dieser kurze Augenblick des Glücks. Der Rhythmus der auf- und zuschwingenden Tür hypnotisierte sie. Immer zwei- oder dreimal hin und her, bevor sie zuschlug. Hetty zählte die Sekunden, bis sie zuknallte, und als sie aufschwang, hielt sie die Klinke fest.

Kurz darauf stand sie im Eingangsbereich, Regen tropfte von ihrer Kleidung auf den schmutzbedeckten Boden. Noch zehn Minuten. Dunkelheit und tiefe Schatten verbargen das Ausmaß des Verfalls, und im Dämmerlicht tauchten vor Hettys geistigem Auge die einhundert Jahre alten Bilder auf. Im Salon drang fahles Licht durch die von Brettern befreiten Fenster.

Sie stellte sich an die Stelle, an der sie Beatrice gesehen hatte, und blickte wie sie auf die dunklen Sturmwolken über dem Strand hinaus. Beatrice … Hetty glaubte, ihre Gegenwart, aber auch ihre Abwesenheit zu spüren. Könnte sie, falls es ihr Skelett wäre, besser Ruhe finden, wenn es als das ihre identifiziert würde? *Im Salon ist es feucht,* hatte Blake 1942 geschrieben, *weswegen ich ihn nicht mehr nutze.*

Hetty trat an die Tür von Blakes Arbeitszimmer. *Das Arbeitszimmer lässt sich leichter heizen, und dort ist alles, was mir wichtig ist.*

Sie ging weiter zum Frühstückszimmer, in dem nach Aonghas' Erinnerung lediglich Holz gelagert worden war, daneben lag der nie fertiggestellte Wintergarten. Benommen kehrte Hetty in den Flur zurück. Konnte sie sich nun verabschieden?

Plötzlich wollte Hetty Theo Blakes fotografischen Rundgang durch die verbliebenen Teile des Hauses ganz nachvollziehen. Es wäre die letzte Gelegenheit. Vom Treppenabsatz aus würde sie vielleicht in den Raum schauen können, der ihre hätte werden sollen, wo sie Zeugin jenes wichtigen Moments mit Blakes Kamera geworden war. Wenn sie sich nahe an der Wand hielt, stellten die Stufen keine Gefahr dar, und ein kurzer Blick würde ihr genügen.

Noch fünf Minuten? Donnergrollen schien sie warnen zu wollen, als sie die unterste Stufe betrat. Obwohl das Holz zum Teil abgesplittert war, fühlte sie sich unter ihren Füßen stabil an. Hetty erreichte unbeschadet den Treppenabsatz, wo sie durchs Oberlicht den Himmel sah. Für einen Moment verzogen sich die Wolken, und die Treppe lag in unnatürliches Licht getaucht, während die Szene vor dem runden Fenster dunkel und bedrohlich wirkte. Hetty mutete das Ganze an wie das Negativ des Fotos, das Theo Blake an dieser Stelle aufgenommen hatte, und einen Moment lang, als Möwen wie verlorene Seelen über das gezackte Loch im

Dach hinwegsegelten, spürte sie seinen Geist, der nicht zur Ruhe kommen konnte, neben sich.

Sie durfte sich nicht zu lange aufhalten. Da auch die nächsten drei Stufen stabil wirkten, stieg sie vorsichtig weiter hinauf, bis ihre Augen sich auf Höhe des ersten Stocks befanden. Auf Zehenspitzen konnte sie in das Zimmer mit dem kleinen Turm blicken. Was für ein Durcheinander! Das Dach fehlte, und auf dem Boden lagen zerborstene Balken und heruntergefallene Schindeln.

Was hatte sie erwartet? Sie verspürte den Drang, wieder zu gehen. Das Haus würde genau wie dieser Moment verschwinden, doch das Foto würde die Zeit und jener Moment das Haus überdauern. Erneut Donner, und es begann zu regnen. Als Hetty einen Schritt rückwärts machte, riss sie sich das Bein an einem wegstehenden Stück Holz auf. Sie bückte sich, um es zu begutachten, und ertastete Blut auf ihrer Haut.

»Herrgott!«, dröhnte eine wütende Stimme von unten herauf. »Sind Sie verrückt?« Erst jetzt merkte sie, dass der Rhythmus der zuschlagenden Tür unterbrochen gewesen war, und als sie hinunterschaute, sah sie James Cameron am Fuß der Treppe stehen, sein Gesicht wirkte blass im Dämmerlicht. Offenbar hatte das letzte Donnergrollen das Motorengeräusch des herannahenden Land Rover übertönt.

»Kommen Sie verdammt noch mal da runter. Den Tod ist das Haus nun wirklich nicht wert.«

Sobald sie die letzte Stufe erreichte, packte er sie am Arm und zog sie durch den Flur hinaus ins Freie, öffnete die Tür des Land Rover und schob sie hinein. Ihr fiel auf, wie stark der Sturm geworden war; das Zuschlagen der Haustür wechselte sich nun mit dem lauten Klopfen und Knarren der losen Dachsparren im Wind ab. James Cameron lenkte sein Auto holpernd über tief eingegrabene Furchen voller Regenwasser zu ihrem Mietwagen.

»Wie Sie aussehen! Sie sind bis auf die Haut durchnässt und voller Blut.« Er stützte die Unterarme auf dem Lenkrad ab. »Was jetzt, Hetty? Zurück über den Strand?«

»Ja.«

Als sie ihre Autoschlüssel aus der Tasche holen wollte, nahm er sie ihr aus der Hand.

»Nein.«

Sie sah ihn fragend an. »Warum nicht?«

James löste die Handbremse, sodass sie auf den Hauptweg rollten. An der Abzweigung blieb er stehen.

»Ich bin zehn oder fünfzehn Minuten nach Ihnen rübergefahren, da reichte das Wasser schon über die Achsen.« Er lenkte den Wagen zum Farmhaus. »Wir sitzen bis in die frühen Morgenstunden hier fest, in dem Sturm vielleicht noch länger«, erklärte er und stellte den Land Rover auf dem Hof ab. »Bleiben Sie hier«, wies er sie an, rannte zum Haus, drückte die Tür auf und winkte sie heran. Sie stieg aus und lief zu ihm. Er zog sie hinein, schloss die Tür und nahm Ölzeug vom Haken. »Bald fliegen hier Dachschindeln durch die Luft. Ich muss Ihren Wagen wegfahren.« Und schon war er wieder draußen.

In dem alten Farmhaus war es still; die dicken Mauern schluckten den Lärm des Sturms, und das Dämmerlicht drang perlgrau durch die mit Spinnweben verhangenen Fenster. Hetty sah sich benommen um. Sie würden die ganze Nacht hier verbringen müssen! Aber wo? In dem trüben Licht erkannte sie die Umrisse eines alten schmiedeeisernen Herds und einer Anrichte aus Holz neben Schränken aus den Fünfzigern, auf denen sich Fischkisten aus Plastik und leere Benzinkanister türmten. Eine Seilrolle, an der getrockneter Seetang hing, lag in einer Ecke neben bunten Schwimmern, Reusen, alten Zeitungen und Stacheldraht. Und in der Mitte stand wie festgewurzelt ein großer Kiefernholztisch mit kaputten Stühlen und Hockern.

Hetty fiel ein, wie Ruairidh ihr erzählt hatte, dass Emily beim Tee an dem alten großen Küchentisch in Kindheitserinnerungen geschwelgt habe. Sie hatte ihre letzte Nacht auf der Insel hier verbracht. Hetty ließ die Hand über die verkratzte Oberfläche des Tischs gleiten.

James kehrte mit einem Schwall regenschwangerer Luft zurück und hängte das Ölzeug wieder an den Haken hinter der Tür. Schnell bildeten die Tropfen eine Pfütze auf den alten Fliesen. Er strich sich die nassen Haare zurück, bevor er aus seinem Pullover schlüpfte und ihn ihr zuwarf.

»Nehmen Sie den. Ich habe einen anderen.« Mit diesen Worten zog er einen alten Fischerpullover über den Kopf, der neben dem Ölzeug hing. »Sie zittern. Ziehen Sie ihn an«, wiederholte er. »Und dann sehe ich mir Ihr Bein an.«

Er nahm eine Sturmlaterne vom Fensterbrett, zündete sie an und stellte sie auf den Tisch, bevor er ein Erste-Hilfe-Set holte. Danach gab er ihr mit einer Geste zu verstehen, dass sie sich setzen solle, nahm neben ihr Platz, legte ihr Bein auf seine Knie und schob ihren Rock weg, um die Wunde zu begutachten. Sein Pullover hüllte sie in wohlige Wärme, er roch nach Lagerfeuer und Salzwasser.

»Nackte Beine, an einem Abend wie diesem«, schalt er sie und hielt die Sturmlaterne näher an das Bein.

»Ich hatte nicht vor, das Hotel zu verlassen.«

Mit einem verächtlichen Schnauben wischte er vorsichtig das Blut weg, das in Streifen vom Knie bis zum Knöchel angetrocknet war, sodass darunter eine kleine Verletzung an der Wade zum Vorschein kam.

»Sind Sie gegen Tetanus geimpft?«, erkundigte er sich und desinfizierte die Wunde. »Geschieht Ihnen recht«, fügte er hinzu, als sie das Gesicht verzog und sich auf die Lippe biss. Schließlich lehnte er sich zurück und sah sie mit ernstem Blick an. »Alles in Ordnung?« Sie nickte und hob ihr Bein von seinem Knie.

James stand auf, um eine Flasche Whisky und zwei Becher aus einem der alten Schränke zu holen. »Zur inneren Desinfektion. Ansonsten haben wir die Wahl zwischen Baked Beans und Dosensardinen.«

Im selben Schrank wie zuvor fand er einen alten Campingkocher, zwei Dosen und eine Pfanne, die er am Waschbecken unter die Handpumpe hielt. Als er ihren erstaunten Gesichtsausdruck sah, schmunzelte er. »Wenn die Lämmer auf die Welt kommen, übernachten wir oft hier«, erklärte er, »außerdem ist der gute Aonghas nie so ganz aus dem Haus ausgezogen.« Er schaltete den Campingkocher ein und schüttete die Bohnen in die Pfanne. Hetty versuchte vergebens, sich Giles in einer ähnlichen Situation vorzustellen. James setzte sich Hetty gegenüber an den Tisch. »Erzählen Sie.«

Sie beschrieb, stockend zuerst, dann flüssiger, was im Hotel passiert war und welche Entscheidung sie getroffen hatte. Er war ein guter Zuhörer. Als sie geendet hatte, nickte er schweigend, hockte sich vor den alten Herd und schichtete Torf auf.

»In meiner Abwesenheit hat Aonghas in seinen Unterlagen einen alten Zeitungsausschnitt entdeckt.« James erhob sich und drehte sich zu ihr um. »Er löst ein Rätsel: Emily und ihr zweiter Mann sind wenige Wochen, nachdem sie auf der Insel war, in Frankreich bei einem Verkehrsunfall ums Leben gekommen.« James knüllte altes Zeitungspapier zusammen und riss ein Streichholz an. »Armstrong kam aus Südafrika und war Rennfahrer.«

»Das erklärt, warum meine Großmutter dorthin ausgewandert ist, zur Familie ihres Vaters. Weil sonst niemand mehr da war. Und Emily ist gestorben, bevor sie die losen Fäden verknüpfen konnte.«

James nickte, wartete, bis das Feuer richtig brannte, und setzte sich wieder zu ihr. Hetty berichtete ihm von ihrem Besuch im Museum, von ihrem Gefühl, hinter der Kamera zu stehen und das Haus mit Theo Blakes Augen zu sehen.

»Ich musste mir anschauen, wo er und Beatrice glücklich gewesen waren. Nur einmal.«

James schüttelte den Kopf. »Sonderlich klug war das nicht. Ich hatte mir schon gedacht, dass Sie hierher wollen, Sie aber für vernünftiger gehalten. Und dann habe ich die Scheinwerfer Ihres Wagens gesehen.« Er stand auf, um die Bohnen umzurühren, und fluchte, als er merkte, dass sie angebrannt waren. »Da war mir klar, dass Sie verrückt genug sind, das Haus zu betreten und anschließend den Rückweg zu riskieren.« Er kratzte die essbaren Bohnen auf zwei angeschlagene Emailleteller und schob ihr einen hin. »Gott sei Dank ist Ihnen nichts passiert.« Sie aßen schweigend. »Sie wollen also Aonghas das Haus offiziell überschreiben?«, fragte er schließlich zwischen zwei Bissen.

»Ja.«

»Er hatte vor, wieder hierherzuziehen, weil er meinte, es würde etwas bewirken, wenn jemand in dem Haus wohnt. Das hat ihn ziemlich beschäftigt.«

Als sie sich entschuldigen wollte, winkte er ab. »Und das Land?« James Cameron machte keine halben Sachen.

»Das auch, und zwar alles. Außerdem habe ich nicht vor, Mr MCP Software Inc. ins Boot zu holen.«

Er grinste. »Aha, Sie haben zwei und zwei zusammengezählt. Schade eigentlich. Ich hatte mich schon auf den Fall MacPhail gegen Blake gefreut. Das letzte Kapitel einer langen Familienfehde.«

»Was wissen Sie über ihn?«

»Über John MacPhail? Netter Typ. Kanadier. Sohn eines Mannes, der nach dem Krieg ausgewandert ist und dessen Vorfahre ins Gefängnis musste, weil er sich der Räumung durch Blakes Vater widersetzt hat.« Er schenkte Whisky in die Becher. »Später hat Theo Blake, unberechenbar, wie er war, der Familie Pachtland überlassen, an dem die MacPhails seitdem wie an einem Heiligtum festhalten. John hat das alte Haus vor ein paar Jahren eigenhändig instand gesetzt und kommt jeden Sommer ungefähr eine Woche her. In der Kate gibt es weder Strom noch fließendes Wasser, aber er meint, darin kriegt er immer einen klaren Kopf. Wenn Sie sie zurückgefordert hätten, wäre er mit einem Panzer über sie drübergerollt, und die Geister der alten MacPhails hätten ihn angefeuert.« Er lachte, und dabei leuchteten seine Zähne weiß im Licht der Sturmlaterne. »Er war mein Ass im Ärmel, wissen Sie.« James wurde wieder ernst. »Blake hat ihnen das Pachtland etwa zur gleichen Zeit gegeben, wie er das Vogelschutzgebiet einrichten ließ.«

»Aus schlechtem Gewissen?«

James zuckte mit den Achseln. »Möglich. Inzwischen dürfte Ruairidh den Brief aufgemacht haben und die Antwort auf dieses Rätsel in Händen halten. Ich wollte gerade zu ihm, als Sie sich zu Ihrer dramatischen Fahrt hierher entschlossen haben.« Er löffelte Bohnen auf seinen Teller und bot ihr ebenfalls welche an, doch sie schüttelte den Kopf.

»Sie glauben also, dass Theo Blake es getan hat?«

»Wir wissen so wenig über Theo Blake. Am Ende hat

er nicht nur das Leben eines Einsiedlers geführt, sondern war auch geistig verwirrt. Vielleicht sogar verrückt, jedenfalls manchmal. Es gibt Geschichten über ihn, dass er wild gestikulierend mit unsichtbaren Leuten diskutierte. Offenbar hatte er manische Phasen, dann wieder helle Momente, an anderen Tagen war er vom Morphium ruhiggestellt. Anscheinend ist er völlig durchgedreht, als der alte Verwalter beerdigt wurde, hat geschluchzt und geflucht und wollte dann unbedingt das Haus renovieren. Verrückt. Am Ende ist er ins Wasser gegangen und ertrunken.«

Sie sah ihn mit großen Augen an. »Er ist ins Wasser gegangen?«

»Die Sache wurde vertuscht, um einen Skandal zu vermeiden. Donald Forbes hat ihn bei Ebbe gefunden. Seine Leiche lag an einem Riff in der Nähe der verfallenen Kapelle. Aonghas, der damals gerade auf Heimaturlaub war, erinnert sich gut daran.«

»Das war doch bestimmt ein Unfall, oder?«

»In seinen Taschen waren Steine.«

Hetty versuchte, diese neue Information zu verarbeiten. Wieder ein neues Teil in dem Puzzle, dachte sie. »Emily hat Bescheid gewusst«, stellte sie fest und erzählte James von dem Hinweis auf Steine im Tagebuch ihrer Großmutter. »Bestimmt haben ihn Gewissensbisse dazu getrieben.«

»Denkbar.«

Als sie mit dem Essen fertig waren, schloss er die Fensterläden, zündete eine weitere Sturmlaterne an und begann in ihrem Lichtschein zu erzählen. »Die Inseln, besonders dieser Ort hier, sind mir immer wichtig gewesen. Sie sind der einzige Fixpunkt in meinem Leben. Als ich ein Junge war, hat mein Vater mich bei den Forbes abgegeben, wenn er auf Dienstreise ging. Er hat als Ingenieur bei Großprojekten in

Kenia, Nepal und Belize mitgearbeitet und ist viel rumgekommen. Irgendwann wurde mir klar, dass meine Aufenthalte hier einem alten Muster folgten.« Er wirkte nachdenklich, das Licht warf tiefe Schatten auf sein Gesicht. »Sie waren Teil einer Geschichte, die ihr Ende noch nicht gefunden hatte. Nicht nur ich habe meine Kindheit auf der Insel verbracht und wurde quasi von Ruairidhs Familie aufgezogen. Sie haben auch meinen Großvater bei sich aufgenommen, und als er im Krieg fiel, ist sein Sohn – mein Vater – ebenfalls bei ihnen aufgewachsen. Alles Heimatlose, die, Generation um Generation, Zuflucht bei den Forbes fanden.«

Nun stellte Hetty die Frage, die sie schon lange beschäftigte. »Und warum heißen Sie Cameron und nicht Forbes wie Ruairidh?«

Er grinste. »Auf die Frage hatte ich gewartet.« Er stützte einen Arm auf die Rückenlehne seines Stuhls, die langen Finger seiner Hand um den Becher. »Das ist Teil des Rätsels. Ich habe Ihnen bereits erzählt, dass Cameron Forbes sich mit Blake gestritten und die Insel im Jahr 1911 verlassen hat. Soweit wir wissen, war mein Großvater Johnnie Camerons Sohn und wie zu erwarten unter dem Namen Johnnie Forbes bekannt. Er hat während des Krieges in London geheiratet, ein Mädchen von der Insel, das dort als Krankenschwester arbeitete. Sie scheinen schon lange ein Paar gewesen zu sein. Nach seinem Tod ist sie, schwanger mit meinem Vater, auf die Insel zurückgekehrt. Als er zur Welt kam, haben sie Johnnies Geburtsurkunde ausgegraben. Darauf stand, dass sein Vater John Cameron und seine Mutter Jane Cameron hießen. Große Überraschung, und niemand mehr da, der das erklären konnte. Johnnie war nicht auf der Insel geboren; der alte John Forbes hatte ihn als kleinen Jungen hergebracht und behauptet, dass seine Mutter tot und der

Bursche Camerons Sohn sei. Wenn das stimmt, dann hat Cameron Forbes seinen Namen geändert, einen Sohn gezeugt und ist untergetaucht. Er wollte nicht gefunden werden. Das ist meines Wissens der einzige Grund, seinen Namen zu ändern.«

»Sie glauben also, das Skelett war der Grund für Camerons Verschwinden?«

Er nickte. »Der Brief, den er nach seiner Ankunft aus Kanada geschickt hat, lässt sich nicht über seine Pläne aus und trägt keine Adresse, also war er möglicherweise auf der Flucht. Und einige Jahre später hat John Forbes sein Kind auf die Insel gebracht. Cameron würde nachkommen, hat er gesagt. Der alte Verwalter wusste etwas und hat erwartet, dass Cameron zurückkommen würde.« James trank seinen Whisky aus und stand auf. »Ich habe das nie begriffen. Der Himmel allein weiß, wer Jane Cameron war. Über sie konnte ich nichts herausfinden.«

Sie räumten schweigend den Tisch ab, dann warf er den Gaskocher noch einmal an, um Kaffee zu kochen. »Ich kann verstehen, warum sie alle immer wieder in dieses Haus kamen. Es hat etwas Solides, Bodenständiges und wurde, anders als Bhalla House, für die Ewigkeit errichtet. Wollen Sie sich umsehen? Hier gibt's keine Geheimnisse.«

Er hatte recht. In dem Krimskrams, der sich im Lauf der Jahre angesammelt hatte, war kein Platz für Gespenster. Düngersäcke aus Plastik, Kartoffelsäcke aus Jute und technisches Gerät füllten das vordere Wohnzimmer, vor einem alten Kamin aus Stein stand ein verrosteter Paraffinofen. Dunkle Rechtecke auf der fleckigen Tapete zeigten, wo früher einmal Bilder gehangen hatten, und aus einem Schrank unter der Treppe quollen weitere Kartoffelsäcke.

Die Lampe warf wandernde Schatten auf die Wände, als sie nach oben gingen. Ihre Schritte klangen hohl auf dem blanken Holz. Unter dem schrägen Dach der oberen Räume lagerten ein Kinderbettchen, ein Blechkoffer mit Dellen, allerlei Haushalts- und Farmutensilien und kaputte Möbelstücke, so alt wie das Haus selbst. Im größten Zimmer stand an einer Wand der rostige Rahmen eines Doppelbetts.

»Wie gesagt: Aonghas ist nie ganz ausgezogen.«

Hetty schaute durch das kaputte Glas des Fensters hinaus aufs Meer, wo der Wind weiße Gischt von den Wellen hochpeitschte. Erst jetzt begriff sie, aus welcher Gefahr James sie errettet hatte. Auf einmal stand er neben ihr, ganz nah.

»Was für ein Tod, in einem verrosteten alten Ford Fiesta zu ertrinken«, sagte er. »Das hätte ich mir nie verziehen.« Sie fühlte seine Hand auf ihrer Schulter, als er sie zu sich herumdrehte und sie küsste. Dann sah er sie einen Moment lang an. »Das wollte ich schon lange tun.« In seinen Augen blitzte ein Lächeln. »Was dagegen?« Nein, überhaupt nicht, dachte sie und berührte sein Gesicht. »Eigentlich von Anfang an.« Er streichelte ihre Handfläche. »Trotz der schwierigen Situation.«

»Sich mit dem Feind einlassen, nennt man das wohl?«, fragte sie mit noch immer weichen Knien.

»Ja, etwas in der Art«, pflichtete er ihr bei und zog sie näher zu sich heran. Sein alter Pullover roch nach Kreosot und Sägemehl, altmodische, vertraute Gerüche, und auf seinen Lippen schmeckte sie den Whisky, den sie getrunken hatten. Wie merkwürdig dieses Gefühl war, dass plötzlich alles Sinn ergab ... Dann ließ ein Blitz sie zusammenzucken, und Donner erschütterte das Haus. James blickte zur Decke hoch.

»Das war direkt über uns«, sagte er und nahm die Sturmlaterne in die Hand. »Komm. Du zitterst schon wieder.«

Er ging ihr voran die Treppe hinunter in die Küche, wo der Wasserkessel auf dem Kocher tanzte. »Setz dich an den Herd und wärm dich auf. Bin gleich wieder da.« Kalte Luft erfüllte den Raum, und die Flamme des Gaskochers flackerte, als er das Zimmer verließ.

Hetty rückte einen der alten Stühle zum Feuer und zog die Beine an, um seinen Pullover über die Knie schieben zu können. Ein Gefühl tiefer Zufriedenheit breitete sich in ihr aus. Er war nicht mehr ihr Feind ... Wie schnell, wie überraschend sich doch alles fügte! Der Sinn, nach dem sie immer gesucht hatte, offenbarte sich ihr nun in einer Weise, wie sie es sich niemals erträumt hätte. Sie stand an einem Wendepunkt.

Sie starrte in die Flammen und versuchte zu begreifen, was gerade zwischen ihr und James geschehen war. Schließlich stand sie auf und öffnete die Schränke. In einem fand sie eine kleine Dose mit hartem Nescafé und eine Tüte mit verklebtem Zucker. Sie hatte genug für zwei Tassen heruntergehackt, als er mit zwei Kartoffelsäcken zurückkam, die er prall mit Stroh gefüllt hatte. Sein Blick fiel auf die beiden dampfenden Becher.

»Braves Mädchen«, lobte er sie und holte weitere Säcke, die er auf dem Boden vor dem Herd ablegte. »Noch ein paar, dann ist es gut.« Wieder verschwand er in den schmalen Flur. Als er zurückkam, hatte er etwas Großes, Rechteckiges, in Jute Eingepacktes dabei. »Das habe ich zuerst auch für einen Sack gehalten«, erklärte er und zog ein Paket aus der Jutehülle.

Als er es aufmachte, zerfielen das alte braune Papier und die Schnur in seinen Händen. Es war ein Aquarell. Darauf erkannte Hetty den Strand mit zwei verschwommenen Gestalten, die im hellen Morgendunst verschwanden.

»Gütiger Himmel«, rief James aus.

Hetty fiel der Katalog von Jasper Banks ein. Exponat Nummer 372, das verloren geglaubte Bild.

James hielt den Rahmen ins Licht, sodass sie die Signatur erkennen konnten. *Theodore Blake 1897. »Bhalla Strand«.* James stieß einen leisen Pfiff aus. »Wie kommt das hierher?«

Als er das Aquarell umdrehte, entdeckte er an der Rückseite des Rahmens eine Karte mit einem Text in verblichener Tinte.

Für Donald. Häng es im Farmhaus auf, das jetzt Dir gehört. Zur Erinnerung an die geliebten Menschen, die wir verloren haben, an die gemeinsam verbrachte Kindheit und vergangene Zeiten.

Von Emily, alles Liebe, 21. Juni 1945.

»Von Emily!«, flüsterte Hetty mit feuchten Augen. »Dann wollte sie tatsächlich, dass dieses Haus ihm gehört.«

James nickte, den Blick auf das Bild gerichtet. Im flackernden Licht des Feuers schienen die beiden Gestalten zum Leben zu erwachen. »Geliebte Menschen, die wir verloren haben …«, sagte er leise. »Die Figuren wirken fast wie Gespenster.«

Jasper Banks hatte recht gehabt: Das Werk war tatsächlich außergewöhnlich. Mit wenigen Pinselstrichen hatte Theo Blake darin einen Moment großer innerer Ruhe festgehalten. Schweigend saßen sie da, ganz in das Bild vertieft. Schließlich stellte James es auf einen Stuhl und holte die Kaffeebecher und den Whisky.

»Ich glaube, wir haben die Finanzierung für das Projekt gefunden«, meinte er.

»Du würdest es doch nicht verkaufen, oder?«

»Nicht?« Er warf ihr einen spöttischen Blick zu und sah das Aquarell noch einmal an. »Vielleicht hast du recht. Außerdem gehört es Aonghas.« James schichtete Torf in den Herd, und schon bald erfüllte der starke Geruch den Raum.

Draußen wütete der Sturm und ließ den Regen gegen die Fenster prasseln, doch das alte Farmhaus fühlte sich solide und sicher an. Hetty sank auf einen Strohsack, schlang den Pullover um sich wie eine zu weite zweite Haut und blickte zu dem Bild hinüber. James setzte sich zu ihr und legte den Arm um sie. Eine Frage schoss ihr durch den Kopf.

»Wer ist Agnes McNeil?«

Er sah sie erstaunt an. »Ich hatte das Gefühl, dass ihr euch gut versteht«, antwortete er belustigt. »Ùna, Ruairidhs Frau. Du glaubst doch wohl nicht, dass sie den Namen ›McNeil‹ für ›Forbes‹ aufgeben würde, oder?« Er zog sie wieder an sich.

Es blitzte, und kurz darauf folgte ein lauter Donner. Das Gewitter war noch immer über ihnen. James stand auf. »Ich fahre die Autos lieber in die Scheune. Außerdem habe ich im Land Rover ein paar alte Decken.« Es dauerte ziemlich lange, bis er mit den in Ölzeug gewickelten Decken zurückkehrte. »Komm bitte mal mit.« Er legte ihr eine Regenjacke um die Schultern und ging ihr voran in den Hof.

Das Licht hatte etwas Künstliches, Theatralisches, als sie unter dem dunklen Himmel die Anhöhe hinaufstiegen. Der Wind riss an ihren Kleidern. Oben machte Hetty große Augen. Die westliche Mauer von Bhalla House war eingestürzt und hatte den größten Teil des verbliebenen Dachs mit sich gerissen, sodass nur noch eine Ecke mit einem Stück des kleinen Turms in die Höhe ragte.

Wo sich bisher ein düsteres Herrenhaus befunden hatte, eröffnete sich nun über die Dünen der Blick nach Westen bis zum hellen Horizont.

Dreiundvierzig

Sie redeten bis tief in die Nacht, als hätte der Einsturz von Bhalla House die letzten Missstimmigkeiten zwischen ihnen ausgeräumt, während draußen der Sturm weiterzog.

»Es ist, als hätte das Haus selbst die Entscheidung getroffen«, stellte Hetty fest. »Es hat mich gar nicht gebraucht.«

»Stimmt. Es hatte genug.«

Sie saßen auf den Strohsäcken, die James zum Schutz gegen die Kälte auf dem Fliesenboden ausgelegt hatte, und tranken Whisky. Als sie ihm ihre nomadische Kindheit schilderte und ihm von dem Schockzustand erzählte, in den sie nach dem Flugzeugabsturz verfallen war, spürte sie, wie ihre Wangen zu glühen begannen.

»Und welche Rolle wird Giles in deiner Zukunft spielen?«, erkundigte er sich.

Sie zögerte nur kurz mit der Antwort. »Keine. Aber du darfst nicht schlecht von ihm denken. Hinter der großen Klappe verbirgt sich ein anständiger Mensch.«

»Klar.« James schlang die Arme um sie. Später erzählte er ihr von der Schule und dem Wohnheim, die er gerade in Kenia für eine von seinem Vater ins Leben gerufene wohltätige Organisation baute. Dieses Projekt hatte ihn zu seinen Plänen für die Insel angeregt. »Wir bringen den Einheimischen alles Nötige bei. Sie lernen das Handwerk und können stolz auf das sein, was sie geschafft haben. Es ist eine Win-win-Situation.«

»Und du würdest hier gern etwas Ähnliches aufziehen?«

»Wenn ich kann …«

»Du kannst.«

Er beugte sich zu ihr und küsste sie. Seine Augen fingen den Widerschein des Feuers ein. »Wirklich?«, fragte er, bevor er die Hand unter ihren Pullover gleiten ließ, ihn ihr auszog und sie sanft auf die Strohsäcke drückte.

Sie erwiderte seine Küsse, strich ihm mit den Fingern durch die Haare, entdeckte Sandkörner darin. Es fühlte sich zutiefst richtig an.

Später breitete er die Decken über ihnen aus, und irgendwann schliefen sie, ihr Körper an den seinen geschmiegt, ein. Als sie einige Stunden später frierend und mit steifen Gliedern aufwachte, kauerte er bereits vor dem Herd, um ihn anzuzünden. Er wünschte ihr lächelnd einen guten Morgen, erhob sich und öffnete die Fensterläden. Währenddessen setzte sie sich auf, schlüpfte in ihr Kleid und seinen Pullover und zog ihn über die Knie.

»Es geht nach wie vor ein ganz schöner Wind, aber immerhin regnet es nicht mehr«, teilte James ihr nach einem Blick nach draußen mit. »Ich mache uns einen Kaffee, und dann fahren wir zurück, nachsehen, ob mein Cottage noch steht.«

Er hatte gerade den Campingkocher angeworfen, als sie einen Wagen in den Hof fahren und eine Autotür zuschlagen hörten. James grinste. »Wahrscheinlich das Suchkommando«, sagte er, als schon die Tür aufging.

»Gott sei Dank«, begrüßte Ruairidh sie unrasiert und mit zerzausten Haaren.

»Mach die Tür zu, sonst geht der Campingkocher aus.«

Ruairidh trat ein, gefolgt von seinem Hund. Sein Blick fiel auf die halbleere Whiskyflasche und die schmutzigen

Teller, dann auf die Strohsäcke. »Ich sehe schon, dass ich mir keine Sorgen hätte machen müssen.« Der Hund ließ sich vor dem Feuer nieder und begann, sich zu kratzen. Als James nicht aufgetaucht sei, erzählte Ruairidh, habe er zuerst in seinem Cottage und dann im Hotel angerufen und von dem Mann an der Bar erfahren, was geschehen sei, wie Hetty das Restaurant verlassen, Giles nach ihr gesucht habe und wie James und Giles fast aufeinander losgegangen seien. »Er behauptet, ihr wolltet euch schlagen.«

»Schlagen? Giles?«, wiederholte Hetty erstaunt.

»Er hat angefangen«, antwortete James grinsend, und Ruairidh sah von einem zum anderen.

»Dann hat Giles den Mietwagen von Hetty erwähnt.« Ruairidh wandte sich seinem Cousin zu. »Von Tam soll ich dir übrigens ausrichten, dass du hässliche Reifenspuren auf seinem Parkplatz hinterlassen hast.« James lachte. »Der Flughafen macht heute Nachmittag wieder auf, die Fähre ist schon unterwegs, und das Wasser steht niedrig genug, um zurückzufahren. Zum Hotel«, fügte er hinzu.

»Du kannst auch in meinem Cottage untertauchen«, sagte James.

Ruairidh sah noch einmal von einem zum anderen. »Die Welt sieht heute ein wenig anders aus«, erklärte er, und Hetty sah, wie er James einen vielsagenden Blick zuwarf. Er deutete auf die Tür.

»Ja, sogar sehr«, pflichtete James ihm bei. »Wollen wir rüberschauen?«

Der Geruch von Regen stieg ihnen in die Nase, als sie gemeinsam die Anhöhe hinaufgingen. An den Grashalmen und Spinnweben glitzerten in der tiefstehenden Morgensonne Tropfen, die im leichten Wind erzitterten. Sie sahen zu der Ruine von Bhalla House hinüber.

»Tut mir leid«, sagte Ruairidh leise.

Hetty schüttelte den Kopf. »Ich glaube, ich bin froh. Der Sturm hat das Problem für mich gelöst, und das ist in Ordnung so.«

Kurz darauf kehrten sie in die Küche zurück, wo Ruairidh das Bild bemerkte, das an einem Stuhl in einer Ecke lehnte. »Grundgütiger Himmel, wo kommt das plötzlich her?«

»Aus dem Schrank unter der Treppe«, antwortete James und trug es ins Licht. »Eingewickelt in einen alten Kartoffelsack.« James reichte es ihm. Dabei fiel die Karte herunter, und er bückte sich danach. »Die steckte an der Rückseite im Rahmen. Eine Widmung von Emily Blake für Donald Forbes.«

Ruairidh las sie, sah Hetty an und drehte das Aquarell herum. »Darunter steht noch was anderes …«, stellte er fest: *Auf die Zukunft, Beatrice, und alles, was sie für uns bereithält. Dein Dich liebender Mann Theo. März 1910.*

»Mein Gott, die Armen.« James goss über dem Waschbecken kochendes Wasser in drei Becher. »Hast du dir das Päckchen aus Inverness nun angeschaut?«, fragte er und stellte die Tassen auf den Tisch.

»Ja.« Ruairidh rückte einen Stuhl heraus und nahm Platz.

»Und?«

»Das ist eine längere Geschichte.« Er zog mit dem Fuß einen weiteren Stuhl heran. »Setz dich.«

James tat, wie ihm geheißen. »Es besteht kaum ein Zweifel, James. Aufgrund der DNA-Analyse und der Knochen kann es eigentlich nur eine Antwort geben.«

Vierundvierzig

22. Juni 1911

Cameron ging in der langen Abenddämmerung des Hochsommers den Weg entlang, der die beiden Häuser verband, und drehte den Kopf ein wenig, um den Wind auf seinem Gesicht zu spüren. Ein Tag, für den es sich zu leben lohnt, hätte seine Mutter gesagt. Sein letzter.

Obwohl sich am Horizont Wolken türmten, würde das Wetter für das große Feuer halten. Gut. Alle hatten viel Arbeit in die Vorbereitung gesteckt und sich den freien Tag verdient.

Cameron war von Bheinn Mhor über den Strand zurückgekehrt und hatte seine Reisetasche erst genommen, als er vom Fenster seines Zimmers aus den Pferdewagen mit Blake und Beatrice sah. Er würde seinen Brief nach Bhalla House bringen und zum Feuer hinüberfahren, um Beatrice zu sehen. Dann würde er gehen. Morgen wäre er bereits unterwegs; er würde sich von einem der Fischer mitnehmen lassen und mit dem frühen Postboot weiterreisen nach Glasgow und von dort aus nach Halifax. Und alles zurücklassen. Fürs Erste.

Auf der Anhöhe zwischen den beiden Häusern senkte er unwillkürlich die Hand, um Bess hinter den Ohren zu kraulen. Doch sie war mit Donald, ihrem neuen Herrn, am Bheinn Mhor. Der Gedanke stimmte ihn traurig. Es fiel Cameron schrecklich schwer, von Beatrice und Bhalla Strand fortzugehen. Damals hatte die Insel ihn wie mit einem unsichtbaren Band aus Ontario zurückgezogen. Diesmal war der Abschied möglicherweise für immer.

Wenn sein Plan aufging und Beatrice tatsächlich den Mut besaß, sich von Theo zu trennen und zu ihm zu fahren, würde er nicht mehr zurückkehren, weil er seinen Vater nicht anlügen und Blake nicht ins Gesicht sehen könnte. Und wenn Beatrice der Mut verließ und sie blieb, war er nicht in der Lage, zurückzukommen und sie bei diesem Mann zu wissen; das würde er nicht ertragen.

Cameron betrachtete den Brief in seiner Hand und fragte sich, ob er ihn besser nicht geschrieben hätte. Er hatte mehrere Entwürfe verfasst, weil er sich schwertat mit der Heuchelei. Doch irgendeine Form des Abschieds wurde erwartet, und sein Vater hatte ihm das Versprechen abgenommen, vor seiner Abreise die Wogen zu glätten. Ohne zu wissen, was er damit von ihm verlangte.

Als Cameron zum großen Haus hinaufschaute, war es ihm, als würde es seinen Blick erwidern, verärgert über das, was er getan hatte, und entsetzt über das, was er plante.

Durch die Stunden, die er mit Blake in seinem Arbeitszimmer verbracht hatte, war Bhalla House fast zu einem zweiten Zuhause für ihn geworden. Er überquerte die Auffahrt. Wenn er sich nicht in Gesellschaft von Blake oder Beatrice befand, benutzte er diesen Eingang nur selten, doch heute war es ihm wichtig, weil dadurch der unwürdige Akt, sich hineinzuschleichen und einem Mann, den er hintergangen hatte und noch schlimmer hintergehen würde, einen Dankesbrief zu hinterlassen, doch noch so etwas wie Würde erhielt. Einem Mann, der ihm geholfen und ihn ermutigt, der ihn viele Jahre fast wie einen Sohn behandelt hatte. Cameron schüttelte den Kopf über Beatrice' Mutmaßung, dass mehr dahintersteckte.

Ihm fiel es schwer, sein Handeln zu rechtfertigen, sogar sich selbst gegenüber, denn es stand in krassem Widerspruch zur gängigen Moral und würde seinen Vater beschämen. Doch inzwischen glaubte er an eine höhere Moral, die sein Vorgehen entschuldigte, weil er Beatrice aus einer Ehe mit einem Mann befreite, der zur Liebe einfach nicht fähig war.

Seine Schritte knirschten auf dem Kies der Auffahrt. Blake hatte sich verändert, das war Cameron nicht entgangen. Während er früher ausgesprochen neugierig und kreativ gewesen war, hatte er sich nun völlig in sich zurückgezogen, so sehr, dass er nur noch in der Lage war, Dinge zu packen, festzuhalten und zu beherrschen. Blake hatte Beatrice hierhergebracht, sie dann schändlich vernachlässigt und Cameron kontrollieren wollen.

Cameron betrachtete noch einmal den Brief in seiner Hand. Als Junge hatte er Blake verehrt und war dankbar gewesen für seine unerwartete Aufmerksamkeit, die ihm die Welt eröffnete. Aber jetzt war alles anders. Beatrice bei Blake zu lassen wäre genauso falsch, wie sie ihm wegzunehmen. Blake wäre in ihrer Gegenwart nicht zufriedener als ohne sie, und Beatrice würde verkümmern wie die rostigbraunen Knospen ihrer gelben Rose.

Außerdem, dachte er, als er die Stufen hinaufstieg, begehrte sie ihn genauso sehr wie er sie. Wie sie tags zuvor in seinen Armen gelegen hatte, ließ keinen Zweifel zu. Sie hatte ihm ihre Liebe von Anfang an vorbehaltlos geschenkt und ihre kühle Maske abgelegt. Blake hatte diese Frau zurückgewiesen! Dadurch hatte er sowohl das Recht auf ihre Liebe als auch das auf Camerons Reue verwirkt. Camerons

Handeln rechtfertigte sich durch noblere Beweggründe als die kalte Konvention.

Er biss die Zähne zusammen, öffnete die Tür und trat ein. Es herrschte Stille, die Stille eines leeren Hauses ohne Leben. Nur die Standuhr tickte vor sich hin. Er blieb kurz im Eingangsbereich stehen und blickte sich um. Der ausgestopfte Hirschkopf beobachtete ihn. Dieses Haus war ihm seit seiner Kindheit so vertraut wie sein eigenes. Cameron schüttelte den Kopf; er durfte sich nicht mit Sentimentalitäten aufhalten. Er würde den Brief hinterlassen und gehen. Zum großen Feuer. Dort wäre lediglich Zeit für einen offiziellen Abschied, nicht wie tags zuvor für Tränen und den Austausch von Andenken und Versprechen.

Cameron ging zum Arbeitszimmer, öffnete die Tür. Und erstarrte. Blake saß wie versteinert an seinem Schreibtisch und starrte in den kalten Kamin. Als er Cameron bemerkte, hob er den Kopf und sah ihn an. Cameron erwiderte verwirrt seinen Blick. Blake. Hier? Wer war dann Beatrice' Begleiter auf dem Pferdewagen gewesen? War Blake zurückgekehrt? Aber warum?

Erst jetzt fiel ihm auf, was mit verrenktem Hals in einem Korb auf dem Schreibtisch lag. Cameron kam langsam näher, stellte seine Tasche vor den Kamin und ging zum Tisch, wo er einen Finger über den schwarz-weißen Kragen des toten Vogels gleiten ließ und gleichzeitig das Handgelenk ein wenig drehte, um die kühlen Eier zu spüren. Als er Blake ansah, begann die Luft gefährlich zu knistern. Keiner sagte etwas. Cameron wandte sich abrupt ab, um den Raum zu verlassen.

»Diese Trophäen scheinen dich nicht zu überraschen«, rief Blake ihm nach. Cameron drehte sich um. Langsam. Verdutzt. Was meinte er damit? Blake deutete auf den toten

Vogel. »Willst du mir nicht wieder einen Vortrag halten?«, fragte er. »Nein? Liegt es möglicherweise daran, dass du nicht mehr auf dem hohen Ross der Moral sitzen kannst?«

Cameron hielt seinem Blick stand, sein Herz hämmerte wild. Blakes Gesicht wurde tiefrot, Schweiß trat auf seine Stirn. O Gott, er wusste Bescheid! Cameron schwirrte der Kopf. Wo war Beatrice?, dachte er besorgt. Sie hatte in dem Wagen gesessen, da war er sich sicher. Er musste sie suchen. »Wenn du auch nur in die Nähe meiner Frau kommst, vernichte ich euch beide«, ertönte Blakes schneidende Stimme. »Darauf gebe ich dir mein Wort.«

»Wo ist sie?«

»Was denkst du?« Blake hob die Augenbrauen und lachte laut auf. »Meinst du denn, ich hätte Calum Anweisung gegeben, sie ins Meer zu stoßen und die Angelegenheit auf die herkömmliche Weise zu regeln? Cameron, wofür hältst du mich?«

Cameron starrte ihn an und versuchte verzweifelt, einen klaren Gedanken zu fassen. Blakes Gesicht war wie versteinert. Plötzlich war Cameron klar, dass es nur eine Lösung gab. »Lassen Sie sie mit mir kommen. Wir fahren noch heute Nacht.«

Blake sah ihn ungläubig an. »Das scheint dein Ernst zu sein. So also war der Plan. Ihr wolltet heute Nacht zusammen verschwinden?«

»Ich wollte gehen. Beatrice wäre geblieben.« Das »vorerst« fügte er lieber nicht hinzu, um Beatrice zu schützen.

Blake verarbeitete schweigend diese Information, bevor er sagte: »Das heißt also, dass diese kurze … Affäre für dich nur ein kleiner Spaß vor deiner Abreise war?«

Cameron riss sich zusammen. Sollte Blake das ruhig glauben, wenn es Beatrice nutzte. Sein Blick fiel auf den toten

Vogel, das Weibchen, der Größe nach zu urteilen. Wie immer war Blakes Schuss so gut platziert gewesen, dass man ihn kaum sah und sich das Exemplar gut präparieren ließ, dachte Cameron wütend. Ein Fremder würde auch die Verletzungen von Beatrice und ihre innere Leere nicht wahrnehmen. »Und was soll jetzt geschehen?«

»Was jetzt geschieht?«, wiederholte Blake leise, erhob sich und trat ans Fenster, um zu beobachten, wie die Sonne hinter einer Wolkenbank verschwand. Unvermittelt drehte er sich um. »Ehebruch ist vor dem Gesetz ein Verbrechen.« Blake ging zum Tisch und beugte sich mit hasserfülltem Blick vor. »Schwerwiegender, als irgendeinen verfluchten Vogel abzuschießen, würde ich meinen.« Er holte Luft. »Ich könnte euch beiden das Leben zur Hölle machen, ist dir das klar?« Blake sank erschöpft auf den Stuhl hinter dem Schreibtisch. »Du solltest gehen, Cameron. Gleich, bevor der Gedanke, euch beide bloßzustellen, zu verlockend wird.«

Doch das konnte Cameron nicht. Nicht so. »Beatrice ...«

»Beatrice bedeutet dir nichts.«

Falsch. Sie bedeutete ihm alles!

Die Sonne über dem Strand.
Der Wind über dem Dünengras.
Die Knospe einer gelben Rose ...

Aber wie sollte er Blake das begreiflich machen?

Die Wut verzerrte Blakes Gesicht. »Es ist, wie du gesagt hast: Beatrice bleibt, und du gehst.«

»Das war vor heute Abend. Jetzt kann ich sie nicht mehr bei Ihnen lassen.«

»Du hast keine andere Wahl.«

Keine andere Wahl? »Ich nicht, sie schon.« Blake fuhr auf. Doch Cameron hatte nichts mehr zu verlieren. »Glauben Sie denn, dass sie bei Ihnen bleiben wird?«

»Verschwinde …« In Blakes Stimme lag etwas Bedrohliches.

»Wie könnte ich?« Cameron sah den toten Vogel und die Eier an. »Wie lange haben Sie nach dem Nest eines Eistauchers gesucht? Zwanzig Jahre? Länger? Und an dem Tag, an dem Sie endlich eines finden, zerstören Sie es.« Er hielt eines der Eier zwischen Daumen und Zeigefinger hoch. »Die werden Sie für Ihre Sammlung ausblasen. Aber Beatrice ist kein Sammlerstück. Sie kommt mit mir.«

Blake erhob sich, straffte die Schultern und betrachtete eine ganze Weile den toten Vogel, dann schüttelte er den Kopf. »Ich glaube nicht, dass sie dich begleiten wird, Cameron«, sagte er schließlich.

»Doch.«

»Nein. Nicht wenn sie die unschöne Wahrheit erfährt.« Er gab ein seltsames Geräusch von sich, eine Mischung aus Seufzen und Stöhnen. »Ich wollte es dir schon lange sagen, seit deiner Kindheit. Allerdings nicht so, Cameron. Nicht im Zorn.«

Cameron erstarrte. Was war das für ein Ausdruck in Blakes Gesicht?

»Sie wird es nicht fertigbringen, wenn sie erfährt, dass sie mit dem Sohn ihres Mannes im Bett war.« Cameron war, als hielten die ausgestopften Vögel im Raum den Atem an. »Man könnte es als eine Art Inzest mit Ehebruch bezeichnen.« Cameron starrte ihn mit offenem Mund an. »Du glaubst mir nicht?« Blake hob die Augenbrauen. »Frag den Mann, zu dem du ›Vater‹ sagst. Oder schau in den Spiegel …«

»Nein …«

»Frag ihn, wie kurz nach der Hochzeit du zur Welt gekommen bist. Frag ihn, Cameron. Denn wenige Wochen zuvor hatte ich mit deiner Mutter geschlafen, und sie hatte mir geschworen, dass sie mich liebt.«

»Nein!«

»Frag ihn.«

Cameron wurde schwindlig. Beatrice hatte gemutmaßt, dass Theo ihn begehrte und nicht sie. Plötzlich ergab alles einen Sinn. »Wenn sie das weiß«, fuhr Blake fort, »wird sie nicht mit dir kommen.«

Beatrice, dachte Cameron, ich muss mich auf Beatrice konzentrieren. Alles andere kann warten. Plötzlich wurde er sehr ruhig. »O doch, ich glaube schon, Sir. Denn wenn ich ihr sage, dass Sie meine Mutter in anderen Umständen im Stich gelassen haben, kann sie sich von Ihnen trennen.«

»Ich habe Màili nicht im Stich gelassen. Und von dir habe ich nichts gewusst. Ich wollte sie heiraten.«

»Also hat sie Sie verlassen? Warum wohl?« In Camerons Schläfen pochte das Blut. »Vielleicht weil sie meinen Vater geliebt hat? Meinen Vater, Mr Blake. Nicht den Sohn des Gutsherrn, der sich nehmen konnte, was er wollte, und es dann einfach wegwerfen. Besitzen und zerstören …«, er deutete auf den toten Vogel, »… können Sie denn nichts anderes?« Blake stieß ein fast animalisches Geräusch aus und wankte um den Tisch herum, doch Cameron war noch nicht fertig. »Ich liebe Beatrice, auf eine Weise, die Sie sich wahrscheinlich gar nicht vorstellen können. Egal, was Sie ihr sagen: Ich lasse sie nicht bei Ihnen, denn Sie haben kein Herz. Sie kommt heute Nacht mit mir.«

Als er sich zum Gehen wandte, stürzte sich Blake auf ihn. Cameron hörte ihn, wirbelte herum, sah seinen wilden Blick und wich zurück, um dem Schlag auszuweichen. Dabei stolperte er über die Tasche, die er vor dem Kamin abgestellt hatte, und riss den Korb mit den Vogeleiern mit sich. Als sie auf dem Boden landeten und zerbrachen, kamen zwei voll ausgebildete tote Junge zum Vorschein, deren Augen auf immer geschlossen bleiben und deren Schnäbel niemals den schaurigen Ruf ausstoßen würden, von dem manche behaupteten, dass er vom Tod künde. Cameron schlug, das ganze Gewicht von Blake auf sich, mit dem Kopf gegen die Kante des Granitkamins, und plötzlich war es noch stiller im Haus als zuvor.

Fünfundvierzig

2010

»Cameron?«

»Aber er ist doch nach Kanada gegangen.« Hetty sah Ruairidh an. »Sie sagten, dass Briefe existieren.«

»Offenbar Fälschungen. Ich habe sie den Forensikern zusammen mit früheren Schreiben von Cameron geschickt, und die haben festgestellt, dass es sich um unterschiedliche Handschriften handelt. Die von 1911 imitiert die andere.«

James beugte sich vor. »Also war es Blake.« Als sein Cousin nickte, stand James auf, schob die Hände in die Taschen und trat ans Fenster. »Und das Medaillon …«

»BJS. Beatrice Jane Somersgill. Der Name steht auf der Heiratsurkunde der Blakes.«

»Also das uralte Motiv.«

»Jane?«, fragte Hetty plötzlich und sah James an.

Doch der hörte sie nicht. »… durch die Bauarbeiten hat sich für Blake eine Möglichkeit eröffnet, die Leiche loszuwerden. Es war ja sein Haus, und außerdem kannte er Leute, die die Briefe von Kanada aus abschicken konnten.«

James lachte grimmig. »Und niemand hat etwas gemerkt!«

Cameron Forbes, der trotzig dreinblickende, hübsche junge Mann von den Fotos. Und Beatrice. Was war aus ihr geworden?, fragte sich Hetty und wandte sich Ruairidh zu.

»In Ihrer Familie hat keiner Verdacht geschöpft?«

Ruairidh schüttelte den Kopf. »Nein. Aber da wäre noch etwas.« Er griff in seine Tasche. »Als ich Alasdair gebeten habe, die Briefe in die alte Keksdose von Großvater zurückzulegen, hat er ganz unten einen Zeitungsartikel gefunden. Über U-Boote, aus dem Jahr 1944, und diese hier.« Er hielt zwei Umschläge hoch.

»Ach nein. Auch von Cameron?«

»Nein, an ihn. Ungeöffnet.«

»Gütiger Himmel.«

Ruairidh legte sie auf den Tisch. »Unterschiedliche Handschriften.« Er schob sie James hin. »Schätze, die gehören dir.«

James betrachtete sie eine Weile, bevor er einen in die Hand nahm, öffnete und las. Als er fertig war, gab er ihn Hetty. »Von Beatrice. Bitte lies ihn laut für sie vor.« Die Schrift war verblichen und krakelig und an manchen Stellen schwierig zu entziffern.

Liebster Cameron,

offenbar war es nicht vom Schicksal vorgesehen, dass ich mit Dir zusammen sein kann. Diese Krankheit hätte mich heimgesucht, egal, ob ich bei Dir oder bei Theo, und egal, ob ich glücklich oder unzufrieden gewesen wäre. Vielleicht ist es höhere Gerechtigkeit, aber ich kann einfach nicht glauben, dass es falsch war, Dich zu lieben. (Hier war die Tinte verwischt.) *Die Zeit mit Dir war die wichtigste in meinem Leben, meine Rettung, und ich würde mich wieder so entscheiden. Ich bedaure nur, dass wir Theo Schmerz zugefügt haben. Gern wäre ich ihm eine bessere Ehefrau gewesen. Ich glaube, dass er Dich ebenfalls geliebt hat.*

Und ich bedaure, dass Dein Vater sich unseretwegen

schämen musste. In den letzten Wochen ist er mein Fels in der Brandung gewesen. Sein unerschütterlicher Glaube, dass Du wiederkommen wirst, gibt mir Mut, und seine Liebenswürdigkeit spendet mir Trost. Deinetwegen und meinetwegen empfinde ich tiefste Zuneigung für ihn. Ich lasse unseren Sohn bei ihm, bis Du zurückkehrst, woran auch ich fest glaube. Hätte ich gewusst, dass ich ihn unter dem Herzen trage, hätte ich es Dir gesagt, Liebster, das schwöre ich. Ich habe Theo verlassen, damit Johnnie nichts passiert, und meinen Namen geändert, um mich vor ihm zu verbergen, ohne zu wissen, dass mir selbst nicht mehr viel Zeit bleiben würde. Als mir das klar wurde, habe ich Deinen Vater um Hilfe gebeten – sonst wusste ich niemanden –, und er hat uns nicht im Stich gelassen. Ich hatte solche Angst, dass Du zurückkommen, mich nicht vorfinden und niemals von Deinem Sohn erfahren würdest.

Mir gefällt der Gedanke, dass Johnnie dort aufwachsen wird, wo Du groß geworden bist, an einem Ort, den ich ebenfalls zu lieben gelernt habe. Ich fürchte mich nicht vor dem Tod, Cameron. Dein Vater hat mir versprochen, sich bis zum Ende um mich zu kümmern und dann Johnnie mit zu sich nach Hause zu nehmen. Das macht mir Mut.

Gib unserem Jungen einen Kuss von mir.

Gott schütze Euch beide, mein Geliebter.

Beatrice

Hetty legte den Brief beiseite, dann herrschte Stille im Raum. Kurz darauf nahm James den zweiten und öffnete ihn. Da er sehr lang war, blätterte er als Erstes zur letzten Seite: *Dein Dich liebender Vater, John Forbes*. Nun las er ihn von Anfang an. Als er fertig war, saß er einen Augenblick reglos da und starrte aus dem Fenster.

Dann reichte er den Brief seinem Cousin. »Deine Verwandtschaft, nicht meine.«

Ruairidh nahm das Schreiben mit einem fragenden Blick, überflog den Inhalt, hielt kurz inne, sah James an, las genauer und gab ihn schließlich Hetty. Es war ein langer Brief, geschrieben von einem Mann, dem es nicht leichtgefallen war, sich einer schweren Last zu entledigen. Hetty stach die zentrale Aussage sofort ins Auge: *Sie war sehr jung und hat sich eingeredet, ihn zu lieben, aber letztlich hat er sie mit seiner Leidenschaft überrollt und ihr Angst gemacht. Als sie in anderen Umständen war, ist sie zu mir gekommen und hat mich um Hilfe und Schutz gebeten. Màili hätte alles von mir haben können, Cameron. Du warst mir anvertraut, und Du bist genauso sehr mein Sohn wie Donald, und mir genauso lieb.*

Hetty sah James an, doch der blickte zum Fenster hinaus und drehte sich nicht zu ihr um. Ruairidh hingegen nickte. Sie las weiter. *Cameron, ich habe Deine Mutter schon als Kind geliebt, und ich hatte furchtbare Angst, sie zu verlieren. Und Jahre später, als sie von uns gegangen ist, warst Du mein ganzer Trost.* Hetty musste an das Foto denken, auf dem der bärtige Riese zwischen seinen beiden Söhnen stand, wissend, dass nur einer davon sein eigener war.

Obwohl ich glaube, dass er es ahnt, werde ich es Theo Blake sagen und auch, dass Johnnie Dein Sohn und wer seine Mutter ist. Bevor ich das nicht getan habe, finde ich keine Ruhe. Ich weiß, dass Du Beatrice Blake geliebt hast, und obwohl das nicht recht war, mache ich Dir keine Vorwürfe, mein Sohn. Ich hatte vergessen, wie es ist, so zu lieben.

Ich weiß auch, dass sie Dir einen Brief hinterlassen hat, der schon vor Jahren geschrieben und an einem sicheren Ort aufbewahrt wurde. Glaube mir, nachdem sie zu mir gekommen ist, habe ich nach Dir gesucht, Briefe an die Adressen geschickt, wo Du früher gewesen bist, mich mit allen nur erdenklichen Leuten in Verbindung gesetzt. Ich bete zu Gott, dass Du nicht im Schützengraben gefallen bist. Donald weiß nur, dass Johnnie Dein Sohn und seine Mutter tot ist. Verfahre mit dieser Information, wie Du es für richtig hältst.

Cameron, ich habe für beide getan, was ich konnte. Ich habe es für Dich getan, um anderes aufzuwiegen. Ich habe ihren Leichnam zurückgebracht und sie als Verwandte ausgegeben, und nun liegt sie in einem anonymen Grab neben Màili, weil sie Dich beide geliebt haben. Ich habe ihr die Wahrheit über Dich nie gesagt; ihr Schicksal war schwer genug. Sie ist mir ans Herz gewachsen, und es schmerzt mich, dass ihr Mann in seiner Trauer um das, was wir beide verloren hatten, nicht erkannte, was für ein Juwel er sein Eigen nannte.

Nun ist er körperlich und geistig krank. Du musst die Dinge mit ihm klären, so gut es geht; er ist immer schon schwierig gewesen. Manchmal habe ich das Gefühl, ihm vieles genommen zu haben – Màili, die er geliebt hat, seinen Sohn und sogar seinen Enkel, und am Ende habe ich auch noch seine Frau zu Grabe getragen. Er tut mir leid, Cameron, doch ich kann die Dinge nicht ändern. Ich habe mein Leben lang mit meinem Gewissen gekämpft, aber ich hatte Màili mein Wort gegeben.

Nachdem Hetty diese anrührenden letzten Zeilen gelesen hatte, sah sie zu James hinüber, der nach wie vor zum Fenster hinausblickte. Ruairidh nahm die Briefe, steckte sie in die Umschläge zurück und schaute ebenfalls seinen Cousin an.

»Alles in Ordnung, Jamie?«

James nickte. »Gebt mir einen Moment Zeit ...« Er drückte Hettys Schulter, als er an ihr vorbei in den Hof hinausging.

»Er fängt sich schon wieder«, beruhigte Ruairidh Hetty. »... das war ein bisschen viel auf einmal. Immerhin erklärt sich so das verwirrende Ergebnis der DNA-Analyse.« Er erzählte ihr kurz, was in dem Laborbericht gestanden hatte. »Wir haben alle drei eine Verbindung zu dem Skelett, allerdings aus unterschiedlichen Gründen. Einige Aspekte treffen auf Sie und James zu, die wohl auf Theo Blakes Vater zurückgehen, andere auf James und mich, von Màili. Aber die Haarsträhne in dem Medaillon weist nur Übereinstimmungen mit der DNA von James auf – weswegen sie Beatrice gehört haben muss.«

»Sie hat ihm das Medaillon gegeben?«

»Aye.«

Sie lauschten eine Weile schweigend dem gedämpften Geräusch des Windes, dann wandte Ruairidh sich noch einmal dem Aquarell zu. »Ich finde es irgendwie traurig«, stellte er fest und ging näher heran, um das Datum zu lesen. »1897, das Jahr, in dem Màili gestorben ist. Vielleicht ist es eine Art Abschied.«

»Trotzdem hat er es seiner Frau geschenkt.«

Ruairidh trat ans Fenster. »Ich sehe mal nach ihm.« Er machte einen Schritt in Richtung Tür und blieb stehen. »Nein, gehen Sie.«

Als sie vor die Tür trat, sah sie ihn von der Anhöhe zwischen den beiden Häusern zu der Ruine von Bhalla House hinüberblicken. Der Wind zerrte an seinen Haaren und seiner Jacke. Ruairidhs Hündin, die Hetty gefolgt war, lief zu ihm hinauf und schnüffelte an seinen Schuhen. Als er sie bemerkte, kraulte er sie hinter den Ohren. Dann entdeckte er Hetty, die unten wartete. Er ging zu ihr und drückte sie an sich, bevor er ihr voran in die Küche zurückkehrte und sich einen Stuhl herauszog.

»Der Einzige, der bei der ganzen Angelegenheit gut wegkommt, ist der alte John Forbes, der hinter Theo Blake aufgeräumt hat – zuerst die Sache mit Màili und Cameron, später die mit Beatrice und Johnnie.« James lächelte seinen Cousin an. »Und seine Nachkommen haben die Tradition über die Generationen fortgeführt.« Er schenkte sich einen Whisky ein. »Du hast dir die besseren Vorfahren ausgesucht als ich.« Er trank einen Schluck und wandte sich Hetty zu. »Das macht uns zu einer Art Cousins. Allerdings waren unsere Ahnen Verführer, Ehebrecher, Betrüger und Mörder.«

Sie legte ihm die Hand auf den Arm. »Aber auch Liebende.«

»Warum Betrüger?«, erkundigte sich Ruairidh.

»Die gefälschten Briefe aus Kanada.«

»Tja, stimmt wohl. Aber zu dem Zeitpunkt konnte Blake nicht mehr anders. Er muss gewusst haben, dass ihm die Schlinge praktisch schon um den Hals lag.«

James trank noch einen Schluck. »Vielleicht wäre es eine größere Strafe für ihn gewesen, so weiterzuleben.«

»An dem Tag, als Blake ertrunken ist …«, begann Ruairidh und sah Hetty an.

»Sie weiß Bescheid.«

Ruairidh nickte.

»Aonghas war gerade auf Heimaturlaub da. Und hatte Nachricht gebracht …«

»… dass Johnnie tot war«, führte James den Satz für ihn zu Ende. »Zu dem Zeitpunkt hatte John Forbes Blake bereits von Cameron erzählt, und er wusste, dass Johnnie sein Enkel war. Seine letzte Verbindung zu Cameron und Màili.«

»Und zu Beatrice.«

»Der arme Mann«, seufzte James. »Sein Selbstmord muss eine Erlösung gewesen sein.«

Epilog

Zwischen dem anonymen Grab von Beatrice und dem offiziellen von Theodore Blake war noch ein Platz frei in der Begräbnisstätte der Familie. Dort wurde Cameron zur letzten Ruhe gebettet. Jenseits von Beatrice lag Màili Cameron Forbes.

»Was für eine tragische Geschichte«, sagte James, trat einen Schritt zurück und ließ den Blick über die Gräber schweifen.

Er und Ruairidh hatten aus Balken von Bhalla House einen Sarg gezimmert, und der Geistliche hatte eine kurze Ansprache gehalten, als dieser Sarg mit dem Skelett, der Haarsträhne und den Resten der Feder in den Boden gelassen wurde.

Das leere Medaillon hatte James Hetty angelegt. James und Ruairidh hatten den Sarg getragen.

James hatte darauf bestanden, die Beerdigung durchzuführen, sobald das Skelett freigegeben war, um einen Schlussstrich unter die Tragödie zu ziehen. Dann, sagte er, könne man endlich mit den Arbeiten am Haus des Verwalters beginnen und in die Zukunft blicken.

Als Hetty und James an jenem Abend Hand in Hand über Bhalla Strand zu James' Cottage gingen, war es ein wenig dunstig, und es wehte ein leichter Wind. Die Sonne drang kurz durch die Wolken und tauchte den Sand in Licht, sodass die Pfützen, die die Flut hinterlassen hatte, silbern glänzten und ihrer beider Silhouetten wie eine Fata Morgana verschwammen.

Dank

Ich schulde einer ganzen Reihe von Menschen Dank dafür, dass sie mich beim Schreiben dieses Buches unterstützt haben, besonders meiner Familie. Kathy Page hat mir von der pazifischen Westküste Kanadas wichtige und aufmunternde Kommentare zu frühen Entwürfen geschickt, während Pamela Hartshorne mir immer wieder großzügig ihre Zeit zur Verfügung stellte, als sich das Buch weiterentwickelte. Rosemary Ward vom Gaelic Book Council hat mir freundlicherweise die gälischen Sätze geliefert und mich ermutigt. Besonders möchte ich meiner Agentin Jenny Brown für ihre sanfte Anleitung und ihre Begleitung durch alle Phasen des Romans sowie dafür danken, dass sie daran geglaubt hat. Die Arbeit mit meiner Lektorin Pippa Goldschmidt hat großen Spaß gemacht, und ich danke Adrian Searle und allen von Freight Books für ihre Unterstützung und die Veröffentlichung des Buchs.

Zu dem Roman wurde ich durch die Schönheit und Geschichte der Äußeren Hebriden angeregt; die Insel, das Haus und alle Charaktere sind jedoch rein fiktional. Alljährliche Familienferien an der schottischen Westküste, zuerst mit meinen Eltern, dann mit meiner eigenen Familie, haben eine starke und dauerhafte Verbindung zu diesem ganz besonderen Teil der Welt für mich geschaffen. Meine Liebe zur Natur verdanke ich meinem Vater, meine Liebe zu den Büchern meiner Mutter, wofür ich beiden ewig dankbar sein werde.

Dieses Buch widme ich Richard, meinem Fels in der Brandung, und A und G sowie der Erinnerung an wunderbare Zeiten auf den Hebriden.